MW01608646

L'ŒIL DE NÉFERTITI

GERALD MESSADIÉ

L'ŒIL DE NÉFERTITI

ORAGES SUR LE NIL

☥

ARCHIPOCHE

Si vous souhaitez recevoir notre catalogue
et être tenu au courant de nos publications,
envoyez vos nom et adresse, en citant ce
livre, aux Éditions Archipoche,
34, rue des Bourdonnais 75001 Paris.
Et, pour le Canada, à
Édipresse Inc., 945, avenue Beaumont,
Montréal, Québec, H3N 1W3.

ISBN 978-2-35287-024-1

PREMIÈRE PARTIE

LES CLEFS
DU ROYAUME

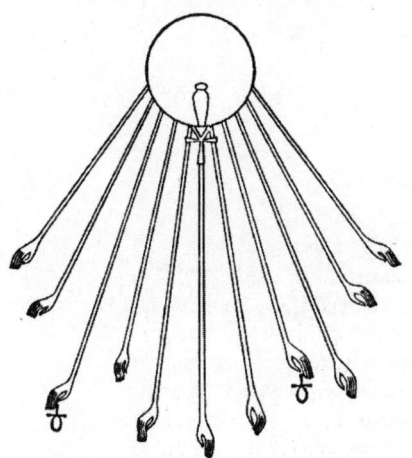

1

Poussières, parfums
et sortilèges

Une rafale de vent brûlant s'abattit sur la cité d'Akhet-Aton, *Horizon d'Aton*, dépêchant vers le palais des Princesses les odeurs aigres de la brasserie et celles, quasi charnelles, de la boulangerie. Car la vie reprenait, après tout, et l'on reboirait de la bière aussi bien que l'on remangerait du pain.

Les palmiers secouèrent leur chevelure, le Grand Fleuve se rida. Dans les rues de la capitale neuve, qui prétendait rivaliser avec l'ancienne, Thèbes, des tourbillons de poussière dansèrent en rond, exaspérant les chats.

Sur la terrasse du palais des Princesses, jouxtant le palais royal, la jeune princesse Ankhensep-Aton pencha sa frêle silhouette de onze ans par-dessus la balustrade. Son profil, d'une finesse de fleur, s'inclina sur ce monde de pierres, d'humains et d'animaux qu'elle n'était pas autorisée à connaître de près et qu'elle ne voyait que d'en haut. Cette terrasse constituait sa seule ouverture sur le royaume de son père.

Elle considéra la grande rue qui séparait les palais, sur le Grand Fleuve que l'on appellerait bien plus tard le Nil, de l'autre palais d'en face, la Maison du roi, et de l'ensemble des bâtiments administratifs, plus au nord. Sa bouche, un fruit corail fendu en deux, s'entrouvrit de surprise. Elle n'avait vu tant de monde dans les parages qu'à la mort de son père le roi, Akhen-Aton, « Celui qui est bénéfique à Aton », trois jours auparavant. Mais le défilé ne s'interrompait pas : une mort de roi, c'était le chambardement général, surtout celle d'un roi tel que celui-là, et personne n'y pouvait être indifférent : gouverneurs de provinces – les nomes –, sous-gouverneurs, fonctionnaires et scribes de rangs divers, propriétaires terriens venus par bateau, chefs de garnison accourus à bride abattue, tous étaient venus de haut en bas de la vallée du Grand Fleuve, sous le prétexte de présenter leurs hommages à la dépouille du roi défunt. Pas un lit n'était libre dans aucune auberge de la ville ; les bourgeois louaient les toits de leurs maisons, les brasseurs louaient leurs granges.

Mais il y en avait aussi qui étaient venus porter de mauvais sorts, on le savait. Et des voleurs, ça ne faisait pas un pli. Ceux-là dormiraient à la belle étoile, guettant le client de cabaret au pas incertain.

Comme il fallait penser à tout, les cabaretiers avaient même fait venir en urgence des danseuses d'Hébénou, d'Oxyrhinque et d'Hérakléopolis. Ce ne serait sans doute pas leurs talents d'artistes qui seraient les plus requis, mais cela, Ankhensep-Aton l'ignorait.

On y distinguait même, çà et là, des prêtres de Thèbes et de Memphis, bien qu'ils fussent brouillés avec le défunt. Akhen-Aton, en effet, avait rejeté leurs dieux au bénéfice du seul Aton, le disque solaire, et nommé sa ville en son honneur.

À la vérité, tous ces notables étaient venus pour savoir qui succéderait au roi défunt. À l'évidence, ce serait le régent, Semenkherê.

Ankhensep-Aton eût voulu descendre voir ces gens de près. Et jouer avec ces garçons de son âge qu'elle voyait rire à pleines dents en se poursuivant. Mais une princesse du sang, Troisième Épouse royale, ne descendait pas dans la rue comme cela. « Frayer avec le commun ! », s'indignait sa sœur aînée Maket-Aton. Mômeries, songea Ankhensep-Aton, qui la soupçonnait d'entretenir une intimité poussée avec une des jeunes esclaves de Koush. La créature était exquise, mais ces jeux n'aiguisaient guère l'intérêt d'Ankhensep-Aton.

— Je m'ennuie comme une datte pourrie ! s'écria-t-elle.

Les cris des pleureuses retentissaient par à-coups, provenant du palais royal, juste à côté. Ankhensep-Aton les écouta, le visage troublé, les larmes près de jaillir.

Elle chassa de son esprit l'image du cadavre et l'horrible scène où on les avait menées, elle et ses sœurs, devant la dépouille du pharaon défunt. Que c'était laid, un cadavre !

Sa contrariété s'aviva au souvenir des chuchotements qui couraient comme des scolopendres dans le palais des Princesses. Chaque fois qu'elle apparaissait, les nourrices et les servantes se taisaient d'un coup.

— Que disiez-vous donc ?

— Rien, nous nous lamentions sur la mort du roi, répondaient-elles geignardes, la bouche hypocrite et l'œil fardé de fausseté.

Alors pourquoi ces pécores s'interrompaient-elles ?

Une nouvelle rafale, celle-là chargée de poussière rouge des montagnes, déferla sur la cité et jeta le désarroi dans les convois de litières et les embarras d'ânes et de chevaux qui ne cessaient que la nuit. Le cimier en plume d'autruche blanche ornant le casque d'un officier à cheval rosit, l'animal se cabra et rua, les ânes braillèrent, les injures fusèrent et la chaussée se garnit de crottes.

Comme souvent, l'équinoxe de printemps agitait les esprits célestes qui, disait la nourrice, se battaient sur la montagne. Le maître d'école, lui, expliquait que, dans son envol pour la création du renouveau, le divin faucon Horus, d'un battement d'ailes, avait suscité la tempête de sable. En vérité, c'était là beaucoup d'audace car on ne reconnaissait pas Horus à Akhet-Aton.

En tout cas, le résultat de ces agitations supérieures était le même : de la poussière.

Ankhensep-Aton grimaça, cracha et courut à l'intérieur du palais. Le sol crissait sous ses pas. Les ongles de ses orteils, des pétales d'amandier, étaient tout gris.

— Cette poussière ! On en a plein la bouche ! C'est pire que l'haleine qui sort des naseaux d'Apopis !

Elle avait repris l'image à sa sœur aînée Merit-Aton, qui l'avait appliquée à l'haleine du Grand Intendant des palais, personnage obèse qui mangeait régulièrement de l'ail et l'arrosait de beaucoup de vin.

— Je t'avais prévenue de ne pas sortir, marmonna la nourrice, saisissant au vol la perruque que sa jeune maîtresse lui lança.

Elle la tapota, puis la lissa avec une brosse plate en crin de cheval, tandis que la princesse chassait par chiquenaudes la poussière qui poudrait sa robe plissée.

Ankhensep-Aton s'empara d'une gargoulette, but à la régalade, se rinça la bouche, puis tira la lourde tapisserie masquant une porte et censée empêcher la poussière de s'infiltrer. Elle ressortit sur une autre terrasse, donnant sur le Grand Fleuve celle-là, et cracha l'eau dans les jardins. Puis elle rentra, courut à la salle de bains et, relevant sa robe, s'assit sur le siège orné en bois de cèdre et écouta le bruit de son urine crépiter dans le pot. Enfin, dans un état d'inexplicable exaspération, elle revint s'asseoir dans la grande salle au premier étage du palais des Princesses. Elle retrouva la compagnie de ses cinq sœurs, dont les âges s'échelonnaient de quatre à dix-sept ans, des six nourrices et des quarante-huit esclaves.

— Le grand vent fait sortir les démons de leurs tanières et ils viennent tourmenter les humains, racontaient les nourrices.

Les esclaves s'affairaient, lavaient les dalles de pierre, parfumaient les gargoulettes à la vapeur d'encens, portaient du linge à la blanchisserie, jetaient de l'encens dans les braseros.

Toutes d'âge tendre, quinze ou seize ans au plus, elles étaient intégralement nues et l'on était informé de leurs périodes au triangle de toile qu'elles portaient alors sur le sexe, attaché autour des reins par une cordelette. Le triangle cachait un tampon de linge dont Merit-Aton exigeait qu'il fût changé trois fois par jour.

Les mouches s'énervèrent une fois de plus.

Ankhensep-Aton coiffa la perruque rafraîchie que lui tendait sa nourrice. Une perruque courte, à la nubienne, pas une de ces coiffures bouclées et tortillées, favorites des épouses de fonctionnaires qui se piquaient d'élégance. Elle vérifia dans un miroir d'argent poli que l'ornement était bien ajusté et que le cerne dessiné autour de ses yeux n'avait pas été altéré par la moiteur de sa peau. Puis elle s'aéra avec un éventail à manche d'ivoire.

— Les pleureuses n'auront pas grand mal à se couvrir de poussière, observa Merit-Aton.

Sur quoi elle donna un coup de sa sandale dorée sur une grosse mouche qui rampait à ses pieds.

Sa sœur puînée, Maket-Aton, leva les sourcils. Les quatrième et cinquième princesses, Néfernerou-Aton-Tachéry et Néfernerourê, gloussèrent. Setepenrê était trop jeune pour percevoir l'insolence. Ankhensep-Aton, troisième de la constellation royale, se retint, elle, de rire. La Première nourrice leva un regard réprobateur sur la Première princesse, dont elle avait la charge. Mais elle demeura muette. Et pour cause : Merit-Aton avait épousé le défunt, son propre père, lors d'une cérémonie qui s'était déroulée quatre ans auparavant sous les yeux impassibles de sa mère. Elle était depuis lors Première épouse royale et ce serait donc elle qu'épouserait le successeur d'Akhen-Aton. Il eût fallu être folle pour s'exposer à la rancune de la future reine.

Mieux valait également ne pas affronter l'ire des Deuxième et Troisième princesses, que leurs épousailles solennelles avec feu le roi avaient également désignées comme légitimes détentrices du droit de lignée, c'est-à-dire du privilège d'investir leurs époux du vrai titre de roi des Deux Terres. L'humeur d'Ankhensep-Aton, troisième tenante du titre, valait ce jour-là celle d'un chat en cage.

Les deux cadettes, Néfernerourê et Setepenrê, jouaient avec des poupées. Les nourrices feignaient de ne pas s'en aviser ; on ne jouait pas en temps de deuil. Mais cela faisait trois jours que ces fillettes étaient prisonnières du palais, elles pouvaient quand même se distraire un peu. Les leçons du matin, bien sûr, avaient été suspendues.

Un chien articulé, une chèvre en bois sur roulettes et un chariot miniature, dans lequel était assise une poupée, traînaient aussi par terre.

— Ma tête va éclater ! gémit une nourrice en allant se rasseoir contre le mur.

— C'est le démon Chehakek, affirma avec assurance la nourrice de Maket-Aton. Il rôde toujours dans les tempêtes de sable et donne des maux de tête. Le vent le chasse du fumier sur lequel il trône.

Au nom de Chehakek, la princesse Néfernerou-Aton-Tachéry ouvrit des yeux épouvantés. Cet esprit mauvais se nourrissait d'excréments et vivait sur le fumier. Il faisait vomir de la bile et, outre les maux de tête, provoquait des boutons et des démangeaisons insupportables : elle le savait d'expérience.

— Il faut réciter la formule magique ! s'écria Néfer-nerou-Aton-Tachéry. Sans quoi nous allons toutes souffrir de la même chose !

— Récitez-la donc, cette formule, qu'on en finisse ! renchérit Merit-Aton. Vous me donnez déjà mal à la tête…

— Je ne la connais pas, gémit encore la nourrice.

— Je la connais, moi, dit la nourrice de Maket-Aton. Elle souleva sa masse pesante, faisant ballotter ses seins, et se planta devant la plaignante.

— Regarde-moi, enjoignit-elle à sa commère. Bien. Répète après moi : « Arrière, Chehakek, qui vient du Ciel et de la Terre ! Nedrakkhsé est le nom de ta mère, Tchoubeset, le nom de ton père. Tu as attaqué la nourrice Parathor. J'invoque pour te chasser Thoth qui te percera le ventre et répandra tes entrailles dans le désert ! Va-t'en ! Va-t'en ! Va-t'en ! »

L'autre répéta la formule et se rassit, visiblement troublée par ces invocations.

— La formule était plus longue quand Pentju, le médecin de mon père, la récitait, déclara doctement Maket-Aton.

— L'essentiel est que j'aie dit le nom de la mère et du père du démon, rétorqua l'exorciste, pointue.

À l'exception de l'aînée, Merit-Aton, dont le visage ravissant se teinta d'un rien de narquois, les princesses observaient la nourrice d'un œil fixe, s'attendant sans doute à voir l'infect Chehakek lui sortir de la bouche en proférant des imprécations.

De fait, elle rota bruyamment, un vrai rot d'évier qui se vide d'un coup. Maket-Aton poussa un cri et se réfugia à l'autre extrémité de la salle.

La nourrice poussa un soupir et encore un gémissement.

— Parathor, comment te sens-tu ? demanda sa guérisseuse.

— Il me semble que ça va mieux, répondit l'exorcisée.

Soudain, des pas et des bruits de voix dans l'escalier. Deux esclaves nubiennes porteuses de grands éventails en plumes d'autruche fixés à des hampes décorées apparurent à la porte de la salle. Deux autres se profilaient derrière elles.

Les nourrices cachèrent précipitamment les poupées.

Une visite. Néfertiti.

La reine, en effet, entra d'un pas lent. Le masque tiré et crispé, l'œil bénéfique sombre, l'autre, le maléfique, aussi effrayant que d'habitude, la bouche amère. L'orage avait flétri sa beauté altière.

Des effluves d'huile de cèdre et d'essence de benjoin dansèrent autour de son ample robe de lin plissé fin, serrée à la ceinture par un nœud démesuré. Les princesses aînées admirèrent comme toujours le vernis doré qui recouvrait les ongles de ses orteils.

Et toutes s'empressèrent vers elle. Elle ébaucha des enlacements, prit dans ses bras la cadette, Setepenrê, l'embrassa et la reposa à terre. Puis elle accorda aux autres des faveurs distraites. Les doigts des plus jeunes s'accrochaient à sa robe, à ses mains, à ses bras. Elle reprit son air altier.

Les domestiques et les esclaves gardaient la tête inclinée, le nez près du sol sur lequel le vent jouait avec la poussière rouge.

— Princesses, mes filles, déclara-t-elle, écoutez-moi. Demain, à la neuvième heure et la quatrième du jour qui vient, vous serez prêtes et parées pour l'adieu à la dépouille terrestre de votre père. Et vous, les nourrices, veillerez à ce qu'elles soient à l'heure.

Les cadettes fondirent en pleurs. Puis les nourrices. Puis les domestiques et les esclaves. Merit-Aton garda l'œil sec et, à son exemple, Ankhensep-Aton réprima des larmes d'émotion superficielles. Elle avait déjà vu le cadavre ; il devait être encore plus effrayant ; il était temps de l'enterrer.

— Princesses, mes filles, le fils d'Aton va rejoindre son père à l'Horizon lointain, dit encore Néfertiti. Pendant soixante-dix jours, il se préparera à son voyage de lumière vers l'Occident.

Ankhensep-Aton frémit ; elle se rappela ce que lui avait confié Merit-Aton. Les embaumeurs allaient travailler sur la dépouille. Ils fendraient la peau du ventre et ouvriraient le crâne, videraient tout ce qui peut se corrompre, puis tremperaient le reste dans du natron, l'empliraient d'aromates… Elle secoua le souvenir de la description.

— Puis nous irons au temple pour l'office que célébreront les prêtres d'Aton.

Elle repartit dans le sillage des parfums qui lui servaient d'armure.

Le souper fut bientôt servi : des salades de poireau et de concombre, des quartiers de pigeon frits à l'ail, des filets de canard à la coriandre et au vin, des petits pains ronds, des melons frais. C'était le premier repas chaud depuis la mort du monarque, puisque selon la tradition, il était interdit de faire cuire en pot aucun aliment pendant les deux premiers jours de deuil. On avait jusque-là vécu de restes, pain rassis, dattes, melons et laitues. Les princesses s'accroupirent sur une natte, autour d'une table ronde basse portant les plats, les gobelets, une cruche d'eau fraîche et une autre de bière, à l'usage exclusif des trois aînées.

Dans son bel appétit, Ankhensep-Aton s'apprêtait à saisir du bout des doigts un quartier de pigeon quand elle fut saisie par la vision de la poitrine fendue du volatile ; elle retira la main. Merit-Aton remarqua le geste avorté et jeta un regard à sa sœur. Ankhensep-Aton baissa les yeux.

Elle songea à son père.

Son père, ce personnage singulier, aux hanches de femme, qui exigeait que ses six filles vinssent tous les matins lui présenter leurs hommages, les embrassait et puis les renvoyait à leur palais et aux leçons du scribe en chef qui leur enseignait la religion et l'écriture.

Un père, oui. S'il n'y a pas d'autre nom.

Les literies avaient été secouées dans la cour intérieure et débarrassées de l'éventuelle vermine. Puis les chambres avaient été parfumées à l'encens. Le mélange du parfum aux vestiges de la poussière qui traînait encore dans l'air résumait l'esprit de l'heure : mort et printemps. Les princesses se retirèrent chacune dans ses appartements, accompagnée de sa nourrice. Dans un sillage de santal et de chairs chaudes, une palpitation de petits seins, de fesses musclées et d'orteils roses, le bataillon des esclaves, pour la plupart intégralement nues, descendit au rez-de-chaussée ; c'était là qu'elles avaient leurs quartiers. Six lampes brûlaient dans la vaste salle maintenant déserte.

Les six lotus qui flottaient dans la grande vasque de pierre se refermèrent, comme chaque soir.

— Pourquoi ? avaient demandé les jeunes princesses.

— Ils dorment eux aussi, avait expliqué la nourrice.

— Ils se referment pour ne pas voir le dieu Anubis, le Grand Chien de la mort qui rôde la nuit, avait pour sa part précisé Merit-Aton. Mais ça, tu ne le répètes pas, avait-elle intimé à Ankhensep-Aton, celle de ses jeunes sœurs avec laquelle elle entretenait une relation privilégiée.

En effet, on n'évoquait pas non plus Anubis dans la cité royale d'Akhet-Aton. Ordre du roi. Un seul dieu devait régner sur le royaume, Aton, le disque solaire. Comme Thoth, Horus, Hapy, Hathor, Sekhmet et bien d'autres, Anubis était un dieu du passé, un dieu pour le peuple, disait dédaigneusement Néfertiti. Leurs noms et leurs cultes étaient prohibés à Akhet-Aton.

Mais personne ne demandait à Merit-Aton d'où elle tenait son savoir.

Le sommeil déserta Ankhensep-Aton aussi vite qu'il l'avait saisie. La respiration lourde et régulière de sa nourrice, au pied du lit, emplissait la nuit. La princesse s'assit, puis se leva et sortit pieds nus dans la grande salle. Fait inhabituel, la porte sur la terrasse du fleuve était entrouverte. Ankhensep-Aton glissa un regard dehors. Une silhouette était penchée sur la balustrade ; elle reconnut Merit-Aton, comme elle tête nue ; les perruques, en effet, étaient déposées chaque soir sur leur support. Elle la rejoignit.

— Tu devrais prendre du repos, dit l'aînée. Demain sera une rude journée.

— C'est justement pour ça que je n'arrive pas à dormir, répondit Ankhensep-Aton, embrassant du regard le ciel maintenant pur, paré de ses milliers d'étoiles, et le fleuve qui émiettait les reflets d'or des quelques lampes de mariniers amarrés aux berges.

— De quoi te plaindrais-tu ? C'est moi qui deviendrai la nouvelle reine !

— Et toi, de quoi te plaindrais-tu ? rétorqua Ankhensep-Aton.

L'odeur lourde et amère du limon gorgé d'eau monta jusqu'à la terrasse. Les crapauds coassaient avec leur stupide entrain ordinaire.

Merit-Aton ne répondit pas sur-le-champ.

— Tu ne sembles pas te rendre compte, murmura-t-elle. Maintenant que notre père est mort, le clergé d'Amon va intriguer de toutes ses forces pour abattre le culte d'Aton instauré par notre père, et comme nous sommes toutes nées dans ce culte, nous sommes toutes en danger.

— En danger ?

— En danger de mort, oui, Ankhensep-Aton.

Celle-ci frissonna.

— Ils pourraient nous tuer, nous ? Les prêtres ? s'écria-t-elle.

— Plus bas. Nous sommes en sécurité, ici, dans cette ville fondée par mon père. Mais nous en sommes prisonnières. Peut-être le nouveau roi sera-t-il obligé de s'installer à Thèbes. Là, nous serions mal reçues, pour le moins.

— Mais l'armée ? Le général Horemheb ?

C'était le seul homme étranger à la cour dont elle connût le nom, et pour cause : il était son oncle par alliance, l'époux de la sœur de Néfertiti. Elle avait aussi entendu une nourrice célébrer ses exploits.

Merit-Aton haussa les épaules.

— Cette ganache ? Les prêtres d'Amon n'auraient qu'à le persuader qu'il deviendra pharaon pour s'assurer l'appui de l'armée.

Un silence suivit ces propos alarmants. Après avoir médité sur les dangers décrits, Ankhensep-Aton reprit :

— Et qui succédera à mon père ?

— Je l'ignore. L'ordre de succession voudrait que ce soit son frère Semenkherê, notre oncle.

Ankhensep-Aton évoqua l'image de ce jeune homme souriant, aux yeux effilés, avec lequel le roi défunt partageait de fait sa résidence privée, la Maison du roi, de l'autre côté de la Grande Rue. Semenkherê portait le double titre de frère du roi et de corégent. Un fait était certain : Néfertiti ne le portait pas dans son cœur. Elle n'avait jamais laissé échapper la moindre parole déplaisante à son égard, mais son expression clamait ses sentiments.

— Il est joli garçon, dit rêveusement Ankhensep-Aton.

— C'est ce que pensait mon père, dit énigmatiquement Merit-Aton.

— Pourquoi les nourrices chuchotent-elles dans les coins ?

— Les nourrices, c'est comme les moustiques. Va te recoucher, je te l'ai dit, la journée sera rude.

— Et que dit notre mère ? demanda Ankhensep-Aton en s'éloignant de la balustrade.

— Que peut-elle dire, sinon qu'elle ne peut rien faire ? Il y a près de trois ans qu'elle ne voyait plus guère notre père que pour les cérémonies officielles. Tu la connais, elle ne parle pas volontiers.

— Pourquoi ne le voyait-elle plus ?

Merit-Aton haussa les épaules.

— Les hommes. Les femmes. J'ignore. Il vivait avec Semenkherê.

Considérations mystérieuses. Ankhensep-Aton demeura quelques instants immobile, petite silhouette frêle, tel un brin d'herbe dans la brise nocturne. Puis elle regagna sa chambre.

Les étoiles scintillèrent comme des milliers d'yeux. Mais personne n'avait encore appris à déchiffrer ces regards-là.

2

Un espion terrifié

À la même heure, dans le pavillon des Visiteurs, de l'autre côté de la Grande Rue, et à un vol d'oie grasse de la Maison du roi, six dignitaires de la délégation des prêtres de Thèbes s'entretenaient en buvant de la bière. Dix lampes répandaient dans la salle une lumière dorée, sculptant les six personnages accroupis autour de la table du souper, bien entendu desservie, les six serviteurs se tenant debout contre les murs.

Le bruit délicat d'un clepsydre de bronze, dont l'eau s'écoulait goutte à goutte dans une vasque de pierre, mesurait le temps qui passe.

Il y avait là Houmose, le chef du culte d'Amon-Râ à Thèbes, Karnak, Louxor et bien d'autres nomes, le clergé le plus puissant de la vallée du Nil, et Néfertep, le chef du culte de Ptah à Memphis. Ils représentaient les deux principaux cultes du royaume, détrônés depuis la décision scélérate du roi défunt de n'honorer que le seul dieu Aton. Les quatre autres prêtres étaient leurs hommes de confiance.

Une douzaine d'autres grands-prêtres d'autres nomes étaient venus à Akhet-Aton sous le prétexte officiel d'exprimer leur chagrin à la famille du défunt, en réalité pour s'informer de la situation dans le royaume après la mort de leur malfaiteur. Ils séjournaient aussi au pavillon des Visiteurs ; cependant, ils étaient déjà couchés.

Houmose et Néfertep avaient pris garde d'emmener avec eux leurs propres serviteurs, afin de n'être pas espionnés par ceux du palais. Assurés d'être seuls et de pouvoir parler en confiance, ils avaient laissé entrouverte la porte de la salle principale, afin que les courants d'air nocturnes pussent rafraîchir les lieux.

Ils ne se doutaient guère que, dans un réduit attenant, quelqu'un les écoutait. Longue et large de quatre coudées, cette pièce servait à entreposer le linge et les nattes de la résidence et, comme il était parfumé à l'encens, Pasar, dix ans, l'un des fils de l'intendant du pavillon, s'en servait souvent comme repaire clandestin ; il se réfugiait dans cet antre odorant et frais quand il faisait trop chaud chez son père. Fluet tel un roseau, furtif comme un papillon de nuit, nul ne l'avait entendu venir par la porte des jardins.

— Bon, dit Houmose, personnage vigoureux et trapu au masque plat coupé d'une bouche au sabre et dont le regard sombre brasillait sous une paire de sourcils d'encre. Le renégat est enfin parti. À nous de jouer.

— Trente-sept ans, c'est bien jeune, observa un prêtre de la suite de Néfertep.

26

— Un arrêt du cœur, dit-on, renchérit son collègue, chef des scribes du temple d'Amon à Thèbes.

— La protection d'Amon lui aura fait défaut, rétorqua Houmose.

— La lignée n'est certes pas bénie des dieux, ajouta un prêtre de sa propre suite.

— L'heure est en tout cas propice pour rétablir la situation en notre faveur, déclara Houmose en se pourléchant les lèvres après une gorgée de bière.

— Il y a bien des oiseaux dans l'arbre, observa Néfertep en reposant son gobelet de cuivre ciselé sur la natte.

Néfertep n'avait jusque-là fait qu'écouter. Il représentait la parfaite antithèse physique de son interlocuteur : replet, le visage enfantin et souriant, en dépit de l'autorité dont il était, comme l'autre, investi. Les dix orteils dodus qui ornaient l'extrémité de ses pieds évoquaient des dattes et sa bouche mobile dégustait la bière du palais avec une gourmandise quasi comique.

Les quatre autres prêtres buvaient ses paroles.

— Le successeur probable sera le régent Semenkherê, déclara Néfertep.

— Un moineau chétif, dit Houmose.

— Le moineau épousera Merit-Aton, la fille aînée.

— Si nous le voulons.

Un silence suivit cette déclaration menaçante. Les prêtres présents échangèrent des regards rapides.

— Ne le voulons-nous pas ? reprit Néfertep.

— Cela dépend des dispositions du régent à notre égard. Il a été lié de près, de très près, dirais-je, aux affaires du défunt. Il lui sera difficile de se désavouer publiquement, d'abord devant la cité d'Akhet-Aton, ensuite devant le reste du royaume, à commencer par Thèbes.

— Si le régent veut épouser Merit-Aton, Panésy, qui est donc Premier serviteur de l'Aton, ne pourra que se plier à ses volontés. Il célébrera docilement le mariage et l'intronisation dans cette ville. Je ne vois pas ce que nous pourrions y faire et encore moins objecter.

— Panésy, déclara Houmose, a été prêtre du culte d'Amon à Héliopolis, avant qu'Akhen-Aton l'élève au titre de Premier serviteur de l'Aton. C'est un homme intelligent. Il est conscient que la situation actuelle ne peut durer éternellement. Je sais qu'il aspire à ce que nos cultes soient restaurés. On peut le persuader de reculer la cérémonie le temps que nos tractations avec le régent aient abouti. Il faut que Semenkherê se fasse introniser à Thèbes et qu'il prenne l'engagement formel de mettre fin aux persécutions !

Deux gros papillons de nuit voltigèrent au-dessus de la petite assemblée.

— Il nous a fait des ouvertures, observa Néfertep en tendant son gobelet à un serviteur pour qu'il le lui remplît.

— Bien timides.

— Mieux vaut un demi-cadeau que pas de cadeau du tout.

— Il ne s'agit pas de cadeau, honoré et puissant Néfertep, mais de restitution et de restauration. L'abominable profanateur, dont Maât pèse en ce moment les actions, s'est comporté comme le pire ennemi du royaume ne l'aurait fait ! Ce fils du démon Apopis a fait marteler les images de l'oie sacrée d'Amon dans les temples et les chapelles funéraires ! Il a osé castrer une statue du dieu Mîn dans un temple de Kerma ! N'était la révolte populaire, il aurait fait détruire le temple d'Anubis à Kerma ! La moitié de notre clergé et plusieurs de nos temples secondaires sont désaffectés ! Les deux tiers de nos terres nous ont été retirés ! Nos stipendes ont été réduits ! Vous n'avez pas été mieux lotis que nous, vous le savez.

Les quatre prêtres témoins s'agitèrent et hochèrent du chef. Néfertep laissa passer l'orage. Il connaissait les colères de Houmose.

— Cet homme au ventre de femme voulait nous annihiler ! s'écria celui-ci levant les bras au ciel. Cette canaille ! Quel bonheur que nous nous soyons débarrassés de cet être malfaisant !

Un regard de Néfertep l'avertit qu'il se laissait dangereusement emporter. Il se tut et passa la main sur son crâne poli, luisant de sueur.

Son mépris insultant pour la personne du pharaon dieu vivant, fût-il mort, n'avait suscité qu'un haussement de sourcils des auditeurs ; ils exécraient le défunt depuis des années. Mais dans sa cachette, le jeune Pasar ravala sa salive. S'il rapportait cela à son père, il recevrait la tannée de sa vie !

— Il faut rappeler qu'il n'est pas seul responsable de nos tribulations. Cette lubie du culte unique d'Aton avait commencé avec son père, Amenhotep le

Troisième, observa un des prêtres d'Amon, du nom de Paasou.

— Certes, certes ! Mais c'est surtout sous le règne d'Akhen-Aton que nous avons le plus souffert, déclara Néfertep. Onze ans de mépris et de persécution sourde. L'appauvrissement progressif. Et nos prérogatives ne nous seront certes pas rendues avec la mort du roi. Mais enfin, il est des moyens de persuader Semen-kherê, ce jeune homme qui va lui succéder, qu'il est dans l'intérêt de la dynastie de mettre fin à cette aberration du culte unique d'Aton. Le peuple est mécontent. À l'est, le royaume a perdu les provinces de Syrie. Au sud, nous ne sommes plus respectés par le roi de Koush. Les impôts ne sont plus perçus dans certaines parties de la Basse et de la Haute-Égypte. Horemheb ne saurait être indifférent à cette situation.

— Honoré Néfertep, proposerais-tu de menacer le futur roi de l'intervention de l'armée ? demanda l'un des prêtres de la suite de Houmose.

Recroquevillé sur une pile de draps parfumés, Pasar écarquilla les yeux, terrifié. Les noms qu'il entendait ! Semenkherê, le régent ! Horemheb, le redoutable général ! Des noms que son père lui-même ne prononçait qu'avec terreur ! Et la manière dont ils parlaient du roi… Profanateur ! Il songea aux princesses, surtout à la troisième, Ankhensep-Aton, qu'il avait admirée plusieurs fois dans les processions royales. Plus jolie qu'une fleur de lys.

— Menacer est un grand mot, répondit Néfertep avec un demi-sourire. Je me limiterais à lui représenter, avec le plus grand respect, évidemment, qu'il serait plus assuré dans la gloire de son nouveau règne s'il jouissait de l'entier soutien de l'armée, de nos clergés et du peuple.

Les serviteurs remplirent les gobelets.

— Je serais étonné qu'Horemheb se prêtât à un tel projet, objecta Houmose d'un air grave. Il a fait sa carrière dans l'ombre d'Akhen-Aton. Il est vendu au culte d'Aton. Lui non plus ne pourra pas se dédire aisément.

— Nous n'avons pas parlé de Néfertiti, observa l'un des prêtres, Paasou.

— Elle est depuis longtemps isolée du palais, répondit Néfertep en haussant les épaules. Je doute qu'elle conserve encore du pouvoir. S'il lui en restait, elle se serait déjà débarrassée de Semenkherê.

— Elle est quand même la fille d'Aÿ.

— Oui, mais le trône est occupé par un régent nommé par le roi défunt. Je ne l'imagine pas contrevenant aux désirs de son époux.

— Avons-nous oublié le porteur royal de l'éventail ? Le scribe personnel du défunt ? Le père de la reine veuve elle-même ? Aurions-nous oublié Aÿ ? demanda Paasou d'un ton imperceptiblement moqueur.

— Non, nous n'avons pas oublié ce vieux hibou, dit Houmose.

Un bref silence suivit l'évocation de ce nom.

— Nous avons toujours barre sur lui par son frère Anen. Lui au moins nous est demeuré fidèle, reprit Houmose.

— Mais Anen n'est pas Aÿ, observa finement Néfertep.

— Aÿ est très puissant, observa Paasou. Il est quasiment vice-roi de la province d'Akhmim. Il fait partie du Conseil royal et de l'armée.

— Mais lui aussi est compromis, objecta Houmose.

Il vida son gobelet de bière, qu'un serviteur s'empressa de regarnir.

— Écoutez-moi, dit Houmose. Mon honorable collègue Néfertep disait qu'il y a beaucoup d'oiseaux dans l'arbre. C'est vrai, mais aucun d'eux n'est comestible. Tous ces gens-là sont compromis. Nous commettrions une grave erreur si nous nous laissions bercer par l'illusion qu'ils rétabliront de leur plein gré les cultes d'antan. Ils se sont coalisés, le Conseil royal, le chambellan Thoutou, son acolyte Panésy, premier serviteur d'Aton, le régent Semenkherê, la reine veuve Néfertiti, et même Aÿ et Horemheb.

— La solution ? demanda Néfertep.

— Prendre l'initiative de les menacer d'une révolte populaire s'ils persistent dans le culte unique d'Aton. Celle qui s'est produite à Thèbes, lors de l'attaque des pillards, avait même affolé Akhen-Aton. Heureusement qu'il avait pour allié Mahu, le chef de la police, qui a rétabli la situation !

Un silence pesant accueillit cette proposition. Puis un sourire ironique flotta sur les traits de Néfertep.

— J'ai cru relever de la surprise, tout à l'heure, lorsque j'ai proposé de suggérer au successeur du roi de renforcer l'harmonie de son royaume. On m'a soupçonné d'agiter des menaces. Et voici que mon estimable collègue Houmose propose lui-même d'évoquer la menace d'une révolte.

Il poussa un petit gloussement, but une longue gorgée et se lécha les lèvres.

— Et à qui ferions-nous entendre cette menace? demanda-t-il.

— Je propose qu'on l'agite aux oreilles d'Aÿ, répondit Houmose. C'est le plus avisé de tous. Il se dépêchera de la rapporter à Semenkherê, à Horemheb et aux autres.

— Attendons voir ce que nous réservent les jours prochains, proposa Néfertep. Le cas échéant, nous pourrons, en effet, prévenir Aÿ qu'un orage se lève. En attendant, je conseille que nous allions prendre du repos car la journée de demain sera lourde.

Au niveau de l'eau dans le bassin de la clepsydre, on pouvait lire que la première heure après minuit était entamée. Les prêtres se levèrent, suivis de leurs serviteurs, et gagnèrent leurs quartiers. Trois lampes seules demeurèrent allumées. Le silence retomba sur le pavillon des Visiteurs.

Dans sa cachette, Pasar demeura longtemps immobile, comme pétrifié. Puis il sortit dans le jardin pour pisser, faisant fuir une grande couleuvre. De retour dans sa cachette, il mit longtemps à s'endormir.

À quelques dizaines de coudées de là, dans les jardins obscurs du palais des Princesses, des soupirs se mêlèrent aux chants des crapauds. Dans les bosquets de thuyas, les sueurs de deux animaux humains exhalaient leurs odeurs naturelles et les parfums dont ils étaient frottés. Le nard dont on s'enduisait le ventre et les aisselles se mêlait au santal dont il était coutumier de se masser les bras et le cuir chevelu. L'intermède dura le temps qu'il faut pour rôtir un oiselet, accompagné par des froissements plus ou moins réguliers de branchages.

Un sein doré apparut dans la clarté diffuse de la nuit, fruit inattendu des thuyas. Puis un pied nu.

Après l'extase, les deux corps s'étreignirent, avec douceur cette fois.

Des chuchotements que seuls perçurent les hiboux, les chauves-souris et les ichneumons filèrent dans les branches.

— Tu es l'incarnation du dieu Mîn.

— Tout homme qui a le privilège de t'apercevoir devient un dieu Mîn.

Rire étouffé.

— Avec tes dents de perles, on croirait pourtant que tu es édentée.

Nouveau rire.

— La prochaine fois, laisseras-tu ma semence jaillir en toi ?

— Et que dirais-je si un enfant naissait ?

— Tu ne te sers pas de l'onguent ?

— Si. Mais on ne sait jamais.

— Tu pourras dire que le dieu t'a visitée.

Un dernier rire se répandit dans l'obscurité, comme un collier de perles cassé.

— Et dire que je suis censée être en deuil !

— Tu ne l'en supporteras que mieux.

Les ombres se séparèrent. L'une se dirigea d'un pas alangui vers le palais des Princesses. L'autre longea le fleuve en direction des bâtiments administratifs. Il parvint à un espace dégagé, bordé du côté du fleuve par des papyrus et des joncs, et la clarté de la nuit accrocha des luisances à un torse svelte, comme métallique, encore embué de sueur.

À peine revenue dans sa chambre, l'amoureuse posa sa perruque sur une catin, se dévêtit et jeta sa robe sur un siège, puis elle s'allongea dans l'obscurité. Elle caressa son corps repu, comme pour faire renaître les caresses de son amant.

Elle se remémora leur rencontre.

Il faisait partie de l'équipe de scribes venus, sur ordre du Premier chambellan Thoutou, quelques heures après la mort du roi, récupérer des documents royaux pour les porter au pavillon des Archives. Elle l'avait croisé alors qu'elle descendait des appartements où sa mère, revenue du palais du Nord, venait de s'installer. Leurs regards s'étaient noués. Elle avait d'emblée aimé ce visage ferme et nerveux, les fortes mâchoires, le menton délicat, le front bombé, la bouche charnue, les épaules rondes.

Elle eût dû détourner les yeux. Elle ne l'avait pas fait. Folie !

Il suivait à la dérobée chacun de ses gestes. Elle avait regardé ses mains et les avait déployées toutes deux, pouce à pouce. Dix. Puis elle avait tendu l'index. Onze. Onze heures. Double folie ! Elle, une princesse !

Elle avait raccroché le regard du jeune homme et lui avait indiqué les jardins. Triple folie ! Elle, une vierge royale !

Mais la mort soudaine du roi avait mis fin, pour elle tout au moins, à une longue torpeur morose. Elle n'avait jusqu'alors été qu'une statue, tout au plus un jouet articulé aux mains de son père et de sa mère. Le choc de l'émotion l'avait désenchantée. Désensorcelée.

Elle était excédée de cette atmosphère de vierges contraintes et de nourrices recuites qui régnait dans le palais des Princesses. Elle avait dix-sept ans. Elle voulait connaître un homme qu'elle aurait choisi.

Elle ignorait que c'est un effet commun de la mort : elle enivre les vivants de leur vie.

Elle avait préalablement congédié sa nourrice, alléguant que ses ronflements l'empêchaient de dormir. Puis, à l'heure dite, elle était sortie sur la terrasse. Lune presque pleine, on voyait clair dans le jardin.

Il était venu. Elle lui avait indiqué du geste les bosquets car il était trop visible. Puis elle l'avait rejoint. Quadruple folie !

Elle se rappela avec émotion la terreur du jeune homme. Cent coups de bâton, si on le surprenait. Ou pis. Il était tombé à genoux devant elle. Elle avait relevé sa robe. C'était un scribe intelligent et obéissant. Et de surcroît, ardent. Il avait fait son devoir, avec maladresse d'abord, emportement ensuite.

La voix un peu rauque, elle lui avait alors enjoint de se mettre debout. Elle avait glissé la main sous son pagne. Quintuple folie !

Elle se rappela avec plaisir le cri de surprise du jeune homme, un long feulement, quand, pour la première fois de sa vie, elle avait pris le membre dans la main. Elle l'avait caressé. Puis baisé. Puis…

Adossée contre un thuya, elle s'était laissé prendre. La douleur. Le sang. Puis une plénitude inimaginable. L'étreinte. Un baiser d'un million d'années.

S'il n'était parti, ce soir, elle l'aurait rappelé.

À cinq lieues de là, toujours à la même heure, trois jeunes hommes dans le plain-chant forcené des crapauds et les premières brises nocturnes allaient d'un pas allègre sur la route de la petite ville de Hébénou. Ils se dirigèrent vers une maison sans étage, à l'écart des autres, sur les bords du Grand Fleuve. On la reconnaissait de loin aux trois torches essaimant leurs miettes de cuivre embrasé dans l'eau, par-dessus les joncs et les papyrus de la berge. Le son de cistres et de tambourins *kemkems,* prometteurs de félicités, monta au fur et à mesure que les trois hommes se rapprochaient. Ils hâtèrent le pas.

Ils furent accueillis à la porte par un nain tout en joues et en fesses. C'était une personnalité que ce nain,

Petit-Bès comme on l'appelait : lui et un autre de même conformation avaient appartenu à Moûtnejmet, la femme du général Horemheb, propre sœur de la reine ; puis la princesse, peut-être lassée de ses impertinences, lui avait consenti sa liberté et il avait ouvert ce cabaret non loin d'Akhet-Aton.

— Ah, les travailleurs de Thoth nous font enfin l'honneur d'une visite ! s'écria-t-il. Vous arrivez à temps, le spectacle va commencer.

Il claqua des doigts. Une servante vint prendre les arrivants en charge. Elle les conduisit vers une salle d'une soixantaine de coudées de long par autant de large, où deux ou trois douzaines d'hommes de tous âges étaient installés, accroupis, devant des tables basses. Un orchestrion de trois musiciens juchait sur une estrade de brique crue et de planches, au milieu de la salle. L'assistance sirotait qui de la bière, qui du vin ou de l'hydromel. Certains soupaient aussi, de fèves ou de poisson grillé, mais surtout de pain. De petites bottes de khat garnissaient presque toutes les tables. Des cris et des rires fusèrent !

— Soudjo ! Renefer ! Akherou ! Vous voilà démasqués !

Les trois scribes, car telle était leur profession, choisirent la table la moins encombrée et prirent place en riant parmi des collègues, des marchands, des cultivateurs, des fonctionnaires du cru, tous gens de rang moyen, sinon modeste. Les vrais notables, eux, ne fréquentaient pas cet estaminet : ils se faisaient donner le spectacle chez eux.

— Qu'est-ce qui vous a retenus si tard ?

— L'établissement des nouveaux cadastres, répondit Renefer, qui tenait toujours son calame à l'oreille.

Un client leur lança, d'une table voisine et par-dessus le vacarme des tambourins :

— Crapules ! Vous m'avez ruiné ! Je dirai à vos femmes où vous traînez la nuit !

— Trouve-moi d'abord la femme dont tu parles !

— Quand tu auras du poil aux jambes, morveux !

Nouveaux rires.

Une servante mafflue s'enquit de ce que les arrivants souhaitaient commander. Ils optèrent pour du poisson mariné, une salade d'oignons, des pains au sésame et de la bière.

— Nous pensions que l'établissement serait fermé, dit Soudjo à son voisin, scribe au temple de Bès, qui mâchonnait deux ou trois feuilles de khat en s'humectant le palais de temps à autre d'une gorgée de vin.

— Et pourquoi serait-il fermé ?

— Tu n'es pas au fait ? Le roi est mort.

— Et alors, je suis vivant, moi ! De toute façon, il est mort à Akhet-Aton. Nous sommes à Hébénou, ici. Le temps que le royaume l'apprenne, nous serons passés de trente jours. Tu crois que nous allons prendre le deuil pour trente jours ?

— Sait-on qui va lui succéder ? demanda un marchand.

— Le régent, sans doute. Semenkherê, répondit Akherou.

— Ah, le petit dulciné. Nous voilà bien.

L'échange fut interrompu par un roulement de planchettes magiques et de tambourins produit par l'orchestrion. Le nain monta sur l'estrade et commanda le silence d'un geste de la main.

— Hommes de bonne vue et de sang chaud, maintenant commence le spectacle réservé aux dieux !

Des lazzis saluèrent l'apostrophe.

— Les trois danseuses de Hathor ! annonça le nain.

Un crépitement de cistres et de perles *minots*, pareil au bruit d'un crotale furieux, emplit l'air. Puis un formidable coup de tambour fit sursauter les spectateurs.

Le nain descendit de l'estrade dans une cabriole et trois danseuses y grimpèrent. Entièrement nues, hormis les colliers qui tintaient entre leurs petits seins. Quinze ans au plus. Un silence parfait régna soudain. Les trois artistes se tournaient le dos, droites et graves, triangle de chair juvénile sur lequel convergèrent les souffles et les regards brûlants de l'assistance. Un roulement de perles *minots* monta de la main d'un musicien. Les danseuses frémirent du bout des doigts et remuèrent leurs orteils roses. Le frémissement s'enfla et un tambourin bourdonna. Elles agitèrent leurs seins. Deux tambourins. Les jambes frémirent. Puis un rythme sourd d'une mesure et demie. Elles s'écartèrent l'une de l'autre et battirent le rythme de leurs talons. Selon la coutume, les spectateurs l'amplifièrent, claquant des doigts. Elles ébauchèrent des mouvements giratoires. Une flûte éleva sa voix, tantôt syncopée, tantôt lancinante. Les tambours *kemkems* entrèrent en jeu, faisant vibrer l'estrade et ses planches.

Les vibrations se propagèrent dans les reins, les fondements et les organes des spectateurs. Les gobelets furent vidés, puis les cruchons. Sur un signe, les servantes en apportaient d'autres. Les bottes de khat s'amenuisèrent.

Les danseuses semblaient maintenant possédées. Tantôt elles étiraient leur corps comme un arc, tantôt elles tournoyaient comme des mascarets pendant la crue.

Une rumeur irrésistible monta des poitrines masculines. Les claquements de doigts devinrent frénétiques. Décrivant des cercles de plus en plus larges, les danseuses approchaient des tables, des regards enflammés, des bouches entrouvertes, des mains prédatrices, tels des papillons de nuit approchant de la flamme. Elles oscillèrent, des mains se tendirent, saisissant ici une cheville, une fesse ou un sein quand la danseuse se penchait.

Les tambours *kemkems* et les perles *minots* ne laissaient plus une bribe de vide dans l'air surchauffé, tout comme les danseuses ne laissaient plus un lambeau de paix dans l'âme des hommes.

— Par Mîn ! Si j'en attrape une, je lui ferai parler l'entrejambe !

Un rire aigu, canaille, vrilla l'air.

Un autre coup de tambour. Les danseuses s'immobilisèrent. Droites, les bras tendus, elles battirent des mains, tout en reculant vers le centre de l'estrade. Les perles *minots* frémirent, decrescendo. Les danseuses s'immobilisèrent.

Dernier coup de tambour. Silence. Un hourvari monta de l'assistance, les applaudissements claquèrent, des obscénités fusèrent, des rires éclatèrent. Les danseuses quittèrent l'estrade et disparurent par une porte au fond de la salle, se dérobant, non sans peine, aux mains qui les caressaient au passage.

Les spectateurs s'allouèrent de larges rasades. Comme il convenait, ils en offrirent également aux musiciens.

On entendit de nouveau le chant des crapauds que le vacarme avait probablement excités car il était plus sonore.

Chacun savait que, dans une autre salle, moins grande et moins éclairée, quelques filles vénales attendaient le client échauffé. Mais les salaires des scribes ne leur permettaient guère pareilles commodités. La soirée avait déjà coûté plus qu'elle n'eût dû. Et plus d'un se souvenait de l'avertissement des aînés : c'étaient là des plaisirs dont on prenait vite l'habitude.

Un ou deux marchands parmi les plus aisés s'esquivèrent pour apaiser leurs émotions. Pour les autres, des conversations y suppléèrent.

— Peut-être le gouverneur décrétera-t-il le deuil demain, dit un des scribes. L'établissement sera fermé.

— Penses-tu ! Petit-Bès lui graisse assez la patte !

— Et s'il n'y avait que Petit-Bès !

— Au fond, dit un marchand à Soudjo, il n'y a que vous, fonctionnaires du fisc, dont on ne graisse pas la patte !

— Exact. Ça n'aurait pas de sens, puisque ça reviendrait au même.

Un petit rire salua le constat.

— Alors vois-tu, conclut le marchand, qu'Akhen-Aton soit mort ou pas, moi je m'en fiche, parce que ça ne changera rien aux impôts.

— Il n'y a pas de roi sans impôts, observa sentencieusement Akherou. Même les dieux perçoivent des impôts, mais leurs percepteurs s'appellent des prêtres.

Plusieurs convives opinèrent et ricanèrent.

— Allons, tu es un bon garçon, je t'offre une bière, dit le marchand à Akherou.

Les crapauds devaient sans doute donner une fête, car leurs coassements ne faiblissaient pas. Ils ne payaient pas d'impôts, eux. Inadmissible oubli du fisc. Sujets du Dieu incarné, ils devaient payer des impôts, comme tous les autres ! L'on verrait à y pourvoir, se dit Akherou, plus tard dans la nuit, avec un sourire narquois.

Le lendemain matin, un émissaire du ministre du Trésor arrivait à Memphis. Il se rendit au bureau du préfet de la ville pour lui remettre un message de son chef : les funérailles royales menaçant de coûter cher et les caisses de l'État se trouvant dégarnies, il souhaitait obtenir des plus riches habitants de la ville une contribution exceptionnelle aux frais. Le préfet convoqua pour l'après-midi des commerçants et propriétaires parmi les plus aisés. L'émissaire exposa l'objet de sa requête. Ses auditeurs l'écoutèrent d'un air morne. Quand il eût fini, l'un d'eux lui répondit :

— Nous ne donnerons pas un sou.

La brutalité de la réaction laissa l'émissaire pantois.

— Ce roi n'était pas le nôtre. Il a envoyé sa police casser les statues et les représentations de Ptah, le dieu tutélaire de notre cité, dans nos temples et jusque dans les tombes de nos parents et amis. Puissent les chiens du désert le dévorer tel qu'il est. On s'en fiche.

L'émissaire s'empourpra.

— Votre réponse est inadmissible ! Il s'agit du corps du Dieu vivant !

— Il n'était pas le Dieu vivant. Aucun dieu ne s'attaque aux autres dieux. Tu n'es pas très intelligent si tu crois que nous allons payer pour les bandelettes et les aromates de cette hyène qui vient de crever.

— Je vous ferai arrêter pour impiété !

— Par qui, manant ?

— La police du régent.

— Le régent, on s'en fout.

L'émissaire se tourna vers le préfet :

— Je te donne l'ordre d'arrêter ces insolents !

— Tu n'as pas d'ordres à me donner, émissaire. Tu es venu sans délégation officielle, pour la simple raison qu'il n'y a pas de pouvoir dans le royaume. Le roi est mort et personne ne l'a remplacé. Tu as demandé à voir ces gens. Ils t'ont répondu.

Un tel défi de l'autorité royale emplit l'émissaire de désarroi. Qu'allait-il rapporter à Akhet-Aton ?

— Vous répondrez de vos propos, déclara-t-il à l'assistance avec fureur.

Ils n'étaient pas moins furieux que lui.

— En attendant, accepte cette aumône, lui dit un autre qui, se penchant vers lui, lui administra une gifle.

L'émissaire se rebiffa et décocha un horion. L'algarade éclata. Le préfet tenta, mais en vain, de s'interposer. Dix policiers se trouvaient pourtant à la porte ; ils ne bronchèrent pas. Le scribe attaché à l'émissaire se porta au secours de son maître. Un coup de poing l'étala sur le sol de la préfecture. L'émissaire fut rapidement subjugué. Saignant de partout, il cria. Puis il perdit connaissance. Ils le transportèrent à l'extérieur et le jetèrent dans la rue.

Trois jours furent nécessaires pour que l'émissaire fût en état de prendre le chemin du retour. Il raconta à Thoutou ce qu'il fallait bien appeler une entrevue.

Mais le royaume avait alors d'autres soucis que l'insolence des notables de province et, de toute façon, le récit de l'émissaire était fâcheux. Le propriétaire qui l'avait invectivé avait dit vrai : il n'y avait pas de pouvoir dans les Deux Terres.

À peine une carcasse administrative.

3

L'impertinence
des mouches

Un mort n'est pas un vivant privé de vie, mais un objet différent. La mort croit saisir le vif. Ha ! Dès qu'elle s'en est emparée, c'est un autre.

Ce fut un pareil objet que les six princesses, à la suite de leur mère, plus impérieuse que jamais, furent invitées à considérer dans la grande salle du palais, avant le transfert à la Maison du roi où, pendant soixante-dix jours, les embaumeurs s'échineraient à préserver le souvenir de ses formes.

Le cadavre, de son nom consacré, gisait sur un lit d'apparat, plutôt une estrade tendue d'un drap brodé et munie de palans dorés pour le transport. Des pieds qui, à la verticale, paraissaient encore plus grands et plus plats, un ventre encore plus proéminent, gonflé par les fermentations qui ne nourriraient plus que les vers, à supposer qu'on leur permît d'exister, et un visage de

renard. Les mâchoires étaient serrées par la menton-
nière qui faisait darder la barbe postiche tressée. La
peau, évidemment, était livide.

Cette dépouille étrange avait donc été le siège du
pouvoir – d'un pouvoir tyrannique qui avait imposé à
tout le pays le culte exclusif du disque solaire.

La stupeur figea les princesses et coagula leurs
larmes. Un père. Un roi. Et ça devenait ça.

Le serviteur du Ka se tenait au pied du lit, son crâne
rasé luisant de sueur.

Les visiteuses se rangèrent à droite, près du demi-
frère du défunt et corégent du royaume, Semenkherê,
derrière lequel veillait son porteur d'éventail. Vingt ans,
le même visage vulpin, la même bouche ciselée, gour-
mande et voluptueuse que son demi-frère, le torse
aussi mince, mais le ventre moins distendu. L'air grave,
presque crispé, il leva les yeux quand Néfertiti entra,
puis les baissa.

Écartée de l'intimité royale, puis du pouvoir même
depuis quelque trois ans au bénéfice du corégent, elle
n'était plus que l'effigie d'une reine. Sa présence n'était
que symbolique. Elle n'en éprouvait que plus de ressentiment.

Droite comme un piquet, son corps garçonnier vêtu
d'une ample robe plissée de lin fin, les pieds aux
ongles peints d'or en poudre dans des sandales dorées,
N'a-Qu'un-Œil, comme la surnommaient ses ennemis
du clergé, avait, dès son entrée, embrassé la scène de
son redoutable regard. Elle avait repéré les alliés et les
ennemis.

Un incident mémorable avait jadis ancré la légende de ce regard. Au cours d'une fête au palais, un courtisan exécré avait tendu à Néfertiti un verre de vin et, incorrection majeure, l'avait approchée par la gauche. Elle avait regardé le verre : il s'était brisé dans les mains du fâcheux épouvanté. Donc c'était l'œil gauche qui était maléfique. Elle en était consciente et parfois fermait l'œil droit pour terrifier ceux qu'elle soupçonnait d'hostilité.

Près de Semenkherê se tenait un garçonnet au visage délicat, aux yeux doux, aux mains et aux pieds si fins qu'ils semblaient façonnés par un joaillier, chaussé de sandales de veau doré qui épargnaient à ses orteils le contact avec le sol prosaïque. Tout-Ankh-Aton, dernier né d'Amenhotep le Troisième, était donc demi-frère tout à la fois du défunt et du corégent.

En face, à gauche, le Premier chambellan Thoutou, massif, les rides léonines encore plus creusées que de coutume.

Le Premier serviteur d'Aton, Panésy, visage et corps de chouette.

Le scribe royal, maître de la Maison du roi, chef des chefs et noble de premier rang, médecin en chef de la Personne royale, Celui qui approche le Corps du roi, Pentju, mince pour ses cinquante ans, œil voilé de vautour surpris le jour.

Maya, général du seigneur des Deux Pays, intendant de la Maison du roi, pacificateur d'Aton, scribe royal, surveillant de Tous les Travaux du roi, quarante ans, nez busqué en bec de milan et masque impassible. Membre du Conseil royal.

Nakhtmin, prince héréditaire, cousin d'Aÿ père de la reine, porteur du sceau royal de la Basse-Terre, ancien membre du Conseil royal du roi père du roi défunt, chef des garnisons de Thèbes et de la police internationale, mais qui surveillait aussi bien la cité d'Akhet-Aton, fût-ce de façon officieuse. En rivalité donc avec Mahu, chef de la police du royaume.

Horemheb, rougeaud et renfrogné, cou et corps du bœuf Apis, mains en forme de battoirs à lessiver, pieds énormes, couleur de viande crue qui a séjourné au soleil, le chef des garnisons de Memphis, mais surtout le vainqueur éphémère des rebelles du pays de Koush. De temps à autre, il coulait un regard vers son épouse, Moûtnejmet. Sœur cadette de Néfertiti, elle se tenait cependant à la distance réglementaire de trois pas derrière celle-ci, car elle ne figurait pas dans le cercle royal proprement dit. On murmurait aussi que la cadette et l'aînée ne s'entendaient guère, Moûtnejmet supportant mal le ton impérieux de sa sœur.

Ouersef, chef de la garnison d'Akhet-Aton, personnage sec qui montrait un visage étonnamment contrarié.

Mahu, chef de la police du royaume, petit homme au visage compact qui semblait taillé dans du bois de cèdre.

Et Aÿ, cinquante-cinq ans déjà, visage carré strié de rides fines, surnommé « le prince d'Akhmin » en raison de l'emprise qu'il exerçait sur cette province, à cinquante lieues au sud d'Akhet-Aton, et des immenses propriétés qu'il y possédait. Commandant des chevaux du roi et lieutenant-général de la charrerie, porteur de l'éventail royal, scribe personnel du roi, cousin de Nakht-min, beau-frère d'Aménophis le Troisième, puisque sa sœur avait été l'épouse de celui-ci. Beau-père d'Horem-heb, l'époux de Moûtnejmet. Membre du Conseil royal, évidemment. Titre bien plus important : beau-père du roi défunt, puisque père de Néfertiti. Il fixa sur celle-ci un regard indéchiffrable. Elle lui opposa un visage également indéchiffrable. L'échange n'échappa pas à Merit-Aton.

Plus nombre de dignitaires, de scribes et de grands-prêtres des quarante-deux nomes du royaume.

Et, bien entendu, Houmose et Néfertep, dont la présence constituait d'une certaine façon une offense au défunt, puisqu'ils représentaient deux des cultes que le serviteur d'Aton exécrait encore plus que les autres. Mais, fidèle à la politique de conciliation du régent Semen-kherê, le Premier chambellan et maître des cérémonies, Thoutou, avait jugé que l'on ne pouvait leur interdire de participer au deuil, le défunt ayant été maître des Deux Terres et donc souverain théorique de tous les cultes. Le grand-prêtre Panésy avait d'ailleurs exprimé le même avis. Mais chacun savait que tous les grands-prêtres s'entendaient comme larrons en foire et que ceux des cultes délaissés se gardaient bien de jamais attaquer personnellement Panésy : ils n'en avaient qu'à celui qui avait imposé le culte absurde et fanatique d'Aton.

À la porte, cent gardes, la lance au pied. Et dehors, une foule : le personnel du palais et les habitants de la cité d'Akhet-Aton.

Partout, les mouches. Incarnations de la frivolité, de l'indiscrétion et de l'impertinence, ces sœurs cadettes des sauterelles profitaient qu'elles avaient échappé aux malédictions rituelles pour s'imposer partout, notamment sur les bouches.

Le silence, habité par la fumée d'encens, était étouffant. On entendit même gargouiller deux ou trois estomacs. Pour une raison inconnue, la cadette des princesses, Setepenrê, éclata en sanglots bruyants. Personne ne broncha. Ankhensep-Aton lui prit la main, lui caressa le visage et la serra contre elle.

Le serviteur du Ka royal fit un geste. Un scribe lui apporta un papyrus qu'il tira de son étui, déroula solennellement et lui tendit. Néfertep nota que le document était tout neuf.

— Gloire à Aton, maître suprême du ciel, qui décide en ce jour de regagner ta céleste demeure, commença le serviteur du Ka.

Houmose écarquilla les yeux. C'était évidemment un texte inédit. Néfertep et les autres prêtres demeurèrent impassibles.

— Au premier jour du premier mois de la germination de la dix-septième année de ton règne sur les Deux Terres, tu as décidé de reprendre possession de ton âme terrestre et de la conduire dans un grand tour de tes États...

Néfertep fit une imperceptible moue : pas la moindre allusion à Amon-Râ, à Horus, à Anubis, à Thoth, à Moût. Rien de neuf, toujours le même fanatisme. Les murs de la haute salle des audiences résonnaient de la voix de stentor du serviteur du Ka :

— Sois en paix, sois en paix, âme divine vivante qui frappes tes adversaires. Ton âme divine est avec toi, ta forme divine est à tes côtés dans la royauté suprême d'Aton !

Semenkherê scruta les visages de ce clergé polythéiste, à coup sûr scandalisé par l'omission des noms de tous les dieux au service desquels ils s'étaient voués. Le texte inédit avait été composé par Akhen-Aton en personne.

Néfertiti demeurait impassible, altière, une statue, semblant ignorer les regards que son père Aÿ coulait de temps à autre vers elle et ses petites-filles.

Une mouche se posa sur le nez du roi. Le serviteur du Ka poursuivait sa récitation :

— Tu ne mordras pas la terre, tu ne mangeras pas le sol…

Ankhensep-Aton vit la mouche. Son premier réflexe fut d'aller la chasser. Merit-Aton la retint d'un geste furtif mais ferme.

Horemheb s'administra une claque sur la joue ; une autre mouche tomba.

— Ton âme est en toi dans ta poitrine, ta forme est à toi…

Ankhensep-Aton était stuporeuse. Son professeur, bien sûr, lui avait enseigné que les rois ne meurent pas, mais quittent leurs demeures terrestres pour rejoindre leur forme céleste ; cependant, les mots que débitait le serviteur du Ka ne signifiaient plus rien pour elle.

Sa sœur Néfernerou-Aton-Tachéry s'agita tout à coup et éternua. Éternuer ! Le pire présage ! Néfertiti fila un regard sombre vers l'avant-dernière née et

Ankhensep-Aton serra avec une force menaçante la main de l'impertinente. Celle-ci renifla.

Une autre mouche se posa sur l'arcade sourcilière gauche du mort. L'impertinence de ces créatures volantes était inadmissible. Ne savaient-elles pas qu'elles défiaient le roi de l'univers ?

Miséricordieusement, l'invocation du serviteur du Ka avait cessé. Panésy s'avança vers la dépouille. Six prêtres apportèrent sur un plateau doré la double couronne sacrée, réceptacle du pouvoir divin, mais ils ne la posèrent pas sur la tête du défunt ; ils se contentèrent de tenir le plateau à hauteur de la tête. Puis quatre prêtres vinrent s'emparer du baldaquin funèbre et, sur un ordre sec du maître du temple d'Aton, le soulevèrent et se mirent en marche, d'un pas irréellement lent, puis ils se dirigèrent vers la haute porte, suivis des porteurs de la double couronne, du corégent, de la reine et des princesses, des autres dignitaires enfin. Dans le même ordre protocolaire, ils passèrent une haie de gardes quasi statufiés et franchirent la cour du même pas.

Le ciel d'argent fut une délivrance pour Ankhensep-Aton. L'odeur de l'encens enfin dissipée, elle inspira profondément. Elle ignorait si les morts respiraient, mais enfin, elle avait l'impression d'avoir inhalé les vapeurs de son père disparu.

Le cortège gagna la porte du palais, fendit la foule qui attendait dehors, franchit la rue et s'engagea dans le portail de la Maison du roi, juste en face. Il traversa une autre cour et entra dans la maison royale. Une fois parvenu dans la grande salle, le serviteur du Ka fit signe aux porteurs d'y déposer la litière posée sur le baldaquin. Celui-ci fut glissé sur une table aux pieds sculptés en griffes de lion. Douze embaumeurs attendaient là. Le serviteur du Ka leva solennellement la main et les portes dorées se refermèrent. La famille royale, les dignitaires, les prêtres n'avaient plus qu'à s'en retourner chez eux.

Avec leurs couteaux d'obsidienne et de bronze, les embaumeurs allaient pouvoir commencer leur besogne sinistre et sacrée : administrer au cadavre un lavement d'huile de cèdre afin de dissoudre les intestins, l'éviscérer pour arracher ses parties molles aux vers, les plonger dans des bains de natron et les déposer dans des vases d'albâtre. Ainsi commencerait la momification. Soixante-dix jours plus tard, la momie royale entreprendrait son dernier voyage terrestre vers le tombeau où l'attendaient son mobilier, les offrandes et toutes les commodités nécessaires à la vie éternelle de quelqu'un qui n'existe plus.

La reine et les princesses s'en furent d'abord, escortées par les servantes, les porteuses d'éventail et les esclaves.

Un garçon dans la foule les regardait, les yeux écarquillés, ronds d'angoisse.

Ravie de se retrouver pour une fois dans cette rue qu'elle désirait si ardemment, Ankhensep-Aton traîna derrière le cortège, dévisageant ces gens qui avaient été les sujets de son père. Ils lui sourirent, attendris par sa frêle beauté. Elle leur sourit sans hypocrisie.

Le garçon était parvenu, haletant, à la hauteur de la jeune princesse. Les hasards de la déambulation du cortège royal l'avaient poussé tout contre elle. Il lui fourra dans la main une pierre plate et disparut dans la foule, terrifié par l'audace de son propre geste.

Stupéfaite, Ankhensep-Aton considéra la pierre. Était-ce un jeu ? L'expression anxieuse du garçon ne le donnait pas à croire. Elle eut l'intuition qu'il n'était pas temps de l'examiner. Quel pouvait bien être le message ? Sur quoi, la nourrice revint sur ses pas et lui intima l'ordre de regagner le cortège.

Une heure plus tard, alors qu'Aton versait de l'argent fondu sur la vallée du Grand Fleuve, interdisant toute ombre aux obélisques et aux vivants, la reine avait regagné ses appartements et les princesses furent bien aises de retrouver la fraîcheur des leurs. Merit-Aton décida une collation de galettes, de figues et de lait d'amandes au miel. Nulle n'émit un son. La cérémonie funèbre avait comme éviscéré et privé de leurs sens princesses, nourrices, servantes et esclaves, ne leur laissant que la vue et le goût, l'audition, le toucher et la locution étant voilés par la présence de la mort. L'odorat, avait été neutralisé par l'excès d'encens. Puis Merit-Aton s'isola dans sa chambre pour une sieste.

Ankhensep-Aton fit de même. Elle déplia ses doigts et étudia la pierre. Cinq lignes en hiératique y étaient inscrites[1].

---

1. Le papyrus était une substance précieuse, réservée aux documents officiels ; aussi les messages courants étaient-ils inscrits sur des éclats de pierre ou des fragments de poteries cassées, les *ostraca*. L'hiératique était l'écriture courante égyptienne à cette époque.

4

Une vengeance de femme

Semenkherê et ceux qui lui étaient désormais subordonnés – puisque, régent en titre, il était désigné pour succéder au roi défunt – entreprirent de gagner les appartements dans la Maison du roi. Ils contournèrent les hautes façades qui dominaient la rue, afin de passer par les jardins. Pendant les soixante-dix jours de l'embaumement, l'accès de la grande salle des audiences privées leur serait interdite. Outre son scribe privé, le régent était suivi par le chambellan Thoutou, Panésy, premier serviteur de l'Aton, leurs propres scribes et leurs porteurs d'éventail, soit une trentaine de personnes en tout.

— Où est Pentju ? demanda Semenkherê.

Personne ne l'avait vu.

— Et Maya ?

Il avait lui aussi disparu.

En arrivant devant la porte des jardins, ils eurent la surprise de la trouver gardée par cinquante militaires, la lance au pied.

— As-tu convoqué une garde, sire ? demanda Thoutou.

— Non, répondit Semenkherê, les sourcils froncés.

La surprise s'accrut quand celui-ci se vit interdire la porte par le commandant de cette milice.

— Ordre est donné de ne pas laisser le régent Semenkherê pénétrer dans les appartements de la Maison du roi ! annonça le gradé.

Semenkherê et sa suite demeurèrent un instant sans voix.

— Par qui est donné cet ordre ?

— Le chef de la garnison d'Akhet-Aton, le général Ouersef.

Semenkherê mit un certain temps à absorber cette nouvelle information. Il se tourna vers Thoutou :

— Fais venir mes chevaux des écuries.

Le chambellan allait obéir quand le commandant annonça :

— L'usage des chevaux royaux est interdit au régent Semenkherê. Les écuries sont gardées.

Semenkherê pâlit. Lui et les membres de sa suite se regardèrent, stupéfaits. Il était hors de question de discuter avec un commandant de milice. Cependant, n'ayant tenu son pouvoir que du roi défunt, et n'étant pas lui-même encore couronné, le régent n'avait aucune autorité officielle ; il dépendait du Conseil royal, lequel ne s'était pas encore réuni pour confirmer ses pouvoirs.

— Venez, dit-il.

Ils quittèrent les jardins. Une fois dans la rue, Semenkherê déclara :

— Nous allons rendre visite au chef de la garnison. Je le connais bien.

Pendant sa régence, Semenkherê avait entretenu des rapports cordiaux avec le militaire. Il comprit pourquoi Ouersef avait paru si contrarié durant la cérémonie des adieux.

La caserne se trouvait à une bonne demi-heure de marche, au nord de la ville. La foule regarda avec étonnement ce cortège royal aller à pied.

Quand ils parvinrent à destination, le chef de la garnison faisait la sieste. Conscient de la fragilité des honneurs et des rapports passés du régent avec son chef, son lieutenant consentit tout de même à le prévenir de la présence de ses visiteurs. Quelques moments plus tard, ajustant encore sa perruque, signe évident de respect, Ouersef se leva pour accueillir Semenkherê et sa suite. Il s'inclina devant le royal visiteur, autre signe de respect.

— Qui t'a donné l'ordre de m'interdire la Maison du roi ? demanda Semenkherê.

— La reine, honorable régent.

— Mais c'est moi le régent !

— Je ne fais qu'exécuter des ordres, honorable régent. Néfertiti a été nommée hier soir successeur du roi par un Conseil royal restreint. Il y avait là Maya, Pentju et mon maître Nakhtmin. Et Aÿ, évidemment.

— Nakhtmin était présent ?

— Oui, honorable régent.

— Mais il ne fait plus partie du Conseil royal ?

— Il a été restauré dans ses anciennes prérogatives. Il ne pouvait faire autrement que d'approuver la décision des trois autres. On l'a assuré que Horemheb l'avait acceptée.

Semenkherê baissa les yeux, réfléchissant. C'était un coup d'État, sans nul doute fomenté dans l'urgence par Néfertiti et son père. Il médita sur cette vengeance de femme, qui plus était femme de pouvoir. Car Néfertiti avait été élevée dans le goût du pouvoir ; elle ne pouvait pardonner à Semenkherê de l'en avoir frustrée pendant les trois dernières années du règne de son époux. C'était déjà bien assez que le concubin lui dérobât l'affection de son mari. Mais le pouvoir, non !

Semenkherê le comprenait sans peine. Mais il ne s'était pas attendu à ce revirement soudain de la situation.

— Honorable régent, n'as-tu pas soif ? demanda Ouersef. Je serais flatté de t'offrir, à toi et à ta suite, de la bière fraîche.

Semenkherê hocha la tête. La chaleur devenait pesante. Ouersef donna un ordre et trois carafons de terre et des gobelets furent bientôt apportés par l'ordonnance du chef de la garnison.

Le rafraîchissement une fois bu et rebu, rien ne servait de s'éterniser dans la caserne.

— Sire, déclara Thoutou, l'heure s'avance. La situation est intolérable. Laisse-moi t'offrir l'hospitalité de ma maison. Nous aurons tout loisir pour réfléchir.

— N'irons-nous pas voir Néfertiti d'abord ?

Panésy plissa ses lèvres dans une moue qu'il fit suivre d'un sourire malin.

— Sire, dit-il, appelant sciemment Semenkherê par son titre ancien. Qu'attend donc une femme qui vient d'infliger une défaite à son adversaire ? Des protestations. Ta Majesté est trop fine pour ne pas savoir que celles-ci ne seraient qu'un aveu de défaite. Elle te sait doté de grandes ressources. Ton silence signifiera ton dédain et ne pourra que l'inquiéter. Crois-moi, si avant la nuit tu n'es pas allé lui représenter ton indignation, elle n'en dormira que plus mal.

— Mais que ferons-nous ensuite ? demanda Semenkherê, séduit par le raisonnement.

— Nous nous retrouverons ce soir chez Thoutou.

Et se tournant vers ce dernier, Panésy ajouta :

— Permets-moi d'amener quelques convives à souper.

— Ils seront les bienvenus, répondit Thoutou.

Curieux personnage que ce Panésy, songea Semenkherê. De quel parti était-il donc ? Il eût dû se ranger à celui de Néfertiti, défenderesse farouche du culte d'Aton ; et pourtant, il semblait avoir pris celui du vaincu…

Princesse céleste,
les grands-prêtres Houmose
et Néfertep vont menacer

les tiens d'un soulèvement
avec l'aide de Horemheb.

Ankhensep-Aton s'assit sur son lit. Le message était énigmatique. La façon dont il lui avait été remis l'était autant. Elle ne sut que penser. Elle ignorait tout des intrigues de pouvoir, ne connaissait pas davantage Houmose et Néfertep, et ne savait donc que le nom de son oncle Horemheb. Mais elle eut l'intuition que le message était important.

La pierre en main, elle sortit de sa chambre par la terrasse et se rendit chez Merit-Aton, sa voisine. Celle-ci dormait sur le dos, quasi nue. Sa respiration était lourde. Ankhensep-Aton admira un instant les seins de sa sœur, luisants de sueur, et s'assit sur le lit. Elle lui mit la main sur une jambe. La respiration de Merit-Aton accusa deux ou trois ratés qui culminèrent dans une sorte de grognement. Elle ouvrit les yeux, bovine.

— Qu'est-ce qu'il y a ? s'écria-t-elle, alarmée.

Ankhensep-Aton lui tendit la pierre.

— Où as-tu trouvé ça ?

— Tout à l'heure, un garçon me l'a glissé en main alors que nous revenions à la maison.

— Un garçon ?

— Mon âge.

Merit-Aton examina le caillou plat. Une écriture enfantine.

— Qui sont Houmose et Néfertep ? demanda Ankhensep-Aton.

— Les grands-prêtres des cultes d'Amon-Râ à Thèbes et de Ptah à Memphis.

— Amon-Râ ?

Ankhensep-Aton ne connaissait même pas le nom du roi des dieux avant que son père l'eût banni du royaume.

— Et Ptah ?

— Je t'expliquerai aussi. Tu n'as jamais vu ce gamin ?

— Jamais. Je l'ai d'ailleurs à peine aperçu quand il m'a mis cette pierre dans la main.

Merit-Aton parut perplexe.

— Le comble est que ce message est vraisemblable.

— Demandons à la nourrice…

— Penses-tu !

— À notre mère, alors ?

— Nous nous ferions tancer comme deux paysannes malpropres. Accepter un message de la main d'un garçonnet inconnu ! Mais tu rêves !

Merit-Aton se leva, pieds nus, pour aller boire à la gargoulette une longue rasade d'eau de puits parfumée à l'essence de rose. Puis elle saisit un abricot dans un bol et le mangea d'un air méditatif.

— Mais tu as l'air de savoir, toi, ce que signifie ce message. Explique-moi ! s'impatienta Ankhensep-Aton.

— Plus bas ! ordonna Merit-Aton. Tu vas réveiller les nourrices.

Elle s'assit sur le lit.

— On révérait jadis plusieurs dieux dans le royaume. Amon-Râ, Ptah, Horus, Osiris, Isis, bien d'autres. Leurs services étaient assurés par des clergés nombreux et prospères. Notre père a prétendu supprimer leurs cultes et les prébendes de ces prêtres. Et ceux-ci le détestent. Maintenant qu'il est mort, ils intriguent pour regagner leurs privilèges. Comprends-tu ?

Ankhensep-Aton la regardait, les yeux ronds.

— Pourquoi ne nous a-t-on jamais dit tout cela ?

— Parce que c'était interdit ! souffla Merit-Aton, exaspérée.

— Est-ce pour cela que les nourrices chuchotent dans les coins ?

— Ces commères entendent toutes sortes de ragots qui fermentent dans leurs têtes ! bougonna Merit-Aton.

— Pourquoi t'impatientes-tu ?

— Parce que ce message a toutes les apparences de la vérité. Mais je ne sais pas ce que nous pouvons en faire. Ni même comment l'interpréter. Comprends : le trône est vide. Et beaucoup de gens le convoitent.

— Qui ?

— Ma mère, d'abord. Puis Semenkherê. Notre grand-père Aÿ. Et d'autres encore, je n'en doute pas.

Ankhensep-Aton regarda le ciel par la fenêtre ouverte. Le monde était incompréhensible. Pis : menaçant.

— Et nous ? demanda-t-elle faiblement.

— On verra bien, répondit philosophiquement Merit-Aton. On trouvera toujours un mari, non ?

L'anxiété fit ravaler à Ankhensep-Aton un mouvement de rébellion. Le message du garçon ne servirait à rien. Et d'ailleurs, d'où tenait-il ce qu'il affirmait ?

L'ancien maître de la garde-robe royale transpirait d'anxiété. La sueur ruisselait en rigoles satinées sur la peau mate de son corps athlétique et lisse, sur son front, le long de ses côtes, entre ses pectoraux où elle mouillait le collier de la Faveur royale, et descendait jusqu'au nombril.

Assise dans un fauteuil d'ébène aux accotoirs décorés d'or émaillé, Néfertiti dardait sur lui son regard terrestre, celui de l'œil droit, et l'autre, le maléfique, celui de son mauvais œil.

— Tu es donc désormais sans emploi, dit-elle.

— Oui, divine maîtresse.

Qui dorénavant aurait besoin des deux cents robes de lin plissé du défunt, des pagnes de même matériau, ouverts devant ou à la pointe ? Des manteaux d'écarlate ? Des douzaines de sandales d'or ou de cuir doré, incrustées de pierreries ? Des ceintures d'or gemmées ? Des pectoraux d'apparat en or décorés de pierres rares, dont les fameux saphirs étoilés de Taprobane ?

— L'inventaire est en ordre ?

— Oui, divine maîtresse. Les coffrets sont scellés.

— Il faudra m'apporter les bijoux.

— Oui, divine, maîtresse. Il y a aussi les coffrets du régent.

Elle ne répondit pas. Elle aviserait avec son père si les joyaux du régent appartenaient en propre à celui-ci ou bien au Trésor du royaume.

— Ils dormaient bien dans le même lit? demanda-&t-elle.

La sueur ruissela de plus belle sur le corps du fonctionnaire.

— Oui, divine maîtresse. Le roi avait fait confectionner un lit double.

— À ton avis, qui était la femme de l'autre?

L'indécence de la question frappa le maître de la garde-robe comme une claque. Il ravala sa salive. Une réponse maladroite pouvait lui coûter non seulement son enviable poste, mais encore la vie.

— Je l'ignore, divine maîtresse, répondit-il d'une voix étranglée.

— Parle. Tu ne parles qu'à moi.

— Je n'étais pas de service la nuit, divine maîtresse.

— Mais tu étais présent toute la journée avec eux. Parle donc.

— Divine maîtresse…

— Parle! Je sais exactement ce que tu as dérobé dans les effets du roi.

L'homme roula des yeux terrifiés.

— Notre seigneur…, parvint-il enfin à articuler.

Elle observa un silence imperceptible avant de demander:

— Et toi?

L'homme parut au bord de l'effondrement. Il écarquilla les yeux.

— Moi?…

— Avec qui couchais-tu?

Et l'œil qui le regardait et lui transperçait la cervelle…

— Avec les deux ?

Il hocha la tête.

— Il y en avait d'autres ?

— Parfois... Lors des promenades sur *La Gloire d'Aton*, balbutia-t-il.

La barque royale, maintenant ancrée devant le palais des Princesses. Elle se rappela les promenades familiales auxquelles cette barque avait d'abord servi. Les cris de joie de ses filles. Les écorces de melon qu'elles jetaient dans l'eau pour voir de gros poissons surgir et les happer...

— Qui le savait ?

— Personne, divine maîtresse. C'était un secret.

— Va, dit-elle. Tu peux garder ce que tu as volé. Tu restes au service de la Maison du roi jusqu'à ce que j'en décide autrement. Si tu révèles un mot de cette conversation, je te ferai bâtonner à mort. Pourquoi pleures-tu ? demanda-t-elle comme il s'enfuyait.

Il se retourna.

— Mon maître... était bon... Je pense au bonheur perdu...

— Et moi donc.

Enfin il quitta la pièce, la nuque basse. Néfertiti sortit sur la terrasse. Son regard survola le Grand Fleuve et tomba sur *La Gloire d'Aton*, qui se balançait insolemment devant le palais des Princesses. La vue lui en fut insupportable ; elle regagna la pénombre de son cabinet.

Elle avait deviné depuis longtemps ce qu'elle venait d'entendre. Akhen-Aton était un homme double. Un conquérant dont le plaisir suprême était d'être conquis.

Le porteur d'une couronne double, homme et femme. Tout à la fois l'amant immatériel du Disque d'Aton et un être de chair, favori de son favori. Mais elle avait quand même cru vivre le bonheur. Jusqu'au jour où le fils de la Mitanienne, Semenkherê, était apparu. Tel le serpent Apopis, il avait séduit son frère par la fraîcheur de ses quinze ans. Il l'avait convaincu de vivre avec lui, d'abord dans la Maison du roi, puis, comme celle-ci était trop proche du palais, dans un palais tout neuf, construit pour eux à Merou Aton. Et il avait obtenu le titre de régent. Il l'avait supplantée. Comme épouse, puis comme conseillère et garante du trône.

Soudain, les bas-reliefs et les fresques qui représentaient le couple royal entouré de ses enfants, baigné dans la double chaleur d'Aton et de l'amour familial, le roi embrassant sa plus jeune fille, tout cela n'avait plus été que mensonges pour le bénéfice des courtisans et du peuple. On lui avait rapporté qu'un bas-relief représentait Akhen-Aton et Semenkherê enlacés. Elle avait giflé le messager.

Elle n'avait même pas été disgraciée, mais simplement oubliée. Elle en connaissait la raison : elle n'avait donné à son époux que des filles. On disait que, dans pareils cas, la faute en était à la semence, trop faible ; la preuve en était, d'ailleurs, de l'enfant qu'il avait eue d'une concubine : encore une fille, morte en bas âge. Mais Akhen-Aton avait refusé de blâmer sa liqueur divine. Frustré, il s'était retiré de la couche royale.

Elle avait appelé son père Aÿ à son secours. Il s'était déclaré désolé et impuissant. Elle avait aussi appelé

Moûtnejmet, sa sœur, l'épouse d'Horemheb, qui lui avait conseillé de prendre un amant et de donner enfin un garçon à son époux, fût-il illégitime. Mais l'âge de concevoir était passé. Ses flancs étaient désormais aussi stériles que ceux du démon Semenkherê.

La blessure avait été lente et silencieuse. Les larmes perlèrent dans les yeux de la reine. L'épouse du dieu vivant devait maintenant jouer la comédie du deuil.

Mais elle était encore vivante. Elle ferait boire à ses ennemis le vin âcre qu'elle tirerait de ses larmes, de son humiliation et de sa colère.

Un homme entra. Nez en bec d'aigle, l'air martial, il vit dès l'entrée que Néfertiti était bouleversée. Il s'élança vers elle.

— Maîtresse ! s'écria-t-il. Mais que se passe-t-il ?

Elle pleura alors librement. Il la prit dans ses bras et la consola.

Peu avant le coucher du soleil, un messager apporta à la maison de Thoutou un rescrit royal lui signifiant qu'il n'était plus Premier chambellan de la Maison du roi. Il l'accueillit avec un ricanement qui surprit jusqu'à son hôte d'honneur, le régent Semenkherê.

— Comment t'appelles-tu, messager ?

— Ha-Ouzaït.

— Je me le rappellerai dans peu de jours, crois-moi.

L'autre s'en fut, inquiet. Et Thoutou s'en revint, goguenard, attachant le rouleau du rescrit sous la lampe de bronze à triple bec qui pendait du plafond de la grande salle principale, afin qu'il fût visible de tous. Le document menaçant se balança et virevolta dans l'air, comme un objet sans substance. Car tel était le respect que l'ancien Premier chambellan portait aux décision de la reine. Ce fut la première fois que Semenkherê se prit à rire depuis quelques jours.

Indifférents à ces péripéties, dix esclaves s'affairaient pieds nus, les uns balayant les nattes, les autres regarnissant l'huile des lampes, disposant les cruches de bière et de vin sur la grande table basse au centre de la salle, tisonnant les braseros ou chassant les insectes qui s'aventuraient sur le sol de pierre. À la porte du jardin, les fumées des copeaux de cèdre tenaient en respect les essaims de moucherons friands d'humidité, comme il s'en levait à chaque crépuscule. Les oiseaux en soupaient avant de se réfugier dans les sycomores ; les chauves-souris achevaient le reste.

Escorté des quatre domestiques qui lui restaient, Semenkherê fit ses ablutions et s'installa dans la plus belle chambre de la résidence de Thoutou. Lorsque, rafraîchi, massé, rasé, parfumé, la peau lissée par les huiles de santal et de jasmin, il regagna la grande salle, Houmose et Néfertep venaient d'arriver en compagnie de Panésy, leur collègue et premier serviteur d'Aton. Leur déférence confondue, intégralement conforme au protocole royal, témoigna d'emblée de leurs sentiments à l'égard du régent. Ignoraient-ils donc qu'il n'était plus régent ? Semenkherê décela cependant chez eux un étonnement impossible à dissimuler et dont il connaissait bien la cause : jamais le détenteur du pouvoir royal, futur dieu vivant, ne se rendait chez un de ses fonctionnaires, aussi élevé fût le rang de ce dernier, pour y prendre son repas du soir. Ils se demandaient évidemment ce qui se passait.

Lui-même fut également surpris : comment Panésy, premier serviteur d'un culte hostile à tous les autres, avait-il donc pu rallier si rapidement les chefs des clergés d'Amon-Râ et de Ptah, qui eussent dû lui vouer une aversion sans réserve ? Puis il sourit dans sa barbe : au fond, tous ces dignitaires s'entendaient comme larrons en foire. Et dans l'urgence présente, ils en oubliaient leurs ressentiments vrais ou supposés.

Il n'avait revu Houmose et Néfertep qu'à la cérémonie du départ du roi pour l'Horizon lointain, mais il les connaissait bien, puisqu'il avait répondu à leurs récriminations sur la réduction de leurs stipendes et de leurs terres. Et ses réponses officielles avaient témoigné autant de bienveillance que le lui autorisait le roi défunt. Mieux, il avait joint aux lettres officielles un message personnel, assurant les grands-prêtres qu'il ne pouvait rester insensible aux difficultés que souffraient les serviteurs de la divinité. C'était tout ce qu'il pouvait se permettre, compte tenu de la détestation d'Akhen-Aton et de sa propre méfiance à l'égard des clergés prévaricateurs.

Car même s'il avait laissé à son frère chéri l'essentiel des affaires du royaume, en raison de sa santé déclinante, Akhen-Aton conservait dessus son œil de renard.

Quant à leurs difficultés, crotte de singe et morve d'ich-neumon ! Leur prétendue misère procédait du fait qu'ils ne prélevaient plus de tributs sur les conquêtes, puisqu'il n'y en avait plus.

Ils se tenaient rangés en demi-cercle devant l'ancien régent, qui les observa. Il n'était pas dupe de leurs attitudes soumises. Ces deux hommes, Houmose et Néfertep, comptaient parmi les vrais seigneurs de la vallée ; ils étaient les princes sans titre du royaume et Akhet-Aton n'était qu'une enclave créée par le roi défunt. Et ils étaient là en tant que représentants de tous les autres clergés.

Quand son père Amenhotep le Troisième était encore vivant, Akhen-Aton, à Hermopolis, avait été révolté par la manière indécente dont ces prêtres s'enrichissaient et par les parts qu'ils prélevaient sur les butins de guerre. Comble d'impudence, ils prêtaient ensuite cet argent au Trésor royal pour financer les campagnes militaires, et prélevaient dessus des intérêts qui venaient enrichir leur butin. Des grands-prêtres ? Ha ! Plutôt des banquiers, parmi lesquels on comptait quelques franches crapules.

Impossible de les démettre : ils étaient soutenus par des notables et des propriétaires dont les réseaux étaient aussi difficiles à détruire que des taupinières. Akhen-Aton les avait d'abord ignorés, puis il avait réduit leurs privilèges ; à la fin, il avait entrepris de marteler les effigies de leurs dieux. Et il avait fondé le culte d'une divinité unique, Aton, le Disque solaire, dont il contrôlait étroitement les finances par l'entremise du Premier serviteur du dieu, Panésy. Il avait construit des temples à Aton et fait bâtir une cité alentour, Akhet-Aton.

Peine perdue : Akhen-Aton et Semenkherê ne le savaient que trop bien, les cultes des autres dieux avaient résisté. Le peuple connaissait à peine Aton ; il restait fidèle à Amon, à Apis, à Horus, bref, à tous les autres dieux aux noms desquels leurs clergés s'enrichissaient. Et ils avaient survécu. La preuve en était que ses représentants les plus éminents s'offraient le luxe de souper avec l'héritier de leur ennemi.

Pendant les fractions d'instants que dura le face à face, Semenkherê se souvint des colères de son frère lorsqu'il avait compris qu'il avait échoué dans la réforme du système. Puis il se félicita de sa propre sagesse. De caractère plus conciliant, il avait appris à ménager ces seigneurs ; ils étaient indispensables pour le financement des campagnes militaires. Il avait donc tempéré les vindictes de son frère. Mais la hargne des grands-prêtres contre le roi était tenace ; et faute de leurs subsides, l'armée avait été incapable de maintenir son emprise sur les pays de l'est et du sud. Leur discours était simple et brutal : « Tu prétends substituer le culte d'Aton à celui des dieux traditionnels ? Très bien ! Nous allons miner ta puissance ! » Et leur vengeance avait entraîné le déclin de la puissance militaire du royaume.

Semenkherê soupira et leur fit un signe de la main, puis il s'assit le premier, comme s'il était toujours régent. Ils s'accroupirent autour de la table. Thoutou avait organisé un véritable festin.

Les regards des convives errèrent quelques instants sur les piliers aux chapiteaux lotiformes. Puis Houmose aperçut le document qui se balançait nonchalamment dans l'air du soir, au-dessus de la table du repas. Il sembla surpris, sinon scandalisé, car il y avait reconnu le sceau royal. Thoutou l'informa d'un air farceur que ce papyrus tout frais livré le démettait de ses fonctions de chambellan royal. La stupeur dévasta les visages de Houmose et Néfertep. La présence de Semenkherê rendait en effet la situation incompréhensible. Un seul homme avait l'autorité de démettre le chambellan, et c'était celui qui occupait le trône. Or, ce dernier était bien là, accroupi, souriant et semblant tout à fait serein.

— Néfertiti s'est fait nommer hier soir détentrice du trône de son époux par un Conseil royal restreint, expliqua Semenkherê. L'un de ses premiers soins a été de démettre notre hôte Thoutou.

Houmose faillit s'étrangler. Néfertep tendit le cou vers Thoutou, l'air d'un crapaud s'apprêtant à gober une mouche énorme.

— L'accès aux appartements royaux et aux écuries m'a été interdit par un détachement militaire sur l'ordre de Nakhtmin, évidemment requis par Néfertiti, ainsi que me l'a expliqué Ouersef. Thoutou a donc bien voulu m'accorder son hospitalité.

— Elle a été vite en besogne, observa Panésy. Elle m'a fait convoquer en urgence. Quand je suis arrivé, elle était entourée de son père Aÿ, du scribe royal Maya, de Nakhtmin et de Pentju. Maya tenait encore en main le roseau avec lequel il avait lui-même rédigé l'acte du Conseil royal. L'encre était à peine sèche. Nerfertiti m'a annoncé d'un ton impérieux qu'un Conseil royal restreint l'avait nommée régente du royaume, en attendant que le prince Tout-Ankh-Aton soit d'âge. Et elle a exigé que je le signe. Je ne pouvais que m'exécuter.

Panésy, mis au fait des décisions de Néfertiti, n'en avait donc pas informé ses collègues, conclut Semenkherê ; il ne l'avait pas non plus alerté ; sans doute appréciait-il les surprises.

Le visage de Houmose parut se décomposer. Puis il vira au pourpre. Thoutou craignit que le grand-prêtre subît une attaque.

— J'ai observé que la signature du régent était absente du document, poursuivit Panésy, se tournant vers Semenkherê. Aÿ m'a répondu que cela n'avait pas d'importance, puisque, le régent étant de fait président du Conseil royal, la précédente régence se trouvait abolie.

C'étaient là des informations fraîches. Par un exercice de substitution quasi acrobatique, Aÿ avait donc supplanté le régent légitime par sa propre fille.

Une fois de plus, Semenkherê s'interrogea sur la position de Panésy. Tout à la fois, il avait entériné la nomination de Néfertiti et rejoint le camp de son ennemi. Théoriquement, il eût dû se ranger auprès de la nouvelle régente, garante de l'ordre établi et donc de ses privilèges. Mais il savait la situation périlleuse et, par son double jeu, il espérait ne pas être balayé dans le chambardement imminent, quitte à y perdre une partie de ses prérogatives.

Houmose se donna une claque de colère sur la cuisse, geste fort peu protocolaire.

— Mais que faisait donc là Pentju? demanda-t-il avec emportement. Il n'est que le médecin du roi et ne faisait pas partie du Conseil royal.

— Elle l'aura fait nommer en urgence, de même qu'elle a restauré Nakhtmin dans son ancienne fonction de conseiller royal, suggéra Panésy.

— Je suppose qu'elle aura pris bien d'autres mesures, ajouta calmement Semenkherê. Bon, nous verrons. Je ne serais pas étonné qu'elle se fasse couronner avant l'expiration des soixante-dix jours.

— Mais cela ne s'est jamais vu! s'écria Néfertep.

— Et un Conseil royal restreint prendre une décision aussi précipitée, l'a-t-on déjà vu? Tout est possible avec cette femme.

Les domestiques servirent du vin. Sous l'effet des émotions, les gobelets furent vidés en un clin d'œil.

— C'est donc Aÿ qui a manigancé tout ça, observa Néfertep. Il a mis sa fille sur le trône.

— Mais elle n'est pas de sang royal! s'écria Thoutou.

— Il peut sembler plausible aux yeux du peuple qu'elle assume la régence au nom de Tout-Ankh-Aton.

— Mais tu es présent, sire! objecta Houmose.

— Justement. Elle devait faire en sorte que je ne le sois pas. Mais à plus longue échéance, il se peut que j'y trouve mon intérêt.

Munis d'un grand bassin et d'une aiguière d'eau parfumée, les domestiques vinrent laver les mains des convives et servirent les plats. Des pigeons farcis au blé et aux petits oignons, des quartiers d'oie, des salades de poireaux à l'huile, de la laitue fraîche, des concombres au lait aigre… Tout sauf du poisson, car il était interdit au futur dieu vivant, ainsi qu'aux prêtres, de consommer cet aliment-là, et le soin de Thoutou prouvait donc qu'il considérait Semenkherê comme son maître et l'héritier légitime du trône.

— Elle aurait donc le même caractère que la sœur de son père, dit rêveusement Néfertep.

Semenkherê hocha la tête. Ty, sœur d'Aÿ, épouse d'Amenhotep le Troisième et mère d'Akhen-Aton, avait été une forte femme. Elle avait exercé sur le roi son mari une emprise de fer. Le commentaire de Néfertep frisait l'insolence, sinon le lèse-majesté car, s'il n'était pas lui-même fils de Ty, mais d'une princesse mitanienne, seconde épouse d'Amenhotep, Semenkherê n'en restait pas moins solidaire du clan royal. De toute façon, mieux valait tenir sa langue quand on parlait de la famille royale, à plus forte raison en présence de l'héritier présomptif. Néanmoins, celui-ci feignit de ne pas remarquer le manquement ; pour le moment, il était évincé du trône. Et les deux grands-prêtres comptaient parmi ses rares alliés potentiels dans sa lutte pour regagner sa couronne.

— Sire, cela est inadmissible, déclara avec force Houmose.

— Inadmissible, répéta Néfertep.

— Inadmissible, confirma Thoutou.

— Inadmissible, conclut Panésy.

— Nakhtmin a donc rallié le camp de Néfertiti ? demanda Houmose à Thoutou.

Ce dernier hocha la tête.

— De même que Pentju et Maya, ajouta Semenkherê en gobant le reste d'un quartier d'oie rôtie. Ils ont participé au Conseil royal restreint.

Un silence suivit. Le rectangle de ciel que découpait la porte ouverte sur les jardins vira à l'indigo intense. Les oiseaux commencèrent à se disputer les places pour la nuit dans les sycomores et les banians. Un chien aboya au loin. La saison des moissons de printemps commençait et l'odeur crépusculaire de la terre humide et de la paille brûlée se mélangea aux parfums de cèdre qui montaient des braseros.

— Nous ne pouvons laisser cela se produire, reprit Houmose en fixant Néfertep d'un regard intense.

Néfertep capta le regard et battit des paupières.

— Que pouvez-vous faire ? demanda Semenkherê.

— Cette mainmise sur le trône n'est garantie que par un seul homme, Horemheb, maître de la garnison de Memphis.

— Et par Nakhtmin, chef de la garnison de Thèbes et de surcroît cousin d'Aÿ, précisa Semenkherê.

— La garnison de Memphis est beaucoup plus nombreuse que celle de Thèbes, déclara Néfertep.

— Je ne vois pas où vous voulez en venir, rétorqua Semenkherê.

Néfertep prit son temps pour répondre.

— Sire, en tant que grand-prêtre du culte de Ptah à Memphis, où siège cette garnison, je peux t'assurer que le peuple y est mécontent de la persécution de notre dieu tutélaire, ainsi que je te l'ai jadis écrit et comme tu as eu l'immense obligeance de le prendre en considération.

Semenkherê hocha la tête. Les deux prêtres d'Amon-Rê et de Ptah allaient se servir contre Néfertiti des mêmes armes auxquelles, s'il était monté sur le trône, ils auraient recouru contre lui s'il n'avait pas rétabli assez vite les anciens cultes.

Ils échangèrent des regards insistants.

— Des révoltes pourraient éclater aussi dans bien d'autres nomes, suggéra Houmose d'un ton insidieux.

Tous les nomes disposaient d'une garnison. À l'évidence, la menace de six ou sept révoltes finirait par inquiéter Horemheb et même Nakhtmin. Elle les amènerait à résipiscence. D'une manière ou de l'autre, ils finiraient par annuler leur désignation de Néfertiti comme héritière du trône. Périlleuse aventure !

— Est-ce Néfertiti contre qui vous vous rebellez ? demanda Semenkherê.

— Contre le système mis en place par Akhen-Aton, répondit Houmose, comme s'il avait oublié que son interlocuteur était le demi-frère du roi exécré et qu'il avait été son corégent.

Semenkherê le saisit d'emblée : il était leur otage. S'ils contribuaient à lui rendre le trône qui lui revenait de droit, ils lui dicteraient leurs volontés. Condition première non négociable : le rétablissement des anciens cultes. Certes, il n'y était pas hostile et avait pris soin d'entretenir des relations au moins courtoises avec les chefs des cultes abolis. Mais il lui parut qu'il perdrait une part de l'autorité suprême du trône s'il se prêtait trop ouvertement à leur intrigue.

Son domestique s'agenouilla pour lui rincer les doigts. Devinant les réserves du régent, Thoutou tira parti de la diversion.

— Il serait fâcheux, dit-il, tout à fait fâcheux que le clergé parût se rebeller contre le trône. Le roi est le dieu vivant et, si son pouvoir est affaibli, celui du clergé l'est également.

Néfertep et Panésy opinèrent. Houmose s'aperçut de la bévue que son emportement lui avait fait commettre.

— Notre clergé est déjà affaibli, objecta-t-il pour sauver la face.

— Telle est bien la raison pour laquelle le pouvoir royal l'est également, rétorqua Thoutou.

Panésy cligna précipitamment des yeux : ce n'était pas un double, mais un triple jeu qui s'imposait. Car il fallait par-dessus le marché sauver la face !

— Qu'allons-nous donc faire ? demanda Houmose, impatient.

— Je crois qu'il est de notre devoir de nous rendre à la sagesse divine de notre régent, qui a inspiré les paroles prudentes de notre très estimé Thoutou, déclara Néfertep, caressant son crâne de sa main potelée.

— C'est-à-dire ?

Semenkherê observait ces échanges, censément dictés par la défense de son propre intérêt. Pour lui, cette sorte de Conseil royal parallèle qui se tenait là, ce soir, ne pouvait faire grand-chose. Faute du soutien avéré de l'armée, tous ces gens étaient réduits à analyser la situation et ne pouvaient s'aventurer dans aucune décision, surtout aussi hâtive que celles que proposait Houmose. Il fut content du tour que prenait le débat.

— Je doute que la reine se fasse officiellement reconnaître comme régente avant l'expiration des soixante-dix jours rituels, déclara Néfertep. Ce serait une grave erreur aux yeux de tous. Pis : un outrage. Aÿ ne la laisserait pas faire. Nous avons donc quelques jours pour soumettre un conseil à la divine sagesse de notre maître suprême, le régent.

Et Néfertep tourna les yeux vers Semenkherê, qui sourit énigmatiquement. Celui-ci se doutait bien que le madré Néfertep était trop circonspect dans sa façon de parler pour n'avoir pas un tour fameux dans son sac.

— Cela ne nous empêche pas de diffuser quelques pensées inspirées par cette sagesse, reprit le grand-prêtre de Ptah.

Thoutou ne put s'empêcher de sourire, lui aussi. Qu'est-ce que Néfertep mijotait donc ?

— Je proposerais que notre très estimé frère Panésy exprime au général Horemheb ses inquiétudes sur la situation. Elles seront mieux accueillies que de notre part.

Panésy éclata de rire, déclenchant la bonne humeur générale. D'autres gobelets furent vidés.

— Il en faudrait davantage pour faire renoncer Néfertiti à la régence, observa Semenkherê.

— Certes, certes, maître divin ! s'écria Néfertep. Mais s'il advenait qu'une révolte éclate vraiment, elle ne jouirait plus du soutien de Horemheb et la position d'Aÿ serait considérablement affaiblie.

— Si je te comprends bien, une révolte se produira donc à Memphis, dit Semenkherê.

Néfertep battit des paupières et prit une expression d'innocence surprise.

— Ai-je dit cela, père divin ?

Semenkherê fut pris d'un rire silencieux. Il n'y avait pas lieu de poursuivre ces entretiens. Mieux valait laisser le chariot du mécontentement rouler sur son propre élan. Néfertiti resterait donc régente jusqu'à plus ample informé, inconsciente des humeurs que son usurpation avait déclenchées. L'ancien régent ne pouvait pas s'abaisser à participer à des complots ; tout juste pouvait-il leur accorder une oreille attentive. Il s'était pénétré de son rôle durant les trois années de partage du pouvoir royal, qu'il payait maintenant si cher.

Se trouvant soudain las d'une journée fertile en surprises profondes, il se leva. Les convives l'imitèrent, certains avec l'aide des domestiques, puis lui souhaitèrent un repos parfait. En quittant la salle, il contourna une vasque dans l'eau de laquelle six lotus s'étaient refermés. Les esclaves de la maison l'accompagnèrent, le dévêtirent et deux d'entre eux montèrent la garde à sa porte.

5

« Kherouy Apopisso ! »

La journée fut sereine comme un lotus épanoui. Ayant, comme les autres dieux, déjeuné de jus d'étoiles et de croissants de lune frits, Aton feignit d'ignorer que son règne absolu était contesté et se livra à son passe-temps favori : observer les humains.

Les maîtres d'école vinrent donner leurs leçons aux princesses. Car il y avait deux maîtres, l'un pour les trois premières-nées et un autre pour les trois aînées. Mais au lieu des leçons de langage, d'écriture et de lecture, ils se limitèrent cette fois-là à célébrer les vertus de deux dieux : Anubis, président du Divin Pavillon, chargé d'introduire les morts dans l'autre monde, et Maât, fille de Rê, reine de la Vérité et de la Justice, qui pesait les actes des morts dès leur entrée dans l'au-delà. Ils décrivirent la fabuleuse rencontre qui s'était faite quatre jours terrestres auparavant, quand le divin roi s'était rendu au-delà de la vie dans les domaines de ces redoutables divinités. Leurs propos furent tellement imagés qu'on eût presque regretté de n'y être pas.

— … et Maât, de sa petite voix douce, reposa la balance et dit au roi avec un grand sourire que le plateau des mauvaises actions étant vide, la pesée était inutile.

Ils imitèrent aussi la voix caverneuse qu'ils prêtaient à Anubis.

— Dieu vivant, tu es désormais vivant pour l'éternité parmi les autres dieux !

Ils avaient apporté deux statuettes représentant, l'une, le dieu noir à tête de chacal, les oreilles effilées, l'autre la gracieuse petite déesse portant sur le crâne la plume d'autruche qui représentait son nom.

Les princesses se les passèrent de main en main, sous l'œil sourcilleux des nourrices. Qu'est-ce que c'était que ces histoires de dieux ? Il n'y en avait qu'un, Aton, et quand les maîtres furent partis, elles débattirent entre elles de l'opportunité d'informer la reine des leçons probablement séditieuses données aux princesses. Mais, n'étant pas toutes d'accord sur l'opportunité de cette démarche, elles reprirent leurs conciliabules murmurants. L'une d'elles cependant en référa à la princesse aînée.

Merit-Aton avait prêté une oreille distraite à ces leçons d'une orthodoxie plus que douteuse, car elle somnolait ; sa nuit avait été plus courte que d'ordinaire. Nul doute que ces maîtres n'auraient jamais osé, du vivant du roi, parler d'Anubis, de Thoth et de Maât à des princesses royales ; ils auraient été fouettés d'importance. Sans doute ces insolents croyaient-ils que le culte exclusif d'Aton s'était éteint avec le roi. Mais elle savait aussi que, même à Akhet-Aton, la population continuait à révérer ces dieux anciens et bien d'autres en secret. Il n'était qu'à voir les amulettes en cuivre de la déesse Thouéris à tête d'hippopotame, protectrice de la fécondité et des accouchements, qui pendaient au cou des nourrices hypocrites. Autant que ses sœurs et surtout les Deuxième et Troisième Épouses royales, Maket-Aton et Ankhensep-Aton, fussent instruites de ce que croyait le reste du monde.

Elle se préparait à regagner sa chambre pour s'étendre et rêver à ses récents exploits amoureux, lorsque parurent le barbier et le perruquier, qui venaient chaque semaine pour tondre à zéro les têtes des princesses. Impossible, en effet, de porter une perruque si l'on avait du poil dessous : d'abord, cela grattait, ensuite, la perruque risquait de se mettre de guingois.

Le barbier s'inclina cérémonieusement et présenta aux princesses l'expression de sa plus profonde humilité. Puis son apprenti posa son coffret de travail par terre et l'ouvrit. Merit-Aton s'assit la première sur la chaise réservée à la tonte. L'apprenti tendit à son maître un bol d'eau ; le barbier y jeta des copeaux de savon qu'il fit mousser avec une éponge, puis, quand la crème lui parut suffisamment dense, il en couvrit la tête de la princesse. L'apprenti avait entre-temps aiguisé la lame du rasoir sur une pierre ; il tendit l'instrument à son maître et celui-ci commença à raser la princière toison, déjà haute d'un doigt. L'opération terminée, nuque et tempes incluses, il trempa une autre éponge dans de l'eau parfumée et rinça la tête polie. Les cheveux prélevés étaient brûlés par l'apprenti au fur et à mesure, sur récitation d'une formule consacrée. Puis le barbier présenta un miroir à la princesse et s'inclina derechef.

Pendant ce temps, le perruquier lustrait avec une huile parfumée les perruques royales, courtes, à la nubienne comme l'exigeait la reine, puis il les repeignait pour les remettre en forme. L'opération terminée, il reposait chaque perruque sur une catin.

Au bout de quelque deux heures, le rasage des princesses par rang d'âge était achevé et l'on vit six crânes brillants en face de six catins garnies.

Enfin libérées de ces corvées, Merit-Aton alla se reposer, Maket-Aton se plongea dans la lecture des hymnes à Aton composés par feu son père, et Ankhensep-Aton sortit sur la terrasse pour observer le monde, c'est-à-dire la rue. Les trois princesses cadettes, elles, reprirent leurs poupées et leurs jeux.

Ankhensep-Aton reconnut soudain le garçon qui lui avait remis le mystérieux message. Il regardait en l'air, la vit et se figea. Elle agita la main. Il la regardait toujours, avec des yeux ronds. Mais qu'avait-il donc ? Il ne pouvait pas l'avoir oubliée ! Elle agita le bras. Il regarda autour de lui et agita enfin la main. Ankhensep-Aton lui fit signe qu'elle descendait.

Elle courut dans la grande salle où les nourrices tricotaient leurs palabres et saisit dans un bol trois galettes de miel, puis ressortit avec une discrétion de souris. Elle s'élança dans le couloir qui menait à l'escalier du jardin car l'autre, qui menait à la rue, était placé sous la protection de gardes qui ne laisseraient certes pas une princesse s'aventurer seule dehors.

Galettes en main, elle courut le long du jardin. Des gardes patrouillaient. Elle se cacha dans un bosquet de thuyas et les laissa passer, puis reprit sa course. Elle connaissait les domaines royaux : à l'extrémité, on pouvait se faufiler par les haies de tamarins. Et, de là, gagner la rue en longeant un bâtiment administratif.

Elle parvint enfin dans la rue, stupéfaite de sa propre audace. Il lui fallait maintenant longer les bâtiments en sens inverse pour retrouver ce garçon. Elle croisa une femme qui portait un panier de pains sur la tête et qui ne lui prêta qu'à peine attention. Puis deux scribes, leurs tablettes sous le bras, qui discutaient avec fièvre et ne lui accordèrent pas un regard. Un vieil homme monté sur un âne, les pieds sur des paniers de salades et de melons, la dévisagea avec insistance. Une grosse femme parlait toute seule, visiblement mécontente… La rue était vraiment un spectacle divertissant.

Là-bas, le garçon attendait, l'air désemparé. Ankhensep-Aton franchit au pas de course les quelques coudées qui la séparaient de lui. Elle arriva haletante, mais ravie de la première connaissance qu'elle faisait dans le vrai monde, à l'extérieur du palais. Elle lui tendit les galettes. Il les prit et la regarda, presque effaré, effrayé, affolé, les yeux aussi ronds que tout à l'heure.

— Qu'as-tu ? demanda-t-elle.

— Toi dehors… si on te voyait ! balbutia-t-il, la voix coupée par l'anxiété.

Ils n'étaient pas loin de la porte principale du palais des Princesses et se trouvaient presque en face du portail de la Maison du roi, de l'autre côté. Les deux entrées étaient gardées par des militaires la lance au pied.

— Viens ! souffla-t-il.

Et il l'entraîna. Il connaissait, lui aussi, les parages ; il la ramena dans la ruelle qui séparait les bâtiments administratifs. Là, ils coururent jusqu'au bord du fleuve, où seuls les matelots des barques nonchalantes pouvaient les voir, si même ils en avaient la curiosité.

Elle le regarda, étonnée de tant d'agitation, et le trouva beau.

— Comment t'appelles-tu ?

— Pasar.

— Moi, c'est Ankhensep-Aton…

— Je sais, coupa-t-il. Si l'on nous trouvait ensemble, mon père me battrait jusqu'au sang.

— Pourquoi ?

— Je n'ai pas le droit de te parler.

— Pourquoi ?

— Tu es la fille du roi.

— Mais il est mort !

Il fut désarmé par tant d'inconscience.

— As-tu lu mon message ?

— Oui. Comment sais-tu tant de choses ?

— Je les ai entendues. Et qu'as-tu fait ?

— J'ai montré ton message à ma sœur aînée. Elle a dit qu'il est vraisemblable, mais que nous ne pouvons rien contre ces intrigues.

— Pourquoi ?

— Nous ne pouvons en parler à personne. Qui nous croirait ? Qui te croirait ?

Il posa sa main sur celle d'Ankhensep-Aton, avec autant de circonspection que s'il s'attendait à être brûlé au contact de la peau royale.

— S'il t'advient quoi que ce soit qui te fasse peur, enfuis-toi, viens me voir.

— Où ?

— Je suis le fils de l'intendant du pavillon des Visiteurs. Je promets de t'épouser. Je te défendrai ! dit-il avec ardeur.

Elle sourit, incrédule. Ce garçon était bien impétueux. Mais l'idée qu'il voulût l'épouser lui plut.

— Écoute, il faut que tu retournes au palais. On va s'inquiéter de ton absence.

Ce conseil-là, convint-elle, était dicté par le bon sens.

— Retrouvons-nous ici demain, dit-elle avec un sourire désarmant.

Pasar lui saisit la main et la baisa.

— Oui ? demanda-t-elle.

Il fit de la tête un signe affirmatif et s'enfuit en courant. Ankhensep-Aton regagna le jardin et s'en revint lentement vers le palais. Elle fut tancée par la nourrice qui la cherchait partout.

— Où étais-tu ?

— Dans le jardin, répondit-elle tranquillement

— J'y suis allée et ne t'ai pas trouvée.

— Cesse donc d'élever la voix contre ma sœur, intervint Maket-Aton. Ce n'est pas ta servante. N'oublie pas que nous pouvons te faire démettre, Merit-Aton et moi !

La nourrice, interdite par cette soudaine flambée d'autorité, se tut. Les autres nourrices lui lancèrent un regard insistant. Elle se rencogna, muette, dans l'ombre de la salle.

Deux messagers du palais, lieutenants de l'armée, se présentèrent chez Thoutou à la quatrième heure de l'après-midi.

— Le frère du Très Haut Roi défunt demeure-t-il ici ? demandèrent-ils au domestique.

— Oui. Il se repose.

— Il faut interrompre son repos et lui remettre ce message du trône.

Au fait de la situation, le domestique les considéra sans aménité. Les querelles des puissants se répercutent inévitablement chez leurs subordonnés, et le domestique fut trop heureux de faire sentir aux émissaires que la partie n'était pas jouée.

— Je vais voir avec mon maître si le repos du régent du royaume peut être interrompu, répondit-il avec hauteur, considérant le rouleau comme s'il s'agissait du message d'un métayer. Attendez-vous une réponse ?

— Non, marmonna l'un des lieutenants, surpris de tant d'insolence.

— Bien, je referme donc la porte.

Il s'en fut prévenir Thoutou, lequel partit réveiller son hôte et lui porter le rouleau. Semenkherê s'assit sur le lit et lut le message.

— C'est une convocation, dit-il. Néfertiti demande à me voir sur-le-champ.

— L'impertinence ! s'écria Thoutou. Sire, laisse-moi te faire accompagner par deux serviteurs.

Semenkherê accepta l'offre et ajusta sa perruque, puis enfila ses sandales.

— Si je n'étais pas revenu au coucher du soleil, préviens Houmose et Néfertep.

Une demi-heure plus tard, il franchissait la porte du palais. Un nouveau chambellan, qu'il n'avait jamais vu, l'accompagna chez un vizir qu'il ne connaissait pas davantage. Néfertiti n'avait pas traîné à remplacer le personnel royal. Le vizir le mena à la grande salle d'audiences. Semenkherê fut conduit devant le trône. C'était donc dans cet appareil que le recevait Néfertiti.

Près d'elle se tenaient Aÿ, son père, et le scribe royal Maya. Le trône était juché sur une estrade haute de trois coudées, à hauteur de visage d'homme. Néfertiti tendit sa sandale dorée. Le protocole voulait que tout sujet la baisât. Il feignit de ne rien voir.

— Baise mon pied ! ordonna-t-elle d'un ton furieux.

— On ne baise que la sandale du monarque, Néfertiti. À ma connaissance, tu n'es pas le monarque, répliqua-t-il sereinement.

— Je le suis depuis hier et tu le sais !

— Je ne sais rien de tel.

— Gardes ! appela-t-elle.

Deux sbires s'écartèrent du mur, pour incliner de force la nuque de Semenkherê vers la sandale. Maya parut terrifié. Aÿ murmura précipitamment un conseil à l'oreille de sa fille, qui replia à demi la jambe et renvoya les gardes.

— Que me veux-tu ? lança Semenkherê, hautain et sans se départir de son calme.

— Où demeures-tu ?

— Tu le sais bien, puisque tu m'y as fait adresser ta convocation et que tu m'as fait interdire hier l'accès à mes appartements.

— L'appartement du roi !

— Et mes appartements contigus, répondit Semenkherê.

— Tu eusses dû, en tant que membre du Conseil royal, m'informer de ton nouveau domicile. Le Conseil s'est trouvé contraint de se réunir sans toi.

— J'en suis fort aise, répondit Semenkherê. Ainsi, je n'ai pas participé à une forfaiture.

— Que dis-tu ? gronda-t-elle.

— Ce que tu as entendu.

— Je me suis fait nommer régente par un Conseil restreint.

Aÿ et surtout Maya, qui se balançait d'un pied sur l'autre, semblaient de plus en plus mal à l'aise. Semenkherê s'en avisa et soupçonna que ce n'était pas Aÿ qui avait mis sa fille sur le trône, mais elle qui lui avait extorqué son accord.

— Les décisions de ce Conseil sont donc nulles et non avenues.

— Elles ont été approuvées par le premier serviteur d'Aton, Panésy.

— Il n'avait pas le choix. En tant que chef du Conseil royal, je n'ai pas sanctionné cette décision qui, de surcroît, a été prise en contravention avec le protocole, trois jours après la mort du roi, et cela sans qu'il y ait la moindre urgence. Je reste le régent désigné par le roi et tes manigances sont contraires aux volontés royales autant qu'au protocole.

— Me défies-tu, Semenkherê?

— Je te dis ce qui est. Tu n'appartiens pas à notre lignée. Tu es une roturière. Tout ce que tu as fait respire le dépit et non le souci du royaume.

Elle se radossa, comme plaquée au dossier sous le choc des accusations.

— J'ai ici d'excellents conseillers, répondit-elle enfin d'une voix rauque. Je saurai m'occuper du royaume aussi bien que toi. Quant au dépit…

Les mains se crispèrent sur les accoudoirs. Elle poursuivit d'une voix empruntée au cobra femelle. Peut-être, après tout, le reptile tutélaire n'était-il pas un animal respectable.

— Tu as confisqué à mon époux son pouvoir temporel. Et non content de cela, tu as détourné ses affections. Pendant cinq ans, tu as partagé la couche royale, Semenkherê, et pendant trois, tu as tenu le sceptre.

Il demeura impassible.

— Tu es un usurpateur!

Il la toisa du haut de ses vingt ans. Elle le surmontait du haut d'une estrade, il la dominait par la grâce. Il était beau, elle vieillissait. Quelle satisfaction plus profonde ? Akhen-Aton l'avait appelé près de lui parce que son jeune frère était d'une certaine manière le fils qu'il n'avait jamais eu ; qu'il était capable de comprendre l'obsession d'un dieu transcendant, centralisant les énergies spirituelles de ses adorateurs, au lieu de ces innombrables divinités en forme de chacal, de faucon, de crocodile, d'hippopotame, de lionne… À la fin, l'affection intellectuelle s'était muée en intimité physique. Et quelle importance, puisque c'était l'amour qui régnait ? Au fond, il triomphait, parce qu'elle venait d'avouer publiquement la cause de son ressentiment.

Il lui répondit par un regard narquois.

— Tu comptais succéder au roi grâce à tes artifices, reprit-elle. Mais j'ai vu clair dans ton jeu.

Il écouta, placide.

— Embaumeur venu du chaos ! Tu as prélevé le cœur de mon mari vivant et tu l'as enfermé dans le vase de ta convoitise !

On eût annoncé à Semenkherê le niveau de la crue qu'il eût paru plus intéressé.

— Que veux-tu de moi ?

Elle se pencha vers lui, le regard venimeux :

— Je veux que tu signes l'acte du Conseil royal.

— Je ne le signerai pas.

— Tu le signeras !

— Je ne le signerai pas plus que je ne baiserai ta sandale, Néfertiti.

Il lui tourna le dos et s'apprêta à regagner la porte.

— Semenkherê !

— Néfertiti, s'il advenait quoi que ce fût à un seul cheveu de ma personne, dit-il en se retournant, tu en répondrais plus durement que tu ne le penses.

— Tu me menaces ? Toi ? *Kherouy Apopisso !* cracha-t-elle.

Couilles d'Apopis !

Il éclata de rire. Son frère n'aurait pas dit cela !

— Néfertiti, je te remercie. Tu m'as donné le rare plaisir de te voir t'humilier toi-même publiquement, devant ton père et un scribe prévaricateur. Tu as ainsi confirmé que tu es bien une roturière.

— *Ched ab !* rétorqua-t-elle. Outre de vantardise !

Il haussa les épaules et gagna la porte pour de bon. En sortant, il la vit debout sur l'estrade, pareille à un cobra dressé, tandis qu'Aÿ lui parlait de façon précipitée et même véhémente. Et Maya, figé de consternation.

Elle demeurait donc régente. Mais pour combien de temps ?

Tout en faisant chemin vers la maison de Thoutou, et en dépit de sa victoire spirituelle sur son ennemie, Semenkherê se trouva piqué par des idées vagues et contrariantes. Il verrait plus tard à les démêler. Mais, à coup sûr, il avait été désagréablement impressionné par cet œil gauche.

Un hurlement de chacal perça la nuit, au-dessus des campagnes avoisinant Memphis. Des aboiements lui répondirent. Il y avait des chiens à près d'un millier de pas. De bons yeux auraient distingué quelques rares lueurs rougeâtres dans des bâtiments bas : les lampes à huile destinées à entretenir le feu qui, au petit matin, serait ranimé pour les activités domestiques comme la cuisson du pain. C'était le bourg des Trois-Faucons.

Les pas d'une vingtaine d'hommes avançant à travers champs, parmi les bottes de paille à brûler, le long d'un étroit canal d'irrigation, firent détaler quelques mulots, et les respirations rapides affolèrent des chauves-souris. Aucun des hommes ne disait mot. En observant bien leurs ombres à la clarté du premier quartier de la lune, on aurait vu qu'ils portaient tous de gros bâtons.

Ils traversèrent la route qui séparait les champs du bourg et menait à Memphis, longèrent quelques maisons et se dirigèrent vers un haut mur d'enceinte au-delà duquel se dressait l'une des rares maisons à étage. Ils y firent halte. L'un des hommes fit la courte échelle pour un autre, qui se hissa au sommet du mur, l'enjamba et sauta de l'autre côté. Un chien aboya. On entendit quelques bruits sourds et violents, un cri, un râle, derniers signes de vie d'un vigile, puis le frottement de la barre condamnant le portail qu'on relevait. Les hommes s'y engouffrèrent prestement. Ils traversèrent la cour, enfoncèrent la porte principale de quelques coups d'épaule, se précipitèrent dans l'escalier et montèrent à l'étage. Puis ils se répandirent dans les chambres, se repérant mal dans l'obscurité. Des cris jaillirent. Un des hommes s'empara d'une lampe et rugit :

— Il est ici !

Devant lui, nu sur son lit, s'était assis Neser-Ptah, le préfet des Trois-Faucons. Une dague en main, l'homme lui cria d'une voix rauque :

— L'or ! Où caches-tu l'or ?

Neser-Ptah roula des yeux terrifiés et tendit les mains. L'homme lui mit la pointe de la dague sur la gorge.

— Dans la chambre forte des scribes ! En bas !

— La clef !

— Elle n'est pas ici… Laisse-moi te la chercher…

— Dis-moi où.

Les cris et les gémissements des femmes, des enfants et des domestiques reprirent. Des jurons volèrent.

— Tu ne saurais pas la trouver… C'est en bas… Laisse-moi y aller…

L'homme, visiblement le chef des voleurs, ôta sa dague.

— Je te suis, dit-il d'un ton menaçant.

Le préfet tout nu gagna l'escalier, descendit et se retrouva dans la cour, suivi par la quasi-totalité des voleurs. Prenant une lampe dans les cuisines, il se dirigea vers la première chambre du quartier des scribes, poussa la porte, entra et, à la lumière de sa lampe, tira une clef, plus exactement une longue lame travaillée à jour, qu'il tendit au chef des voleurs.

— La porte de la chambre forte est sur la cour.

Le chef des voleurs lui arracha la lampe et sortit, toujours suivi de ses hommes. Il introduisit la clef dans la porte indiquée, fourailla, souleva deux pênes et entra.

La lampe lui fut saisie des mains. Il poussa un cri. Le dernier de sa vie, car il fut assommé. Tout comme les deux hommes près de lui. Dehors, ceux qui n'avaient pas encore pénétré dans la chambre parurent intrigués.

— Pourquoi la lampe s'est-elle éteinte ?

Ils entrèrent. Et subirent le même sort que leurs complices. Des cris de panique éclatèrent. Cinq gardes armés de glaives recourbés s'élancèrent hors de la chambre et taillèrent sans merci les voleurs stupéfaits, qu'ils poursuivirent dans la cour.

Ayant enlevé un bâton à l'un des mourants, Neser-Ptah assommait un voleur à coups redoublés, lui cassant les os avec fureur.

Trois hommes étaient demeurés à l'étage pour garder les femmes, les enfants et les domestiques. Alertés par le bruit, ils accoururent. Neser-Ptah les assomma l'un après l'autre à mesure qu'ils franchissaient le seuil. Cela fait, il leur fracassa le crâne et les os sans relâche.

Trois voleurs parvinrent à s'enfuir. Les gardes voulurent les poursuivre.

— Non, laissez-les. Qu'ils rapportent leur aventure aux autres, ordonna Neser-Ptah, haletant.

Les deux épouses, les six enfants et les domestiques du préfet dévalèrent l'escalier et trouvèrent le maître de céans en train de compter les victimes à la vague clarté de la lune. Seize.

De nouvelles lamentations jaillirent. Une scène de plus en plus ordinaire dans les campagnes du Royaume des Deux Terres, depuis l'avènement d'Akhen-Aton. Aussi les préfets prenaient-ils leurs précautions.

6

Un regard de verre

Trois jours plus tard, au matin accompli, soit à l'heure où les mouches deviennent entreprenantes, dans la deuxième grande salle de la Maison du roi, les embaumeurs considéraient les premiers résultats de leurs travaux. C'était grâce à eux, et ils le savaient bien, que le monarque défunt pourrait entamer la seconde partie de sa vie avec la dignité et dans l'état correspondant à son rang suprême de dieu vivant. Il pourrait renaître à sa vie éternelle.

Deux jours auparavant, le cadavre avait été ouvert par le paraschite – le disséqueur – à l'aide d'une lame rituelle de silex. Cette indispensable intervention une fois accomplie, et toujours selon le rite, le paraschite avait été agoni d'injures par les autres embaumeurs ; la décence voulait, en effet, qu'il eût commis l'outrage impardonnable d'avoir attenté à l'intégrité physique d'un être humain. Il avait donc été chassé de la salle d'embaumement à coups de bâton, soigneusement retenus ; en réalité, c'était un excellent garçon, qui effectuait l'ouverture depuis plusieurs années et qui procéderait encore à bien d'autres embaumements. Il possédait un fameux coup de main pour trancher dans les carcasses. Aucun dur à cuire ne résistait à son silex.

Tout aussi rituellement, les embaumeurs avaient attroupé à la porte de la Maison du roi une petite foule pour huer le criminel et poursuivre la comédie des coups de bâton. D'habitude, et pour les momifications ordinaires, des badauds venaient grossir le nombre de ces manifestants de commande, trop heureux de pouvoir rosser un quidam, même s'ils n'étaient pas persuadés de son crime. Cette fois-ci, ils avaient été plutôt rares et le paraschite avait pu regagner son domicile sans trop de horions.

Pensif et figé sur la triple épaisseur de nattes qui protégeait pour la circonstance le sol de la salle, le maître embaumeur, un quadragénaire flegmatique aux paupières éternellement mi-closes, se demanda si les traditions se perdaient.

En soulevant la peau le long de la grande incision latérale de l'aisselle gauche à l'aine, il vérifia que l'intérieur de la royale dépouille était vide ; il n'en restait plus qu'une enveloppe d'os et de peau. Le lavement à l'huile de cèdre et à la résine ayant fait son effet, les intestins avaient été dissous et les résidus, des fragments de membranes transparents, avaient été soigneusement prélevés à la spatule et déposés dans un vase d'albâtre.

Néanmoins, l'anus restait bouché par un tampon constitué d'un rouleau de toile de lin, car à quoi lui servirait-il désormais ? On procédait ainsi pour tous les morts. D'où l'injure qui fusait parfois, mais dans les quartiers populaires seulement : « Puisse ton anus être bouché à jamais ! »

Le morticole en chef se pencha pour examiner le bas de la colonne vertébrale, proprement nettoyé dans le fond de la cavité abdominale. Le cœur aussi avait été prélevé et placé dans un vase empli de natron, qui était allé rejoindre sur une table le cerveau, prélevé, lui, dès le premier jour. L'organe de la pensée, en effet, est le plus corruptible de tous. De toute façon, nul n'a besoin de cerveau pour aller à l'Horizon lointain ; la conscience divine y supplée amplement. La cavité crânienne d'Akhen-Aton de son nom propre, Néferkheperurê-Waenrê de son nom royal, était donc vide. Dans une quarantaine de jours, elle serait bourrée d'aromates.

L'estomac aussi avait été prélevé. Et la rate. Et les reins. Et la vessie. Et les poumons. Plus nombre de petits organes dont la fonction demeurait obscure. La couche adipeuse, elle, avait été convenablement raclée, surtout dans l'abdomen, où elle occupait une place démesurée. Elle avait rempli un grand vase d'albâtre.

Le lavage au vin de palme coupé d'eau de puits avait purifié toutes les cavités.

Résultat de ces prélèvements, l'abdomen du monarque s'était affaissé. Même la cage thoracique s'était effondrée, ne contenant plus rien. Bref, le grand corps, qui se décharnait, s'était aplati à la ressemblance de ces poissons discoïdes que l'on pêchait dans la Grande Verte.

Le cœur avait laissé le maître embaumeur perplexe. Il ne ressemblait pas à ceux qu'il prélevait d'habitude et qui conservaient, bien après la mort une mollesse spongieuse. Celui-là était tout noir et dur. Pourquoi ? Fallait-il le signaler ou non à Pentju, le médecin du roi ? Il avait décidé de s'en abstenir. Ce faisant, il courait le risque d'un reproche : une maladresse, arguerait Pentju, avait endommagé le viscère au contact de l'une des substances aromatiques.

Il appela son assistant et donna l'ordre de procéder au garnissage de natron sec. Il convenait d'éliminer les humeurs aqueuses qui subsistaient dans les tissus, tâche à laquelle le natron pourvoyait à merveille. Toutefois, l'opération était délicate, car il fallait doser le natron avec exactitude : en excédent, les chairs résiduelles devenaient pulvérulentes. Et il fallait encore le renouveler dès qu'il avait absorbé l'humidité. Plus tard, le rite prévoyait que cette grande outre vide fût fourrée d'aromates, myrrhe, casse, genièvre, tabac et autres.

Trois embaumeurs s'affairèrent à tirer le natron de sacs posés contre le mur et à préparer les spatules pour l'étaler. L'air était devenu irrespirable et les torses des embaumeurs luisaient de sueur. Les mouches, qui s'obstinaient à assister aux opérations, s'étaient faites particulièrement collantes. Les insectes, de façon générale, semblaient raffoler de ce spectacle. On avait vu des cancrelats assiéger des momies abandonnées la nuit.

La dessiccation durait en général quarante jours, au terme desquels la peau, les muscles, les cartilages, les ligaments, les aponévroses seraient réduits à du cuir et des apparences de ficelle de chanvre, brunâtres ou noirâtres. Ils pourraient alors défier indéfiniment l'indigne corruption.

Le maître embaumeur refit la moue : la peau de ce ventre-là, une fois vidé, commençait à se plisser fâcheusement ; il faudrait tirer dessus quand on recoudrait le macchabée.

Après la farce aux aromates commencerait le troisième stade de l'embaumement. L'enveloppe momifiée et garnie serait emmaillotée dans des bandelettes étroites de lin fin, imprégnées de gomme du désert, puis dans des bandelettes plus larges, couvertes de textes sacrés.

Bref, la grande salle était une cuisine de la mort. On y troussait un roi pour un repas qui n'aurait jamais lieu.

Dernier stade : l'insertion de la momie dans trois sarcophages successifs, de plus en plus grands.

Soixante-dix jours n'étaient certes pas de trop pour ces soins. Mais il est vrai que les embaumeurs gagnaient pendant ces dix semaines de quoi vivre deux ans et acheter des terres de surcroît, quand l'objet de leurs soins était une dépouille royale.

Pendant ce temps, dans leurs ateliers à quelques centaines de coudées de là, les orfèvres avançaient fiévreusement, martelant des feuilles d'or, les appliquant sur un moule de bois, les lissant avec un polissoir en os, coulant de la pâte de verre, sélectionnant des pierres dures, façonnant tout ensemble le premier masque d'or, puis le deuxième, puis le troisième, celui qui coifferait l'ensemble du sarcophage, tous à l'effigie du défunt. L'un s'occupait du visage, l'autre de la coiffure, le troisième des doigtiers pour les mains et les orteils, le quatrième, le cinquième et le sixième des robes des sarcophages, le septième des deux emblèmes royaux qui se dresseraient au-dessus du front, le cobra et le vautour, symboles des Deux Pays sur lesquels avait régné le dieu qui avait été vivant et qui ne l'était plus. Les mains croisées sur la poitrine, la droite tenant le pedum ou sceptre du pouvoir, et la gauche le fouet, il regarderait droit au-dessus de lui pour l'éternité.

Mais chacun sait que les dieux aussi sont mortels. Même Amon-Rê, le Grand Oublié, risquait le trépas si l'on ne lui rendait pas les hommages requis. Sans doute était-ce pour cette raison que le roi défunt avait remplacé tous les dieux par Aton qui, lui, reparaissait tous les jours, qu'on s'occupât de lui ou non.

Toujours était-il que ces funérailles faisaient travailler leur monde, chaque artisan ayant à sa disposition cinq ou six apprentis.

Une odeur âcre emplissait l'air, affolant les mouches. La palette chargée de natron en main, le maître embaumeur fignola l'imprégnation de la carcasse dans sa cuve de sel, sans interrompre les méditations dont il se gardait bien de faire part à quiconque. Méditations, notamment, sur le cœur et le jeune âge du monarque. Trente-sept ans. Mais de quoi donc était-il mort? D'un arrêt du cœur, avait diagnostiqué Pentju. Ce cœur qui, justement, était d'aspect inhabituel.

Penché sur son ouvrage, le maître embaumeur appliqua une couche généreuse de natron sur les génitoires du macchabée, pendant que deux de ses assistants observaient sa pratique et son adresse.

Un des vantaux de la lourde porte s'ouvrit, laissant entrer un homme âgé et un jeune commis. L'assistant portait un petit coffret de cèdre.

— Maître Âsekhem, que la prospérité d'Aton soit avec toi ! s'écria le nouveau venu.

— Maître Soudjeb, ta visite est pareille à celle d'Aton à l'aurore ! repartit le maître embaumeur.

Les deux hommes se firent face, visiblement réjouis de se voir, mais évitant de se toucher l'un l'autre, le commerce des cadavres entraînant l'impureté.

— Le travail est fait, dit Soudjeb, faisant signe à son commis d'ouvrir le coffret.

Âsekhem se pencha sur le contenu.

— Vous avez fait diligence, observa-t-il.

— Nous avons raté une paire, trop irrégulière, mais celle-ci est à mon avis vraiment parfaite.

Deux yeux de verre reposaient au fond du coffret. Âsekhem les saisit délicatement, les examina et les fit imperceptiblement rouler dans sa paume. Il les porta à hauteur de ses propres yeux et les admira.

— Parfaits, en effet. On jurerait qu'ils voient !

Maître Soudjeb se rengorgea, épanoui.

— Je suis heureux qu'ils te plaisent.

C'était une idée, ou plutôt une exigence de Néfertiti que ces yeux de verre ; d'habitude, on ne mettait rien. Ou bien alors de petits oignons. Âsekhem et Soudjeb s'en étaient entretenus avec Panésy, grand-maître des rituels d'Aton, lesquels, d'ailleurs, étaient pour la plupart de l'invention d'Akhen-Aton ; il avait jugé qu'on n'en était pas à une innovation près, pourquoi pas celle-là ? Soudjeb avait donc déféré au souhait de Néfertiti.

À ce moment-là, il se fit un fracas. Deux scribes avaient solennellement ouvert les portes de la grande salle et le nouveau chambellan désigné par Néfertiti fit une entrée solennelle, escorté par son porteur d'éventail et suivi par six esclaves. Une douzaine de mouches en profitèrent pour s'évader à l'air pur.

Ce n'était pas rien qu'un chambellan royal. Le premier qui en fût convaincu était lui-même, comme en témoignait sa componction. Il portait le nom charmant, annoncé par ses scribes-hérauts, d'Ouadj Menekh, « Papyrus vigoureux ». En réalité, c'était une vieille chabraque dégottée à la hâte par Aÿ, pressé de trouver un successeur à Thoutou.

Le maître embaumeur lui lança un regard professionnel. Ouadj Menekh avait survécu à beaucoup de dangers ; il comptait allègrement soixante-cinq ans. Or, depuis, on avait bien dénombré dix-huit épidémies.

Les vieux étaient plus faciles à préparer que les jeunes, pleins de jus, avec des aponévroses et des péritoines résistants. Celui-là était déjà boucané à l'extérieur ; il avait donc travaillé au soleil, et son nouveau titre témoignait d'une ascension exceptionnellement rapide.

Le regard d'Ouadj Menekh tomba sur les objets qu'Âsekhem tenait dans sa paume.

— Qu'est-ce que c'est ? demanda-t-il.

— Les yeux du roi, répondit le maître embaumeur.

À ce moment-là, les deux boules de verre s'entre-choquèrent délicatement, mais distinctement. L'autre se redressa, comme s'il craignait que les yeux postiches lui décochassent un regard maléfique.

— En effet, dit-il, faisant un pas en arrière.

Puis il considéra les embaumeurs qui s'étaient interrompus, surpris de l'irruption d'un personnage de la Cour.

— Je suis venu vous annoncer une grande nouvelle, dit le chambellan, parcourant la salle d'un regard auguste, puis arrêtant son regard blépharitique sur la cuve de natron. Notre divine reine a été nommée régente du royaume.

— La sagesse d'Aton est infinie ! s'écria le maître embaumeur.

Les artisans hochèrent la tête à l'unisson et répétèrent :

— La sagesse d'Aton est infinie !

— Notre divine maîtresse, reprit Ouadj Menekh, m'a mandé auprès de vous pour s'informer par l'entremise de mon humble personne de l'avancement de votre œuvre.

Les scribes couchaient ces échanges sur leurs papyrus.

— Nous aurons fini dans les temps, lui répondit le maître embaumeur.

Ouadj Menekh hocha son chef et les fanons qui pendaient dessous.

« Excès de graisse, songea par-devers lui le maître embaumeur. Quand il me passera dans les mains, je le raclerai convenablement. »

— Dans neuf semaines, donc.

— Dans neuf semaines.

Sur quoi Ouadj Menekh et sa suite gagnèrent la sortie.

Un des embaumeurs marmonna que la dynastie, décidément, se féminisait. Après un roi aux hanches de matrone, voilà qu'on avait une régente !

Le maître embaumeur feignit de n'avoir pas entendu. S'approchant de la dépouille dans sa cuve de natron, il entreprit de glisser délicatement l'un des yeux dans l'orbite creuse. Puis l'autre. Il recula pour juger de l'effet. Effrayant. Un des embaumeurs en resta bouche bée.

— On dirait qu'il nous regarde ! s'écria-t-il avec inquiétude.

— Et qu'est-ce qu'il voit ! marmonna Âsekhem.

Au premier étage du palais royal, un homme et une femme déjeunaient face à face, accroupis sur une natte brodée au milieu d'une vaste salle. Dès que les mets étaient posés sur la table, les domestiques se retiraient hors de portée de voix.

— Il conviendra de présenter bientôt Tout-Ankh-Aton au clergé et au peuple, dit Aÿ en suçant une patte de pigeon grillé.

Néfertiti enregistra la suggestion sans ciller et mâcha lentement une poitrine de pigeon, le repas consistant essentiellement en ces volatiles grillés et en salades. Puis elle but une gorgée de vin.

— C'est la seule justification de ta régence, reprit Aÿ, croquant un petit oignon au sel.

Nouveau silence.

— Tu seras débarrassée à jamais de Semenkherê.

Néfertiti regarda par la fenêtre. Sa mémoire s'échappa vers ce jour passé, jour d'affliction où le tonnerre avait éclaté : un rescrit royal nommait Semenkherê régent ! Lui ! Un garçon d'à peine dix-sept ans !

Elle s'avisa que son père la regardait.

— Je serais heureuse qu'il quitte Akhet-Aton, dit-elle.

— La désignation de Tout-Ankh-Aton comme prochain pharaon devrait faciliter son départ.

— Attendons la fin de l'embaumement et la mise au tombeau, dit-elle. Ne pouvons-nous pas le bannir ?

— Qui ?

— Semenkherê ?

Aÿ parut sceptique.

— Il faudrait lui offrir ailleurs un palais et des terres…

Elle reposa son gobelet d'un geste sec.

— Trouve-lui quelque chose à Memphis.

— C'est la ville d'Horemheb, avec lequel il est en termes cordiaux.

— Et alors ? demanda-t-elle d'un ton maussade.

— Et alors, ils pourraient conclure une alliance, et cette alliance ne serait évidemment pas en notre faveur.

— Mais Horemheb a pourtant accepté de l'écarter du trône ?

— Grâce à moi ! s'écria Aÿ, soudain irrité.

— Alors envoie-le ailleurs ! À Thèbes.

— J'y songerai.

Néfertiti regardait le paysage qui s'étalait devant la grande porte, sur la terrasse du palais royal, et Aÿ considérait sa fille. Tant de raideur ! Était-il possible que son aversion pour Semenkherê occupât autant son esprit ?

— En attendant, reprit Aÿ, je lui ai fait porter ses effets et meubles tels qu'ils étaient restés dans les appartements du roi, et je lui ai aussi fait amener ses chevaux.

La magnanimité de son père à l'égard de l'ancien régent lui fit froncer les sourcils. Elle réprima une réflexion d'humeur.

— On ne peut quand même pas le traiter comme un manant, ajouta-t-il. Le clergé s'en scandaliserait.

Elle repoussa le bol contenant les ossements du pigeon. Un serviteur lui tendit la bassine et l'aiguière pour se rincer les doigts, tandis qu'un autre emportait les restes et le petit pain entamé. Elle choisit une datte rouge dans l'un des deux bols d'agate remplis de fruits et en fendit la peau vernie de ses incisives.

— Tu as déjà poussé tes reproches aux limites possibles, ajouta-t-il, penché par-dessus la table, le sourcil broussailleux. Maya en a été secoué.

— J'ai toujours soupçonné Maya d'avoir une âme de vieille femme, rétorqua-t-elle avec hauteur.

Une abeille bourdonna au-dessus du bol de figues. Un domestique s'empressa pour la chasser et retourna se poster contre le mur. Aÿ vrilla sa fille d'un regard impatient ; il n'ignorait rien des relations qu'elle entretenait avec Maya. Si elle s'imaginait lui donner le change avec ce genre de réflexion, elle le sous-estimait. À moins qu'elle se fût lassée de Maya et qu'elle eût décidé de prendre un autre amant. Mais lequel ?

— Néfertiti ! s'écria Aÿ sur le ton de l'admonestation. Il suffisait que le Conseil royal t'eût nommée régente. Tu n'avais pas besoin d'en rajouter avec des injures de laveuse ! Semenkherê a été régent pendant trois ans. Il a tissé des alliances parmi les notables et les clergés, notamment dans les provinces. Tu aurais tort de le compter pour rien.

— Je ne le compte pas pour rien, puisque je l'exècre ! rétorqua-t-elle. Et s'il est complice de ces maudits clergés de province, cela prouve que c'est un renégat !

Et elle cracha le noyau de la datte à travers la salle. Le même domestique courut le ramasser.

— Je ne l'aime pas plus que toi, rétorqua-t-il, mais j'entends que tu conserves la solennité nécessaire au trône.

Elle tourna vers lui son œil gauche, mais le stratagème demeura sans effet.

— Nous n'avons toujours pas décidé du lieu du tombeau, dit Aÿ, changeant de sujet.

Elle fronça les sourcils.

— Ta question me surprend. Nous n'avons rien à décider. Tout est écrit.

Il cligna des yeux.

— La stèle, dit-elle avec hauteur. As-tu oublié la stèle ? « Qu'un tombeau soit creusé pour moi dans les montagnes à l'orient d'Akhet-Aton et que j'y sois enterré dans les millions de jubilés que mon père l'Aton a décrétés pour moi. Que l'enterrement de la reine Néfertiti y soit fait, dans les millions d'années que mon père l'Aton a décrétés pour moi », récita-t-elle.

Il hocha la tête, sans conviction. Le transport du sarcophage royal dans la nécropole de Thèbes, près du père et de la mère du roi, aurait ébauché un retour vers la tradition et adouci la rigueur quasi fanatique du culte d'Aton ; de la sorte, il aurait tempéré la vindicte des clergés, qui mettait Aÿ mal à l'aise.

— La stèle est à l'entrée de la nécropole, observat-il. Bien peu de gens l'ont vue et, parmi ceux qui l'auront vue, encore moins l'auront déchiffrée.

— Ce que mon mari a dit est dit. De toute façon, il eût été imprudent de descendre jusqu'à Thèbes. Des soulèvements auraient pu se produire sur le parcours.

— Ils n'auraient pas osé attaquer le convoi funèbre, répondit Aÿ.

— Je ne sais pas s'ils l'auraient osé ou non, mais je sais que ce convoi aurait dû traverser des terres soumises à l'influence des clergés et de notables qui attendent avec impatience le rétablissement des anciens cultes. Sans parler du petit peuple, rétorqua-t-elle.

Il songea aux reproches tacites que lui adressaient justement ces clergés, ces notables et ce « petit peuple » dans ses domaines d'Akhmim sur le poids des impôts et l'insécurité croissante causée par les bandes de brigands. Il avait été informé par un de ses espions de la raclée administrée à Memphis à un agent du Trésor. Le lendemain, des paysans d'une bourgade proche de Thèbes avaient sévèrement battu des employés du fisc, dont les exigences étaient excessives. La garnison de la ville avait refusé d'intervenir, estimant que les paysans avaient raison. Bref, l'autorité royale était bafouée dans les Deux Terres.

Il se leva et arpenta la salle, visiblement impatienté par le peu de conscience que sa fille paraissait avoir de la situation. Ne savait-elle donc pas tout cela ? Ne se doutait-elle vraiment pas que le roi était mort bien trop à propos… ?

— Je connais la province mieux que toi, déclara-t-il avec autorité, s'arrêtant devant sa fille. Nous avons des problèmes plus pressants. Des brigands ont dévasté notre garnison aux frontières du désert, en Palestine. Plusieurs requêtes de renforts sont arrivées chez Ouadj Menekh.

— C'est le travail de Nakhtmin, non ? dit-elle, considérant ses orteils aux ongles dorés.

— Son travail, oui, mais c'est à toi qu'appartient désormais le pouvoir de décision. Il faut que tu accordes audience à Nakhtmin et Horemheb.

— Pourquoi Horemheb ?

— Crois-tu donc qu'il se soit résigné à la perte de la Syrie ? Il est mécontent de la situation aux frontières. Il pense que les brigands sont secrètement soutenus par les Hittites. Ton époux n'y a pas accordé suffisamment d'importance. L'armée s'attend à une reprise en main de la situation. Il en va de l'avenir du trône ! tonna-t-il.

— Je n'entends rien à ces questions.

— Je t'assisterai. N'en sommes-nous pas convenus ?

— Est-ce vraiment important ?

— Très.

— Pourquoi Akhen-Aton ne m'en avait-il jamais parlé ?

— Il a eu tort. Nos alliés n'ont plus confiance en nous.

Elle soupira.

Pour la première fois, Aÿ s'avisa qu'elle avait certes satisfait à son métier de reine, mais qu'elle n'était pas préparée à celui de roi virtuel. Elle avait régné sur la maisonnée royale, participé aux fêtes, veillé à l'éducation des filles et dirigé maintes intrigues, mais elle n'entendait rien au gouvernement d'un pays.

— Il a laissé péricliter notre armée. Notre charrerie n'est plus ce qu'elle était. Je sais de quoi je parle !

— N'est-ce pas à Nakhtmin et à Horemheb de s'en occuper ?

— Je te le répète, c'est au pouvoir royal de décider.

Elle parut mâchonner un fragment de datte d'un air maussade, puis elle dit :

— Bon, je les verrai ce soir. Tu seras donc présent.

Ce n'était pas une question, mais un ordre. Aÿ ne le releva pas. Mais il parut songeur.

— De toute façon, reprit-elle, je ne suis pas d'avis d'accorder de nouveaux crédits à Horemheb. Pas tout de suite et pas sans obtenir de solides engagements de sa part. L'armée est déjà trop puissante. Du temps de mon époux, elle pesait sur les décisions du Conseil royal de façon excessive.

Elle fixa son père du regard, comme si elle attendait une objection, mais il resta impassible, l'œil vitreux, la

113

langue fouillant obstinément son palais à la recherche d'un reliquat de nourriture. Il n'était pas hostile à l'idée de faire lanterner ce soudard d'Horemheb, bien qu'il fût son propre beau-père.

Au bout d'un moment, il se leva, annonçant qu'il allait se reposer. Il regagna ses quartiers, dans le palais même. Avant de prendre un peu de répit, il passa à la salle de bains. Là, tandis qu'il était accroupi, il fut désagréablement impressionné par un œil *oujdat* au-dessus du bassin des ablutions, qui semblait le regarder. Et même le narguer.

Et si les dieux existaient ?

7

Délices suspendues

Un fin croissant de lune semblait s'apprêter à faucher les champs d'étoiles.

— Dans cinq jours, il faudra cesser de nous voir ou bien trouver un autre endroit, dit une voix féminine, teintée d'une pointe d'impatience. Je ne pourrai même pas sortir du palais. Les gardes pourraient me voir. De toute façon, j'ai le dos tout écorché par ces buissons.

— C'est facile, lui répondit une voix d'homme. Les bâtiments administratifs au nord sont déserts pendant la nuit. Il y a là plein de chambres vides jusqu'à l'aube.

— Encore faut-il s'y rendre.

— Prends le souterrain.

— Quel souterrain ?

— Tu ne connais pas le souterrain ? Il mène directement des cuisines du palais des Princesses au pavillon des Visiteurs, puis aux bâtiments de l'intendance et plus loin. Tu n'auras même pas à sortir du palais.

L'interlocutrice – en fait, Merit-Aton – parut interdite.

— Je n'avais jamais entendu parler de ce souterrain. Comment le connais-tu, toi ?

— Je suis scribe à l'intendance, non ? Je connais tous les bâtiments d'Akhet-Aton. Ce souterrain mène même au palais royal et à la Maison du roi. J'aurais dû t'en parler. J'avais cru que tu préférais les jardins…

— Allons voir tout de suite, dit-elle. Les cuisines sont fermées à cette heure-ci.

Ils longèrent les murs du palais et, parvenus aux portes des cuisines, se faufilèrent à l'intérieur. Des battements menus sur le sol les accueillirent. Des rats et même des mulots de marécages, de la taille de porcelets, détalèrent, arrachant à la princesse un cri étouffé. Deux flammes vacillant au bec de lampes de terre éclairaient la vaste salle où l'on préparait les repas des princesses. Le jeune homme, Néfer Herou de son nom, « Jour parfait », mit un moment à se repérer. Il ouvrit précautionneusement une porte : c'était celle de la réserve de blé. Une autre : une remise de pots à cuire, de jarres et de plats. Une troisième : des tuniques et des serviettes. La quatrième fut la bonne ; elle ouvrait sur un escalier. Néfer Herou décrocha une lampe éteinte, l'alluma à l'une des autres et descendit les premières marches, tendant le bras à Merit-Aton.

— Referme la porte derrière toi, souffla-t-il.

Elle le suivit. Au bas de l'escalier apparut un large corridor soigneusement étayé, dallé, aux murs de briques crues. L'air était lourd, humide, poussiéreux. Ils avancèrent pendant un long moment, sans déceler la moindre trace de vie. De temps à autre, des escaliers s'ouvraient à droite et à gauche. D'autres rats et d'autres souris couraient le long des murs, effrayés par l'intrusion des humains. Puis une bifurcation apparut dans le long couloir rectiligne.

— Ce couloir-ci mène à la Maison du roi, souffla Néfer Herou. Il est probablement condamné.

Ils continuèrent sur une centaine de coudées, puis le jeune homme emprunta un escalier à droite. La porte en haut grinça sur ses gonds. Ils débouchèrent dans une vaste salle obscure. Le jeune homme poussa une des six portes qui se présentaient. L'odeur poudreuse et sucrée des papyrus emplissait l'espace. Des centaines de documents s'entassaient sur des étagères, soit à plat, soit en rouleaux, comptes, factures, correspondances avec des gouverneurs de nomes, lettres de doléances, testaments et surtout documents du fisc et récriminations associées. Néfer Herou tira la princesse par la main et referma la porte.

— Nous sommes au pavillon des Archives, dit-il.

Il posa la lampe sur un coffre.

— Mais à quoi sert ce souterrain ?

— Ton père l'a fait creuser afin de pouvoir se rendre à l'insu de tous dans n'importe quelle partie des bâtiments royaux et même dans plusieurs quartiers de la ville.

— Pour quoi faire ?

Néfer Herou haussa les épaules. Allait-il maintenant décrire à cette fleur ravissante la surveillance jalouse que le défunt monarque avait exercée sur ses fonctionnaires ?

Sa nature soupçonneuse et fanatique ? Il sourit plutôt et enlaça Merit-Aton. Il lui flatta les seins et l'embrassa. Puis sa main glissa le long du ventre et fut accueillie sans réticence entre les jambes. Trahie par les tumescences réciproques, l'émotion amoureuse surgissait à nouveau. Néfer Herou songea à recommencer les exploits de tout à l'heure, mais avec plus de soin et de temps.

— Demain, j'apporterai une natte, dit-il.

Soudain, ils se figèrent. Des voix résonnèrent dans la grande salle. Des voix d'hommes. Plutôt étouffées. Des sandales traînèrent et claquèrent sur le dallage. La porte de la pièce voisine fut ouverte et refermée. Une chaise fut traînée sur le sol. Une seule : l'autre ne s'asseyait-il donc pas ?

Les amants n'étaient séparés de la pièce voisine que par une cloison et une porte. Pendant la journée, des scribes circulaient sans doute entre les deux pièces.

Néfer Herou souffla la lampe. Plongés dans le noir, ils entendirent distinctement la conversation.

— Bien, donne-moi cette fiole.

Un instant plus tard :

— Seigneur, tu sais ce que tu me dois.

— Cinquante *debens* de cuivre.

— Nous étions convenus de cent *debens*.

— Cinquante, c'est déjà cher payé.

— Seigneur, ta parole !

— Quoi, ma parole ? Tu es sourd, tu entends mal.

Un silence.

— Seigneur, je te vends un poison parfait, qui tue dans les quatre à cinq heures. Impossible à déceler.

Bien des gens seraient intéressés par l'usage que tu en fais.

Un silence.

Puis la même voix de celui qui était donc vendeur de poison :

— Que tu en *as* fait.

— Quel usage en aurais-je fait ?

— Seigneur, tu le sais bien, si nous avons un régent qui est une femme, c'est grâce à moi…

— Tu déraisonnes. Tu déraisonnes et tu me menaces, manant ?

— Seigneur, jamais ma vile personne n'envisagerait chose aussi basse avec un homme qui tient sa parole.

— Très bien, cinquante *debens* donc.

— Seigneur, ce poison est difficile à obtenir, je le fais venir en secret du pays de Koush…

— Je peux faire venir cinq fioles de stramoine du Liban pour le même prix. Tu me fatigues.

Un bruit de chaise.

Puis un bruit sourd. Un râle. Quelque chose de lourd était tombé. Merit-Aton étreignit le bras de Néfer-Herou.

— Cloporte ! cria une voix rageuse.

Un râpement continu sur le sol révéla qu'un corps lourd était traîné. Un grincement. Les chants des grenouilles devinrent plus perceptibles. La porte donnant sur les berges du fleuve avait sans doute été ouverte. Un homme haletant traîna quelque chose à l'extérieur, et quoi d'autre qu'un corps humain ?

Néfer Herou entrouvrit la porte de la pièce qui donnait aussi sur la berge. Ils virent tous deux un homme courbé qui tirait le corps à travers les jardins. Au bout d'un moment, il le laissa tomber et reprit haleine. Enfin, il roula le corps parmi les ajoncs et le poussa vers le fleuve. Les crocodiles et les mulots en feraient rapidement disparaître les restes.

L'homme revint sur ses pas, respirant bruyamment, franchit la porte et sortit par la salle. Néfer Herou entrebâilla l'autre porte. L'homme portait une lampe.

Merit-Aton porta sa main à sa bouche. Elle avait reconnu Pentju. Elle l'avait vu deux jours auparavant à la cérémonie précédant l'embaumement. C'était le médecin de son père.

Ses jambes cédèrent. Néfer Herou éprouva les plus grandes peines à l'empêcher de crier. Mais, faute de lampe, ils furent contraints de reprendre le souterrain dans l'obscurité et d'affronter l'horreur des frôlements de rats, en plus de l'infamie qui venait de se graver dans leurs mémoires.

Merit-Aton resta couchée le lendemain, même quand sa mère, avec l'apparat qui désormais lui revenait, précédée par le chambellan du palais et flanquée d'un porteur d'éventail et d'une suite de six scribes et dix domestiques, vint annoncer au palais des Princesses qu'elle était désormais régente du royaume au nom du prince Tout-Ankh-Aton.

Néfertiti alla lui rendre visite dans sa chambre. Elles demeurèrent quelques instants seule à seule.

— Qu'est-ce que tu as ?

— Mal au ventre. Je ne dois pas boire de bière après avoir mangé des dattes.

— Tu as eu tes règles ?

Question incongrue. Sa mère était-elle au fait de ses rendez-vous galants ?

— Oui, comme d'habitude, au vingt-septième jour, pourquoi ?

— Tu as vomi ?

— Non.

Elles se regardèrent un moment. Merit-Aton se força à sourire. Sa mère savait-elle que son époux avait été empoisonné ? À la stramoine ? Ou un autre poison ?

Une idée lui fit palpiter le cœur : sa mère avait-elle trempé dans l'empoisonnement ? Aurait-elle pu faire empoisonner son propre mari, le roi ? Et qui d'autre avait participé au complot ? Pentju ne pouvait avoir perpétré ce crime à son seul profit.

Et tout à coup, une autre idée : qui donc Pentju s'apprêtait-il à empoisonner avec la stramoine de la fiole ? Car Pentju tramait un autre meurtre. Alors, qui ? Semenkherê ? Néfertiti le haïssait, ce n'était un secret pour personne. Mais les nourrices avaient été informées dans l'heure de l'incident survenu à la porte de la Maison du roi et en avaient informé les princesses aînées. Semenkherê ne résidait plus ni dans cette maison ni au palais ; Pentju ne pourrait donc pas l'approcher. À moins qu'il ne parvînt à soudoyer un cuisinier qui préparait la nourriture pour l'ancien régent.

Sur les ordres de qui Pentju perpétrait-il ses crimes ? Et personne avec qui en parler ! Si elle confiait sa sinistre découverte à sa mère, celle-ci l'interrogerait sur les circonstances. Elle devrait révéler ses escapades nocturnes et l'existence de son amant, voire mettre Néfer Herou en péril et renoncer à le voir. Pas question !

Peut-être était-ce aux ordres de sa propre mère que Pentju faisait office d'empoisonneur ? L'idée était insupportable. Le cœur de Merit-Aton battit cette fois la chamade et elle s'agita. Elle ferma les paupières pour ne pas voir le visage de cette femme, sa propre mère, et poussa un gémissement.

Néfertiti appela la nourrice et lui ordonna de mettre Merit-Aton à la diète d'eau de fèves pendant deux jours.

— J'ai l'intention de marier Ankhensep-Aton à Tout-Ankh-Aton, annonça-t-elle.

Merit-Aton hocha la tête. Le garçon avait à peine sept ans. Cela représenterait bien des années de régence pour sa belle-sœur, car Tout-Ankh-Aton était le demi-frère du roi défunt, le dernier-né d'Amenhotep le Troisième.

— Et Semenkherê ? s'aventura-t-elle à demander.

Néfertiti haussa les épaules avec impatience.

— Le Conseil royal ne l'a pas jugé éligible. Il n'avait de raison d'être qu'à l'ombre de la royauté.

À la trappe. Feu le roi avait-il donc eu si mauvais jugement qu'il eût désigné Semenkherê comme régent ? Ce n'était certes pas là une question qu'elle eût osé poser à sa mère.

Elle n'osa pas non plus demander qui elle épouserait, maintenant qu'elle n'était plus promise à l'ancien régent.

— Je te quitte, dit Néfertiti, après une caresse sur le front de sa fille aînée. La nourrice m'informera de ton état. Veux-tu que je t'envoie Pentju ?

Un éclair de terreur traversa les yeux de Merit-Aton.

— Non ! s'écria-t-elle. Non, ce sera sûrement passé demain, reprit-elle d'un ton plus mesuré.

Néfertiti haussa imperceptiblement les sourcils, puis gagna la porte. Elle était à peine sortie que la cadette des blanchisseuses, la préférée de Merit-Aton, entra dans la chambre ramasser le linge à laver.

— Prends le tas qui est dans ce coin-là, lui dit la princesse, rongée de doutes et d'inquiétudes.

L'autre s'accroupit pour trier le linge – un pagne, que Merit-Aton portait pour dormir, et la robe de lin dans laquelle elle avait effectué la terrifiante escapade de la veille. Ce dernier vêtement avait gardé la trace des pérégrinations à travers le jardin et le corridor souterrain ; il était souillé de terre, surtout au bas, sur les broderies de fil d'or. Il y avait également une tache suspecte sur la cuisse, mais la blanchisseuse feignit de ne pas s'en aviser ; elle le lissa, puis le jeta sur son bras ; dans l'heure, la robe serait trempée dans l'eau de puits salée, les souillures seraient savonnées et frottées et, après rinçage, le précieux vêtement serait confié aux repasseuses, qui en reconstitueraient méticuleusement le plissé à l'amidon.

— Je souhaite à ma maîtresse la splendeur et l'épanouissement du cœur, dit-elle, puis elle sortit.

Maket-Aton et Ankhensep-Aton entrèrent à ce moment.

— Qu'est-ce que tu as ? demanda la première.

— Les intestins turbulents, répondit Merit-Aton, s'avisant soudain qu'elle et sa puînée se trouvaient soudain exclues de l'ordre de succession au trône. Tu seras donc reine, dit-elle à Ankhensep-Aton.

— Je sais, ma mère vient de me le dire, répondit celle-ci avec une moue. D'ici là… Il faudra surtout que j'aille habiter au palais avec le garçon. Ça ne sera pas drôle.

Toute la journée sous la surveillance de sa mère et des fonctionnaires de la Cour. Elle ne verrait plus Pasar.

— Tu sais, quand ma mère a un projet en tête…, dit Merit-Aton.

— Bon, il me reste à trouver un mari, dit Maket-Aton avec pétulance.

Elle se mit à rire et ajouta :

— Et ma mère, elle restera seule ?

Ce sujet ne sembla pas éveiller l'intérêt de Merit-Aton. Maket-Aton sortit de la chambre, mais Ankhensep-Aton demeura.

— Qu'est-ce que tu as vraiment ? demanda-t-elle d'une voix basse et pressante, inhabituelle chez une fille de son âge.

Merit-Aton tourna lentement son regard vers elle.

— Rien, pourquoi ?

— Je te connais. Tu caches quelque chose.

Merit-Aton considéra un instant sa jeune sœur, puis elle se remit sur le dos et ferma les yeux. Comment partager son atroce secret avec cette créature innocente ?

Lui dire que son père avait été empoisonné ? Lui raconter la conversation qu'elle et Néfer Herou avaient surprise dans le pavillon des Archives ? Le meurtre du fournisseur de poison ? À quoi bon ? Elle ne pourrait pas tenir sa langue. Pis : elle deviendrait amère. Ou folle. Soupçonneuse. Hargneuse.

— Tu te fais des idées, répondit Merit-Aton d'un ton las.

— Où étais-tu hier soir ? reprit Ankhensep-Aton.

Et comme sa sœur, stupéfaite, ne répondait pas, elle poursuivit :

— Tu es sortie avant minuit et tu es rentrée peu avant l'aube.

Merit-Aton la dévisagea.

— Mais tu m'espionnes, ma parole ! s'écria-t-elle.

— Et ta robe était sale, ajouta Ankhensep-Aton, malicieuse.

— Je t'interdis de m'espionner, reprit Merit-Aton. Maintenant, laisse-moi me reposer.

— Très bien, dit Ankhensep-Aton d'un ton revendicateur. Moi, je vais épouser Pasar. Je ne veux pas être reine, je ne veux pas épouser Tout-Ankh-Aton. Pasar m'a dit qu'il m'épouserait.

Elle avait atteint le pas de la porte.

— Qui est Pasar ? demanda Merit-Aton.

— Chacun ses secrets, rétorqua Ankhensep-Aton.

— Viens ici !

Mais Ankhensep-Aton avait déjà refermé la porte derrière elle. Merit-Aton demeura seule, en proie à un tourment qu'elle compara à des coliques mentales ; ce n'étaient pas les intestins du ventre qui souffraient de turbulences, mais ceux de la tête. La lancinante question lui causa une douleur aiguë : qui donc Pentju se disposait-il à empoisonner ?

Son esprit dériva un moment vers Semenkherê. Où était-il donc ? Comment vivait-il sa disgrâce ? Et que pensait-il de tout cela ? Dans les rares occasions où ils s'étaient rencontrés, avant la mort du roi, il lui avait toujours témoigné une attention affectueuse. Elle évoqua son regard sombre, cerné d'antimoine, ses gestes retenus, délicats, et cette attitude pensive qui contrastait avec le comportement autoritaire, et même tonitruant, de son demi-frère le roi. Quels avaient été leurs liens ? Était-il vrai, comme elle l'avait une fois entendu chuchoter par une domestique de sa mère, que les deux hommes partageaient le même lit ? Que signifiait cela ? Elle aurait voulu s'entretenir avec lui, lui confier ses doutes, ses secrets et sa souffrance. Elle eut le sentiment que ce mari jadis promis et soudain soustrait était le seul en qui elle eût pu s'épancher. Mais il n'était pas là.

Elle était prisonnière de ce palais où personne ne parlait franchement à personne, et où les seules paroles sincères étaient inaudibles, parce que chuchotées.

8

Une statue creuse

La grande salle des audiences du palais royal bruissa de murmures et du crissement des sandales sur le sol de pierre. La grande porte plaquée d'or s'ouvrit à deux battants.

Ouadj Menekh se leva de son siège doré et, pour accueillir ses visiteurs, descendit de l'estrade sur laquelle il siégeait. Il ne pouvait moins faire : ces gens comptaient parmi les grands-prêtres des cultes les plus anciens et les plus riches du royaume. Outre ceux d'Amon et de Ptah, Houmose et Néfertep, c'était les maîtres des cultes non moins importants d'Apis, Horus et Hathor. Même si leurs dieux étaient ignorés à Akhet-Aton, un chambellan ne pouvait manquer de leur témoigner le respect que leur pouvoir commandait.

Il avait prié Panésy, premier serviteur de l'Aton, de bien vouloir l'assister pour la circonstance.

Les Deux Terres étaient régies par le sens religieux autant que par le respect du pouvoir.

Pour pompeux qu'il parût, Ouadj Menekh, fils de paysan élevé à la dignité de scribe dès sa jeunesse, grâce à la faveur particulière du maître du domaine, savait la nature transitoire de ce pouvoir. Encore un séisme dynastique, et il risquait ses titres et privilèges ; s'il venait à déplaire aux nouveaux potentats, il serait rabaissé aussi vite qu'il avait été élevé. Il considéra donc ses visiteurs avec la cautèle d'un métayer qui voit arriver les acheteurs potentiels de ses terres.

Chacun d'eux était précédé de deux scribes et suivi d'un porteur d'éventail et de six scribes de deuxième rang. Près d'une cinquantaine de visiteurs, donc. Leur doyen, Houmose, menait le cortège.

La chaleur faisait briller les crânes rasés des dignitaires. Pourquoi rasés ? L'âge y avait pourvu, sauf sur les tempes.

Les salutations, marques de respect et souhaits furent soigneusement récités. Les visiteurs prirent place sur cinq sièges d'apparat en cèdre incrusté d'ivoire. Ouadj Menekh et Panésy s'assirent en face d'eux, sur des sièges semblables. Des domestiques apportèrent des plateaux garnis de cruchons de vin frais, de bière, de petites galettes au miel et de gobelets de cuivre, et ils servirent les visiteurs. D'autres domestiques se chargèrent de rafraîchir les suivants.

— Nous sommes venus te demander, auguste interprète, si la régente a prévu de nous recevoir, ainsi que nous en avions exprimé le vœu, déclara Houmose.

Ouadj Menekh se composa un masque amène.

Panésy demeura impénétrable, immobile, comme prématurément momifié.

— La régente est absorbée par les tâches immenses de la succession royale. Elle ne peut trouver le loisir de vous accorder l'audience demandée. Peut-être mes visiteurs inspirés consentiront-ils à me dévoiler l'objet de leur démarche. Je verrai alors si mon humble personne osera le soumettre à la sagesse divine de la régente.

« Sagesse divine » était une formule bien emphatique ; la divinité n'était associée qu'à la personne et aux actes du dieu vivant, Pharaon lui-même. Or, jusqu'à plus ample informé, la régence n'était pas d'essence divine. Aucun des dignitaires ne releva le dérapage verbal.

— Nous sommes venus humblement demander si l'autorité régente envisage de restaurer les cultes de nos dieux dans la totalité du royaume et de reprendre le patronage des autres cultes.

Autrement dit, de réintroduire ceux-ci à Akhet-Aton. Ouadj Menekh fut saisi. Restaurer ou plutôt instaurer le culte d'Apis ou d'Amon à Akhet-Aton, vraiment ! Il était bien au fait des doléances des clergés, mais un temple d'Amon ou de Horus à Akhet-Aton ! Il se tourna d'un degré d'arc de cercle vers Panésy, toujours immuable, et répondit après mûre réflexion :

— J'ignore les intentions suprêmes de la divine régence.

Houmose interrogea ses collègues du regard. Apisekhem – « Apis règne » –, évidemment grand-prêtre du dieu éponyme, retint un sourire. Néfertep darda son

129

œil pareil à un scarabée noir vers Panésy ; les deux prêtres se consultèrent ainsi une seconde sans ciller. Seul le grand-prêtre du culte de Hathor recula un pied. Bref, les réactions furent à peine perceptibles.

— Pas d'audience, pas de restauration, résuma Houmose.

Le raccourci était presque insolent ; Ouadj Menekh se garda d'y répliquer. Deux de ses scribes notaient les échanges et il était quasiment certain que Néfertiti se ferait porter le compte rendu de l'audience.

— Nous pouvons donc considérer que cette absence de réponse constitue une réponse en elle-même, observa Néfertep.

Ouadj Menekh leva les deux mains.

— Que saurais-je dire d'autre, sinon que votre interprétation est respectable, répondit-il.

Une fois de plus, il se tourna vers Panésy ; celui-ci restait statufié.

— Nous allons regagner nos temples, annonça Houmose.

La visite était terminée. De nouvelles salutations, marques de respect et souhaits furent récités. Les visiteurs se levèrent, Ouadj Menekh et Panésy aussi, les domestiques emportèrent les plateaux.

Une heure plus tard, l'un des scribes de Houmose se rendit chez Thoutou. L'ancien chambellan et Semenkherê furent avisés de la teneur de la visite.

Rien n'avait donc changé dans le royaume et rien ne changerait. Le disque solaire Aton demeurerait le seul dieu officiellement révéré par le pouvoir dans cette enclave artificielle créée par le pharaon défunt, Akhet-Aton. Au mépris obstiné et souverain des pratiques religieuses en cours dans le reste du pays.

Au repas du soir, Thoutou déclara à son hôte royal :

— Majesté, te voilà désormais promu au rang de meilleur espoir des clergés humiliés.

Semenkherê sourit et l'interrogea du regard.

— L'espoir est comme une fleur qui promet le fruit. Je ne vois pas le fruit. Néfertiti est régente. Qui donc l'en délogerait ?

— Majesté, le meilleur nageur du monde peut remonter à contre-courant pendant quelque temps, mais non tout le temps, observa Thoutou à son tour.

Semenkherê médita la sentence et but une gorgée de vin.

— Mais encore ?

— Majesté, frère du dieu vivant, crois-tu que l'on puisse défier les dieux éternellement ?

La phrase était paradoxale : c'était Akhen-Aton qui avait défié les dieux, et Semenkherê, son frère, avait été son régent. Thoutou laissait donc entendre qu'Akhen-Aton avait eu tort d'élire Aton dieu unique du royaume et qu'il avait ainsi défié les dieux. L'ancien chambellan aurait commis là une impertinence impardonnable si, comme il était probable, elle n'avait été inspirée par son dévouement à Semenkherê. Et dans sa disgrâce, celui-ci ne pouvait méconnaître le conseil d'un allié.

— J'avais, dit-il, l'intention de me retirer dans mes terres de Memphis. Suggères-tu que je doive séjourner plus longtemps à Akhet-Aton ?

— L'honneur suprême que Ta Majesté me fait en acceptant l'hospitalité de ma maison ne peut que combler mon cœur et les cœurs des miens, répondit Thoutou avec chaleur. Que Ta Majesté consente à prolonger son séjour ici m'emplirait de céleste félicité.

— Mais que crois-tu qu'il adviendra ?

— Majesté, tu connais le dit de Ptah-Hotep : ce ne sont jamais les desseins des humains qui s'accomplissent, mais toujours ceux des dieux.

Semenkherê s'abstint d'interroger Thoutou sur le sens de ces considérations contournées. Était-il par hasard au courant d'un complot ? Mais si tel était le cas, ne le lui aurait-il pas révélé d'emblée ? Ou bien était-il lié par serment ? Et quel complot, d'ailleurs ? Toute question eût été superflue. Un seul fait semblait certain : Thoutou s'attendait à un renversement de situation.

— Sire, ne t'ai-je pas voué ma vie ? demanda Thoutou.

Semenkherê fut surpris de cette soudaine déclaration de foi. Mais c'était vrai : Thoutou lui avait témoigné une indéfectible loyauté, ce qui n'était ni le cas de Pentju, ni celui de Maya et de bien d'autres.

Il scruta l'ancien chambellan. Des yeux bruns aux sclérotiques d'ivoire jaune à la bouche figée dans l'expression de la parole. Son regard glissa le long du front plissé et des rides léonines ; il n'y lut que la chaleur de la dévotion. Thoutou était immatériellement amoureux de la personne royale ; il baignait dans son soleil. Ses propos suivants le confirmèrent :

— Tu es beau comme le jour qui resplendit, sage comme l'épervier dans le ciel et patient comme le cobra qui guette son ennemi, reprit Thoutou. Comment ne t'aurais-je pas voué ma vie, toi, maître des célestes vertus royales?

Paroles spontanées, d'autant plus émouvantes. Semenkherê posa sa main sur l'avant-bras de Thoutou.

— Je t'entends, dit-il, et je ne l'oublierai pas.

Il saisit un concombre macéré dans l'huile et le sel et le croqua, songeur. Thoutou l'imita. Puis il mordit dans un pilon de canard et Thoutou fit de même.

— Et combien de gens, crois-tu, attendent le même événement imprévisible que tu me décris?

— Tous les clergés.

— Cela fait dix-sept ans qu'ils attendent. Qu'est-ce qui a changé?

Thoutou sourit.

— Comme ceux de tes jardins terrestres, les arbres du ciel laissent tomber leurs fruits quand ils sont mûrs. Mais la durée de leurs saisons n'est pas la même.

Hapy, le dieu vert et bleu, père de tous les dieux, était content; il retrouvait sa jeunesse annuelle. Il était l'âme du Grand Fleuve, qui gonfla comme une femme enceinte.

Venues d'au-delà du pays de Koush, où les hommes ont la peau d'ébène et les dents de nacre, les eaux chargées de boues, d'herbes arrachées aux rivages et de putréfactions variées dévalèrent joyeusement les six cataractes. Pareil à un grand bras, jusque dans les cinq doigts qui s'étalaient sur le delta de la Basse-Égypte, le Grand Fleuve assura son étreinte jusqu'à la Grande Verte. Les papyrus et les roseaux de ses berges dansèrent dans les remous de la crue. Les nids flottants des oiseaux des rivages s'arrachèrent à ces ancrages et dérivèrent, dupant les crocodiles qui les gobaient : les oisillons en étaient partis depuis des semaines. Les eaux brunes se chargèrent généreusement de poissons. Les vannes des pêcheurs s'emplirent d'anguilles, de silures moustachus, de mulets, de carpes arrachées au sommeil de l'hiver, d'oxyrhinques à museau de musaraigne, de pagres à dents de chien.

La saison de la crue commençait.

Observant le monde depuis des siècles de siècles, les lettrés égyptiens avaient exactement divisé le temps que met l'ombre d'un obélisque à revenir à son point de départ : trois cent soixante jours de vingt-quatre heures, plus cinq jours épagomènes supplémentaires. Soit douze mois de trente jours exactement, divisés en trois saisons de quatre mois : printemps, été, hiver. Crue, semailles, moissons.

L'eau nourricière commença de gagner les terres. Les canaux d'irrigation l'attendaient et diffusèrent ses richesses. Les mulots battirent en retraite et les paysans battirent les mulots qui mangeraient leurs épis.

Le flot monta jusqu'aux racines des sycomores qui garnissaient les berges, devant le palais des Princesses.

La passion enfin envahit le cœur et les reins de Néfer Herou, l'amant de Merit-Aton. Comme il l'avait annoncé, quand elle se fut remise de l'horreur éprouvée dans le pavillon des Archives, il apporta une natte roulée. Ils s'y retrouvèrent presque toutes les nuits. De sa bouche, il lui fit fleurir les tétons et tournoyer le nombril ; il lui lissa les orteils et changea ses lèvres en fruits. À la différence des lotus, son vagin s'épanouissait la nuit.

— Tu es mon Grand Fleuve, lui murmura-t-elle.

— Et toi, tu es mon royaume que j'inonde.

Et comme elle était d'essence divine, elle lui donna aussi un corps. Elle sacra ses épaules, ses bras pareils à des cobras, son ventre à l'œil unique, le trilobe de son sexe, ses jambes d'oryx et chaque doigt de ses mains.

Dans la grande salle, le natron faisait son œuvre sur la dépouille de l'un des maîtres du monde. Tous les matins, le maître embaumeur Âsekhem tâtait l'enveloppe jadis charnelle d'Akhen-Aton. Les fluides s'en retiraient au fur et à mesure que l'eau montait dans la vallée du Grand Fleuve. « L'eau, c'est la vie, songea-t-il. Glauque ou claire, visqueuse ou cristalline, bleue ou brune, c'est tout de même la vie. »

Il songea aux urines qui ne s'écoulaient plus depuis quarante-cinq jours de ce corps désormais virtuel. À la salive qui n'humectait plus sa bouche. Aux larmes, si tant est qu'il en eût eu le don, qui ne facilitaient plus les mouvements de ses yeux, car Aton, le Disque solaire, semblait les avoir desséchés de son vivant.

Préparer les morts à la vie éternelle rend philosophie, songea le maître embaumeur. Il se ressaisit : dans un mois, le roi pourrait partir. Dans trois ou quatre jours, l'enveloppe éternelle serait devenue dure comme une statue et légère comme une coquille d'œuf, ainsi que l'exigeaient les règles des embaumeurs.

— Commençons le remplissage, dit-il à son assistant.

Le mélange de myrrhe, de casse, de cannelle, de girofle et d'autres aromates de Koush était déjà prêt, dans un gros sac de toile de lin ; il avait été malaxé, de telle sorte qu'il fût pareil à une pâte.

Une fois de plus, Âkhesem vérifia que l'intérieur était net et prêt, et qu'aucune souris ne s'était glissée durant la nuit dans l'appétissant ouvrage. Cela se produisait parfois.

Deux jeunes apprentis fourrèrent l'emballage céleste, la cavité abdominale et le thorax. Une odeur enivrante s'exhala du macchabée.

— Voilà, ça va, dit Âkhesem, avant de procéder au premier modelage de la farce.

Dans la mesure où l'enveloppe conservait quelque souplesse, il façonna des pectoraux puissants à la place des seins du défunt. Puis il réalisa un ventre plat au lieu de l'abdomen rebondi. L'objet avait vraiment plaisante forme.

Sur l'heure de midi, il s'offrit une pause et fit distribuer de la bière fraîche et des pains au sésame. Vers deux heures, il fit signe à l'épigone du paraschite :

l'heure était venue de recoudre. Celui-ci était prêt depuis plusieurs jours, l'aiguille déjà enfilée. Il accourut. Âkhesem surveilla le travail : des points de gros fil de lin, pas trop rapprochés pour ne pas fragiliser le derme.

— C'est déjà un peu dur, dit le couseur.

À chaque point, en effet, on percevait le petit claquement de l'alène de bronze qui perforait la peau desséchée.

— Tire autant que tu le peux sur l'estomac, lui conseilla Âkhesem.

— Ça va laisser un surplus de peau.

— Replie-le à l'intérieur.

À quatre heures, bien recousu et remodelé, Akhen-Aton avait vraiment fière allure. Toute l'équipe des embaumeurs s'assembla pour l'admirer.

Dans quatre ou cinq jours, on pourrait commencer l'emmaillotage. Il convenait de prévenir le chambellan, afin que celui-ci, à son tour, prévînt les prêtres, qui dépêcheraient des scribes pour inscrire les paroles sacrées sur les bandelettes.

Le chambellan Ouadj Menekh n'était ni un épervier, ni un faucon, ni un milan ; il possédait plutôt une âme de rat. Mais les rats sont sensibles et flaireurs. Informé que l'embaumement était prêt de toucher à son terme, il s'émerveilla d'abord que tout allât si parfaitement dans le royaume. Les rites établis sous l'inspiration divine par les esprits les plus éminents étaient tout de même une bien belle chose. La reine succédait au roi comme régente d'un jeune frère du défunt.

Puis il conçut des doutes, tels des charançons dans la farine. Il repensa à la visite des grands-prêtres et s'étonna de leur parfait silence. C'étaient, il le savait, des hommes puissants. Avaient-ils donc admis si facilement leur nouvelle défaite ? Et l'ancien régent s'était-il résigné si commodément à la sienne ?

Tout allait divinement bien. Peut-être un peu trop bien.

9

L'invocation à Sekhmet

Nefertep était tout miel. D'ailleurs, les mouches le courtisaient dans la touffeur du crépuscule de Memphis, et les domestiques porteurs d'éventail veillant à la table évitaient qu'elles l'importunassent à l'excès.

En face de lui, accroupi sur son vaste séant, secrètement surnommé « Cul-de-Taureau », Horemheb, flatté de l'honneur d'être invité par un personnage dont le pouvoir spirituel – enfin, façon de dire – était au moins égal à son pouvoir militaire, et en tout cas assuré d'une bien plus grande durée, se passa la main sur le gras du cou. Le barbier avait bien fait son travail ; sa lame de cuivre était toujours si finement affûtée qu'elle eût tranché d'un coup une mouche en deux. Et le baume tout à la fois huileux et mousseux qu'il appliquait sur la couenne avant ses opérations ne laissait aucune brûlure sur la peau. Mais aussi, le plus grand général du royaume méritait un rasage digne de sa gloire.

Le général considéra Néfertep d'un œil inquisiteur. Que lui valait l'honneur d'un souper chez le grand-prêtre ? Et en tête-à-tête ? Néfertep envisageait-il de demander une plus grande part du butin de la dernière campagne ? Ces prêtres étaient-ils donc insatiables ? N'avait-il pas reçu trois grands plats de cuivre ciselé, un siège en ébène et ivoire et un pectoral en or sur les trésors prélevés dans le pays de Koush ? Il attendit donc que Néfertep avançât ses prétentions ; il lui clouerait le bec, à ce tondu.

Mais le grand-prêtre ne semblait nullement pressé d'avouer des revendications cupides.

— J'apprends par nos messagers, dit-il d'un ton désinvolte, comme s'il parlait de la succession d'un préfet du fisc, que l'embaumement du roi est presque achevé.

Les serviteurs apportèrent un grand plat de cuivre garni d'oisillons rôtis et un autre de filets de bœuf couchés sur de fines galettes d'échalote à la crème et saupoudrés de miettes dorées de coriandre.

Horemheb en était à son quatrième gobelet de vin. Son regard se ralluma à la vue du festin. Décidément les grands-prêtres mangeaient aussi bien que les rois.

— Oui, répondit-il en saisissant deux galettes à la fois. La régente prépare de grandes cérémonies.

— Et tu es donc tenu d'y assister ? observa Néfertep.

Bien évidemment, le clergé serait tenu à l'écart des cérémonies, à supposer d'ailleurs qu'il eût jamais eu envie d'y assister.

— C'est votre très honorable collègue Panésy qui les dirigera, déclara Horemheb en mâchant goulûment ses galettes.

— L'inhumation aura donc lieu à Akhet-Aton ?

Horemheb hocha la tête, s'empara d'un gros oignon et y planta les dents avec l'expression d'un chacal qui mord dans un canard. Néfertep admira dans la denture du militaire les deux dents en or, une canine et une prémolaire, artistement façonnées et fixées à leurs voisines par un fil d'or ; il reconnut là l'ouvrage du dentiste royal. Horemheb vida la moitié de son gobelet de vin, claqua la langue avec une évidente satisfaction et demanda :

— Quel est ce vin ? Je n'en ai jamais bu de pareil !

— Du vin du Bas Pays. Il est macéré deux fois. Ce sont les Hébreux qui le produisent.

— Deux fois ! C'est une boisson à ranimer Osiris !

— Je t'en ferai porter une jarre, promit Néfertep.

Les yeux d'Horemheb brillèrent ; il vida le gobelet. En fin de compte, ce prêtre n'était pas un aussi mauvais bougre qu'il l'avait craint. Sa table était un régal et il faisait même des cadeaux. Néfertep croqua un petit oignon et fit signe à l'échanson de regarnir les gobelets.

— Ne trouves-tu pas déplorable que le fils ne repose pas auprès du père ?

Horemheb saisit deux autres galettes et les engloutit avec la même célérité.

— Ainsi en a voulu la régente, répondit-il en haussant les épaules.

— Le tombeau du Siège de Maât restera donc vide ?

Le gobelet du général, en tout cas, ne le resta pas, l'échanson y veillait. Horemheb croqua trois radis l'un après l'autre et rota généreusement.

— J'ai cru comprendre, dit-il, qu'Aÿ se faisait du souci à l'idée d'un cortège funèbre descendant le Grand Fleuve.

— Que craint-il? Des cris hostiles?

— Peut-être, répondit Horemheb. Ou bien une trop visible indifférence. Ces galettes sont exquises, dit-il en se resservant.

— Est-il vraiment digne de la royauté divine qu'un roi défunt n'ose pas traverser son royaume? demanda Néfertep.

— Certes non, admit le général. Mes lieutenants en sont chagrinés.

— La descente sur le fleuve eût ranimé la dévotion du peuple à la divinité incarnée. Il eût alors attendu avec ferveur la désignation de son successeur chéri, afin de le consoler.

— Ç'aurait été superbe, renchérit Horemheb. Comme lorsque le père du défunt roi est parti reposer près des siens. Les cérémonies ont duré trois semaines!

Néfertep hocha la tête.

— À la fin, dit-il rêveusement, ce pays est comme un corps démembré. Le torse et les jambes sont ici et la tête est ailleurs.

Le général hocha la tête.

— C'est vrai. Et un corps affaibli, de surcroît.

— Et pas d'Isis pour le remettre ensemble.

— Elle n'a pas le treizième morceau! observa Horemheb, et à l'évocation du phallus d'Osiris, il éclata soudain d'un rire strident et gras qui secoua sa bedaine et fit trembler son cou, puis s'acheva sur des notes aiguës et canailles.

Néfertep ne pouvait moins faire que partager l'hilarité de son convive. Il feignit de trouver drôle cette gaillardise de salle de garde.

Horemheb saisit l'un des oisillons, détacha la tête et y mordit résolument. On entendit craquer les os, mais surtout le mugissement de délices du général.

— Qu'est-ce donc ?

— Des cailles farcies à la purée de fèves à l'ail.

Nouveau mugissement. Un hippopotame dans son marécage.

Les domestiques allaient et venaient, ne perdant rien des propos et des bruits de la manducation extatique du grand militaire, mais restaient impassibles ; seule une étincelle d'amusement animait parfois leurs regards. Néfertep avait personnellement veillé à l'organisation du repas depuis le matin, ce qui n'était pas dans ses habitudes ; sa femme s'en était même étonnée. Il savait Horemheb gourmand, mais avait été informé que son épouse Moûtnejmet, pourtant fille d'Aÿ et sœur de Néfertiti, ne lui servait guère mieux que l'ordinaire de la caserne, suppléant à la qualité par la quantité.

— J'ai été à Akhet-Aton l'autre jour, reprit le général, pour soumettre à la régente le détail des besoins de l'armée, notamment en matière de chars. Elle m'écoutait sans rien comprendre, trouvant ces besoins exorbitants. Heureusement que son père Aÿ et son cousin Nakhtmin étaient présents.

Il engloutit l'autre moitié de l'oisillon et broya les os entre ses mâchoires d'airain, puis en reprit un autre. Néfertep conserva le silence pendant que son invité faisait un sort à d'autres volatiles, se contentant d'en grignoter deux, afin de n'être pas soupçonné de servir des mets empoisonnés. Enfin, Horemheb observa une pause, suça une ou deux cuissettes et posa les os minuscules sur la table.

— Mais c'est toi qui l'a fait nommer régente, dit Néfertep.

L'observation pouvait être considérée comme suprêmement impertinente, puisque Horemheb était le beau-frère de la régente. Seul un grand-prêtre aussi prestigieux que Néfertep pouvait se l'autoriser et le général était assez avisé pour ne pas chercher de vaine querelle à un homme qui commandait la région de Memphis aussi sûrement qu'il en commandait, lui, la garnison.

Horemheb poussa un soupir qui dilata sa vaste panse, puis il vida son gobelet et jeta un coup d'œil aux filets de bœuf à la crème que les domestiques venaient de déposer sur la table.

— Je m'empresse de préciser que ma femme n'y était pour rien, dit-il.

— Je n'ai jamais pensé que l'illustre général Horemheb se faisait commander par des femmes, rétorqua plaisamment Néfertep.

— Écoute, expliqua Horemheb. D'abord, Néfertiti n'est pas seulement la femme du roi ; tu le sais bien, il l'a fait nommer *roi*, comme lui, c'est-à-dire qu'il lui a conféré un pouvoir supérieur à celui du régent. Et c'est la seule femme, à ma connaissance, qui ait été représentée sur les bas-reliefs d'un palais combattant les ennemis la lance à la main, comme son époux. Avoue que c'était lui accorder un rang extraordinaire…

— C'était avant que Semenkherê apparût dans sa vie, observa Néfertep.

— Oui, mais il n'a jamais fait abroger les rescrits. De plus, reprit le général, je me suis laissé convaincre par les arguments d'Aÿ. Ou peut-être Aÿ s'est-il lui-même laissé abuser par ses propres arguments.

Néfertep attendait la suite de l'aveu.

— Aÿ m'a fait valoir que la régence de Semenkherê ne ferait que prolonger le règne précédent, que Semen-kherê était un personnage falot qui n'avait existé que par les faveurs excessives du roi et qui ne pourrait qu'accuser le déclin du royaume. Il m'a aussi assuré que, si sa fille assumait la régence, elle remettrait le pays sur le chemin abandonné depuis l'avènement d'Akhen-Aton. Bref, j'ai compris qu'Aÿ régnerait par procuration. J'ai donc garanti que les garnisons des provinces ne s'agiteraient pas si Semenkherê était écarté du pouvoir par le Conseil royal.

— As-tu obtenu les crédits que toi et Nakhtmin demandiez ?

Horemheb savoura une gorgée de vin et tendit la main vers une galette de bœuf à la crème.

— Non, répondit-il avec une pointe d'humeur. Nous n'avons obtenu qu'une miette. Ce qui signifie que la situation reste aussi précaire qu'elle l'était sous

Akhen-Aton. Que les garnisons des frontières sont aussi peu sûres, parce qu'elles sont toujours mal payées, que les équipements sont insuffisants et que nous n'avons pas assez de chars. Nos traités d'alliance ne sont pas respectés. Les Hittites nous ont déjà pris les provinces de l'est, parce que nos commissaires, mal payés, nous ont trahis. Je crains maintenant que les princes de Koush s'avisent que les frontières du sud sont mal protégées.

— Mais Aÿ n'est-il pas le chef de la charrerie ? Il devrait quand même être sensible à cet aspect-là de nos armes ?

— En théorie seulement ! Il n'a plus le temps de s'en occuper. Il est pris par ses affaires et les manœuvres de la succession royale.

Le ton du général s'enflamma.

— Et j'apprends qu'un nombre croissant de nos préfets de nomes entretiennent des milices privées à leurs propres frais, parce que les garnisons voisines ne sont pas capables de les défendre contre les bandes de brigands ! Ce pays sombre dans l'anarchie ! tonna-t-il.

Il pencha son masque massif vers Néfertep :

— Ce pouvoir et ce luxe dont nous jouissons en ce moment, honoré Néfertep, cela pourrait disparaître demain si les gens de Koush prenaient l'initiative de nous envahir ! dit-il d'une voix si basse et grondante qu'elle ressemblait, non plus à un mugissement, mais à un barrissement.

Le grand-prêtre demeura impassible ; c'étaient exactement les propos qu'il souhaitait entendre.

— Aÿ a donc failli à sa promesse ? demanda-t-il en se servant aussi de bœuf.

Le général s'emplit la bouche d'une bonne moitié de galette et la crème à l'échalote dégoulina sur son menton poupin et ses doigts. Il tourna la tête vers un domestique qui accourut, portant un bassin, cependant qu'un autre s'empressait, muni d'un broc et d'une serviette fine ; il tendit les mains au-dessus du bassin et le second domestique versa une eau parfumée rendue légèrement mousseuse par du suc d'agave ; Horemheb se passa les doigts sur les lèvres et, ainsi débarbouillé, se sécha et se remit à bâfrer.

— Aÿ a beau connaître sa fille, il s'est trompé. À mon avis, Néfertiti n'a d'autre souci que de prolonger le règne de son époux. Elle se prend pour l'incarnation d'Akhen-Aton. Elle ne pense qu'à exalter le culte d'Aton. Une vraie prêtresse.

— D'Aton, rectifia Néfertep. Mais comment le sais-tu ?

Horemheb sourit :

— Par ma femme. J'ai ainsi appris qu'elle envisageait, dès après la mise au tombeau de son mari, de faire ériger, sous la protection de l'armée, un temple d'Aton à Héliopolis.

— Un temple d'Aton à Héliopolis ! cria Néfertep. Mais cette femme est folle ! Elle aurait déclenché des émeutes !

— Mon épouse l'en a dissuadée, rendons-en grâces à Amon, déclara Horemheb en engloutissant un filet de bœuf. Moûtnejmet ne s'occupe guère de politique, mais elle en est informée et elle a du bon sens.

La graisse de la sauce lui avait refait des lèvres lui-santes, rose corail, qui contrastaient avec son teint de bronze.

— Ton cuisinier est un artiste ! s'écria-t-il. Je voudrais qu'il donne des leçons au mien.

Pour le moment, c'était le cadet des soucis de Néfertep. Consterné par le projet avorté d'un temple d'Aton à Héliopolis, il secouait encore la tête.

— Néfertiti n'a que trois sentiments en tête, reprit Horemheb. L'ambition de monter sur le trône, celle de prolonger l'œuvre de son défunt époux et l'exécration sans bornes qu'elle porte à Semenkherê. Elle déteste le régent, non seulement parce qu'il a détourné les affections de son mari, mais encore parce qu'il est suspect à ses yeux de bienveillance à l'égard des clergés traditionnels, comme le tien.

— C'est bien peu de bagages pour gouverner le royaume, admit Néfertep. Mais cela n'explique pas qu'Aÿ ait oublié ses promesses de veiller au renforcement de l'armée. Après tout, Nakhtmin est son cousin ; il aurait pu témoigner d'un peu plus d'esprit de famille.

— C'est bien ce que je déplorais, répondit Horemheb.

Son regard de salamandre se reposa sur le grand-prêtre.

— Je crois savoir la raison de son oubli, dit-il, la bouche encore pleine. Il a peur que l'armée devienne trop puissante. Il serait plutôt enclin à sacrifier une province qu'à mettre en péril la sécurité de la monarchie.

— Tout est donc comme avant, conclut Néfertep.

— Si je ne me trompe, vous autres, les prêtres, l'aviez déjà compris après votre entrevue avec Ouadj Menekh.

Là, Néfertep devina qu'Horemheb avait ses espions au palais, puisqu'il était au fait de l'entrevue en question.

— Nous l'avions compris en ce qui touche aux cultes, nous l'ignorions quant au reste.

Horemheb achevait d'engloutir une ultime galette de bœuf.

— Qu'attends-tu de moi ? demanda-t-il avec une telle soudaineté que le grand-prêtre en fut saisi.

Néfertep s'avisa qu'il s'était mépris ; ni le vin ni la bonne chère n'avaient endormi la vigilance du général. Quelques moineaux et lampées de vin n'auraient su emplir l'espace intérieur de l'hippopotame.

— Je n'attends rien que l'honneur de ta compagnie et le plaisir que me donne le commerce d'un esprit aussi prompt et aiguisé que le tien, répondit Néfertep avec un sourire. J'ai constaté que l'armée est aussi frustrée que les clergés. Je me demandais comment un héros tel que toi juge la situation.

— Détestable.

Les serviteurs attendirent un signe de leur maître pour débarrasser la table et, l'ayant perçu, firent place nette, cependant que d'autres la nettoyaient avec un chiffon humide et offraient aux soupeurs de la menthe à mâcher. Sur quoi, ils apportèrent un grand plat de quartiers de melon, des dattes rouges et les premières figues.

— Si nous subissons de nouveaux revers, dit Horemheb, c'est évidemment moi que l'on mettra en cause.

— Il ne nous reste qu'à espérer un don de Sekhmet, dit le grand-prêtre.

À l'évocation de la sanguinaire déesse-lionne, instrument de la vengeance divine, tout sourire disparut du visage d'Horemheb. Aucun habitant de la Vallée, d'ailleurs, n'entendait son nom sans un frisson.

— Mais… n'est-elle pas la destructrice des ennemis du Soleil ? objecta le général.

— Elle est l'Œil de Rê ! répondit Néfertep. Elle veille au Grand Équilibre.

Horemheb frémit et songea au duel entre l'Œil de Rê et celui de Néfertiti. Il s'aventura quand même à se servir d'un quartier de melon qu'il mordit prudemment.

— Nous lui faisons des sacrifices particuliers ces temps-ci, reprit Néfertep, notant l'inquiétude du militaire.

Ses lieutenants, en effet, avaient signalé à Horemheb une grande activité autour du temple de Memphis, la ville dont Sekhmet était la déesse tutélaire.

— Mais que crois-tu qu'il se passerait ? demanda-t-il d'un ton inquiet, en s'emparant de deux figues.

— Je ne sais pas, répondit Néfertep du ton de celui qui, au contraire, sait.

— Le Conseil royal lui est tout acquis, observa le général. Il ne la démettra jamais.

Néfertep leva vers son vis-à-vis un visage placide et énigmatique.

— Les dieux n'aiment pas qu'on les néglige trop longtemps.

Horemheb mit un certain temps à assimiler ce rappel.

— Les soldats non plus, finit-il par dire.

Les oiseaux avaient fini de piailler dans les syco-mores. Les premières chauves-souris filaient comme des flèches dans l'indigo du ciel, gobant les insectes attardés et les premiers papillons de nuit.

Horemheb remercia son hôte et annonça qu'il pre-nait congé. Comme tous les militaires, il se couchait tôt. Son escorte, dûment restaurée par les serviteurs, l'at-tendait déjà à la porte. Néfertep suivit son invité jusque-là. Un porte-flambeau s'avança. Horemheb attarda sur son hôte un regard muet, assez long pour signifier qu'il avait compris l'invocation à Sekhmet ; Néfertep le sou-tint avec une ombre de sourire et les hommes se sépa-rèrent sur des souhaits de nuit paisible.

À l'aube, un domestique de la maison de Néfertep enfourcha un mulet et partit pour une tournée du royaume, porteur de trois messages écrits laconiques. Sa première destination fut Akhet-Aton, la ville la plus proche, où il se rendit chez Pentju. Le message était ainsi libellé :

Le désert est libre et la lionne peut bondir.

Le destinataire suivant fut Khamer, à Héliopolis, et le message était :

L'étoile de la lionne se lève bientôt.

Le messager se rendit ensuite chez Houmose, à Thèbes, et le message était :

La lionne n'a pas à craindre du lancier.

Seuls deux grands-prêtres avaient le privilège de la mystérieuse information de Néfertep. Cela suffisait. Une longue expérience avait appris à celui-ci que la langue est une servante infidèle, étourdie ou folle, que seuls des esprits supérieurs tels que ceux d'Houmose et de Khamer savaient tenir en respect.

Quant au troisième message…

10

« L'oiseau céleste s'est envolé »

Avec les gémissements et la mine éplorée de circonstance, les nourrices vinrent réveiller les princesses pour l'une des journées les plus éprouvantes
que celles-ci eussent à vivre.

Lavées, fardées, coiffées de leurs perruques, elles
descendirent toutes ensemble l'escalier pour retrouver
leur mère dans la cour du palais. Un garçonnet se
tenait près de Néfertiti et, derrière eux, des porteurs
d'éventail tenaient les mouches à distance.

Elles dévisagèrent le garçonnet ; c'était leur oncle,
Tout-Ankh-Aton. Un oncle de sept ans. Il tourna la tête
vers elles, à la dérobée, et tenta un timide sourire.

Sur un signe du chambellan Ouadj Menekh, le chef
des cérémonies pria les six filles de se ranger de part et
d'autre de la régente. Ce qui posa un problème, car
Tout-Ankh-Aton était déjà à la droite de cette dernière.
Néfertiti, excédée par les flottements et conciliabules

confus qui s'ensuivirent, donna l'ordre de placer près du futur roi Ankhensen-Aton, son épouse également future, Maket-Aton et Merit-Aton. Les nourrices prirent place derrière les porteurs d'éventail.

Des hurlements terrifiants retentirent. C'était les pleureuses.

Néfertiti demeura impassible. Elle savait que tous les regards étaient braqués sur elle. Et surtout celui de son ennemi intime, Semenkherê, seul derrière elle. Elle eût bien voulu l'écarter de la cérémonie, mais Aÿ s'y était fermement opposé.

Merit-Aton lança à sa mère un regard soucieux. La régente était livide. Le regard de l'aînée croisa celui d'Ankhensep-Aton ; elles se firent les gros yeux, ce qui dans leur langage muet signifiait : « Grosse épreuve en vue. Patience ! »

Derrière le groupe royal venait celui du Conseil : Aÿ, Maya, Pentju, Ouadj Menekh et le chef de la garnison de la ville, Ptah-Sehedj. Panésy, évidemment, dirigeait la cérémonie, entouré d'un collège de dix prêtres, eux-mêmes assistés de vingt-deux scribes. On le distinguait à la porte de la cour, attendant que le cortège fût organisé.

Ouadj Menekh envoya un scribe prévenir Panésy que tout était prêt. Le grand-prêtre, premier serviteur d'Aton, leva le bras et le cortège s'ébranla ; il n'allait pas bien loin, juste de l'autre côté de la rue, à la Maison du roi, mais il était si long que lorsque Panésy fut arrivé à la porte de ladite Maison, la queue du cortège, fonc-tionnaires et dignitaires, n'avait pas encore franchi la porte de la cour.

Ankhensep-Aton avait espéré apercevoir Pasar ; vainement. Une foule dense emplissait la rue de part et d'autre, aussi loin que portât le regard. Un détachement de deux cents militaires commandés par dix lieutenants à cheval maintenait l'ordre.

Le catafalque royal, placé sur un palanquin porté par huit hommes, sortit d'abord de la Maison du roi. Les cris redoublèrent. Les trompettes de la garde lancèrent un appel strident, presque désespéré, hurlement d'un animal céleste blessé. Ankhensep-Aton crut défaillir. Tout-Ankh-Aton roula des yeux effarés.

Ceux qui étaient les plus proches perçurent quelques bribes d'une formule récitée par Panésy : « … Dans ton royaume terrestre… La gloire d'Aton… » Les autres, rien.

Le palanquin s'engagea dans la rue en direction de l'est, où l'attendait un détachement de cinquante hommes en armes encadrés par dix lieutenants à cheval. Un autre le suivit de près, portant les vases dans lesquels les entrailles royales étaient déposées. Vinrent ensuite ceux qui portaient le mobilier funèbre, sans oublier la statue de la royale concubine, grandeur nature, jouvencelle nue aux appas en bois de cèdre peint. Les défunts, en effet, ne renonçaient pas à leurs appétits charnels. On compta douze palanquins de cet emménagement dans l'au-delà.

Quand ce cortège-là fut bien avancé dans la rue, Panésy monta dans une litière et le suivit. Le collège des prêtres et des scribes, lui, allait à pied. Le maître des cérémonies vint alors prier Néfertiti de prendre place dans sa litière. Elle le suivit d'un pas décidément titubant, accompagnée d'une suivante, et s'allongea dans une litière d'apparat, jaune avec des rideaux rouges, qui furent rabattus. Les gardes frayèrent un passage dans la foule et la litière s'ébranla. Tout-Ankh-Aton prit place seul dans une litière semblable. Les princesses s'installèrent deux par deux dans trois autres, Semenkherê et le Conseil royal dans six, les nourrices allant à pied. Un autre détachement militaire ferma le cortège. Les pleureuses suivaient à pied, et tout le peuple d'Akhet-Aton.

Les douze palanquins et les douze litières arrivèrent bientôt à l'extrémité de la rue et bifurquèrent vers l'est, en direction des tombeaux dans la montagne. Ils y furent trois heures plus tard, à la première heure de l'après-midi. Quelques milans ponctuaient le ciel d'argent de leur vol faussement nonchalant.

Cent gardes et vingt cavaliers attendaient à la porte du tombeau tout neuf. Panésy descendit de sa litière. Les prêtres et scribes le rejoignirent, pour aller accueillir la royale momie à la porte de sa dernière demeure. Six prêtres encensaient déjà le catafalque. On attendit que les occupants des litières eussent mis pied à terre pour commencer le rituel. Panésy se remémora les premiers mots de l'adresse au défunt : « Entre, fils d'Aton, maître des Deux Terres, Pilier de Justice… »

La litière de Néfertiti venait d'être posée à terre. Les porteurs s'empressèrent pour écarter les rideaux. La suivante courut aider sa maîtresse à descendre. La régente posa un pied par terre, un seul, car elle s'écroula ensuite.

La suivante poussa un cri, puis voulut la relever. Tout-Ankh-Aton, qui venait, lui aussi, de mettre pied à terre, s'élança pour aider de sa frêle personne à relever Néfertiti. Les porteurs y pourvurent de leur propre initiative et allongèrent le corps de la régente dans la litière.

Un pandémonium éclata. Une foule accourut, les princesses, les nourrices, le Conseil royal, les porteurs des autres litières, des scribes. Pentju se fraya un passage. Il tenait en main un miroir de bronze poli, qu'il porta à hauteur de la bouche de Néfertiti. Pas la moindre buée. Il plaça la main sur le cœur de la régente ; rien.

Il se retourna, faisant face aux princesses éplorées :

— L'oiseau céleste s'est envolé. Le couple divin est uni en Aton ! déclama-t-il.

Il fit face à Aÿ, blême. Leurs regards s'affrontèrent, plus perçants que des dagues, mais les bouches cousues par la connaissance réciproque de leurs crimes. Le vieillard sembla mâchonner un reliquat de nourriture ; mais c'était sa haine. Soudain, ils s'avisèrent que quelqu'un les regardait : c'était Merit-Aton, la seule des princesses qui résistât à l'hystérie ambiante. Le menton tremblant, elle transperçait les deux hommes d'un regard presque aussi fixe que celui d'un masque mortuaire.

Ses sœurs, leurs nourrices et les suivantes de Néfertiti avaient entamé un concert de lamentations, et les pleureuses jugèrent l'occasion bonne pour renchérir. Toute la plaine au pied de la montagne retentissait du vacarme.

Aÿ et Pentju dévisagèrent la jeune fille, surpris de son attitude. Mais elle tourna brusquement les talons et contourna la litière pour se pencher sur le cadavre de sa mère.

Un messager courut annoncer la nouvelle à Panésy qui, à trois cents pas de là, avait bien remarqué le désordre et l'émoi, sans pouvoir se les expliquer.

À cinq pas de là, Semenkherê, immobile, ne perdit pas une miette du double duel de regards entre Aÿ et Pentju d'une part, les deux hommes et Merit-Aton de l'autre. Il en fut d'abord surpris, puis bouleversé. Avait-il bien compris ces injures muettes ?

Éprouvé par les cris jaillissant autour de lui, son demi-frère Tout-Ankh-Aton se porta vers lui, le visage défait, et lui prit la main. Semenkherê entoura du bras les frêles épaules. Le garçonnet pleura. Ce n'était pas sa mère qui était morte, mais cela faisait trop d'émotions en si peu de jours. Semenkherê resserra son étreinte.

— Je suis là, dit-il. Ne pleure pas.

Paroles dérisoires, il s'en avisa dès qu'il les eut prononcées. Il avait depuis longtemps nourri des soupçons sur la mort de son frère ; ils venaient de se changer en certitudes. Akhen-Aton avait été empoisonné. Et les mêmes comploteurs venaient de tuer Néfertiti.

Il n'était qu'un jouet dans leurs mains. Et soudain, il comprit la haine que le roi défunt avait portée à ce clergé. Il l'avait payé de sa vie, et sa veuve elle aussi.

Tout-Ankh-Aton se blottit contre son frère aîné. C'était la première fois depuis longtemps que l'émotion rapprochait le jeune homme et le garçon, jusqu'alors séparés par les péripéties et protocoles de l'existence au palais.

Un petit vent se leva. Des tourbillons de poussière, se tortillant tels de malins génies entre ces personnages magnifiques, ajoutèrent au chaos.

La situation devenait critique : il était impossible de célébrer la mise au tombeau royale en présence du cadavre de l'épouse. Aucun protocole n'avait rien prévu de tel. Or, une décision rapide s'imposait, la nuit tombant à six heures et le trajet de retour en prenant deux ; il était, en effet, inconcevable qu'avec le retard déjà pris, le mobilier royal pût être installé dans un si court délai. Les seules prières accompagnant la remise du vase de terre semé de grains de blé, destiné à symboliser la renaissance du défunt dans l'autre monde, prenaient une demi-heure.

Un conciliabule s'organisa sur-le-champ entre les membres du Conseil, y compris Panésy, Ouadj Menekh et le maître des cérémonies. Il fut décidé que les litières de Néfertiti et de ses filles, accompagnées de leurs suivantes, retourneraient en ville. En revanche, Semenkherê et Tout-Ankh-Aton seraient, en tant que frères du roi, tenus d'assister au moins à la cérémonie de l'Ouverture de la bouche. Moûtnejmet, sœur de Néfertiti et épouse d'Horemheb, ayant résolu de suivre la litière de sa sœur, Aÿ décida de l'accompagner et de rentrer en ville.

Sept litières et leurs porteurs firent donc demi-tour, escortées par des scribes, des fonctionnaires de la Maison royale, les nourrices, les suivantes et un détachement spécial de la garde. Horemheb, flanqué de deux lieutenants, observait ce tohu-bohu d'un œil impassible. Chaque mot du souper avec Néfertep lui revint en tête. La régente était vraiment morte à point nommé.

Peu avant trois heures, Panésy reprit donc sa place à l'entrée du tombeau. Visiblement distrait, il ouvrit la bouche et chercha ses mots, mais ne les trouva pas. Un scribe les lui souffla :

— Entre, fils d'Aton, maître des Deux Terres, Pilier de Justice…

En réalité, aucun des acteurs ne suivait plus le rituel, d'ailleurs inventé de toutes pièces par le défunt pour éviter toute mention des dieux honnis. Chacun était absorbé dans ses pensées. Le bouleversement était trop grand. Sitôt achevée la cérémonie de l'Ouverture de la bouche, le triple sarcophage déposé dans un quatrième sarcophage de pierre en présence des deux frères du défunt, Semenkherê sortit du tombeau, excédé, et résolut de ramener son frère en ville. Il en avait assez vu.

11

Une captive, un otage

D es voix et des lumières dans les jardins tirèrent Merit-Aton de la torpeur qui l'ensuquait depuis le retour du funeste tombeau. Elle quitta son lit et sortit sur la terrasse. Deux torches éclairaient quatre silhouettes ; elle reconnut le chef adjoint de la Maison royale, son scribe, la maîtresse de la garde-robe et la maîtresse des Perruques. Ils venaient sans doute de regagner la ville et semblaient fourbus. Merit-Aton entendit quelques mots alors que le groupe entrait dans le palais :

– Et tout cela va recommencer demain…

En effet, songea-t-elle. Le cadavre de sa mère reposait dans sa chambre. Comme si la journée n'avait pas été assez horrible, le lendemain serait atroce. Elle écouta les grenouilles, les crapauds et les grillons.

Dans les dernières lueurs des torches, elle crut percevoir une ombre bouger au fond du jardin, dans les thuyas. Son cœur fit un bond. L'ombre leva le bras, ébauchant un salut. Néfer Herou. Mais que faisait-il donc là ? Et depuis combien de temps attendait-il ? Merit-Aton enfila des sandales et descendit.

— Je n'aurais pas pu dormir sans te voir, dit-il. J'étais inquiet.

Elle le serra dans ses bras et pleura. Il lui caressa la tête.

— Ils l'ont tuée…, parvint-elle à articuler dans ses sanglots. Et maintenant, je comprends, ils ont tué mon père !

— Chut… On pourrait t'entendre.

— Des assassins, des empoisonneurs ! Ce Pentju…

— J'avais deviné tout ce que tu penserais. Et je me faisais du souci.

— Tu étais là-bas ?

— Oui. J'ai tout vu.

— Ont-ils achevé la cérémonie ?

— Non, l'installation du mobilier funéraire ne pourra avoir lieu que demain. La cérémonie au temple d'Aton, après-demain.

— Les voleurs vont se servir !

— Non. Ouadj Menekh a obtenu qu'un détachement de cinquante hommes monte la garde.

Elle demeura accablée dans les parfums presque importuns du jasmin et du réséda.

— Ce Pentju…, reprit-elle avec véhémence.

— Plus bas, je t'en prie. Pense à moi.

Il l'emmena s'asseoir ; elle essuya ses larmes avec le bas de sa robe.

— Sois prudente, dit-il. Ne laisse rien deviner de tes pensées. Pentju n'est certainement pas le seul. Il est même aux ordres des autres.

— Quels autres ?

— Les clergés.

— Comme mon père avait raison de les mépriser ! Tu crois que ce sont eux qui ont donné l'ordre à Pentju d'empoisonner ma mère ? Mais pourquoi ?

— D'après ce que j'ai entendu, elle refusait de restaurer leurs privilèges, et particulièrement celui de prélever une part sur les butins de guerre.

Elle réfléchit un moment, puis :

— Et Semenkherê ? Tu ne crois pas que c'est lui qui tire les ficelles ? Je suis presque certaine que le Conseil royal va le désigner comme successeur de mon père. C'est à lui que profitent ces deux morts…

— Écoute, je ne lis pas dans les âmes des humains. Mais je ne le crois pas capable d'avoir fait assassiner son frère. Nous avons souvent eu affaire à lui ces dernières années. Nous avons eu le sentiment d'un homme juste et doux, profondément dévoué à son frère… Non, je suis certain, moi, qu'il n'a été pour rien dans la mort de ton père.

Il observa une pause et reprit :

— Mais il y a quelques jours encore, tu le trouvais charmant et tu me disais que tu pourrais connaître un sort pire que d'être son épouse…

— La mort de ma mère a tout changé. L'évidence m'a sauté aux yeux. Il est évident qu'elle a été empoisonnée. Je pense qu'il aura voulu se venger d'elle. Elle l'a fait démettre et elle l'a humilié…

Néfer Herou secoua la tête.

— Réfléchis, dit-il. Le seul qui l'ait suivi dans sa dis-grâce a été l'ancien chambellan, Thoutou, chez qui il habite. Pentju l'a trahi dès la première heure. Comment voudrais-tu qu'il soit à sa solde, surtout dans une machination aussi ténébreuse que celle qui a entraîné la mort de ta mère ?

— Mais alors qui ? demanda-t-elle. Qui ?

— Je l'ignore. Les clergés, je te l'ai dit.

— Que dit-on des relations entre mon père et Semenkherê ?

Néfer Herou parut réfléchir.

— Que pour ton père, Semenkherê a été le fils qu'il n'a pas eu. Qu'il a formé ce demi-frère comme un suc-cesseur.

— C'est tout ?

— Que veux-tu qu'il y ait d'autre ?

— Ils dormaient ensemble.

— Je ne vois pas ce que cela signifierait.

— Qu'ils étaient amants.

Le jeune homme mit un temps à répondre.

— Mon père m'a appris à ne pas juger ce que j'ignore et à ne pas sonder les cœurs et les reins pour m'ériger en arbitre.

Un long silence suivit. Une chouette ulula.

— Alors, c'est le clergé ? Lui seul ? murmura Merit-Aton.

— Peut-être a-t-il été soutenu par l'armée. Merit, ne te ronge pas ainsi de questions sans fin. Va dormir. Demain et les jours suivants seront très éprouvants. Tu devras soutenir tes jeunes sœurs. Rappelle-toi : reste impassible devant tous. Tu n'éprouves que le chagrin causé par la mort de ta mère.

— Je suis contente que tu sois venu m'attendre, dit-elle en posant sa main sur le visage de Néfer Herou. Tu viendras demain ?

— Demain et toutes les autres nuits.

Il posa la main sur l'épaule de Merit-Aton. Elle tendit les lèvres. Il l'embrassa.

Elle remonta à regret vers sa chambre. Peut-être y avait-il un monde où les amants ne songeaient qu'à leurs délices. Ce n'était pas le sien. Elle était princesse. Ce qui signifiait captive.

En dépit des cahots de la litière, Tout-Ankh-Aton s'endormit, lové contre son frère. Les émotions l'avaient épuisé. Semenkherê songea qu'il se retrouvait quasiment dans la situation du roi défunt.

Bien d'autres sujets de réflexion l'agitèrent. Le premier s'imposa avec une urgence écrasante : ses soupçons sur la mort brusque d'Akhen-Aton étaient confirmés. Il avait déjà trouvé singulier que son demi-frère eût succombé à un arrêt du cœur à trente-sept ans. Pentju avait eu beau alléguer des faiblesses caractéristiques d'une mollesse du pouls, prétendument relevées de longue date, Semenkherê n'avait pu taire ses intuitions.

Combien de nuits avait-il passées dans le lit de son frère ! Il n'avait jamais remarqué d'irrégularité du souffle, qui est lié au pouls. Et voilà que Néfertiti succombait à la même maladie, moins de trois mois plus tard. Même un enfant s'en serait étonné ! La maladie commune des deux époux, ç'avait été Pentju. L'instrument criminel des clergés, avec la protection éventuelle de l'armée.

On étouffait dans cette litière ! Il entrouvrit les rideaux et s'avisa qu'il avançait dans un nuage de poussière. Les porteurs ahanaient et suaient, crachant de temps à autre un jet de salive.

Autre sujet de ses réflexions : les regards qu'il avait surpris quand Néfertiti était tombée. Celui dont Aÿ avait transpercé Pentju au pied de la litière royale vérifiait le pire : le vieux patriarche accusait le médecin d'avoir causé la mort de sa fille.

Semenkherê hocha amèrement la tête. Il se rappela aussi le regard de Merit-Aton aux deux hommes. Que savait-elle donc, elle ? Comment était-elle arrivée aux mêmes déductions que lui ?

Il se promit d'avoir un entretien avec elle, maintenant qu'il n'était plus banni du palais. Il évoqua sa finesse de roseau, son regard ardent, et cet air impérieux qu'elle tenait de sa mère.

Un troisième sujet de réflexion fut le comportement de Thoutou. Semenkherê songea à leur dernière conversation. « Ce ne sont jamais les desseins des humains qui s'accomplissent, mais toujours ceux des dieux », avait dit l'ancien chambellan, citant Ptahotep. Voire. Le ton de ses propos, son mépris insolent du rescrit qui le démettait le montraient bien : Thoutou avait été prévenu de l'empoisonnement imminent de la régente. Il savait qu'il serait avant longtemps restauré dans ses fonctions, sinon élevé à de plus grandes. Il appartenait donc au cercle des conspirateurs. Qui ? Une fois de plus, les clergés, bien évidemment.

Le souper chez Thoutou avec les trois grands-prêtres Houmose, Néfertep et Panésy lui revint en mémoire, de même que ses appréhensions : il s'y était montré réservé, afin de ne pas être leur otage. Vaine prudence ! Il l'était déjà.

Pouvait-il maintenant retourner chez Thoutou ? Ce serait témoigner aux yeux de tous qu'il avait été de mèche avec les conspirateurs. Puis il songea qu'il avait déjà habité chez lui dès le soir de son éviction par Néfertiti. Deux mois ! Trop tard !

Que valaient donc les protestations de dévotion et de fidélité quasi amoureuses de Thoutou ? Comment lui faire confiance désormais ? Comment ne pas trembler chaque fois qu'il porterait un aliment en bouche ? Il frémit. Il regarda le garçonnet endormi contre lui et lui caressa la tête, car la perruque s'était démise ; Semenkherê la posa en sécurité à ses pieds, puis referma les rideaux.

Il se reprit à songer à l'ancien chambellan. Non, Thoutou ne l'empoisonnerait pas ; pas tout de suite en tout cas ; il comptait trop sur le retour de son maître au pouvoir pour retrouver le sien.

Cette dernière conclusion mena Semenkherê à la question de l'heure : qu'adviendrait-il de lui ? Serait-il nommé régent en succession de Néfertiti, à charge d'assumer les responsabilités du royaume jusqu'à la majorité de Tout-Ankh-Aton ? Mais celui-ci n'avait pas encore été couronné, et ses noces avec Ankhensep-Aton, garantes de sa légitimité, n'avaient pas été célébrées. Ou bien serait-il nommé lui-même pharaon ?

Et qui le désignerait ? Le même Conseil royal ? C'était difficile à admettre. Peut-être Thoutou, décidément bien informé, l'éclairerait-il sur ce point.

Enfin, que faire de Tout-Ankh-Aton ? Le cœur lui serrait à l'idée de rendre le garçon à la froideur du palais, aux serviteurs, aux scribes obséquieux et faux. Cette question fut réglée par le garçonnet lui-même, qui s'éveilla dans un cahot plus rude que les autres, regarda autour de lui, l'air défait, chercha sa perruque du regard et, l'ayant retrouvée, déclara :

— Je veux rester avec toi. Je peux ?

— Je le pense, répondit Semenkherê. Mais il faudra prévenir le palais.

— Je ne veux pas retourner au palais.

Semenkherê lui caressa la joue avec un sourire las.

Au terme de deux heures de trajet dans la poussière et la chaleur, les porteurs déposèrent la litière devant la maison de Thoutou. Celui-ci attendait sur le pas de la porte, l'expression inquiète.

— Sire ! s'écria-t-il quand Semenkherê eut mis pied à terre.

— J'amène mon frère avec moi, si tu n'y vois pas d'inconvénient.

— Sire, je suis comblé !

168

Il s'inclina pour les laisser passer et se pressa sur les pas de Semenkherê.

— Sire, j'ai appris la nouvelle, commença-t-il d'un ton éploré.

« Ne la connaissais-tu pas déjà ? », songea Semenkherê, acceptant de la main d'un serviteur un gobelet de lait d'amandes frais et le tendant à Tout-Ankh-Aton avant d'être lui-même servi.

— C'est un deuil de plus pour le royaume, dit-il. Au cadran solaire des dieux, minuit survient parfois en plein jour.

Un silence filandreux et vénéneux suivit ce constat impersonnel. Tout le monde, serviteurs compris, demeura figé, ne sachant quelle contenance prendre.

— Nous allons nous rafraîchir, reprit Semenkherê. Nous en avons besoin après ce voyage éprouvant. Une question se pose maintenant avec urgence : le Conseil royal restera-t-il inchangé ? Et que décidera-t-il ? Cela a-t-il été prévu ?

Thoutou fut saisi par le calme de son interlocuteur et le regard inquisiteur qu'il fit peser sur lui. L'écho de la dernière question lui martela le crâne : « Cela a-t-il été prévu ? » Ce qui signifiait : puisque vous avez si bien mené votre coup, avez-vous songé à la suite des manœuvres ? Il en demeura comme stupide. L'ancien régent, désormais prochain régent, était plus fin que ses mines de jeune homme rêveur ne le lui avaient laissé soupçonner.

— Je l'ignore, sire. Il devra, en effet, se réunir d'urgence.

Semenkherê opina, demanda qu'un domestique fût mandé prévenir le palais que le jeune prince demeurerait avec son frère jusqu'à nouvel ordre, puis il emmena Tout-Ankh-Aton aux ablutions.

12

L'oreille d'un garçon

L a nuit tomba sur le palais royal comme sur une barque en détresse. Le Grand Pilote, Néfertiti, qui l'avait menée d'une main de fer, gisait maintenant sur son lit, entourée de ses filles et de sa sœur, de servantes, de nourrices, d'esclaves qui allaient et venaient sans but et sans cesser de gémir. Les filles se lamentaient de la perte d'une mère, aussi lointaine eût-elle été, la sœur Moûtnejmet, d'une part d'elle-même qui s'en allait, et les autres, de la maîtresse de leurs vies. Qui déciderait des frais de bouche ? Qui paierait les gages ? Qui veillerait à l'avenir des enfants, aux soins des vieux, au châtiment des indélicats ?

L'âme humaine aspire à l'ordre et à la sécurité. Si son époux avait été le Pilier de Justice, la reine morte avait été, elle, le Pilier du Quotidien, divinité secondaire de l'exquise Noût, qui de son corps gracile soutient la voûte du ciel.

Au rez-de-chaussée, dans la lumière dolente des lampes à huile, une douzaine de scribes veillaient, somnolents ou hagards après une des journées les plus pénibles qu'on eût vécu de mémoire de scribe. De temps en temps, l'un ou l'autre allait se servir aux plateaux de pains et de fruits et aux cruchons de vin et de bière disposés par les domestiques.

À la huitième heure après midi, Ouadj Menekh se présenta à la porte inférieure des appartements de la reine et demanda à voir Merit-Aton. Elle descendit et ils se firent face, à la lumière des torches qui flambaient dans la grande salle. Le chambellan semblait bien plus éprouvé qu'elle ne l'aurait imaginé ; ses mains tremblaient, sa voix chevrotait et se cassa plus d'une fois durant son bref discours. Merit-Aton en conclut qu'il n'avait pas été dans le coup.

— Le chagrin des humains est comme le fleuve démonté, commença-t-il.

C'était à l'évidence une phrase préparée.

— Mais il deviendrait injuste si les humains ne s'inclinaient devant la décision de la Mère des vertus de rejoindre son divin époux en Aton.

Elle le regarda sans mot dire. Était-il donc venu débiter des formules ?

— Princesse, je suis venu te rappeler humblement que c'est à toi, en tant qu'aînée, que revient la charge de gouverner le palais des Princesses et de veiller sur tes sœurs.

Elle hocha imperceptiblement la tête.

— Et ce palais-ci ? demanda-t-elle.

Il leva vers elle des yeux larmoyants, égarés par le désarroi.

— Le Conseil royal se réunira incessamment pour décider de la succession, répondit-il.

— Va, dit-elle. Peut-être que l'aube éclairera les cœurs.

Il lui baisa les mains et elle sentit des larmes chaudes sur ses doigts.

Elle remonta et réunit ses sœurs et leurs nourrices, pour leur faire regagner le palais des Princesses et prendre du repos. Un petit cortège se forma et traversa la cour séparant les deux bâtiments.

Quand elles furent à l'étage, Ankhensep-Aton suivit Merit-Aton dans sa chambre ; l'aînée enlevait sa perruque pour la déposer sur la catin, et la cadette lui dit sur un ton proche du défi :

— Maintenant je comprends. Pasar avait raison.

Merit-Aton se retourna, soudain arrachée à sa torpeur. Elle avait oublié l'énigmatique message où le gamin prévenait Ankhensep-Aton d'un soulèvement prochain avec la complicité des grands-prêtres Houmose et Néfertep, ainsi que d'Horemheb. Le soulèvement n'avait pas eu lieu, mais si le gamin était bien informé, on en avait menacé *quelqu'un*. Qui ? Et dans quel but ?

— Où est-il ?

— Qui ?

— Ce Pasar. Il faut que je le voie.

— J'essaierai demain, répondit Ankhensep-Aton. Mais tu ne m'empêcheras pas ensuite de le voir ?

Merit-Aton songea à l'étrange parallélisme de leurs vies : elle voyait clandestinement Néfer Herou et sa sœur, un gamin mystérieux, fût-ce pour des jeux plus innocents.

— Non.

— Tu le promets ?

— Je le promets. Maintenant, va dormir.

Elle s'allongea, fourbue, dans l'inconfort que lui causaient sa peau moite et ses pieds poussiéreux et meurtris. Personne n'avait eu le temps de se laver. Une amertume lui vint : toutes les informations du monde ne changeraient rien à rien. On eût bien pu l'avertir que tel jour à telle heure Néfertiti serait empoisonnée, rien n'eût arrêté la sinistre machinerie commandée par les puissances occultes des clergés et de l'armée.

Sur ce constat amer, la fatigue la terrassa.

L'aube trouva Aÿ à la porte du pavillon des Visiteurs, accompagné de six domestiques, de son secrétaire et d'un scribe ; il demanda à voir Horemheb, qui n'avait évidemment pas encore regagné Memphis. Le général était déjà lavé et rasé, coiffé d'une perruque fraîchement peignée, Aÿ portait la perruque de la veille et son visage délabré luisait de sueur. Les deux hommes se retrouvèrent dans la grande salle de la clepsydre.

— Père ! s'écria Horemheb de sa voix de basse. Les dieux seuls sont témoins de notre douleur !

Pasar s'était endormi dans son réduit ; il fut réveillé par les voix qui résonnaient sur le sol dallé, entre les hautes colonnes. Il s'était promis d'aller attendre Ankhensep-Aton dans le jardin ; il se trouva contraint de différer son projet.

Après les civilités d'usage, Aÿ déclara à Horemheb :

— Je souhaite un entretien privé.

Le général hocha la tête et pria ses lieutenants et scribes de les laisser seuls.

— Étais-tu informé ?

— De quoi ? demanda Horemheb.

L'entretien s'annonçait donc mal, se dit Aÿ : Horemheb feignait l'ignorance.

— De cet horrible événement… Ma fille…

— Informé de quoi ?

Aÿ cligna des yeux.

— Elle a été empoisonnée ! s'écria-t-il rageusement. Ma fille a été empoisonnée !

— Vraiment ? dit Horemheb, levant les sourcils. Mais quelle odieuse machination ! En es-tu donc certain ? Si tôt après son époux ? Quelle coïncidence funeste ! Mon épouse serait révoltée d'apprendre une telle accusation. Aussi je m'abstiendrai de lui en faire part. Et je te demanderai de ne pas lui révéler non plus tes soupçons. Elle en serait bouleversée.

Aÿ écouta bouche bée ce flot d'exclamations frappées au coin de l'insincérité la plus éhontée.

— Mais dis-moi, reprit Horemheb, as-tu des preuves ? As-tu l'espoir de trouver le coupable ? Il mérite le châtiment suprême.

Aÿ, confondu, serra les mâchoires. Il n'avait pas d'autres preuves que la personne de Pentju, mais il se serait bien gardé de l'évoquer. N'avait-il pas lui-même participé au complot d'empoisonnement d'Akhen-Aton, avec la complicité d'Horemheb et l'intervention décisive du même Pentju ? Il comprit que la carte du crime et de l'indignation n'était plus jouable. Venu crier vengeance, il se trouva prisonnier de son propre piège.

— Accepte, je te prie, l'expression de ma profonde tristesse, dit Horemheb.

Aÿ dévisagea son gendre. Quel jeu jouait donc ce bœuf à l'âme de renard ?

— La situation est effroyable, dit-il, déplaçant le sujet sur le terrain politique.

— Pourquoi ?

— Le Conseil royal est maintenant contraint de nommer Semenkherê à la régence, sinon au trône !

— Et alors ?

— Mais je n'aurai plus aucun pouvoir ! Je ne pourrai plus rien faire pour toi…

Horemheb trempa ses lèvres dans un gobelet de lait d'amandes et le reposa.

— Pouvais-tu vraiment faire quelque chose pour moi – pour l'armée, veux-tu dire ? Je ne m'en étais pas aperçu… Mes requêtes de crédits, notamment pour du matériel militaire et la formation de nouveaux corps d'armée, sont demeurées sans suite.

Sous l'effet de la stupeur, Aÿ ouvrit la bouche pour parler, mais ne trouva pas ses mots. Horemheb avait donc changé de camp ! Autant dire qu'il s'était rallié aux comploteurs, quels qu'ils fussent.

— Les crédits allaient t'être accordés…, marmonna-t-il.

— La décision aura été prise à mon insu.

Aÿ demeura un moment silencieux. Aucune décision n'avait été prise, il le savait mieux que personne : sa fille s'était inquiétée du pouvoir grandissant des généraux. Il comprenait, mais trop tard, quelle erreur fatale ç'avait été que de différer l'allocation des crédits à Horemheb et, pis, de les réduire à presque rien, une aumône.

— Mais Semenkherê…, reprit Aÿ.

— Oui, je sais, il n'est qu'un jeune homme qui a subi une mauvaise influence par le passé. Toutefois, il a déjà exercé les fonctions de régent et il est donc conscient des problèmes de l'armée. Régent ou roi, avec un bon conseiller, il se montrera sans doute à la hauteur de sa tâche.

Aÿ fixa Horemheb du regard : à l'évidence, les conséquences de la mort de Néfertiti avaient été bien évaluées, les capacités de son successeur jaugées, bref, les plans avaient été établis.

— Et les clergés sont de cet avis ? s'enquit-il d'un ton morose.

— C'est à eux qu'il faudrait le demander.

La démarche serait malaisée. Après les fins de non-recevoir délivrées par Ouadj Menekh, aucun des grands-prêtres n'avait jugé utile d'assister à la mise au tombeau d'Akhen-Aton ; ils étaient tous retournés dans leurs provinces. Pour les interroger, il faudrait se rendre à Memphis ou Thèbes, à deux jours de voyage. Il regretta que son frère Anen, prêtre de haut rang dans le culte d'Amon, à Thèbes, fût si loin ; il lui eût été de bon conseil.

— Il faudra donc restaurer Semenkherê dans ses fonctions de régent, reprit-il sur un ton de résignation.

— La régence est un des termes de l'alternative que tu as toi-même suggérée. Elle ne me paraît être qu'un pis-aller. Nous sommes en guerre, à l'est et au sud. Les ennemis respectent plus un roi qu'un régent. Nous laisserions donc le pays sans monarque jusqu'à ce que ce Tout-Ankh-Aton soit d'âge ? objecta Horemheb. Cela ne me paraît pas sage.

— Tu soutiens donc la désignation de Semenkherê pour le trône ? demanda Aÿ, indigné.

Horemheb esquissa un sourire. Ses yeux jaunes se plissèrent.

— Mais qui serais-je donc pour m'y opposer ? Il est certain que je soutiendrai toute décision qui serait prise.

Aÿ encaissa le coup comme un lutteur : la réponse de son gendre confirmait sa participation au complot. Il en avait assez entendu. Il décida de réfléchir dans la solitude aux propos d'Horemheb et prit congé. Le raccompagnant à la porte, le général ajouta :

— À mon avis, père, au vu de tous ces événements douloureux, il serait bon que le Conseil royal se réunît rapidement pour prendre la décision qui s'impose.

Le visiteur enregistra d'un signe des paupières cette injonction à peine déguisée, salua le général et s'en fut, suivi de son escorte. Quand il fut parti et la porte refermée, Moûtnejmet entra, les traits tirés.

— Que voulait mon père ? demanda-t-elle.

— Il est venu s'enquérir de mon avis. Il voulait savoir si j'accepterais que Semenkherê ne fût que régent.

— Et qui serait pharaon ? Tout-Ankh-Aton ?

Horemheb hocha la tête.

— À quoi songe donc mon père ? Un jeune homme de vingt ans et un garçon de sept à la tête du royaume ? Déjà ma pauvre sœur, avec toute son expérience...

Elle s'interrompit et demanda tout à trac :

— Je l'ai entendu parler d'empoisonnement. De quoi parlait-il ?

Le général savait que son épouse ne dédaignait pas d'écouter aux portes. Il hésita un instant entre deux alternatives : rapporter le soupçon paternel et le ridiculiser, ou prétexter qu'il s'agissait d'un malentendu. Mais Moûtnejmet pouvait en avoir entendu plus qu'elle ne disait.

— Il pense que ta sœur a été empoisonnée, dit-il.

Moûtnejmet demeura interdite.

— Par qui ? demanda-t-elle enfin.

— Il l'ignore.

— A-t-il des preuves ?

— Non.

— Qui soupçonne-t-il ?

Horemheb haussa les épaules.

— Il ne l'a pas dit.

Elle tira un siège et s'assit.

— Qui donc bénéficierait de sa mort ? Semenkherê ? Mais comment s'y serait-il pris ? Il habite loin du palais, chez son ancien chambellan. Ce seraient alors des gens qui ont intérêt à ce que Semenkherê revienne au pouvoir ? Que penses-tu ?

— Que le chagrin égare ton père. Semenkherê n'a pas tant de partisans qui brûlent de le porter sur le trône au prix du crime suprême : attenter à la vie d'une personne royale. Je l'ai prié de ne pas te faire part de cette idée odieuse et absurde et de la garder pour lui. Si tu le vois, feins de n'en rien savoir. J'espère qu'il aura la sagesse de ne pas ébruiter ses soupçons, cela ne ferait que semer le trouble au palais, sans régler aucun problème.

Moûtnejmet soupira profondément.

— Je crois que tu as raison, admit-elle. Mais à propos de Semenkherê, il faut en finir avec ces régences ambiguës.

— Je suis de ton avis.

— Il faut qu'il succède à Akhen-Aton. On lui trouvera bien un conseiller. Pourquoi pas toi ?

Il demeura impassible.

Elle se leva péniblement, alla ouvrir la porte et donna l'ordre au chef de la domesticité de faire balayer la salle et les chambres, puis elle prit congé de son époux en déclarant qu'elle allait rejoindre ses nièces.

Quand elle fut sortie, Horemheb poussa à son tour un soupir. Il avait étouffé la rumeur.

Pasar entrouvrit la porte de son réduit : personne. Les domestiques s'affairaient dans le patio, armés de balais et de serpillières. Il se faufila dans les jardins et s'élança sur la berge, vers ceux du palais des Princesses.

Ses ablutions terminées, vêtue d'une robe toute fraîche et coiffée d'une perruque peignée, brossée et lustrée, Ankhensep-Aton sortit sur la terrasse guetter Pasar. Elle distingua la silhouette ténue là-bas, dans les haies qui séparaient les jardins du fleuve. Il venait d'arriver, encore haletant. Elle leva le bras pour lui faire signe et courut dans la chambre de Merit-Aton.

— Il est là !

Merit-Aton se leva, aussi lasse qu'une vieille femme, et suivit sa sœur au jardin. Voyant Ankhensep-Aton accompagnée, Pasar se cacha prestement. Parvenue au lieu de rendez-vous et ne trouvant pas le garçon, la petite princesse fronça les sourcils.

— Où est-il donc ? demanda Merit-Aton.

— Il était là voici quelques instants… Pasar !

Elle tourna la tête à droite et à gauche.

— Pasar ! cria-t-elle avec impatience.

Un bruit de branches attira son attention. Elle se dirigea vers la haie où il lui semblait avoir perçu du mouvement. Elle y trouva le garçon tapi.

— Pasar ! s'écria-t-elle. Pourquoi te caches-tu ?

— Qui est cette femme ? chuchota-t-il.

— C'est ma sœur. Elle veut te connaître.

— Pourquoi ?

— Elle te le dira.

Il sortit à contre-cœur de sa cachette et suivit Ankhen-sep-Aton. Merit-Aton le considéra avec un regard amusé ; par la finesse de son visage et la vivacité de son regard, ce gamin tenait à la fois de la souris et du moineau.

— C'est toi, Pasar ? demanda-t-elle avec douceur.

Il hocha la tête.

— Je suis Merit-Aton, la sœur d'Ankhensep-Aton. Je suis contente de te connaître.

Il la dévisagea d'un regard si direct qu'il frisait l'impertinence. Elle devina qu'elle était exclue de la complicité qui le liait à sa jeune sœur.

— Qu'est-ce que tu veux ? demanda-t-il.

En dépit de sa tristesse, elle se laissa aller à un petit éclat de rire.

— Je voudrais que tu me dises comment tu as appris ce que tu as dit à ma sœur.

Il tourna la tête vers Ankhensep-Aton, comme pour demander son assentiment.

— Je me cache souvent pour dormir dans la remise au linge du pavillon des Visiteurs. J'entends ce qu'ils disent.

— Et personne ne t'y a surpris ?

Il secoua la tête.

— Cette nuit non plus.

— Cette nuit ?

— Horemheb habite là. Un vieil homme est venu le voir ce matin très tôt. C'est le père de sa femme.

Merit-Aton frémit. Aÿ. Son grand-père ! Elle se pencha vers le garçon.

— Qu'est-ce qu'ils ont dit ?

— Le vieux a dit que sa fille avait été empoisonnée. Ankhensep-Aton fut saisie.

— Ma mère ? cria-t-elle.

Pasar tourna vers elle des yeux surpris.

— Ta mère ? La reine est la fille de cet homme ? demanda-t-il.

Elle poussa un cri de révulsion et saisit le bras de sa sœur.

— Et qu'est-ce qu'Horemheb a répondu ? demanda Merit-Aton.

— Qu'il n'y croyait pas. Qu'il n'avait pas de preuves. Qu'il ne voulait pas que le vieux raconte ça à sa femme. Mais quand le vieux est parti, le général a quand même répété à sa femme que le vieux disait que sa... que la reine avait été empoisonnée. Mais qu'il n'y croyait pas.

Merit-Aton demeura stupéfaite. Ce garçon ne pouvait pas avoir inventé ce qu'il rapportait.

Une barque passa au loin, devant la *Gloire d'Aton* qui s'ennuyait le long de la berge, désertée. Deux hommes nus tiraient de l'eau un filet plein de poissons.

— Qu'est-ce qu'ils ont encore dit ? demanda Merit-Aton.

— Le vieux est venu demander au général s'il était d'accord pour que Semenkherê soit nommé régent. Je n'ai pas très bien compris.

— Et alors ?

— Horemheb a dit qu'il l'était. Mais quand il a répété la conversation à sa femme, elle a dit : « À quoi songe donc mon père? Un jeune homme de vingt ans et un garçon de sept à la tête du royaume?»

Merit-Aton réprima un petit rire. Elle reconnaissait bien la présence d'esprit de sa tante.

— C'est tout?

— La femme d'Horemheb s'est demandé si Semenkherê avait fait empoisonner la reine. Son mari lui a objecté que non. Elle a alors dit qu'il fallait en finir avec « ces régences ambiguës », ce sont ses mots, et faire nommer Semenkherê roi.

Merit-Aton demeura songeuse. À la fin, elle mit la main sur l'épaule du garçon.

— Tu as bien fait de nous rapporter ce que tu as entendu. Ton oreille est aussi bénéfique que celle d'Horus.

Il se redressa fièrement et jeta un regard à Ankhensep-Aton. Les deux enfants se firent face et Ankhensep-Aton prit la main de Pasar.

— Si on la menace, qu'elle vienne avec moi. Je la protégerai, déclara-t-il.

Des larmes perlèrent dans les yeux de Merit-Aton.

— Je veux qu'elle soit ma femme.

Cette fois, Merit-Aton ne put réprimer un rire.

— Tu es bien jeune!

Mais l'attitude du garçon signifiait qu'il n'en démordait pas.

— Il faudrait que tu sois un grand militaire. Comme Horemheb. Comme Nakhtmin.

Il hocha la tête. Puis il courut vers la haie où il s'était caché et en tira une cage qu'il rapporta et donna à

Ankhensep-Aton. Un oiseau y était. Il s'agita et chanta. Un merle. Le visage de la princesse rayonna.

— C'est pour moi ?

— C'est moi qui l'ai attrapé. Tu verras. Il chante.

Ankhensep-Aton en rit de plaisir. Elle embrassa Pasar sur la joue. Il la retint et l'embrassa en retour, d'un baiser passionné.

Merit-Aton devint soudain grave. Son regard dériva sur le fleuve qui s'argentait sous le soleil du matin. Deux milans volaient haut dans le ciel.

Elle se demanda si elle pourrait un jour apercevoir son père se dresser entre eux, comme une statue d'or entre deux effigies d'Horus.

13

Duperies et serments

Les jambes à la fin lasses, le Premier chambellan Ouadj Menekh demanda à son secrétaire d'ouvrir pour lui le siège pliant que celui-ci portait sous le bras et s'assit. Il avait arpenté sans relâche le sol dallé de la grande salle du palais depuis que le Conseil royal s'était réuni, voilà deux heures, au premier étage. Il posa un pied sur la cuisse opposée, se massa les orteils et demanda un gobelet de bière.

Un scribe dévala les escaliers et vint le rejoindre.

— Alors ? demanda le chambellan. Où en sont-ils ?

— Aÿ a proposé de faire désigner Tout-Ankh-Aton comme héritier du trône et de confier la régence à Semenkherê. Horemheb, Nakhtmin et Pentju s'y sont opposés. Il a ensuite proposé d'assumer lui-même la régence ; Horemheb, Maya, Nakhtmin et Panésy s'y sont de nouveau opposés, pour des raisons dynastiques, la régence revenant de droit à un membre de la famille royale. Aÿ s'est impatienté et a déclaré qu'il renonçait à parler. Panésy vient de proposer de désigner d'emblée Semenkherê comme successeur de son frère au trône. Ils en débattent en ce moment. À mon avis, c'est la solution qui sera approuvée.

Le chambellan saisit un grand gobelet de bière que lui tendait un domestique et en but avidement la moitié, puis changea de position et se massa l'autre pied.

— Remonte et rapporte-moi la fin de la négociation, dit-il au scribe.

Si c'était Semenkherê qui était désigné, il vivait ses dernières heures dans la fonction de Premier chambellan ; Thoutou, en effet, reprendrait ses fonctions. Et lui, que deviendrait-il ? Serait-il exposé à la vindicte du nouveau pharaon ? Il haussa les épaules. Au diable les honneurs ! Il se retirerait dans ses terres, nimbé du respect dû à tout homme qui a fréquenté les sphères royales.

Il vida son gobelet. Il eut à peine le temps de le tendre à un domestique qu'il se fit un grand mouvement dans l'escalier. Ouadj Menekh se leva en hâte et vit descendre Aÿ, le visage crispé, suivi de ses scribes. Le chambellan n'eut pas le temps d'échanger avec lui les quelques formules qu'il espérait significatives. En effet, après un vague salut, Aÿ gagna la porte et disparut avec sa suite. Vint ensuite Panésy, qui descendit d'un pas mesuré, s'entretenant avec Maya, et se dirigea vers Ouadj Menekh. Horemheb, Nakhtmin et Pentju descendirent tout aussi sereinement et rejoignirent Panésy auprès d'Ouadj Menekh. Une petite armée de scribes menés par le Premier scribe royal fermait le cortège, tablettes sur l'épaule, encrier à la ceinture, calame sur l'oreille et papyrus vierges en main. Doyen du Conseil après Aÿ, Panésy tendit au chambellan un papyrus porteur des six sceaux.

Semenkherê était désigné comme successeur de plein droit au trône du roi divin des Deux Terres et Ouadj Menekh était chargé de conduire la délégation qui l'en informerait au nom du Conseil royal.

Le chambellan s'inclina respectueusement. Les cinq hommes lui rendirent sa courbette.

Le cadran solaire, dont la pointe d'or étincelait dans la cour du palais, indiquait la deuxième heure après midi. Ouadj Menekh se tourna vers le Premier scribe royal, qui serait chargé de l'accompagner et de porter le rescrit du Conseil. Trois scribes et une escorte de vingt-cinq lanciers les accompagneraient. Les membres du Conseil prirent congé. Ouadj Menekh et le Premier scribe leur emboîtèrent le pas et montèrent dans les litières qui se tenaient prêtes.

Assis devant la pièce d'eau dans le jardin de Thou-tou, à l'ombre des grands figuiers, Semenkherê et Tout-Ankh-Aton jouaient aux dames en sirotant du lait d'amandes allongé de jus de grenade.

— J'ai croqué ta reine! s'exclama le garçon en tapant un pion blanc sur un carré noir.

— Où as-tu appris à jouer aussi bien? demanda Semenkherê en éclatant de rire.

En vérité, il avait mal joué, parce qu'il était distrait.

— Je ne fais que ça toute la journée, répondit Tout-Ankh-Aton.

Thoutou, convulsé d'émotion, vint leur annoncer des visiteurs. Les deux princes se levèrent. Ouadj Menekh se profilait déjà dans la porte.

— Maître divin, déclara le chambellan, le Conseil royal m'a chargé de t'annoncer qu'inspirés dans leur sagesse par le dieu Aton, ils s'inclinent très respectueusement devant toi, nouveau maître des Deux Terres et détenteur du fléau et du sceptre.

Et il prit le rouleau des mains du Premier scribe et le tendit à Semenkherê, puis s'agenouilla devant lui. Les scribes, puis Thoutou, suivirent son exemple

Tout-Ankh-Aton saisit le bras de son frère.

— Relevez-vous, dit à la ronde Semenkherê, ému. Mon cœur se gonfle de joie à l'idée que la barque du Royaume ne soit plus sans pilote !

Il pria Thoutou de faire servir à boire aux visiteurs et de faire apporter des chaises. Ouadj Menekh fut surpris par la simplicité du nouveau roi. Un gouverneur de province eut témoigné d'une bien autre solennité. Et voilà que ce pharaon invitait ses visiteurs à s'asseoir avec lui au jardin !

Personne n'osait prendre la parole. Semenkherê, considérant les six sceaux sur le rescrit qu'il tenait en main, demanda :

— Qui s'est opposé à moi ?

Ouadj Menekh hésita avant de répondre simplement :

— Un seul.

— Qui ?

— Aÿ.

— Que voulait-il ?

— Une régence.

— Pour lui ?

— Il a fait deux propositions. Une pour toi, sinon pour lui. Elles ont toutes deux été rejetées.

— Horemheb s'est donc opposé à son beau-père ?

— Oui. Les promesses d'Aÿ n'ont pas été tenues.

— Au sujet des crédits de l'armée ?

— Oui.

— Et Pentju ?

— Il était favorable à ta royauté.

— Panésy ?

— Entièrement favorable.

— Maya ?

— Aussi.

Semenkherê hocha la tête. Néfertiti avait perdu le trône et la vie pour n'avoir pas entendu les clergés, et Aÿ avait perdu une partie parce qu'il n'avait pas écouté l'armée. Le clergé et l'armée avaient donc partie liée.

Il considéra le damier. Un seul homme lui avait donc été hostile : Aÿ. Mais il en valait plusieurs. Il n'avait pas seulement été le père de Néfertiti et l'oncle du roi : il était aussi le beau-père d'Horemheb et le cousin de Nakhtmin. Et le grand-père de toutes les princesses. Vrai, les sentiments ne pesaient pas lourd dans ce monde, mais les liens du sang et les alliances, si. Aÿ commandait aussi l'une des chefferies les plus redou- tables du royaume, celle de la riche province d'Akh- mim. Il étendait son emprise sur tous les centres du pouvoir. Une vraie pieuvre que cet homme-là. Aussi Akhen-Aton ne l'avait-il pas porté dans son cœur.

Pourquoi Aÿ s'était-il opposé à lui ? L'évidence criait : parce qu'il voulait le pouvoir pour lui. Il avait exercé son influence sur Akhen-Aton par le biais des liens du sang et, celui-ci disparu, il avait espéré l'exercer à travers la régence de sa fille. Sans doute soupçonnait-il Semenkherê d'avoir fait empoisonner Néfertiti pour accéder lui-même au trône. Le coupable n'est-il pas toujours celui à qui profite le crime ? Sa frustration l'emplissait évidemment de haine à l'égard de l'ancien régent. Et d'autant plus, Semenkherê le savait bien, qu'Aÿ nourrissait un mépris sans rémission pour toute relation sexuelle stérile, et qu'il tenait le régent pour un concubin. Quand Semenkherê s'était jadis installé dans la Maison du roi, une scène orageuse avait éclaté entre Aÿ et Akhen-Aton.

Pour la première fois de sa vie, donc, Aÿ ne pourrait exercer aucun ascendant sur le trône, puisque Semenkherê n'était pas le fils de Ty, mais celui d'une concubine de son père. Une fois l'ancien régent couronné, Aÿ disparaissait de la scène du pouvoir. Insupportable ! Il n'aurait de cesse qu'il ne regagnât son pouvoir. « Il sera donc mon pire ennemi », songea Semenkherê.

— Où est Aÿ en ce moment ? demanda-t-il au chambellan.

— J'ai appris par son secrétaire, après la réunion du Conseil, qu'il est reparti sur-le-champ pour Akhmim.

— Qu'il y reste !

Ouadj Menekh demanda :

— Où Ta Majesté souhaite-t-elle dormir la nuit prochaine, afin que je prenne les dispositions en ce sens ?

— Il est tard pour cela. Fais préparer pour demain la Maison du roi, qui est inhabitée depuis neuf semaines. Prépare mes anciens appartements pour le prince, ajouta Semenkherê en désignant Tout-Ankh-Aton du geste. Va.

Le visage de Tout-Ankh-Aton s'éclaira de joie. Ouadj Menekh adressa un regard apeuré à son nouveau maître.

— La Maison du roi, sire ?

Semenkherê comprit la question. Ce palais était devenu le symbole du concubinage du roi défunt et de son favori ; était-il bien utile de le ranimer, et cela d'autant plus que le nouveau pharaon allait, une fois encore, y habiter avec son frère cadet ?

— Oui, la Maison du roi.

Ouadj Menekh se leva et se préparait à s'agenouiller, quand Semenkherê interrompit son geste. Le chambellan se tourna vers Thoutou, qui secoua la tête en souriant, comme pour répondre à une question informulée. Semenkherê l'entendit aussi :

— Thoutou m'a informé qu'il ne souhaite pas reprendre son ancienne charge, dit-il. Va en paix. Nous nous entretiendrons demain.

Le chambellan s'en fut, troublé.

Tout-Ankh-Aton embrassa son frère sur la joue.

— Sire, dit Thoutou, l'orage est passé.

Semenkherê le regarda, songeur et souriant. Il ne pouvait oublier que l'ancien chambellan avait été informé de l'empoisonnement de Néfertiti.

— Oui, dit-il, un orage est passé.

Était-ce la lune, pleine et menaçant de disperser sur le monde des milliers de petites lunes ? Ou bien la frustration de ne pouvoir se confier à personne ? L'anxiété de se retrouver seule au monde, ayant perdu père et mère en l'espace de quelques jours ? La peur de ce palais plus pesant qu'un tombeau et trop grand pour l'échelle humaine ? Toujours fut-il que, dès que ses sœurs et leurs nourrices furent retirées dans leurs chambres, après les ablutions et le souper, Merit-Aton courut au jardin pour y attendre Néfer Herou. Il avait dit qu'il viendrait. Elle espéra qu'il devancerait l'heure habituelle. Elle se réfugia dans un bouquet de thuyas pour attendre, loin de la lumière lunaire, qui ce soir lui paraissait insupportable.

Il vint, d'un pas lent, inhabituel, et quand il leva les yeux vers la terrasse, elle l'appela à mi-voix. Il se retourna et elle lui trouva un masque triste.

— Qu'as-tu ? demanda-t-elle quand il l'eût rejointe dans l'ombre.

Il lui baisa les mains sans répondre. Elle répéta sa question.

— Ne sais-tu pas ? répondit-il. Semenkherê a été nommé par le Conseil royal successeur du roi.

L'argent lunaire qui baignait les jardins prit une teinte sépulcrale. Les chants des crapauds, plus délirants que d'habitude, furent ceux des prêtres d'Apopis, célébrant la destruction du monde. Un long moment passa.

Elle avait compris la tristesse de Néfer Herou. Semenkherê ne pourrait accéder au trône qu'épousé à une femme de la lignée royale. Elle.

— Quand l'as-tu appris ?

— À cinq heures. Nous pensions regagner nos maisons. Un scribe de l'administration d'Ouadj Menekh nous a appris que le chambellan venait d'annoncer à Semenkherê la décision du Conseil royal.

Un silence de pierre suivit ces mots.

— Rien ne nous séparera, dit-elle d'une voix qu'elle ne reconnaissait pas. Rien, répéta-t-elle.

— Tu dis l'impossible.

Elle secoua la tête.

— Rien.

— Tu seras reine, suivie à chaque pas…

— Rien.

Il fut effrayé.

— Tu veux défier le royaume ?

Elle pesa ces mots.

— Le royaume ? Une cour d'intrigants et d'empoisonneurs qui vit à l'écart du royaume, justement ! La mort les saisirait tous à cet instant même que je n'aurais pas un battement de cils.

— Merit-Aton ! Tu es la fille aînée du roi, tu…

— Ai-je cessé d'être une femme pour autant ? Je n'ai eu ni père ni mère. J'étais une poupée créée par un couple de dieux vivants. On me promenait de cérémonie en cérémonie, comme si je n'avais pas d'entrailles.

Je regarde ces bas-reliefs sur les temples où l'on me montre, entourée de mes sœurs et couvée par l'amour de mes parents. Mais ce n'est pas moi. Tout cela est faux ! Crois-tu que je ne voie pas comment sont les enfants qui passent dans la rue, portés par leur mère et caressés par leur père ? Ces enfants qui ne figureront jamais sur les bas-reliefs ? Me crois-tu aveugle ? Ou ne suis-je pour toi aussi qu'une poupée ?

La stupeur rendit Néfer Herou muet. Au bout d'un temps, il prit ses mains dans les siennes et les porta à ses lèvres.

— Non, tu n'es pas une poupée.

— Et maintenant, il faut que j'épouse l'amant de mon père !

— Merit-Aton, tes mots enfoncent le couteau dans tes plaies…

— Je l'épouserai, puisqu'il le faut. Du bout des lèvres, comme tout ce qui se fait dans le royaume. Mais rien ne nous séparera, toi et moi.

Un temps.

— À moins que tu en décides autrement.

— Merit-Aton ! s'écria-t-il, indigné.

— Les dieux qui nous commandent nous deux, Néfer Herou, sont aussi forts que les humains qui font des simagrées devant eux !

Il lui posa la main sur la joue.

— Viens, allons dans les souterrains.

Elle retrouva presque avec plaisir le peuple des rats. Ils étaient comme ces amants, défiant le peuple hypocrite des souverains.

Ronge, ronge !

Dans les ténèbres infernales des bâtiments administratifs, elle s'offrit au dieu des Enfers lui-même. Néfer Herou n'était plus l'amant charmant et tendre, mais une puissance furieuse. Il la dévasta. Il la posséda comme jamais. Surprise par la fièvre dévoratrice de ce python humain, elle comprit : il voulait qu'elle conçût de lui. Son amant la violait. Elle fut consentante. Elle souhaita que le sol s'entrouvrît sous leurs corps. Elle se donna comme elle ne pensait pas que ce fût possible. Il râla dans sa bouche, et elle, dans la sienne.

Ils se dégagèrent à regret.

— Tu as raison, lui dit-il quand la tempête fut passée. Rien ne nous séparera.

14

L'oriflamme provocateur

Ce fut à la huitième heure après minuit, quand le soleil commençait son ascension vers ce zénith où il demeurait si peu, que Semenkherê et Tout-Ankh-Aton quittèrent, dans la même litière, la villa de Thoutou avec leur escorte pour s'installer dans la Maison du roi.

Ils y furent accueillis par Ouadj Menekh, la mine bien plus dispose que la veille. Dans la grande salle du rez-de-chaussée, celle où soixante-dix jours durant on avait procédé à l'embaumement du précédent monarque, trois prêtres récitaient, dans un nuage bleuâtre d'encens, les prières pour la purification des lieux. Une armée de domestiques et d'esclaves lavait les dalles.

— Tes appartements et tout l'étage sont déjà prêts, Majesté.

Dans la salle sur laquelle donnaient les appartements, le chambellan avait fait disposer une vasque de pierre où six lotus entrouvraient déjà leurs pétales à la lumière. Une statue grandeur nature du monarque défunt se dressait face à l'orient. Mais personne n'entendrait plus la voix feulée et caressante d'Akhen-Aton.

— L'oriflamme ?

— Il est en cours d'achèvement, Majesté. Il sera prêt à l'heure que tu as exigée.

À midi exact, comme de juste, l'oriflamme royal fut hissé pour la première fois depuis soixante-seize jours au mât qui surmontait l'édifice.

Porteurs d'eau, marchands de volailles et de légumes, forgerons, restaurateurs, danseuses, plâtriers, muletiers, nourrices, scribes, notables et prêtres, bref, le peuple d'Akhet-Aton regarda avec stupéfaction le grand triangle jaune claquer au vent d'est. Il ne portait plus le disque rouge, mais ce qui semblait être le cartouche du nouveau roi. Et personne ne put le déchiffrer correctement.

Les nourrices le virent du palais des Princesses et coururent prévenir celles-ci.

— Un roi ! Nous avons un roi ! crièrent-elles, bouleversées.

En effet, ni elles, ni le personnel du palais, ni même celui du palais royal n'avaient été informés des événements secrets de la veille. Seules quelques poignées de scribes savaient en se couchant que les Deux Terres avaient un nouveau maître qui porterait la double couronne sacrée, la rouge du Haut Pays et la blanche du Bas Pays.

Merit-Aton, Maket-Aton, Ankhensep-Aton et leurs sœurs s'élancèrent sur la terrasse est pour observer ce nouveau symbole.

— Mais qu'y a-t-il donc écrit sur ce cartouche ? demanda Merit-Aton.

Et comme nul ne le savait, elle dépêcha le Premier scribe du palais pour s'en enquérir. Semenkherê ? Ou bien Tout Ankh-Aton ? Qu'avait décidé le Conseil royal ? Nul ne le savait non plus. Les membres de ce Conseil étaient introuvables, de même que Ouadj Menekh. Et où était donc ce scribe ?

Il revint une heure plus tard, se flattant de n'avoir trouvé la réponse que parce qu'il était cousin de celui qui, le matin même, avait en grande hâte tracé à l'encre le cartouche sur l'oriflamme : « Ankh-kheperou-Rê, aimé de Néfer-kheperou-Rê ».

Tout le monde resta bouche bée : quel nom était-ce là ? Seule Merit-Aton comprit : Néfer-kheperou-Rê avait été le nom de couronnement de son père, plus tard changé en Néfer-kheperou-Aton ; l'aimé était donc Semenkherê. Elle n'en demeura pas moins pantoise, et quand elle eut expliqué le nom au petit groupe assemblé alentour, femmes, filles et même le Premier scribe écarquillèrent les yeux.

Une nourrice lettrée observa qu'aucun des deux noms ne mentionnait Aton : le premier, Ankh-kheperou-*Rê*, se référait au dieu suprême Rê aussi clairement que le second, Néfer-kheperou-*Rê*.

Le culte d'Aton avait donc pris fin.

Dans la Maison du roi, de l'autre côté de la rue, la fièvre régnait. Des hauts dignitaires aux esclaves, en passant par les scribes, les divers intendants, les gardes, les valets d'écuries, les cuisiniers, boulangers, brasseurs, puisatiers, barbiers, blanchisseurs, manucures, plâtriers, tous étaient contents de reprendre du service après des mois d'inactivité morose.

Son expérience de régent fut précieuse à Semenkherê ; il savait comment procéder. Le premier personnage convoqué dans le cabinet royal fut Thoutou. Ils se firent face, tout sourires.

Le premier scribe et trois adjoints se tenaient près de Semenkherê, devant les deux porteurs d'éventail. Thoutou releva que le jeune Tout-Ankh-Aton était assis à la droite de Semenkherê, flanqué lui aussi d'un porteur d'éventail des sept plumes d'autruche royales. Le nouveau pharaon formait donc son successeur.

— Je te nomme vizir, déclara Semenkherê, aux fins de prendre immédiatement tes fonctions.

Le visage de l'ancien Premier chambellan s'éclaira. Mais il exprimait aussi de l'étonnement et Semenkherê en savait la raison : le poste jusqu'alors était détenu par Maya.

— Je démets Maya, dit-il.

Et après un temps :

— Il n'a pris mon parti au Conseil royal que parce qu'il s'est attiré la vindicte d'Aÿ et qu'il n'a plus d'autre protecteur que moi. Je le nommerai intendant du Trésor, mais sous tes ordres après les miens.

Il réfléchit un moment : comment Thoutou avait-il si imprudemment pris son parti ? Pour quelle raison avait-il bravé la colère de Néfertiti et s'était-il insolemment moqué du rescrit de démission qu'elle lui avait adressé ? En un mot, comment avait-il su que lui, Semenkherê, accéderait au trône ? Cela faisait partie des mystères qu'il se promettait d'éclaircir avant longtemps.

Il fit un signe au premier scribe, lequel pointa l'index vers l'un de ses adjoints ; celui-ci s'accroupit immédiatement, déroula un papyrus vierge sur sa planchette et entreprit la rédaction de l'acte de nomination.

— Ta première charge sera de convoquer immédiatement, par messagers à cheval, les grands-prêtres de tous les cultes des vingt-sept nomes effectifs du royaume, c'est-à-dire des quarante-deux nomes traditionnels.

C'était une des singularités des Deux Terres et un signe patent de la puissance des clergés : ceux-ci se moquaient éperdument des divisions administratives et perpétuaient une tradition archaïque, d'ailleurs douteuse, selon laquelle il existait une fois pour toutes quarante-deux nomes dont chaque grand-prêtre était le chef.

— Oui, roi divin, répondit Thoutou, visiblement comblé.

Semenkherê fit un autre geste à l'intention du Premier scribe et le deuxième adjoint prit le calame sur son oreille, le trempa dans l'encrier et traça les premières lignes de l'acte d'une main rapide.

— Puis, au terme des dix jours de deuil général, tu prépareras l'organisation des noces. Mais nous nous entretiendrons sur ce sujet plus longuement.

— Oui, roi divin.

Semenkherê perçut une hésitation dans cette dernière réponse ; il en devina la cause.

— La dernière régence n'avait pas été proclamée officiellement, n'est-ce pas ?

— Non, roi divin.

— Donc, dix jours de deuil sont suffisants.

— Ce sera alors un deuil officieux, roi divin ?

— Oui.

— L'embaumement, roi divin ? La décision est urgente.

Avec cette chaleur, cela ne faisait pas de doute.

— Au palais du Nord.

C'était le plus éloigné de la ville, celui où Néfertiti avait vécu ses trois années de veuvage blanc.

— Qui assumera la responsabilité du transfert et le reste des cérémonies, roi divin ?

— Pentju.

Le nouveau vizir enregistra cet ordre provocateur et leva un regard interrogateur vers son maître. L'empoisonneur serait chargé d'acheminer sa victime vers la vie éternelle. Donc Semenkherê se doutait de sa culpabilité.

— En préviendrons-nous les princesses ?

— Oui.

— Par écrit ?

— Non, répondit Semenkherê se tournant vers Ouadj Menekh. Tu iras les prévenir toi-même avec le plus de courtoisie possible.

— Et le sarcophage ?

Semenkherê hésita. Puis il se rappela la stèle où Akhen-Aton avait gravé dans la pierre sa volonté que son épouse reposât auprès de lui.

— Près du roi mon frère.

— Oui, roi divin.

Nouveau geste au premier scribe, et le troisième scribe s'accroupit.

— Tu convoqueras ensuite les chefs des armées.

— Oui, roi divin.

— C'est tout pour l'heure.

La bouche de Thoutou s'apprêtait à parler, mais elle attendait un signe.

— Oui ? demanda Semenkherê.

— La date de tes noces, roi divin ?

Semenkherê réfléchit.

— Sitôt que nous nous en serons entretenus avec les clergés.

Il se tourna vers le Premier scribe :

— Prends le message suivant : « Moi, Ankh-kheperou-Rê, aimé de Néfer-kheperou-Rê, désigné de par la grâce des dieux tutélaires et par l'entremise du Conseil royal pour succéder à mon frère au trône des Deux Terres, je requiers de Merit-Aton, la fille de mon frère, un entretien préliminaire à l'accomplissement des desseins divins. »

Il se tourna vers Ouadj Menekh :

— Mon sceau est-il prêt ?

— Majesté, dit le chambellan, tendant l'objet requis avec un sourire satisfait, il vient d'être confectionné.

Un scribe s'empressa de prendre le rouleau de cuivre gravé au cartouche royal pour l'enduire d'encre, puis de présenter au futur roi une feuille de papyrus vierge, afin qu'il jugeât de l'empreinte. Semenkherê roula le sceau sur la surface ivoirine, examina le résultat et se déclara satisfait. Un messager fut mandé afin de porter la missive de l'autre côté de la rue. Sur quoi Semenkherê congédia son monde et resta seul avec

Tout-Ankh-Aton. Ils sortirent sur la terrasse et regardèrent la rue, puis le paysage au-delà des bâtiments.
À l'horizon de l'est, les montagnes rouges qui rayon-
naient sous le soleil levant ; à l'ouest, les plaines dorées,
les champs et le Grand Fleuve paisible…

Ce que ne virent ni le futur roi ni le prince était une
scène mouvementée sur la berge orientale, à moins
d'une lieue de là, devant la maison des Douanes.

Deux scribes observaient trois hommes qui venaient
d'échouer leur barque et halaient à terre un gros filet de
poisson. La prise, qui tressautait dans les mailles
comme un gros œuf près d'éclore, était superbe. Les
scribes se dirigèrent vers les pêcheurs et leur demandè-
rent de décliner leur identité. Ils se présentèrent comme
représentants du fisc, puis ils exigèrent que les brides
du filet fussent défaites et entreprirent l'inventaire de la
prise. Les pêcheurs, un gaillard mafflu et ses fils, s'in-
surgèrent.

— Mais on l'a pêché dans le fleuve, ce poisson !

— Le Grand Fleuve et tous ses habitants appartien-
nent au roi !

— Mais on n'a plus de roi ! Vous l'avez enterré
l'autre jour !

— Il y a toujours un roi et vous devez lui payer sa
part. Nous sommes venus la prélever.

— Mais le roi ne mange pas plus de poisson que les prêtres !

— L'impôt n'en demeure pas moins.

L'un des scribes avait déjà délié le filet et en tira un gros mulet.

— C'est vous qui allez le manger ? s'énerva le père des deux pêcheurs.

— La question de l'utilisation de l'impôt ne se pose pas, rétorqua avec humeur l'un des scribes.

— Ah ! tu vas voir si elle se pose ou pas ! s'écria le mafflu.

Et, saisissant à deux mains le mulet, il en asséna un grand coup sur la tête d'un scribe. À demi assommé par l'animal, qui pesait bien douze livres, celui-ci poussa un cri de douleur et d'indignation. Mais le pêcheur lui décocha cette fois une formidable claque avec le même mulet, puis une autre. Ce que voyant, les deux autres pêcheurs battirent l'autre scribe à coups de silure. Les calames volèrent, les perruques se démirent et, couverts d'eau poissonneuse et visqueuse, écorchés par les écailles du mulet et les barbes des silures, les scribes crièrent et s'enfuirent, poursuivis par les pêcheurs. Quand ils furent hors de vue, les pêcheurs remirent les poissons dans le filet, le jetèrent dans la barque et s'empressèrent de reprendre l'eau.

Les impôts du roi, en vérité !

— Et ma mère aussi, on va l'embaumer ? demanda Maket-Aton.

Ankhensep-Aton écoutait la conversation, en refaisant pour sa jeune sœur Setepenrê la mise d'une poupée, un de ces jouets atroces aux yeux de morte ; embaumait-on les poupées aussi ? Elle enregistra le « oui » morne de Merit-Aton, suivi de l'explication :

— Ne veux-tu donc pas qu'elle soit éternelle ?

À ce moment, la Première servante vint annoncer que le Premier chambellan et le Premier scribe demandaient à voir la princesse Merit-Aton. Le protocole exigeait qu'elle descendît.

— Qu'ils montent, répondit-elle.

Trente femmes, soudain alertées, attendirent l'arrivée des deux émissaires. Elles virent le Premier scribe s'agenouiller pour remettre à Merit-Aton le rouleau de papyrus dans son écrin et s'en aller ; puis le Premier chambellan, escorté de deux domestiques portant une coupe de figues et de dattes, s'entretenir en aparté avec elle. Elles observèrent Merit-Aton dérouler le papyrus et le lire, écouter le chambellan et hocher la tête, puis appeler la Première servante et descendre le grand escalier, suivie de sa porteuse d'éventail, d'Ouadj Menekh, de ses scribes et de deux suivantes.

Quelques moments plus tard, elle se trouva en présence de Semenkherê, prévenu de son arrivée, qui l'attendait à la porte, selon l'ancien protocole.

— Bienvenue chez toi, princesse, ma reine, dit-il.

Elle le dévisagea d'un regard grave où l'appréhension se tempérait de curiosité.

— Mon cœur s'épanouit à ta vue, siège de la divinité, répondit-elle selon la formule consacrée.

Il l'invita à la suivre vers le fond de la salle, qui ouvrait sur les jardins, et lui offrit un siège en face du sien. À défaut de l'émotion, la brise parfumée par les jasmins agita le corsage de Merit-Aton et le pagne de Semenkherê. Une table haute fut placée entre eux, garnie d'une cruche de jus de grenade et d'un bol de jujubes.

Merit-Aton regarda autour d'elle. Vingt personnes au moins étaient à portée de voix.

— Ne parlerions-nous pas plus librement seul à seule ? murmura-t-elle.

Il fit un signe à Ouadj Menekh et tout ce monde s'esquiva. Puis il se leva, remplit un gobelet et le tendit à la jeune femme, s'en garnit un, se rassit et le but.

— C'est la mort de ma mère qui te porte sur le trône, dit-elle.

— Je ne lui étais pas cher, mais je déplore son départ.

— Tu le déplores ?

Il la fixa du regard.

— J'étais présent au pied de sa litière, t'en souviens-tu ? J'ai saisi le regard que tu as lancé à Pentju.

La seule mention de Pentju abrégeait les confidences, puisqu'elle signifiait qu'il connaissait le coupable. Elle trempa ses lèvres dans le jus de grenade.

— À quoi est-il parfumé ?

— Pas au poison. À l'eau de fleurs d'oranger. J'en bois.

Elle hocha la tête.

— Aux ordres de qui Pentju a-t-il agi ?

— Pas aux miens.

— Le dirais-tu s'il l'avait été ?

— Si j'étais homme à user du poison, certainement pas, répondit-il avec un sourire. Mais dans ce cas, il faudrait me soupçonner aussi d'avoir fait empoisonner mon frère aimé.

Elle fut désarçonnée et saisie d'un soupçon nouveau : ce garçon ravissant, alangui dans son fauteuil, pouvait-il avoir fait empoisonner son frère et la femme de son frère pour accéder au trône ? Son désarroi inouï après la mort d'Akhen-Aton n'avait-il été qu'une comédie ? Ou bien l'effet de sa culpabilité ?

— Dis-moi, reprit-il, qu'est-ce qui te rend si sûre que ta mère a été empoisonnée ? Et pourquoi as-tu immédiatement lancé ce regard accusateur à Pentju ?

Elle observa un silence. Puis elle regarda Semenkherê et répondit d'une voix intense :

— Je l'ai vu acheter le poison. De la stramoine.

— Quoi ? s'écria Semenkherê d'une voix si forte que les gardes, à cinquante pas, tournèrent la tête.

Elle poursuivit.

— Celui qui lui a vendu le poison demandait un prix très élevé. Cinquante *debens*. Pentju a marchandé. L'autre a menacé de révéler qu'il lui avait déjà vendu de ce poison.

Semenkherê se pencha vers Merit-Aton, les yeux écarquillés.

— Pentju l'a alors assommé et il a jeté son cadavre dans le Grand Fleuve.

— Où était-ce?

— Dans une salle du pavillon des Archives, vers minuit.

— Mais que faisais-tu là?

— Je te le dirai une autre fois. Ce qui importe, ici et maintenant, est que je ne sais pas sur les ordres de qui agissait Pentju.

Elle s'interrompit et jeta à son époux présomptif un regard brûlant.

— Semenkherê, dit-elle, je m'empoisonnerais moi-même plutôt que d'épouser pour raisons dynastiques le meurtrier de mon père et de ma mère. Les démons de l'au-delà ne me laisseraient pas de répit pendant un million d'années, et ils auraient raison. Ou bien tu me prouves que tu n'as rien à voir dans ces deux meurtres, ou bien tu ne monteras pas sur le trône. Pas avec moi.

Il hocha la tête, sans émotion apparente.

— Merit-Aton, dit-il, je suis heureux de t'entendre me le dire.

Elle fut stupéfaite.

— Tu en es heureux…?

— Laisse-moi finir. Je ne peux prouver mon innocence que d'une seule façon. Je vais convoquer Pentju en tête-à-tête et tu te dissimuleras derrière une tenture de mon cabinet pour écouter la conversation.

Elle demeura un moment sous le coup de la proposition.

— Crois-tu qu'il avouera? demanda-t-elle enfin.

— Je l'ignore. Mais la conversation ne devrait plus te laisser de doutes.

Elle baissa la tête, son cœur battant la chamade.

— Je vais te demander de feindre que tu retournes maintenant au palais des Princesses et de revenir tout de suite, mais sans escorte, par les jardins. Les gardes auront l'ordre de te laisser monter jusqu'à mon cabinet. La porte de l'accès par les jardins donne sur une petite antichambre masquée par une grande tenture. Tu t'y dissimuleras jusqu'à ce que Pentju soit parti.

Elle ne put réprimer un tremblement de sa lèvre inférieure.

— Bien, dit-elle en se levant.

Il la raccompagna à la porte

15

L'eau de fleurs d'oranger

Vêtu d'un pagne frais, le pectoral de la faveur royale sur le torse, l'œil savamment fardé, Pentju entra dans le cabinet royal, un sourire peint sur les lèvres.

— Majesté, c'est pour moi un jour de bonheur et d'exaltation, déclara-t-il après que Semenkherê l'eut invité à prendre place en face de lui.

N'ayant pas encore accédé au trône, le futur roi estimait en effet prématuré et même déplacé de recevoir ses visiteurs sur un trône surélevé, les invitant ainsi à baiser sa sandale.

Semenkherê lui fit servir du même jus de grenade qu'à Merit-Aton.

— De l'eau de fleurs d'oranger, releva Celui qui approche le Corps du roi. Boisson céleste !

— Mais trop délicate, sans doute, pour masquer le goût de la stramoine, dit Semenkherê, fixant du regard son visiteur.

Le sourire s'évanouit sur-le-champ du visage de Pentju. Il reposa le gobelet sur la table à ses côtés.

— Que vient faire ici la stramoine ? s'écria-t-il, alarmé.

— N'est-ce pas le poison avec lequel tu as abrégé l'existence de la reine ? demanda Semenkherê sans se départir de son calme.

— Majesté ! cria Pentju, le visage convulsé. Un tel soupçon !…

Semenkherê but tranquillement son gobelet.

— Pentju, je veux t'épargner l'effort humiliant du mensonge. J'ai un témoin qui t'a vu acheter la fiole de stramoine dans les sous-sols du pavillon des Archives, pour la somme de cinquante *debens*. Tu as trouvé ce prix excessif. Ce marchand t'avait déjà vendu le même poison et t'a menacé de le révéler. Tu l'as assommé et tu as jeté son cadavre dans le Grand Fleuve. Dix gardes se tiennent derrière la porte que tu viens de franchir, prêts à t'arrêter au premier appel que je lancerais, dans le cas où tu voudrais me faire subir le sort du marchand.

Le visage de Pentju devint livide. Celui qui approche le Corps du roi se radossa, accablé.

— Tu sais donc tout, murmura-t-il d'une voix rauque.

— Non. Je veux savoir sur les ordres de qui tu as agi. Je veux savoir comment toi, dont le métier est de protéger la vie, tu t'es transformé en assassin sur les personnes suprêmes du roi et de sa femme.

— Je suis donc un homme mort !

— Non. Car je ne révélerai pas ce que tu me diras. Tes crimes sont trop grands pour la justice d'ici-bas. Je t'écarterai du palais, mais je te remettrai sain et sauf à celle des puissances de l'au-delà.

Semenkherê se servit un autre gobelet de jus de grenade. Pentju demeura prostré un long moment, le regard fixe.

— J'ai été contraint…

— Je n'en doute pas. Nous verrons plus tard quels arguments ont utilisé ceux qui te contraignaient. Qui étaient-ils ?

— Il y avait sans doute une grande conspiration. Mais je n'ai eu affaire qu'à deux hommes.

— Qui ?

Pentju leva le regard vers Semenkherê. Il éprouvait visiblement de la difficulté à avaler sa propre salive.

— Bois, lui ordonna Semenkherê. Quels hommes ?

— Houmose. Néfertep.

— Ce sont eux qui t'ont demandé d'empoisonner mon frère ?

Pentju hocha la tête.

— Pourquoi ?

— Ils jugeaient que la situation des clergés devenait intolérable et que ton frère défiait le pays entier et ses dieux ancestraux. Ils avaient projeté de fomenter une révolte et de mener une bande armée attaquer le palais où le roi ton frère et toi habitiez, de vous tuer et d'incendier les bâtiments.

— Ils n'auraient pu le faire sans l'accord de l'armée.

— C'est ce que je leur ai objecté. Ils ont répondu que l'armée n'interviendrait pas. J'ai préféré épargner des vies humaines et mettre la mienne en péril.

Un silence de plomb suivit ces mots.

L'air était devenu irrespirable. Comme si l'on avait déversé un plein baquet d'un naphte méphitique ou bien ouvert une fosse où se décomposait un cadavre. Semenkherê se leva et ouvrit toutes grandes les portes sur la terrasse, puis il se rassit.

L'image d'Aÿ affrontant Pentju devant le cadavre de Néfertiti s'imposa à l'esprit de Semenkherê. Cet empoisonnement-là avait été organisé à l'insu du seigneur d'Akhmim. Mais celui d'Akhen-Aton ? Semenkherê se souvint avoir vu Aÿ et Pentju en conciliabule peu après la cérémonie de l'adieu au corps du roi ; ils avaient interrompu leur conversation à son approche. Incident négligeable, que sa mémoire avait néanmoins enregistré. Pourquoi ?

— Tu n'as eu affaire qu'à Houmose et Néfertep ? demanda-t-il, préférant cette approche oblique à la question qui lui taraudait le cerveau.

Le visage de Pentju était à ce point défiguré par l'angoisse et la honte qu'il était impossible d'en interpréter l'expression. Le médecin se passa le revers de la main sur le front, perlé de sueur. Il ne répondit pas.

— Je t'ai posé une question, rappela Semenkherê.

— Eux seuls m'ont donné l'ordre de verser le poison dans la nourriture du roi, répondit enfin Pentju. Mais…

Semenkherê attendit la suite. Elle tardait excessivement à venir.

— … mais j'ai compris que d'autres étaient informés du complot.

— Qui ?

— Aÿ, articula si faiblement Pentju que le nom en fut presque inaudible.

— Aÿ? répéta Semenkherê.

Pentju hocha la tête.

— Comment l'as-tu compris?

— J'avais de la difficulté à obtenir la stramoine. C'est une drogue difficile à confectionner. Si elle est trop faible, elle ne fait qu'induire des rêves effrayants, et si elle est trop forte, elle tue sur-le-champ. Puis, un jour, un marchand est venu me proposer des drogues diverses, dont de la stramoine. J'ai trouvé la coïncidence étrange. Je lui ai demandé d'où il venait. De Quoceir, m'a-t-il répondu. Or, je sais qu'Aÿ possède là-bas un comptoir d'épices. J'ai donc acheté le poison. Le lendemain, Aÿ m'a demandé, d'un ton pressant, si j'avais bien vu Houmose et Néfertep. J'ai compris que tous trois étaient de mèche.

Pentju vida son verre de jus de grenade. Semenkherê lui-même le resservit et remplit son propre verre.

— Et pour Néfertiti? demanda-t-il.

— Quand elle a succédé à ton frère, il était évident qu'ils avaient espéré, sur la foi des promesses d'Aÿ, que des réformes auraient lieu. Ils ont voulu s'en entretenir avec elle. Elle a refusé de les recevoir. L'armée aussi était déçue.

— Horemheb?

— Oui.

Une nouvelle vague de silence se répandit dans la pièce. Pentju regardait le sol et Semenkherê ne quittait pas son visiteur du regard.

— Ils ont projeté de te tuer aussi, dit-il d'une voix qui ressemblait de plus en plus à un coassement. Ils disaient qu'un venin coulait dans le sang de ta race et qu'il était sans remède. Je leur ai fait observer que tu étais le seul capable de prolonger la ligne dynastique à leur avantage et que ton attitude en tant que régent l'avait déjà présagé par sa modération à leur égard...

— Comment as-tu empoisonné mon frère seulement, alors que nous partagions lui et moi la même nourriture ?

— Te souviens-tu qu'il prenait parfois le soir une potion pour dormir ?

Semenkherê acquiesça.

— Elle était amère, reprit Pentju. Je l'adoucissais avec du miel. C'était moi-même qui la préparais.

— Avais-tu des complicités dans le personnel de bouche ?

Pentju secoua la tête.

— Pourquoi m'as-tu abandonné quand Néfertiti m'a fait démettre ?

— Parce que ce n'était que de cette façon que je pouvais avoir accès au palais.

Semenkherê craignit que, dans son antichambre, Merit-Aton ne finît par défaillir et faire du bruit.

— Et Maya ?

— Il a toujours été dévoué corps et biens à Aÿ, répondit Pentju, d'une voix qui non seulement était rauque, mais encore devenait haletante. Et de plus...

Il laissa la phrase inachevée.

— Et de plus ? insista Semenkherê.

— Il était attaché à la personne de Néfertiti…

Semenkherê ne releva pas les termes, suffisamment éloquents : « attaché à la personne » ; il savait ce qu'ils signifiaient. Par égard pour Merit-Aton, et aussi pour éviter une réaction bruyante de la princesse, qui devait endurer l'agonie derrière la tenture, il s'abstint d'approfondir la précision.

— Mais, reprit Pentju, il a compris que, s'il s'opposait au complot des prêtres, lui et sa famille seraient balayés et personne ne pourrait le sauver. Il a donc tenu sa langue et trahi Aÿ, qui lui voue désormais une haine mortelle.

« Un véritable nid de vipères », songea Semenkherê. Et tous dominés par les clergés. Après avoir envoyé sa maîtresse royale à la mort, Maya avait donc pris le parti de Semenkherê au Conseil royal parce qu'il n'avait plus de protecteur et qu'il espérait que le nouveau maître du royaume lui pardonnerait sa défection quand Néfertiti avait pris le pouvoir.

— Quels moyens de pression Houmose et Néfertep avaient-ils sur toi ? demanda Semenkherê.

— Une affaire ancienne. Un de mes lieutenants s'était rebellé contre moi. Une querelle a éclaté. Je me suis emporté. Je l'ai tué. C'était le frère d'un des prêtres de Ptah. J'ai maquillé le meurtre en accident. Le frère est venu me voir pour me dire qu'il savait tout.

— Une dernière question : pourquoi la stramoine ?

Pentju leva un regard jaune et rouge.

— Parce que ses effets ressemblent à ceux de la maladie naturelle. Elle ne tue que plusieurs heures plus tard. Néfertiti l'avait absorbée dans son lait d'amandes plus de trois heures auparavant.

Un long silence suivit. Semenkherê s'inquiéta derechef de Merit-Aton.

— Va maintenant, dit-il. Tu as sauvé ta vie. Mais tu changeras de fonctions. Je ne veux pas que ta disgrâce soit trop éclatante. Elle créerait du scandale. Tu seras donc chef des Archives royales. Tu connais déjà les lieux.

Pentju se leva, chancelant. Son pas était mal assuré. Il ravalait sans cesse sa salive.

— Majesté, articula-t-il, c'est pour moi un jour de bonheur et d'exaltation…

Il sortit à pas lents et referma la porte derrière lui. Semenkherê se leva et tira la tenture. Merit-Aton se tenait là, blême, le visage ruisselant de larmes.

— Es-tu satisfaite ? demanda-t-il en la tirant doucement par le bras pour l'installer dans le siège encore chaud de Pentju.

Tout son corps était secoué de sanglots. Il lui tendit son gobelet de jus de grenade. Elle le buvait encore lorsque des coups pressés retentirent à la porte. Semenkherê alla ouvrir. Le lieutenant de la garde se tenait devant lui, bouleversé.

— Majesté ! Celui qui approche le Corps du roi, le seigneur Pentju… Il est tombé dans la cour ! Il est mort !

— Cela prouve qu'il avait du cœur, dit à part lui Semenkherê. Faites transporter le corps à la salle de garde et qu'Ouadj Menekh fasse prévenir sa famille.

Il referma la porte et considéra Merit-Aton : une épave. De telles épreuves, se dit-il, détruisent un homme. Alors, une femme…

Quand elles virent Merit-Aton revenir de la Maison du roi, chancelante, appuyée au bras de sa suivante, ses sœurs s'alarmèrent et firent le siège de sa chambre. Que s'était-il donc passé ?

— La chaleur, prétexta-t-elle. Laissez-moi me reposer. Je serai avec vous au souper.

Les nourrices parvinrent, non sans peine, à contenir la sollicitude envahissante des princesses. Ankhensep-Aton descendit au jardin et chercha Pasar du regard ; il n'était pas là. Pourquoi n'était-il toujours pas présent ? Le soleil menaçait de mettre feu à l'horizon et les montagnes à l'est semblaient incandescentes. Elle se trouva baignée dans une solitude rougeoyante et désespérée. N'y avait-il donc plus personne au monde ? Pour la première fois, elle comprit que sa mère était partie.

— Maman ! pleura-t-elle.

Mais seul le vent qui se levait fit chuchoter les joncs sur les berges et les palmiers. Elle rentra en courant et, dans la grande salle du rez-de-chaussée, un spectacle la laissa interdite.

Sa mère !

Des porteurs déposaient, sous la surveillance d'Ouadj Menekh, une statue de pierre grise représentant la reine défunte, grandeur nature, telle qu'elle avait été dans ses derniers jours. Nue, le visage affaissé çà et là, des bajoues esquissées aux mâchoires, les seins cédant à la fatale gravité, ces seins trop petits et qui n'avaient jamais allaité. La statue était inachevée. Elle avait dominé la salle des Audiences de la reine, au palais royal jusqu'à la veille, et Ankhensep-Aton ne l'avait jamais vue. Sur l'ordre de Thoutou, elle était donc transférée au palais des Princesses, pour que le futur roi n'eût pas le déplaisir de poser les yeux dessus.

Ankhensep-Aton regarda la statue. Soudain, elle se jeta vers elle et enlaça de ses bras la pierre froide.

16

Quarante-trois cobras
et une vache méchante

Il fallut donc, et le soir même, trouver un successeur à Pentju pour présider au transfert du corps de Néfertiti et aux cérémonies. Ouadj Menekh s'adressa à Panésy, qui lui délégua avec la promptitude requise un scribe et médecin de haut rang, Aâ-Sedjem. Ouadj Menekh le présenta aussitôt à Semenkherê, qui fut surpris par la prestance et la réserve sereine du successeur de Pentju : un homme d'une trentaine d'années, dont les traits et même le corps semblaient avoir été affinés et polis par le savoir.

— Tu seras donc mon médecin personnel, lui dit Semenkherê.

— L'honneur est infini de servir la beauté parfaite, Majesté.

— Nous nous entretiendrons plus longuement dès que tu auras organisé le transfert de la défunte reine au lieu que j'ai choisi pour l'embaumement, conclut Semen-kherê. Mais, en attendant, tu installeras tes appartements à l'étage, où habitait Pentju, pour le cas où j'aurais besoin de toi.

Sur quoi il dicta au Premier scribe l'acte de nomination d'Aâ-Sedjem au titre de Celui qui approche le Corps du roi, et donna l'ordre à Ouadj Menekh de l'informer de son autorité et de mettre à sa disposition tous les moyens nécessaires pour mener à bien sa mission. À peine achevée leur tâche royale, les embaumeurs royaux reprendraient donc le travail le lendemain même.

Semenkherê regarda les hommes réunis dans son cabinet : Thoutou, Ouadj Menekh et maintenant Aâ-Sedjem ; ils étaient ses serviteurs. Il tourna les yeux vers la fenêtre : le déluge d'argent incandescent qui tombait sur son royaume, tantôt liquide et tantôt poudroyant, se déversa en lui. Aton était un dieu splendide. Et à la différence de Rê, il ne vieillissait jamais ; il se dérobait seulement aux regards. Comme son frère avait eu raison de le porter au sommet absolu de la Création !

Il était désormais seul à commander. Un sentiment de plénitude lui gonfla la poitrine pour la première fois depuis près de trois mois. Il avait échappé au poison et à la vindicte de Néfertiti. Sitôt les noces accomplies, il serait le roi absolu des Deux Terres. L'amour qu'il avait porté à son frère s'accomplirait ; il succéderait au roi défunt et l'âme de celui-ci l'habiterait. Même si Akhen-Aton attendait sa renaissance dans le tombeau de la montagne.

Restait le plus difficile : entreprendre la transition entre le culte d'Aton, exclusif dans la ville royale, et la restauration des cultes négligés pendant les dix-sept ans de règne d'Akhen-Aton.

Il congédia le Premier chambellan et le nouveau médecin, mais retint Thoutou pour consultation.

— Les grands-prêtres, lui dit-il, caressant de la main l'accoudoir de son fauteuil, qui représentait une tête de lionne, n'attendent que l'occasion d'être offensés. Ils en tirent toujours avantage et prétexte à la sédition et au poison.

Au mot « poison », Thoutou, assis devant lui sur un siège d'ébène incrusté d'ivoire, cilla soudain. Semenkherê le remarqua ; son intention avait justement été d'avertir son ministre qu'il en savait plus qu'il ne le montrait. Thoutou remarqua aussi que le siège de son monarque n'appartenait pas au mobilier ordinaire du cabinet royal ; Semenkherê l'avait donc fait tirer des réserves. La tête de la Lionne, déesse de la vengeance, Sekhmet, constituait-elle un avertissement ?

— Je veux que tu réfléchisses à un moyen de les inciter à venir préparer, dans une disposition bien-veillante, les cérémonies du couronnement.

— Tu me charges, Majesté, du rôle de charmeur de cobras, répondit Thoutou.

Semenkherê sourit.

— Le cobra est le gardien de la couronne, répondit-il, faisant allusion au reptile dont la tête figurait sur la double couronne royale. Car je veux que tu fasses danser ensemble quarante-deux cobras. Quarante-trois, pour être précis, puisque nous devons faire le compte de Panésy.

— Ta divine sagesse a certes déjà perçu, Majesté, qu'ils vont te demander de faire construire un temple d'Amon à Akhet-Aton et de te faire couronner à Thèbes.

— Je ne suis pas hostile au couronnement à Thèbes. Mais je souhaite qu'ils respectent en échange Akhet-Aton tel que le roi mon frère l'a conçu et construit.

— Il faudra donc relever leurs tributs.

— Soit. Mais je ne veux pas imposer au peuple d'Akhet-Aton le spectacle d'un déni de la mémoire de mon frère.

— Ce sentiment t'honore, Majesté. Mais où réunirons-nous les quarante-deux cobras ?

— Au grand temple d'Aton ?

— Ils le percevraient comme une injure, Majesté. Permets-moi de te conseiller : ici même, au palais.

— Bien. Fais donc envoyer les lettres.

Comme chaque soir, Rê changea de barque pour se faire haler pendant douze heures dans le monde des esprits inférieurs. Comme chaque soir aussi, il devenait un vieil homme, Atoum. Assis dans la Barque de nuit, il cédait aux nostalgies. Il se rappelait le cœur léger de son enfance et les musiques de sa jeunesse.

Sa fille Hathor observait les humains qu'elle baignait dans sa clarté froide.

Elle vit une jeune fille franchir la porte des jardins du palais des Princesses et se glisser dans l'ombre des sycomores pour atteindre un bosquet. Un jeune homme y accueillit la jeune fille et l'étreignit en silence.

— As-tu appris ?

— La mort de Pentju ? Oui, bien sûr. On ne parle que de cela. Il a été empoisonné ?

— Non. C'était un véritable arrêt du cœur, ou bien un éclatement du cerveau. Semenkherê lui a tout fait avouer. Il n'a pas pu supporter l'humiliation. Je ne peux te décrire l'épreuve que ce fut pour moi…

— Tu assistais à l'entretien ? demanda Néfer Herou, surpris.

Il porta la main de Merit-Aton sur sa poitrine.

— Non, j'étais dissimulée derrière une tenture.

— Comment lui a-t-il arraché les aveux ?

— Je l'avais préalablement prévenu de ce que nous avions vu au pavillon des Archives.

Néfer Herou secoua la tête.

— Quelle impression t'a fait Semenkherê ?

— Tu avais dit juste : il n'est pour rien dans les empoisonnements. Il est tout à fait conscient de l'étau dans lequel il se trouve. Pentju lui a révélé que les clergés voulaient l'empoisonner lui aussi. Il lui a cité les noms des meneurs. Ce sont les grands-prêtres Houmose et Néfertep. Semenkherê est un homme fin et prudent. Mais j'ignore comment il se sortira de la nasse.

— Quand auront lieu vos noces ?

— Il ne l'a pas dit. Mais pas avant une dizaine de jours au moins, sans doute plus.

— Nous ne pourrons plus nous voir.

— Je te l'ai dit : rien ne nous séparera.

— Mais tu vas habiter avec lui… Le palais royal est beaucoup plus gardé que celui des princesses…

— Néfer Herou, je trouverai un moyen. Nous le trouverons.

Il lui baisa la main.

— Je suis devenue comme une mère pour mes sœurs, reprit-elle. Comment vais-je les laisser seules, aux soins de ces nourrices ? Tout à l'heure, les domestiques ont trouvé Ankhensep-Aton en larmes au pied d'une statue de ma mère… Peut-être ne quitterai-je pas le palais des Princesses… Je ne sais pas. Il est trop tôt pour le dire.

— Et si tu tombais amoureuse de Semenkherê ? demanda-t-il au bout d'un temps. Il faudra bien que tu dormes avec lui… Il paraît plaisant…

— Je n'ai pas deux cœurs, répondit-elle. Et je n'ai pas envie de penser à ce que tu dis.

Elle se sentait brisée. Il était trop tard pour demander à Celui qui approche le Corps du roi une de ces boulettes noirâtres que sa mère prenait pour dormir et apaiser son humeur. Puis elle se souvint qu'elle en avait conservé quelques-unes dans une boîte.

— À demain, dit-elle en se levant.

Il la prit dans ses bras. Elle posa la tête sur son épaule, rendue anxieuse par l'idée qui venait de germer dans son esprit : elle n'avait au monde qu'un seul dieu présent, et c'était Néfer Herou. Tous les autres vivaient leur vie égoïste. Aton n'avait protégé aucun des siens. Pis, il les avait exposés à la vindicte des clergés.

Ces dieux, d'ailleurs, se battaient comme des paysans ivres. Il n'y avait qu'à voir Osiris et Seth…

Elle leva le regard vers le disque d'Hathor qui déclinait dans le ciel et songea à ce que son père lui avait raconté, jadis, lors d'une de leurs rares conversations. Il lui expliquait ce qu'avait été la religion « antérieure ». Cette vache furieuse, qui se présentait désormais comme la déesse de la joie et de la danse, avait à la Création du monde tenté de détruire la race humaine, et son père Rê s'était trouvé contraint de la maîtriser pour mettre fin au carnage.

« Vache méchante ! », songea-t-elle. Et se dégageant de l'étreinte de Néfer Herou, elle regagna sa chambre.

Elle n'eut pas besoin de prendre la boulette somnifère ; elle s'endormit comme on meurt.

Semenkherê décida qu'Aâ-Sedjem participerait à ses ablutions, afin de diriger les pratiques des masseurs sur son corps princier. De fait, dès ce soir-là, le nouveau médecin apporta un baume pour les muscles et un onguent au benjoin à appliquer après le rasage, qui effaçait la fatigue du visage.

Nu sur une table au milieu de la salle de bains, Semenkherê se faisait masser les cuisses et les mollets, pendant que le barbier le rasait et que le manucure lui limait et polissait les ongles. Aâ-Sedjem tendit les deux pots, l'un au Premier masseur, l'autre au barbier, et considéra Semenkherê d'un air énigmatique, presque farceur.

— Qu'as-tu ?

— Mon roi, mon maître, le seigneur Pentju n'est pas mort !

Semenkherê repoussa le barbier effrayé et se redressa d'un coup.

— Quoi ?

— Pendant que ses domestiques le ramenaient chez lui en litière, raconta Aâ-Sedjem en se retenant de rire, il a demandé de l'eau. Les porteurs ont laissé tomber la litière et se sont enfuis en criant. Seul son plus vieux domestique a résisté à la terreur et a relevé le rideau de la litière. Il a vu que Pentju était bien vivant et a ordonné aux autres de lui apporter de l'eau en hâte. Heureusement, le cortège n'était pas loin des cuisines du palais. Pentju a compris qu'on l'avait donné pour mort et il a fait fouetter les autres domestiques.

Semenkherê éclata de rire. Masseurs, barbier et servants de bain feignirent de l'imiter, selon la coutume. Il se rallongea et s'offrit de nouveau aux soins prodigués à sa future divine personne.

— Comment s'explique sa fausse mort ? demanda-t-il.

— Il aura perdu connaissance sous l'effet de la contrariété…

Aâ-Sedjem ignorait tout de la confession de Pentju. Comment pouvait-il supposer la contrariété de son prédécesseur ? se demanda Semenkherê. Il leva les bras pour que le barbier lui rasât les aisselles. Puis, le masseur ayant achevé son office, le manucure se pencha sur les ongles des orteils princiers. Comme ceux des mains, il les lima, repoussa les peaux et les fit briller à la graisse fine de canard parfumée au jasmin.

— Quelle contrariété ? demanda Semenkherê à Aâ-Sedjem.

— Je l'ignore, mon roi, mais si son entretien avec toi avait été faste, je doute qu'il eût eu ce malaise.

Décidément, ce médecin était aussi perspicace que beau. Semenkherê se dit qu'il avait gagné au change.

Il se leva et gagna la piscine en contre-bas. Le Premier servant de bains lui versa de l'eau chaude sur les épaules, le torse, les jambes, puis entreprit de le frictionner avec du crin de courge sauvage enduit de savon. Le deuxième servant lui frictionna le sexe, les fesses, les jambes et les pieds. Le troisième rinça abondamment la future divine personne avec de l'eau fraîche parfumée.

Aâ-Sedjem observait la scène, d'un regard indéchiffrable.

Le Premier servant sécha le prochain dieu incarné et le massa avec de l'huile de santal. Le barbier vint masser le visage avec l'onguent au benjoin et, cela fait, le manucure ouvrit le nécessaire de toilette royal en ébène et ivoire, y prit un petit pot et un pinceau et rehaussa d'un trait de crème d'antimoine les yeux de la splendeur divine.

Semenkherê se sentit l'humeur lissée.

Le maître de la garde-robe apporta une tunique de lin fin et aida son maître à l'enfiler. Puis il prit des mains de son adjoint la catin portant la perruque royale et se tourna vers son maître, qui saisit la coiffure et l'ajusta, seul le médecin étant autorisé à toucher la tête d'une personne royale.

Ensuite, le maître de la garde-robe offrit à la future divine personne un miroir pour juger de l'effet et adressa un regard subreptice à Celui qui approche le Corps du roi. Enfin, il présenta à son maître un plateau d'ébène sur lequel étaient posées les boucles d'oreilles royales, deux perles serties dans des disques d'or. Semenkherê les fixa à ses lobes. Le Premier servant aida le maître du monde à chausser ses sandales.

Semenkherê était habillé. Un domestique lui apporta un grand gobelet de vin frais à l'essence de roses. Sur quoi, orteil luisant et visage détendu, Semenkherê noua la ceinture autour de sa taille et quitta la salle de bains, suivi d'Aâ-Sedjem, sous le regard pensif du maître de la garde-robe.

Semenkherê soupa le lendemain avec Tout-Ankh-Aton, Thoutou et Aâ-Sedjem. Ils évoquèrent les tâches innombrables qui les attendaient, à commencer par la réunion des clergés, les funérailles de Néfertiti, la convocation de Maya et la recomposition du Conseil royal.

Tout-Ankh-Amon écoutait, l'air grave d'un élève studieux en compagnie de ses maîtres. Puis Semenkherê se retira tôt et pria Aâ-Sedjem de le suivre dans sa chambre. Il souffrait de douleurs dorsales et les émotions éprouvées dans la journée avaient réveillé ses douleurs, ce qu'il expliqua à Aâ-Sedjem. Celui-ci parut acquiescer, s'esquiva un moment et revint, portant un coffre de cèdre. Il en tira un pot d'onguent, le déboucha et pria Semenkherê de s'allonger sur le ventre. L'odeur de l'onguent, âcre et tonique, emplit la pièce. Semenkherê reconnut le parfum du camphre, mélangé à un autre, amer et inconnu. Aâ-Sedjem lui en enduisit le dos et commença de le masser. Il pétrit les muscles de la nuque, des épaules et des omoplates et descendit sur le râble et les reins. Semenkherê se défit de son pagne. Aâ-Sedjem malaxa les fesses, puis descendit vers les cuisses et les mollets. Il remonta vers la nuque et exerça du plat de ses mains des pressions tout au long des vertèbres, qu'il fit craquer. Semenkherê soupira d'aise et de détente. Il imagina qu'il était de terre glaise entre les mains d'un sculpteur préparant une ébauche. Il se retourna. Aâ-Sedjem observa une pause imperceptible. Il massa alors les bras, puis de nouveau la face supérieure des cuisses, pétrit les pieds, étira les orteils, les replia en avant et en arrière pour leur restituer leur souplesse. Semenkherê souriait.

— Mon œuvre est faite, Majesté, dit enfin Aâ-Sedjem.

— Pas tout à fait, murmura Semenkherê. Allonge-toi près de moi.

Cela faisait des mois qu'on ne l'avait pas touché. Et autant que lui-même n'avait touché un corps. Si Aâ-Sedjem fut surpris par l'invitation, il ne le montra pas. En revanche, Semenkherê fut surpris par la suite des événements.

Mais un roi divin est maître des cœurs et des corps. Comment pourrait-on ne pas l'aimer de tout son être ? Resterait, se dit-il, à savoir de quel dieu il serait désormais l'incarnation.

Il rêva que le cobra royal triomphait en enlaçant sa tête.

Au réveil, il vit que la main d'Aâ-Sedjem endormi était posée sur son épaule. Il décida de le nommer au Conseil royal.

17

Le serviteur de l'Ordre

Thoutou, le Premier scribe et leurs collaborateurs attendaient leur maître, debout, à la porte de son cabinet. Tout-Ankh-Aton les rejoignit. Il salua affectueusement son frère et lui tendit une fleur de lotus, puis prit place sur un siège près de lui. Un domestique apporta un vase de verre bleu dans lequel il plaça la fleur. Semenkherê convoqua Aâ-Sedjem ; il lui annonça qu'il le nommait membre du Conseil royal. Nomination logique, Pentju ressuscité étant désormais maître des Archives.

Aâ-Sedjem, impassible et souriant, se confondit en gratitude ; il espérait, déclara-t-il, que sa très humble science satisferait le Roi qui lit dans les Cœurs et Pilier de Justice. C'était le même homme qui, quelques heures plus tôt, dormait la main sur l'épaule de son maître.

Semenkherê convoqua ensuite Maya. Général du seigneur des Deux Pays, ses titres militaires sommeillaient et s'empoussiéraient, car il n'avait pas été en campagne depuis deux ans, ce qui ne l'empêchait pas de toucher son salaire de général. Ses vraies fonctions étaient celles d'intendant de la Maison du roi. Promu par Néfertiti, il n'avait été que le vizir d'un jour et, lors de ses aveux, Pentju avait résumé les raisons de son retournement en faveur de Semenkherê : le pur instinct de conservation.

Il devait se douter que Semenkherê ne se faisait pas d'illusions sur sa loyauté ; on le vit bien lorsqu'il pénétra dans le cabinet royal : celui qu'on surnommait Petit-Horus, en raison de son nez busqué et de son regard rond, était aux abois. Informé par l'inévitable rumeur des palais que Thoutou assumait désormais les fonctions de vizir, il regarda de droite et de gauche, se demandant à l'évidence quel sort lui réservaient les minutes suivantes. Rangés autour de leur futur roi, Thoutou, Tout-Ankh-Aton et les scribes étaient les juges d'un tribunal restreint. Et l'accident de Pentju n'était pas pour le rassurer : selon des rumeurs, le médecin de l'ancien roi avait survécu à un empoisonnement à la suite d'un tête-à-tête avec l'ancien régent.

De plus, Maya était en nette infériorité par rapport à Thoutou : non seulement celui-ci s'était promptement rallié à Semenkherê après avoir été démis par Néfertiti, mais encore l'avait-il hébergé. Maintenant, il portait bien haut la bannière de l'Indéfectible Fidélité.

Fort de l'expérience de ses trois années de régence, Semenkherê était conscient de la situation tout entière et de l'anxiété du visiteur ; mais il se fit un masque sévère ; il ne pouvait oublier qu'il avait été abandonné par les deux hommes qu'il avait crus acquis.

Il se rappelait aussi le détail que Pentju avait évoqué et que ses espions avaient confirmé à Thoutou ; car même dans sa disgrâce, l'ancien Premier chambellan avait conservé ses agents secrets dans les palais, nul n'ignorant que ceux qui ont eu du pouvoir peuvent en retrouver un jour : Maya avait été l'amant de Néfertiti.

— Maya, déclara Semenkherê, je veux que tu nous dises ici, sereinement, les raisons qui t'ont conduit à te ranger à l'opinion selon laquelle je n'étais pas apte au titre de régent et que la défunte épouse de notre roi l'était.

— Sire, répondit Maya, le rôle d'un sujet est de veiller à ce que l'ordre règne dans le royaume et d'éviter toute parole et toute action susceptibles de troubler la sérénité du trône. Or, j'ai été informé par le seigneur Aÿ que le clergé et l'armée souhaitaient instamment que le pouvoir revînt à l'épouse de notre grand roi. Le seigneur Aÿ a évoqué des troubles qui pourraient éclater dans les provinces, et notamment à Memphis et à Thèbes. Je me suis donc rangé à son avis.

— C'est donc par fidélité au trône que tu as abandonné le régent nommé par le roi mon frère ?

La question, paradoxale, fit hausser les sourcils de Thoutou ; lui et Tout-Ankh-Aton ne perdaient pas un mot de l'interrogatoire, ainsi, évidemment, que le Premier scribe et les autres. Semenkherê, pour sa part, songea que Maya était sans doute sincère et qu'il n'avait pas été informé de l'empoisonnement de Néfertiti, sans quoi il eût suivi l'exemple de Thoutou.

— Sire, tu es mon juge. Si je m'étais rebellé, j'aurais été écarté du Conseil, ou pis. Comme je ne dispose d'aucun pouvoir, mon acte aurait été inutile pour tous et pour moi-même. Je me suis donc abstenu de faire valoir mon sentiment. Je suis resté au Conseil. Peut-être un dieu a-t-il guidé ma décision car cela m'a ensuite permis de faire valoir ta légitimité au trône. En fin de compte, j'ai ainsi été plus utile à ta divine personne.

L'exposé était habile, mais révélateur. Maya était un parfait fonctionnaire : il obéissait à l'administration en place, quelle qu'elle fût. Peut-être cette même obéissance lui avait-elle dicté d'accepter le rôle d'amant de Néfertiti. Il était de ces hommes qui défient la définition du traître : quand ils trahissent, c'est par devoir. Mais quand ils font leur devoir, qui trahissent-ils ?

— Et comment juges-tu la situation à présent ? demanda Semenkherê.

— Sire, en plus de l'inspiration divine, tu possèdes trois années d'expérience du pouvoir. Tu connais les aspirations du royaume, de ses clergés et de son armée. Je souhaite que la paix descende dans le cœur des clergés.

— Que veux-tu dire ?

— Que ton pouvoir sera plus assuré s'il restaure le culte d'Amon que s'il s'y oppose.

— À Akhet-Aton ? demanda Semenkherê, surpris.

— La décision n'appartient qu'à ta divine sagesse. Mais laisse-moi exprimer aussi le souhait que tu te fasses couronner à Thèbes. Et même, que tu t'y établisses.

Le silence régna un moment. Semenkherê avait convoqué Maya pour le mettre publiquement en accusation ;

il s'avisait que le vizir d'hier était un homme avisé. Maya était un serviteur de l'Ordre.

— Veux-tu dire que je devrais déserter l'œuvre de mon frère bien-aimé ? demanda Semenkherê.

— Sire, ton esprit de justice juge bon de me mettre à l'épreuve et je me soumets volontiers à tes questions. Mais l'œuvre de ton frère bien-aimé visait à assurer la splendeur du royaume, non pas à mettre ses héritiers en difficulté.

Semenkherê jugea bon d'arrêter là l'interrogatoire. Il omit aussi de faire la moindre allusion à ce qu'il savait des liens de Maya et de la défunte reine.

— Bien, dit-il, tu as répondu à mes questions et je suis satisfait. Je te nomme intendant du Trésor, aux fins d'en rendre compte à moi-même et à mon vizir Thoutou.

Maya parut sincèrement soulagé. Il était entré dans le bureau se croyant condamné ; il était promu. L'intendant au Trésor, en effet, venait tout de suite après le vizir dans les ordres de préséance. Semenkherê fit signe au Premier scribe de rédiger l'acte de nomination. Le nouveau Trésorier baisa avec chaleur la main de Semenkherê et s'en fut.

Quand il se retrouva seul avec son frère, Tout-Ankh-Aton déclara :

— Notre pays n'aime donc pas le culte d'Aton.

Semenkherê fut surpris par la maturité avec laquelle ce garçon, aussi futé parût-il, avait résumé la situation.

— Non, en effet, répondit-il. Notre frère a voulu supplanter tous les autres dieux.

Le garçon hocha la tête.

— Et beaucoup de gens sont morts, non ?

— Oui, admit Semenkherê, de plus en plus surpris.

— Mon frère. Et puis sa femme. Et puis d'autres encore.

Il tourna vers Semenkherê son visage pur et délicat, plus fait pour les jeux de son âge que pour ceux des cabinets royaux.

— Je ne veux pas que tu meures. Je pense que tu dois te faire couronner à Thèbes.

Là, Semenkherê fut saisi. Son jeune frère était vraiment un bon joueur de dames.

Invitée à déjeuner par son futur époux, Merit-Aton s'y rendit avec empressement : toute occasion était bonne pour faire avancer ses pions.

Elle demanda la date prévue de leurs noces. Il répondit que, estimant plus sage de célébrer toutes les cérémonies à Thèbes, ville somme toute étrangère, il n'avait pu faire établir un calendrier précis. Elle fut désarçonnée. Thèbes ! Elle avait grandi à Akhet-Aton. Sa solitude y était déjà assez grande ; que deviendrait-elle dans cette ville où elle n'avait jamais mis les pieds et où, surtout, elle risquait de perdre Néfer Herou.

— Et nous irions tous à Thèbes ? se récria-t-elle. Mes sœurs aussi ?

Il perçut qu'elle était alarmée.

— Il y a quand même beaucoup de Thébains qui sont heureux d'y vivre, répondit-il avec un sourire.

— Mais… l'œuvre de mon père… le siège de la royauté… Cela ne correspond pas du tout à ses idées… Il détestait Thèbes !

— Je connaissais les sentiments de ton père, répondit-il. Il est vrai qu'il aimait particulièrement Akhet-Aton, puisque c'était sa création. Mais un roi ne peut pas détester ses terres ni ses villes, Merit-Aton. Il était aussi roi de Thèbes, de Memphis et de toutes les villes de la vallée.

Elle était de plus en plus contrariée.

— Tu céderais devant ces prêtres qui ont fait assassiner mon père et ma mère ? Ton frère ? Qui ont projeté de te faire assassiner ? N'en as-tu pas assez fait déjà avec le nom de couronnement que tu as choisi ? Tu présentes mon père comme aimé de Rê… Qu'en aurait-il dit ! Mais tu as dû te laisser influencer…

Elle s'agita. Il en fut étonné.

— Je pense, répondit-il avec un calme calculé, que le pouvoir sera plus fort s'il ne gaspille pas ses forces à lutter contre ses sujets.

Puis, la fixant du regard :

— Si nous nous obstinions à maintenir Akhet-Aton comme un îlot isolé du pouvoir royal, ta vie aussi serait en danger, déclara-t-il avec fermeté.

L'argument porta. Elle demeura silencieuse et grignota un pilon de poulet. Elle avait voulu faire avancer ses pions ; il l'avait battue à plates coutures.

— Je crois alors qu'il serait utile, eu égard à la mémoire de ton frère, de sauver la face autant que possible, dit-elle.

— Cet argument est plus raisonnable, admit-il, mangeant une platée de fèves à l'oignon avec une cuiller de bois décorée.

— Les cérémonies pourraient avoir lieu à Thèbes et nous pourrions revenir ici.

— J'y réfléchirai, dit-il d'un ton conciliant. J'attends que les grands-prêtres se soient réunis et qu'ils m'aient fait connaître leur avis.

— Où se réuniront-ils ?

— Ici, à Akhet-Aton.

Il la considéra d'un œil apparemment amène et détailla ses rondeurs. Avait-elle eu, avait-elle encore une vie amoureuse ?

Le déjeuner prit fin sur des dattes. Elle, pour sa part, jaugea son futur époux, incapable de se prononcer par-devers elle-même et répugnant surtout à détester un homme avec lequel elle partagerait sa vie. Il était séduisant et à coup sûr intelligent, il le lui avait amplement prouvé ces derniers jours. Elle l'avait cru falot, il n'était que prudent, sinon rusé. Mais elle était incapable de rêver physiquement à lui. « Mon cœur est ailleurs », songea-t-elle.

— Qu'as-tu décidé pour les funérailles de ma mère ? demanda-t-elle.

— Qu'ai-je à décider ? demanda-t-il, étonné. Elle sera embaumée et elle ira, selon les volontés de mon frère, attendre sa renaissance à ses côtés, dans la montagne.

— Seras-tu présent ?

— C'est évident, répondit-il. Elle était l'épouse de mon frère.

— Tu étais très attaché à mon père ?

— Il était le dieu incarné, répondit-il, comme s'il se parlait à lui-même.

Elle se demanda comment la dévotion de Semenkherê à l'égard d'Akhen-Aton s'accordait avec ce qu'elle considérait comme une trahison de l'œuvre et jusqu'au nom du disparu. Ankh-kheperou-Rê, vraiment !

Mais il fallait survivre.

Quand elle rentra, elle perçut dès l'escalier les remontrances aiguës que la nourrice adressait à Ankhensep-Aton. Celle-ci montrait un visage crispé, proche des larmes.

— Que se passe-t-il ? demanda Merit-Aton.

— Je l'ai surprise jouant au jardin avec un garçon du peuple !

— N'es-tu pas du peuple, toi aussi ?

La nourrice la considéra, interdite.

— Mais, maîtresse… La reine ne l'aurait jamais admis.

— C'est moi qui commande ici désormais, dit Merit-Aton d'un ton ferme. Je connais ce garçon, ma sœur a le droit de jouer avec lui.

— Elle a appelé les gardes pour le chasser ! cria Ankhensep-Aton.

— Nourrice ! ordonna Merit-Aton. Dis aux gardes d'aller rappeler ce garçon. Il s'appelle Pasar.

Les autres nourrices écoutaient, stupéfaites. Un quart d'heure plus tard, le chef des gardes vint prévenir Merit-Aton qu'il avait retrouvé Pasar. Ankhensep-Aton s'élança vers le jardin. La nourrice adressa un regard plein de reproches à Merit-Aton.

— Comprenez, lui dit celle-ci, nous habitons un palais, pas une prison.

Mais c'était pour se convaincre elle-même qu'elle le disait.

Elle regagna sa chambre, dont la fenêtre était grand ouverte. Elle retint un cri. Un battement d'ailes précipité avait fouetté l'air devant la fenêtre, accompagné d'un cri perçant. Une colombe gisait par terre, blessée, mais encore vivante. Elle venait d'échapper aux serres d'un milan.

Elle prit la colombe dans ses mains. L'oiseau se débattit. Son œil reflétait la terreur. Elle poussa un cri. Sa robe et ses mains étaient tachées de sang. Une nourrice accourut.

— De l'eau ! Que je me lave ! Voyez si cet oiseau peut encore vivre…

Elle croyait aux présages. La nourrice lui prit la colombe des mains, l'examina et se tourna vers elle :

— Oui, dit-elle.

— Je veux qu'on soigne cette colombe comme si c'était la mienne.

— Oui, maîtresse.

Les princesses accoururent. Ankhensep-Aton et sa sœur aînée se regardèrent un moment, sans mot dire.

— Quand elle sera guérie, on la mettra avec le merle, dit Ankhensep-Aton.

Comme à point nommé, ce dernier se mit à siffler dans sa cage, sur la terrasse.

Deux oiseaux captifs.

Sa première servante l'aida à se défaire de sa robe et lui en apporta une autre.

Semenkherê attendit Aâ-Sedjem à l'heure du bain, comme d'habitude. Le maître de la garde-robe, Aoutib, l'informa que Celui qui approche le Corps du roi prenait livraison d'herbes et de produits rares qu'on lui expédiait de pays lointains et qu'il serait donc en retard.

Comme c'était Aâ-Sedjem qui détenait le privilège de frictionner la divine anatomie, avec l'aide des garçons de bain, Aoutib se proposa de le remplacer et Semenkherê y agréa.

Quelques mois auparavant, autant dire dans une autre ère, il avait accordé ses faveurs au maître de la garde-robe. La mort d'Akhen-Aton et les remous qui s'étaient ensuivis avaient suspendu leurs rapports. Puis, comme il advient souvent quand une habitude s'interrompt et que l'on s'interroge sur les raisons pour lesquelles on l'avait contractée, Semenkherê s'était avisé que la commodité ne saurait tenir lieu d'attirance. Peut-être Aoutib avait-il été trop docile et serviable pour tenir en haleine ce chasseur qui se nomme désir. Toujours était-il que l'apparition d'Aâ-Sedjem avait détourné le royal amant des amours ancillaires.

Tandis qu'Aoutib frictionnait les épaules de son maître, Semenkherê lui vit des larmes dans les yeux.

— Qu'as-tu? demanda-t-il.

Les larmes n'attendaient que cette question pour couler.

— Mais qu'as-tu donc?

Le garçon de bains attendait avec la cruche d'eau parfumée pour le dieu vivant. Aoutib ne voulait donc pas parler devant un inférieur.

Quand Semenkherê fut dûment séché et habillé, il pria le maître de la garde-robe de le suivre dans sa chambre. Aoutib fondit en larmes.

— Quelle faute ai-je donc commise pour être désaimé de la divinité sur terre? s'écria-t-il.

— Tu n'es pas désaimé puisque je t'ai gardé à mon service, répondit obliquement Semenkherê.

— J'étais aimé dans mon corps…, dit Aoutib à travers ses larmes.

Semenkherê mesura dans l'instant la détresse et le péril.

— La saison de la Crue ne dure qu'un tiers de l'année, dit-il. Mais je songerai à tes paroles.

Sur quoi, Aâ-Sedjem parut. Lui ayant lancé un regard rapide, Aoutib disparut.

Son secrétaire murmura à l'oreille de Thoutou des informations prolongées, mais sans doute importantes car le vizir fronça les sourcils.

— Amène-le-moi ! s'écria-t-il.

Les scribes le regardèrent, intrigués. Il les congédia. Quelques minutes plus tard, le secrétaire revint, suivi d'un homme aux mains liées dans le dos par une corde dont un garde tenait le bout. Le secrétaire pria le garde de se tenir à la porte et referma celle-ci. Le prisonnier tremblait de tous ses membres.

— Encore toi ! s'écria Thoutou. Qu'est-ce que j'apprends que tu racontes ?

L'homme ne répondit pas, étranglé de peur.

— Tu racontes que je suis devin ?

— Parle ! ordonna le secrétaire.

Mais pas un son ne sortait de la gorge du malheureux.

— Tu as un emploi permanent au palais et, non content de me porter de mauvaises nouvelles, tu te permets de raconter des sornettes à mon sujet ? Tu veux absolument perdre ta place ? gronda Thoutou.

L'homme allait s'effondrer ; il ne tenait pas sur ses jambes.

— La bastonnade serait trop douce pour toi, misérable ! Tu voudrais peut-être que je te fasse couper la langue ?

L'homme gémit d'horreur.

— Je te donne un conseil, m'entends-tu ?

L'homme hocha frénétiquement la tête.

— Ha-Ouzaït, tu diras que le vin t'a fait perdre l'esprit. Sans quoi c'est ta langue que tu perdras. As-tu compris ?

— Mon maître est trop bon, commenta le secrétaire.

— Dix coups de bâton sur la plante des pieds et un quart de son salaire en moins pour ce mois, conclut Thoutou.

Le secrétaire ouvrit la porte et tira brutalement sur la corde pour traîner l'homme à l'extérieur. Le messager faillit perdre l'équilibre. Le secrétaire transmit la sentence au garde.

— Pour exécution immédiate, précisa-t-il.

L'homme poussa un gémissement déchirant. Le garde entraîna le prisonnier dans l'escalier. Le secrétaire referma la porte avec un sourire. Quelques moments plus tard, les cris de Ha-Ouzaït montèrent jusqu'aux fenêtres. Dix fois.

Le lendemain, avant le transfert du corps de Néfertiti au palais du Nord, la cérémonie de l'adieu à la défunte réunit dans la grande salle du palais les mêmes personnages que pour celle de l'adieu au roi, une quinzaine de semaines auparavant. Ils étaient tous là, à l'exception d'Aÿ et Horemheb, partis pour leurs provinces. Même Pentju était présent, parfaitement ressuscité. Semenkherê se tenait au premier rang. Impassible.

Les larmes coulèrent silencieusement sur le visage de Merit-Aton. Une mère est le corps originel de ses enfants. Sa mort est pour eux une amputation. La renaissance future ne peut les consoler. Car la sérénité parfaite de l'au-delà annule d'avance tous les sentiments.

Maket-Aton et Ankhensep-Aton pleurèrent aussi.

Et les cadettes, parce que leurs aînées pleuraient.

Le trône disparut du monde. Et les intrigues, et leurs récompenses.

Une mère était morte.

18

Des bœufs, des moutons, des oies, des oryx, des hyènes et un message

« Dix-sept vaches au cultivateur Meketon, du faubourg Bonté d'Amon », annonça le scribe à haute voix. Son collègue inscrivit le compte sur le papyrus posé sur la tablette qu'il tenait sur les genoux.

Il était assis sur un pliant, à l'ombre d'un kiosque blanc, surélevé de cinq marches. Plusieurs longues feuilles couvertes d'inventaires de troupeaux et possessions diverses s'empilaient à ses pieds. Deux autres scribes assis à ses côtés faisaient des calculs. Le scribe en chef, lui, ne faisait rien ; il s'éventait avec une grande feuille de palme séchée, artistement taillée en rond, rigidifiée par de la colle à l'amidon et ornée d'une image du Nœud magique.

Tous étaient fonctionnaires du fisc et deux d'entre eux prêtés par le Grand temple d'Amon-Rê à Thèbes.

La chaleur était déjà étouffante, mais la poussière soulevée par le bétail la rendait insupportable. Le scribe en chef but à la régalade une longue goulée à la gargoulette posée près de lui. La sueur ruisselant de son crâne luisant tombait dans ses yeux ; l'essuyant du revers de la main, il avait de la sorte effacé depuis longtemps les cernes à l'antimoine dont tous les scribes s'ornaient les yeux.

De temps en temps, l'un ou l'autre des scribes tirait deux ou trois feuilles d'une botte de khat trempant dans une cuvette d'eau et les mâchait pour supporter l'épreuve.

Ils recensaient depuis le matin les possessions en bétail de la région ouest de Thèbes. Et ils travaillaient ainsi depuis une semaine, de l'aube au crépuscule. Ils faisaient, eux, partie du personnel permanent de l'administration, à la différence de bien d'autres qui n'étaient employés qu'à temps partiel et retournaient dans les fermes une fois leurs vacations accomplies. On ne pouvait pas vraiment faire confiance à ceux-là, car ils étaient souvent de mèche avec les fermiers, leurs employeurs, et sous-estimaient donc leur cheptel.

Pour l'occasion, les grands-prêtres prêtaient des scribes aux préfets. Et d'autant plus volontiers que les produits inventoriés étaient ceux des terres leur appartenant.

Une fois par an, tous les éleveurs de la région étaient tenus de faire défiler leurs richesses animales devant la commission du fisc. Ceux qui tentaient de s'esquiver le payaient d'une raclée proportionnelle à leur richesse.

L'inventaire du bétail se faisait au début de la saison de l'Inondation ; celui des récoltes se ferait à la fin de la saison des Moissons.

Bâton en main, poudré de poussière de la tête aux pieds, un garçon nu menait le troupeau des bovins à recenser.

— Trente-quatre bêtes, dont six bœufs, poursuivit le scribe.

L'autre inscrivit l'annonce.

Un jeune collègue, venu du faubourg, à vingt minutes de marche, apporta, haletant, quatre gargoulettes pleines d'eau de puits, pendues à ses épaules par des cordes, et dix pains ronds au miel dans un sac.

Les ovins arrivaient. Leurs bêlements emplirent l'air.

— Quatre oryx, dit le scribe en chef, pour se donner l'air d'être utile.

Les capridés défilèrent majestueusement, pointant leurs longues et élégantes cornes noires vers le ciel.

À ce moment, il y eut un remue-ménage dans le kiosque.

— Mais regarde qui vient ! s'écria un scribe.

Le comptable inventoria rapidement du regard le troupeau d'oies qui se dandinaient derrière les oryx et tourna la tête comme les autres. Pas possible ! Houmose ! Le grand-prêtre lui-même ! Et le préfet ! Escortés de porteurs d'ombrelles et de sièges, quatre crânes luisants avançaient sous le soleil. Ils avaient bien dû mettre une demi-heure depuis le Temple.

— Trente-deux oies ! cria-t-il, sous le coup de l'émotion.

Les éminents visiteurs furent bientôt arrivés. Les scribes se précipitèrent à la rencontre de leurs maîtres suprêmes et leur baisèrent la main. Houmose et le préfet gravirent prestement les cinq marches et se réfugièrent sous le toit du kiosque. Les pliants furent installés et ils y calèrent leurs séants.

— Ne vous interrompez pas, déclara le préfet, en posant la main sur l'épaule du comptable. Je suis venu voir comment avance votre travail. Le très honoré Houmose a souhaité vérifier par lui-même les richesses de la région cette année et m'a donc accompagné.

Il se pencha, saisit l'une des feuilles au pied du comptable et l'examina.

— Quelqu'un a fait les calculs, je suppose.

— Oui, maître, s'empressa de répondre un scribe. À ce jour et à cette heure, cent vingt et un mille sept cent dix *debens* de cuivre, dont soixante mille quatre cent soixante *debens* pour les terres appartenant au temple d'Amon.

Houmose et le préfet hochèrent la tête avec satisfaction. Les prélèvements, soit trente pour cent de la richesse taxable, seraient payables en céréales et en lin. La part du fisc assurerait l'ordinaire du budget de la province de Thèbes, l'entretien des routes et des canaux, les salaires des fonctionnaires, l'entretien des stocks de céréales en silos et autres frais. La part du clergé, théoriquement exonérée de taxes, servirait, après déduction des dons aux pauvres, à l'entretien du temple et des édifices attenants et aux salaires des prêtres. La situation pourrait être meilleure sans l'avarice des gens d'Akhet-Aton, qui prélevaient là-dessus cinq pour cent pour les dépenses militaires et, de surcroît, refusaient d'accroître la part sur les tributs.

— Pas de fraude ? demanda le préfet.

— Un ou deux cultivateurs qui prétendaient avoir moins de têtes que nous ne le savions. Nous sommes allés sur place et nous avons retrouvé les bêtes dans les champs.

— La bastonnade alors, dit Houmose.

— Oui, très honoré maître, et une amende.

— Bien.

— Mais nous avons évidemment les mêmes problèmes que l'an passé avec les pêcheurs. Il est très difficile d'inventorier leurs prises.

— Oui, je sais, répondit le préfet, la brigade fluviale ne peut pas être partout. Nous n'avons que vingt bateaux.

Il joignit les mains dans son giron et demanda s'il y avait de la bière. On s'empressa de servir aux deux éminences de grands gobelets mousseux. Houmose but une longue gorgée et se passa la main sur les lèvres.

— Il faudra demander aux brasseurs d'Akhet-Aton la recette de leur bière, dit-il à son collègue, premier prêtre ordinaire d'Amon. Elle est bien plus pétillante que celle-ci.

Les têtes se tournèrent de nouveau vers la route de Thèbes. Deux jeunes prêtres arrivaient d'un pas énergique, en dépit de la chaleur. Parvenus à proximité du kiosque, ils furent arrêtés par un troupeau de porcs et manquèrent ensuite être renversés par des chèvres. Ils arrivèrent enfin à destination. L'un d'eux portait un rouleau dans un étui.

— Maître, dit-il, haletant, ce message est arrivé par courrier royal peu après ton départ.

Houmose prit l'étui, en tira le rouleau et son regard se porta d'emblée sur le sceau.

— Ankh-kheperou-Rê, aimé de Néfer-kheperou-Rê, épela-t-il, avec une nuance de surprise. Le vent s'est vraiment levé sur Akhet-Aton.

— Ai-je bien entendu Ankh-kheperou-Rê ? demanda le préfet.

— Aimé de Néfer-kheperou-Rê, compléta Houmose.

Il prit connaissance du message et leva des yeux rêveurs, comme s'il ne voyait pas les animaux qui défilaient devant lui.

— Vingt-trois porcs, annonça le scribe.

Houmose tendit le papyrus au premier prêtre ordinaire d'Amon, qui dégustait sa bière.

— Remarquable ! déclara ce dernier, souriant, après avoir lu ce message. Tes efforts sont enfin récompensés, maître. Le seul nom du nouveau roi le prouve sans doute aucun.

— Un nom compliqué, dit Houmose. Je me serais contenté de sa première moitié. Mais enfin, le jeune Semenkherê a même eu l'audace de modifier le nom de son prédécesseur.

Il réfléchit un temps et, se levant, prit congé du préfet avec maintes formules honorifiques.

— Bien, déclara-t-il. Ce sont là des questions qui méritent d'être débattues en conseil. Rentrons.

Il s'en fut sur le retour avec son escorte et les deux messagers.

— Six hyènes, annonça le comptable.

Les animaux rayés défilèrent en laisse, plus ou moins dociles, la truffe obscène et l'œil sournois sous la baguette de leur maître, un jeune homme grassouillet. Ils étaient bien utiles pour chasser le rat. Mais il fallait les tenir en cage jusqu'à ce que le bétail fût bien enfermé, hors de leur portée.

Pasar regardait Ankhensep-Aton d'un air consterné. Il tenait en main un rouleau de cordelette au bout de laquelle pendait un crochet acéré.

— Thèbes ? répéta-t-il.

Elle ne prit même pas la peine de hocher la tête. Il avait bien entendu, puisqu'il posait la question de nouveau.

— Et ta sœur veut y aller ?

Elle secoua la tête.

— Si je vais à Thèbes, tu viendras avec moi ?

Il médita. Une question énorme, de dimensions cosmiques. Comment son père, sous-intendant au pavillon des visiteurs, le laisserait-il jamais aller à Thèbes ? Et où vivrait-il ? De quoi ?

— Il faudrait que mon père soit nommé à Thèbes, finit-il par dire.

— Je demanderai à Merit-Aton.

Le visage du garçon s'éclaira. Celui d'Ankhensep-Aton aussi.

— C'est grand, Thèbes. Mon père dit que c'est la plus grande ville du monde !

L'instant d'avant accablés, les deux enfants se trouvèrent tout joyeux.

— Puisque ta sœur sera reine, peut-être qu'on pourra se marier à Thèbes !

Elle se rembrunit.

— Ma sœur dit que j'épouserai Tout-Ankh-Aton.

— Qui ? Qui est-ce ?

— Le frère du roi.

— Tu l'as vu ?

— Oui. Il a mon âge.

Il se rembrunit à son tour.

— Et moi ?

— Je ne sais pas… C'est Merit-Aton qui décide.

— Tu ne veux plus m'épouser ? Je t'ai donné le merle…

Elle posa sa main sur la nuque du garçon.

— C'est toi que j'aime.

Il la regarda comme s'il tentait de déchiffrer une stèle.

— Viens, dit-il, montrant la cordelette, allons pêcher.

Ils s'élancèrent vers la berge.

Du haut de la terrasse, Merit-Aton les observait. Eux, au moins, ils pouvaient se voir de jour.

Là-bas, au palais du Nord, maître Âsekhem l'embaumeur avait repris le travail.

Il considéra le corps nu de Néfertiti, déjà éviscéré, et songea qu'il n'avait reçu qu'un acompte d'un tiers sur le salaire de l'embaumement du roi. Les princes étaient décidément de santé fragile.

Et le cœur de la défunte était aussi violacé que celui de son époux.

Problème imprévu : comment garnirait-on les orbites de la reine ? Il décida d'en débattre avec le Premier chambellan Ouadj Menekh quand il le verrait.

Il avait entendu bien des choses sur l'œil gauche de la défunte et frémit.

Son travail était déjà délicat. Alors, s'il fallait par-dessus le marché traiter avec les problèmes de mauvais œil !

Affronter le soleil de midi à Edfou, au huitième mois, était aussi brave qu'aller en guerre. Un million de flèches d'or s'abattaient à chaque instant sur le crâne. La perruque n'était donc pas une coquetterie, mais un bouclier.

Aussi les harponneurs sacrés d'hippopotames, comme les autres, se tenaient-ils au frais sous les tonnelles, au nord du quartier des scribes permanents, dans un ombrage propice à la sieste. Aucun richard n'étant mort de fraîche date, ces Léviathans mafflus pouvaient donc patauger paisiblement dans la boue tiède de leurs marécages, à l'ouest de la ville : ils ne risquaient pas de perdre l'un des leurs dans une de ces chasses rituelles qui s'organisaient pour célébrer le défunt. Tant mieux. Parce qu'aller poursuivre ce dangereux bétail, debout sur un esquif instable, lui jeter un poisson pour le faire béer, bien viser pour lui décocher trois harpons dans la gueule et haler ensuite ce monstre hors de l'eau ensanglantée, afin de le remettre aux dépeceurs, ce n'était pas vraiment un exercice recommandé par cette chaleur. Sans compter qu'à l'occasion, l'un de ses congénères chargeait parfois les harponneurs.

On se demandait parfois, mais discrètement, pourquoi on avait divinisé cet animal sous les traits effrayants de la déesse Thouéris, si c'était pour le massacrer à l'occasion de funérailles ruineuses.

Comme toujours à cette heure-là, entre le cinquième et le neuvième mois de l'année, et à l'instar de ses prêtres et scribes de divers rangs, Tanout-Amarkhis, grand-prêtre du temple d'Horus, dieu tutélaire d'Edfou, restait chez lui ; il n'en sortait plus que vers la cinquième heure, quand les flèches de Rê obliquaient et s'affaiblissaient. D'ailleurs, fidèles, pauvres et donateurs ne se risquaient pas non plus dehors : à Edfou, affaires et requêtes se traitaient aux quatre premières heures de la matinée et aux deux dernières de la journée.

Tanout-Amarkhis venait d'achever une collation frugale : une salade de concombre au lait caillé, un petit pain rond au fromage et à l'oignon hâché et quelques figues fraîches. Allongé sur son lit, au premier étage de ses quartiers, de l'autre côté de la vaste esplanade devant le temple, il vérifiait une transcription du rituel de purification des prêtres de carrière :

> *Salut à toi, ô ce vase à brûler. Je me suis purifié avec l'œil d'Horus pour que j'accomplisse les rites avec toi. Je me suis purifié pour Amon en compagnie de son cycle de dieux...*

Il perçut un bruit de voix sous la fenêtre, puis distinctement, son nom. Il se leva et alla voir : deux hommes. Tête rasée. Des scribes donc. Une légère surprise se peignit sur ses traits.

— Que se passe-t-il ?

— Messagers royaux pour Tanout-Amarkhis !

— Montez !

Messagers royaux ? De quel roi ? Quel message ?

Il ouvrit la porte. Deux gaillards s'y encadrèrent.

— Nous venons d'Akhet-Aton.

Il fronça les sourcils. Ah oui, la nouvelle ville au nord, vouée au culte d'Aton.

L'un des envoyés lui tendit cérémonieusement l'étui.

— Quel roi vous envoie donc ?

Question digne d'un balourd provincial. Mais la désignation du successeur de la succession avortée de

Néfertiti ne remontait, il était vrai, qu'à cinq jours et ne serait connue de l'ensemble du royaume que dans deux semaines.

— Le frère du défunt Akhen-Aton. Notre nouveau roi, Ankh-kheperou-Rê, aimé de Néfer-kheperou-Rê.

Tanout-Amarkhis en béa. Rien que le nom !

— Comment êtes-vous venus ?

Alertée par le mouvement à l'étage, à une heure aussi inusitée, la femme du grand-prêtre apparut.

— Fais servir à boire aux messagers royaux, lui dit Tanout-Amarkhis.

— Par galère royale, répondit l'un de ceux-ci. En fait, deux galères sont parties d'Akhet-Aton, l'une pour descendre le fleuve et l'autre, la nôtre, pour le remonter. C'est ainsi que le message royal sera distribué aux quarante-deux nomes.

Les enfants du grand-prêtre apparurent à leur tour, nus, et dévisagèrent les visiteurs. Un domestique apporta un plateau chargé d'un cruchon et deux gobelets et servit les nobles voyageurs. Tanout-Amarkhis battit des paupières. Il se passait vraiment quelque chose là-haut. Comme ses collègues de Thèbes, d'Abydos, de Coptos, il avait, pendant des années, fait abstraction de ce roi fou d'Aton qui prétendait les ignorer. En fin de compte, la province fonctionnait aussi bien sans l'assentiment royal et les cultes d'Horus et de Thoueris ne s'en portaient pas plus mal. Et voilà qu'un nouveau roi s'avisait enfin de leur existence et leur dépêchait des messagers !

Ceux-ci burent avidement leur bière. Le domestique les resservit. Tanout-Amarkhis retira enfin le papyrus de son étui et le déroula. Comme ses collègues, il se pencha d'abord sur le sceau ; c'était bien le nom qu'ils avaient dit. Il lut le message : il était prié de se rendre à Akhet-Aton pour l'intronisation d'Ankh-kheperou-Rê, aimé de Néfer-kheperou-Rê ! Du jamais vu !

Les messagers prirent congé : on les attendait sur le bateau.

— Qu'est-ce qui se passe ? demanda la femme de Tanout-Amarkhis, regardant le papyrus que son époux tenait toujours en main.

— Je suis prié par le nouveau roi de me rendre à Akhet-Aton pour son couronnement.

— Nous avons un nouveau roi ?

Il hocha pensivement la tête. Il se dit qu'un seul homme de sa connaissance pouvait l'éclairer sur ces événements : Houmose, à Thèbes.

— Mais j'irai d'abord à Thèbes, annonça-t-il.

Dans leurs marécages, les hippopotames, eux, mugissaient paisiblement et sur les toits brûlants du Grand Temple d'Horus, les lézards se chauffaient en dégustant du moucheron d'été, le plus succulent.

19

Préparatifs et rancœurs,
ou le hibou et le perroquet

Avec son visage plat et arrondi aux yeux ronds, son petit nez recourbé et sa bouche menue, ses épaules tombantes et son bréchet rebondi, Panésy, Premier serviteur de l'Aton, c'est-à-dire grand-prêtre du Grand Temple d'Aton à Akhet-Aton, donnait parfois l'impression qu'il allait s'envoler et se nicher dans un arbre ou sur un toit. Une chouette. Prudent, observateur, sagace. Personne ne se souvenait de l'avoir jamais entendu élever la voix. Ni de l'avoir consulté en vain.

— Honneur suprême, mon roi, dit-il en s'accroupissant à la table, sur l'invitation de Semenkherê et à la droite de ce dernier.

Thoutou attendit que le prince Tout-Ankh-Aton se fût installé pour en faire de même.

Dix domestiques, deux par soupeur et deux échansons, se tenaient à portée de voix dans la grande salle de la Maison du roi. Ils posèrent des bols d'albâtre devant chaque convive et au milieu, un grand bol d'œufs durs de canard aux grains de moutarde et au safran. De grands verres à pied opalescents furent emplis de vin.

À la première bouchée, les yeux de Panésy se firent plus ronds. Même son cuisinier ne savait pas confectionner des plats aussi inattendus et raffinés.

— Honoré Panésy, commença Semenkherê, nous préparons les cérémonies d'intronisation et nous désirons ton avis.

— La renaissance de l'arbre royal réjouit le cœur des dieux, répondit sentencieusement Panésy.

Façon de rappeler qu'il existait d'autres dieux qu'Aton. En effet, le grand-prêtre, qui avait aussi ses oreilles dans les palais, était au fait des messages envoyés dans les nomes. Presque tous les scribes de la province étaient apparentés à des degrés divers et ils n'avaient pas la langue entravée.

— Afin de restaurer l'harmonie entre les serviteurs terrestres des divinités, reprit Semenkherê, nous avons prié les grands-prêtres des quarante-deux nomes de se réunir à Akhet-Aton.

— L'harmonie est une bénédiction céleste, mon roi, observa Panésy. Elle est régie par les cœurs des dieux, qui battent à l'unisson.

Semenkherê fit signe à Thoutou de s'exprimer.

— Tu connais tes collègues, dit le vizir, même si vous ne vous voyez pas souvent. Que penses-tu que sera leur réaction ?

— Comment ne se réjouiraient-ils pas de l'honneur royal qui leur est fait ? répondit Panésy. Ils se languissaient de la sollicitude du roi des Deux Terres.

Tout-Ankh-Aton écoutait attentivement ce langage indirect. Il releva pour lui-même que Panésy n'avait pas dit : « de leur roi », mais : « du roi des Deux Terres ».

— En tant que Premier serviteur de l'Aton, que le défunt roi avait imposé à Akhet-Aton comme divinité unique, quelle est ta réaction à toi ?

— L'Aton ne fut-il pas à l'origine une émanation de l'Être Inconnaissable ? répondit Panésy avec un sourire. La sagesse de notre divin roi Ankh-kheperou-Rê, aimé de Néfer-kheperou-Rê – la précision méticuleuse avec laquelle il prononça le nom signifia qu'il en avait bien perçu la symbolique – est d'arroser les racines de notre dévotion à ce dieu.

Autant dire qu'il ne voyait pas d'inconvénient à ce qu'on ramenât l'Aton au rang des autres divinités.

— Et comment répondras-tu à ceux qui observeraient que la volonté royale fut d'élire ce dieu comme le dieu suprême ? reprit Thoutou.

Panésy engouffra la dernière bouchée d'œufs à la moutarde avec une expression de regret. Puis il but plusieurs petites gorgées de vin, pour se donner le temps de réfléchir.

— La puissance des divinités est irrésistible. L'Aton dont je suis le serviteur a exercé la sienne sur le regretté monarque. Il l'a empli de son rayonnement au point que son éclat a masqué les autres dieux, comme il advient à ceux qui regardent le soleil et ne peuvent plus distinguer le monde ensuite. Notre défunt roi fut l'amant de l'Aton, conclut-il, en prenant soin d'orienter son regard à droite comme à gauche, afin que l'allusion à d'autres liens fût aussi légère que possible.

— Crois-tu, honoré serviteur de l'Aton, qu'ils y mettront des conditions ? demanda Semenkherê.

Un serviteur posa sur la table un grand plat de quartiers d'un volatile rare, à la chair blanche, réservé aux grandes tables[1]. Panésy l'effleura d'un œil gourmand et répondit :

— Je ne peux répondre, mon roi, de ce que décideront les têtes de quarante-deux de mes honorés collègues. Je peux seulement supposer qu'ils espéreront un signe qui témoigne de la résolution de la divinité incarnée que tu es.

— Lequel ?

Semenkherê s'étant déjà servi, Panésy saisit de ses doigts délicats une poitrine du volatile blanc et se tourna en souriant vers son hôte :

— Le nom choisi par mon roi ne l'annonce-t-il pas déjà ?

— L'intronisation à Thèbes ! s'écria Tout-Ankh-Aton.

C'étaient les premiers mots qu'il prononçait depuis le début du repas. Les trois regards convergèrent vers le jeune prince et Semenkherê rit franchement. Panésy hocha la tête et darda son regard de rapace nocturne vers le royal garçonnet :

_____

1. Il s'agit du poulet qui, bien qu'introduit près d'un siècle auparavant, en provenance de Syrie, demeurait un mets rare.

— L'enfant Horus a parlé.

Il acheva de mâcher la poitrine délicate du volatile blanc, suça quelques osselets de l'aile et dit encore :

— Il y a plus, mon roi : le cœur ne siège-t-il pas au milieu de la poitrine ?

Semenkherê, étonné, ayant admis l'évidence, le grand-prêtre poursuivit :

— Et le roi n'est-il pas le cœur du royaume ?

Un bref silence suivit, interrompu par Thoutou :

— Le roi devrait donc déplacer son siège à Thèbes ?

Panésy cligna des yeux en guise d'affirmation.

— Et qu'adviendra-t-il d'Akhet-Aton ?

— Elle demeurera, comme un présent d'Aton aux créatures humaines.

— Comment l'acceptes-tu si aisément, honoré serviteur de l'Aton ?

— Comment, seigneur, contesterais-je ce qui contribue à la gloire de mon roi et à la sérénité de son règne ?

Dévouement admirable, songea Thoutou, à cette différence près qu'Akhet-Aton deviendrait le quarante-troisième nome. De plus, outre l'estime de ses collègues et le maintien de son poste, Panésy jouirait des privilèges des autres nomes : échapper à la tutelle royale, acquérir des terres et s'enrichir enfin. En effet, selon le système instauré par Akhen-Aton, il n'était autorisé à posséder que de maigres lopins et vivait presque exclusivement de la munificence royale ; car le défunt roi avait tenu son clergé d'une main de fer, afin d'éviter cet esprit de lucre qui l'avait tant heurté chez les autres clergés. Il se promit de le rappeler à

Semenkherê, à supposer que celui-ci ne l'eût pas déjà compris.

— Es-tu disposé, honoré serviteur de l'Aton, à faire valoir ce point de vue auprès de tes collègues, lorsqu'ils se réuniront à Akhet-Aton ? demanda Semenkherê.

— Mon roi, le propre des mots sages n'est-il pas de refléter les évidences ? Si je n'avais entendu les paroles de vérité qui tombent de tes lèvres avant même que tu les eusses prononcées, me serais-je soumis à ta prescience ?

Ce qui signifiait en clair que Panésy avait compris ce qu'on attendait de lui et qu'il était d'accord.

Mais Thoutou semblait soucieux. Semenkherê lui en demanda la raison.

— Mon roi, je trouve que nous faisons la partie trop belle aux clergés. Ils vont s'imaginer que tu es prêt à voler dans leurs bras et que ton désir le plus cher est de te faire couronner à Thèbes. Ils ne s'en montreront que plus intransigeants. Alors qu'en vérité, l'intronisation à Thèbes doit être présentée comme une grande concession que tu ne daignerais leur accorder que si tes désirs étaient entièrement satisfaits. Cela permettrait à l'honoré Panésy de négocier en position de force.

— Mais comment parviendrions-nous à créer une telle situation ?

— C'est simple, mon roi : prépare ton couronnement à Akhet-Aton.

Semenkherê, surpris, mais séduit par la proposition, se demanda néanmoins si elle ne dissimulait une traîtrise de son vizir. Panésy aussi semblait surpris.

— Je crois en effet, mon roi, que cette idée est habile. Le plus cher désir d'Houmose est de te couronner à Thèbes. Il serait malin de ne l'exaucer que s'il renonçait à toute attaque ouverte contre le culte d'Aton.

— Et comment annoncerais-je mon intention de me faire couronner à Akhet-Aton ?

— Il n'existe pas de salle du couronnement dans ce palais. Donne-moi l'ordre d'en faire construire une. Les scribes de l'honoré Panésy se chargeront de répandre le bruit de sa mise en chantier.

— Encore faut-il que ce soit vraisemblable. Combien de temps faudrait-il pour construire cette salle ?

— Un mois, mon roi, répondit Thoutou.

Tout-Ankh-Aton écoutait le récit de ces manœuvres d'un air confondu.

— Oserais-je ajouter une suggestion, mon roi ? risqua Panésy. Il ne serait pas faste pour ton règne que mes entretiens avec mes honorés collègues s'ouvrent sous le signe de ta faiblesse. Le roi divin ton frère avait restreint le culte d'Aton à Akhet-Aton. Crée l'inquiétude dans le cœur de mes collègues en proposant d'ériger un temple à Aton dans l'une des provinces qui y sont le plus hostiles. Cela signifiera de manière éclatante que tu te sais fort. Et cela renforcera également ma position auprès des clergés.

— Où voudrais-tu faire construire un temple d'Aton ? demanda Semenkherê, découvrant les ressources de ses alliés en ruses.

— À Memphis, mon roi.

— Memphis ! Mais ils vont crier à l'outrage !

— Il faut bien qu'ils paient la faveur insigne du couronnement à Thèbes, mon roi, ne le crois-tu pas ? répondit Panésy avec un sourire mielleux.

— Soit, admit Semenkherê. Et à Thoutou : fais entreprendre immédiatement ces deux constructions.

Tout le monde hocha la tête.

Sur quoi l'on aborda le dessert : des dattes et des abricots au sirop de miel éclairci au vin. Mais le seul vrai dessert, songea Semenkherê, serait la paix du cœur.

Dans sa maison forte d'Akhmim, Aÿ enrageait.

Seigneur du lieu, propriétaire de cultures immenses d'orge et de blé, de cultures maraîchères, de vergers et de palmeraies, de troupeaux sans nombre, également propriétaire, à Quoceïr, sur la mer des Roseaux, de comptoirs d'épices, de gommes odoriférantes, d'oliban, de térébinthe, d'ébène, d'ivoire, de nacre, de perles, de corail, de buffles, de cynocéphales et autres animaux exotiques venus des pays de Koush et de Pount, il était l'un des hommes les plus riches du royaume. De surcroît, il était frère de la défunte reine Ty, père de la défunte reine Néfertiti, donc beau-frère, oncle et beau-père de rois, beau-père d'Horemheb, l'un des plus puissants généraux de la Vallée. Il jouissait donc dans toute la province, y compris auprès des clergés, d'égards royaux. Rien n'advenait qu'on ne l'en informât. Rien ne se décidait qu'on ne requît son avis.

La maison d'Aÿ rivalisait en splendeur avec les palais royaux. Son pouvoir éclipsait celui de tous les notables depuis les rives de la Grande Verte jusqu'aux sources du Grand Fleuve. De là venait son surnom de « prince d'Akhmim ».

Or, il avait été informé par le grand-prêtre du temple de Mîn du message royal et de sa teneur. Ce misérable godelureau de Semenkherê, favori et concubin d'Akhen-Aton, convoquait les clergés des quarante-deux nomes des Deux Terres pour son intronisation.

Comble des combles, lui, Aÿ, membre du Conseil royal, n'avait pas été invité. Impensable !

Sans doute un rescrit qui ne lui était pas encore parvenu avait-il abrogé sa qualité de conseiller.

Assis sur un siège d'ivoire massif incrusté d'or, dans son jardin de rosiers et de carrés de lys odorants, devant une pièce d'eau garnie de nénuphars et de lotus, il sirotait un verre de vin d'abricot à la liqueur de coco en ruminant sa rancœur. Il se remémora sa défaite infâme à la dernière réunion du Conseil royal.

Il avait vaguement espéré que son départ précipité, sa colère et les menaces obscures qu'il avait proférées auraient incité les autres à revenir sur la décision de nommer Semenkherê au trône des Deux Terres.

Il n'en avait rien été.

Comment ces domestiques de conseillers royaux, Pentju, Maya, Panésy, Nakhtmin, Horemheb lui-même, son gendre, avaient-ils osé le défier ? Maya, qui lui devait sa carrière ? Maya, qui avait été l'amant de la défunte ? Et qui avait certainement trempé dans le complot ? Lui refuser la régence, à lui ? Ce cul-de-bœuf d'Horemheb et ce vermisseau prétentieux de Semenkherê avaient-ils donc oublié que c'était à lui et à lui seul qu'ils devaient d'avoir, en l'an 15, évité la révolte de la garnison de Thèbes[1], après l'attaque des pillards Bédouins ? N'était-ce pas lui qui avait avancé les soldes des lieutenants ? N'était-ce pas encore lui qui avait, six mois plus tard, contenu le soulèvement des cultivateurs du nome d'Abydos, en persuadant le préfet de réduire les impôts, eu égard à la mauvaise année qu'ils avaient eue ?

Comment ces estropiés de la tête, ces raclures de marécages n'avaient-ils pas compris que Semenkherê avait fomenté l'empoisonnement de sa propre belle-sœur, la reine ? La Reine Néfertiti ! Elle, la fille d'Aÿ, la plus belle, la plus noble des créatures terrestres ! Et tout cela avec la complicité de Pentju ! Lequel l'avait chèrement payé, d'ailleurs, puisqu'il avait été aussitôt empoisonné par cet insecte venimeux de Semenkherê et n'en avait réchappé que de justesse.

Et pendant ce temps, les embaumeurs étaient au travail sur le corps, ô combien charmant, de sa fille ! Au palais du Nord ! Car Semenkherê avait éloigné les restes de la reine aussi loin que possible.

---

1. Les années étaient comptées à partir de la première année d'un règne. Il s'agit donc de l'avant-dernière année de celui d'Akhen-Aton.

Il essuya une larme.

Cela rappela à Aÿ qu'il devrait, à son corps défendant, retourner à Akhet-Aton pour s'entretenir avec les embaumeurs et ensuite avec le Premier chambellan, pour l'organisation de la mise au tombeau.

Deux cynocéphales cabriolèrent dans les hautes branches des sycomores qui étendaient leurs frondaisons au-dessus du jardin. À leur approche, un perroquet cria :

— *Bin tchaou ! Bin tchaou !*

Aÿ se resservit du vin d'abricot et s'efforça de mettre de l'ordre dans ses idées. La situation devait être clarifiée, afin qu'il pût établir les mesures à prendre.

Semenkherê avait, sans l'ombre d'un doute, fait empoisonner Néfertiti ; le bon sens l'assurait : le coupable est toujours celui auquel profite le crime. De plus, Néfertiti et lui s'étaient voués une haine mortelle. Et maintenant qu'il avait appris l'hostilité d'Aÿ à son égard, il l'évincerait des cercles royaux.

Semenkherê avait été élu avec la complicité des clergés et de l'armée. Pourquoi ? Parce qu'il représentait la continuité et donc la légitimité dynastique, et parce qu'il avait probablement promis d'augmenter les crédits de l'armée.

Il fallait convenir que cette femmelette ne manquait pas de tête, ni de savoir-faire.

Semenkherê coifferait donc le pschent. Puis il se hâterait d'engrosser Merit-Aton ou de la faire engrosser, afin de perpétuer sa propre lignée. Et lui, Aÿ, se trouverait à jamais écarté du trône.

Car le trône lui revenait. Qui oserait le contester ? Il était le seul homme fort du royaume, le plus expérimenté, le plus puissant. Il détenait plus de pouvoir qu'Horemheb et Nakhtmin jumelés.

Or, il devait, lui, Aÿ, abattre Semenkherê avant qu'il assît durablement son pouvoir. Il devait l'abattre de toute façon, pour venger sa fille.

Pour commencer, il devrait se concilier Horemheb et Nakhtmin.

Il vida son verre de vin d'abricot et rumina.

Collier d'or au cou, surmonté d'un anneau où l'on glissait parfois une laisse, un guépard se faufila dans le jardin, de son pas nonchalant. Il regarda alentour et leva ses yeux fardés et son museau désabusé vers le maître de céans. Il s'avança vers lui et s'arrêta, les naseaux frémissants.

Aÿ lui jeta un chausson au poulet et lui flatta l'encolure.

« Tous des vendus, songea-t-il. Même les guépards. »

Puis il se reprit à ruminer.

Le perroquet cria de nouveau :

— *Bin tchaou !*

Ce qui signifiait « Sale pet ».

20

Où finit la Grande Verte ?

Restaurée, recalfatée, repeinte, *La Gloire d'Aton* glissait majestueusement sur l'eau, sous la poussée de ses deux grandes voiles triangulaires rouges. À mi-chemin entre le *dhow* de la mer des Roseaux et la *gaïassa* des pêcheurs et transporteurs de marchandises du Grand Fleuve, mais plus grande que les deux, l'embarcation royale comportait un pont arrière moins relevé que celui du *dhow*, et ses bords étaient cependant plus hauts que la *gaïassa*, mais surtout, les vergues étaient suffisamment hautes pour qu'un royal passager ne risquât pas d'être assommé en cas de coup de vent.

Sur le pont arrière, dix sièges légers étaient disposés. Semenkherê, Tout-Ankh-Aton et les six princesses y étaient installés. Trois nourrices, pour les trois princesses les plus jeunes, étaient assises à l'arrière, sur les planches. Le dixième siège, privilège extraordinaire, était dévolu à un étranger à la famille royale : Pasar.

Aussi, ce n'était qu'un pliant. À force de supplications, Ankhensep-Aton avait obtenu de sa sœur cette faveur insigne ; Semenkherê s'en était amusé et l'avait accordée sans peine. Ouadj Menekh, informé de l'exception au protocole, avait toutefois recommandé au garçon de s'abstenir de pêcher sur le bateau, car Ankhensep-Aton avait créé un grand émoi au palais quand elle y avait rapporté le gros silure offert par Pasar, lors de leur partie de pêche au crochet.

À la neuvième heure après minuit, l'air était encore clément.

Princesses, nourrices et, bien sûr, Pasar, regardaient émerveillés les paysages qui défilaient sur les deux rives. Les gamins qui baignaient les buffles, les villages, les palmeraies, les temples, les vols de canards sauvages qui s'abattaient sur les flots comme s'ils voulaient se noyer.

Des images qui passaient. Un long bas-relief de bronze et d'argent.

Tout-Ankh-Aton suivait du regard ce gamin déluré, observant les rires qu'il partageait avec Ankhensep-Aton, tous deux penchés par-dessus le haut-bord. Merit-Aton, elle, observait sa jeune sœur et l'enviait : tout à la joie de la compagnie de Pasar, elle avait oublié les angoisses que lui avait values le message glissé avec tant d'audace par le garçon quelques semaines auparavant.

Merit-Aton ayant été promue au rang de mère de famille virtuelle, Semenkherê avait songé apaiser sa propre anxiété et celle de sa future épouse en reconstituant, avec cette croisière, la vie familiale qu'elle avait jadis connue. Si le couronnement était certain, ils ne savaient tous deux ni où ni quand ils seraient solennellement mariés et enfin détenteurs du trône, puisqu'ils ignoraient quelle serait la réaction des clergés aux propositions de Panésy.

Le projet de Semenkherê était de descendre au fil des eaux jusqu'à la ville des Deux Chiens, d'y mettre pied à terre pour quelques moments, de se restaurer et de repartir au vent du nord, pour regagner Akhet-Aton avant le crépuscule. À coup sûr, l'échappée contrevenait au protocole, puisque le palais était censé observer le deuil de la reine. Mais elle changeait de l'ordinaire, qui devenait étouffant pour Merit-Aton autant que pour ses sœurs. Les trois cadettes en particulier n'avaient conservé qu'un souvenir vague des croisières d'antan, et elles accueillirent la promenade comme une fête.

Leur chagrin était dilué par le fait qu'elles avaient perdu l'image d'une mère plutôt que sa réalité. Allaitées, puis élevées par des nourrices, elles avaient surtout vu la reine quand celle-ci voulait, justement, qu'on les vît.

Au fond, elles étaient orphelines de naissance. Le plaisir de la promenade ne se mêlait donc d'aucune honte.

— Et toi, Maket-Aton, tu n'as pas de camarade de jeux ? demanda Semenkherê à la puînée.

Elle secoua la tête, la bouche dédaigneuse. Elle ne se commettait pas dans les jardins avec des intrus, elle.

Semenkherê se tourna vers Merit-Aton, qui s'était peint sur le visage un sourire insignifiant ; point n'était besoin d'être grand scribe pour comprendre que la question s'adressait aussi à elle. N'avait-elle vraiment pas de camarade de jeux ? se demanda-t-il derechef, glissant l'œil sur les petits seins et les cuisses charnues. Oui, le protocole du palais des Princesses excluait théoriquement de son aire tout individu du sexe masculin, à moins qu'il fût apparenté ou fonctionnaire. Seule exception, les grandes fêtes où quelque fils d'un fonctionnaire de haut rang était autorisé à échanger avec les jouvencelles divines des formules convenues, et encore était-ce sous le regard vigilant des nourrices et des scribes. Mais enfin, Ankhensep-Aton avait quand même réussi à déjouer ces interdits.

Ou bien Merit-Aton goûtait-elle à quelques plaisirs secondaires avec les esclaves...

— Tu sembles porter de l'affection à ce garçon, observa-t-il.

— C'est qu'il nous en a d'abord témoigné, dit-elle à mi-voix.

Il leva les sourcils. Elle lui raconta l'épisode du message et les confidences suivantes sur la visite d'Aÿ à Horemheb, l'accusation d'empoisonnement de Néfertiti et le scepticisme feint d'Horemheb. Il parut saisi. Maket-Aton s'efforçait de suivre leur conversation. Merit-Aton fit un clin d'œil à Semenkherê et l'invita à haute voix à se dérouiller les jambes. Il la suivit vers le haut-bord opposé à celui où Ankhensep-Aton et le garçon se penchaient pour observer les flots.

— Mais comment ce garçon sait-il tout cela ? s'écria-t-il.

— Il est le fils de l'intendant du pavillon des Visiteurs. Il va parfois dormir dans le réduit à linge, attenant à la salle principale. C'est de là qu'il entend les conversations.

Semenkherê croisa les bras et réfléchit. Houmose, Néfertep et Horemheb avaient donc été de mèche pour imposer la régence de Néfertiti. Le complot, avec menace de soulèvements provinciaux, avait sans nul doute été commandé par Aÿ. Il avait avorté. Mais dépité comme il l'était, Aÿ serait tenté de l'agiter de nouveau.

Car Aÿ serait désormais son ennemi juré. Semenkherê connaissait l'homme : orgueilleux, ambitieux, et déterminé.

Pasar s'était maintenant retourné et riait de toutes ses dents. Semenkherê lui jeta un coup d'œil. Comment un gamin aussi frêle pouvait-il jouer un rôle dans des conflits de pouvoirs qu'il était sans doute incapable de comprendre !

— J'approuve ton affection pour lui. Je vais trouver moyen de nous l'attacher de façon officielle…

— Non, objecta-t-elle, cela le rendrait suspect. Il vaut mieux qu'il passe simplement pour le compagnon de jeux d'Ankhensep-Aton. Mais écoute-moi : où loge-ras-tu les grands-prêtres ?

Semenkherê devina la pensée de Merit-Aton.

— Le pavillon des Visiteurs ne peut accueillir que quinze invités. Je veillerai à ce que les plus influents y soient logés. On avisera pour l'installation des autres.

— J'espère que Pasar pourra les écouter.

Ce gamin était en fin de compte précieux.

Quelle étrange situation que celle où l'on se servi-rait d'un enfant pour lutter contre un vieillard tyran-nique ! songea Semenkherê.

Ils retournèrent s'asseoir. Tout-Ankh-Aton semblait perdu dans ses pensées. Ankhensep-Aton ne lui avait guère accordé plus qu'un sourire distrait. Ne savait-elle pourtant pas qu'elle lui était promise? Peut-être Merit-Aton s'avisa-t-elle de la mélancolie du garçon, car elle rappela Ankhensep-Aton, sous le prétexte qu'elle dérangeait les mariniers. Celle-ci comprit aussi la situation, revint s'asseoir près du petit prince et lui sourit.

— Où arriverions-nous si nous descendions le fleuve jusqu'au bout? demanda Tout-Ankh-Aton à son frère.

— À la Grande Verte.

— Tout le fleuve finit dans la Grande Verte?

— Oui, répondit Semenkherê.

— Mais alors, elle est grande?

— Très grande.

— Plus grande que le royaume?

Semenkherê n'en avait aucune idée, ne s'était jamais posé la question et ignorait si quelqu'un en connaissait la réponse.

— Je ne sais pas, avoua-t-il, mots inconcevables dans la bouche d'un futur roi divin.

— Et pourquoi n'y allons-nous pas?

— Cela prendrait trop de temps. Je veux que nous soyons de retour ce soir. Et ce bateau n'est pas fait pour naviguer sur la Grande Verte. On m'a rapporté qu'elle est beaucoup plus agitée et dangereuse.

— Je n'ai jamais vu la Grande Verte.

— Moi non plus, répondit Semenkherê, qui s'en avisait pour la première fois.

— Ne pourrions-nous pas y aller un jour ?
— Certainement.
— Où finit la Grande Verte ?
— Je ne sais pas.
— Quelqu'un le sait-il ?
— Je vais le demander.

Peu avant la ville des Deux Chiens, tout le monde ayant faim, Semenkherê décida d'accoster en un lieu désert. Les passagers coururent derrière des arbres pour satisfaire leurs besoins naturels. Puis ils revinrent sur le bateau, on ouvrit les paniers de victuailles. Il y avait là des quartiers du volatile blanc, des œufs durs, du pain, du fromage frais, des melons, des dattes et des figues, ainsi que des cruchons de bière et de vin.

Au retour, Pasar jeta des miettes de pain dans l'eau, pour la joie d'Ankhensep-Aton, car les poissons sortaient la tête de l'eau pour les gober. Bientôt tous les nobles passagers en firent autant, à l'amusement des mariniers.

Maket-Aton proposa de mettre pied à terre, mais Merit-Aton s'y opposa, car cela eût signifié que la famille royale sortait des territoires du palais, ce qui était également contraire au protocole du deuil.

La brise tiède et le vin assoupirent les passagers sur le chemin du retour. Tout-Ankh-Aton gagna Ankhensep-Aton et Pasar à son désir de voir la Grande Verte.

Semenkherê se laissa gagner tout seul par la nostalgie des promenades nocturnes de jadis, en compagnie du roi.

Quelle insouciance était alors la sienne !

Merit-Aton songea à Néfer Herou, se promettant de le voir le soir même pour le consoler des inquiétudes que lui causait le déplacement à Thèbes. Car ils iraient tous à Thèbes, elle le voyait bien. Toute la tactique de Semenkherê ne visait qu'à utiliser ce transfert pour s'allier entièrement le clergé et mettre Aÿ en échec.

Elle soupira.

Quand le bateau revint à l'embarcadère d'Akhet-Aton, elle en fut soulagée. Cette promenade n'avait suscité en elle que de la mélancolie.

Elle attendit avec impatience que le palais des Princesses fût endormi pour rejoindre son amant.

— Mon roi, mon maître, murmura Aâ-Sedjem, dans la ténèbre où scintillait l'or d'une lampe, je t'implore…

Semenkherê tourna la tête vers lui, surpris.

— Mon roi, mon maître, ce pays est dangereux.

— Dangereux ?

— Mon roi, mon maître, je baise tes pieds. L'autorité royale n'est plus garantie dans bien des provinces. Les brigands attaquent les garnisons et les trésoreries. Personne ne t'en parle, comme personne n'a osé le faire non plus du temps de ton frère, le grand roi défunt, par peur de déplaire. Tue-moi, mais entends-moi d'abord.

— Je ne te tuerai certainement pas, au contraire, répondit Semenkherê s'asseyant et posant la main sur la poitrine de son médecin. Mais comment saurais-tu, toi, ces choses que personne ne me dit ?

— Nous, les scribes, nous avons des parents et des amis dans les provinces. Et même à Akhet-Aton, nous correspondons avec les scribes des autres nomes aussi bien qu'avec ceux des ministères. Il y a une semaine, le Premier scribe du Temple de Ptah à Memphis a écrit à mon frère, le Premier scribe du temple d'Aton, ici, pour l'informer que le chef de la trésorerie de la province de l'Ibis rouge s'est enfui avec la recette.

— Quoi ? s'écria Semenkherê, scandalisé. Mais pourquoi ne me l'a-t-on pas dit ? Pourquoi ne me l'as-tu pas dit toi-même ?

— Mon roi, mon maître, je sais que ton vizir Thoutou en a été informé par le préfet de Memphis. Il a convoqué Mahu, le chef de la police, et celui-ci lui a fait observer que le chef de la trésorerie voleur est actuellement l'hôte du fils de Néfertep, le grand-prêtre de Ptah. Lequel dispose d'une milice privée bien plus forte que la garnison de l'Ibis rouge. Mahu a déclaré que ce serait la garnison de Memphis qu'il faudrait envoyer pour arrêter le propre fils du grand-prêtre Néfertep et il a décliné d'en prendre la responsabilité. Rien n'a donc été fait, car il est notoire que tu essaies de te concilier les grands-prêtres.

Semenkherê était abasourdi, révolté et furieux ; il était donc prisonnier de sa propre tactique de conciliation des clergés. Il se leva et arpenta la chambre.

— Mon roi, mon maître, mon bien-aimé, poursuivit Aâ-Sedjem, il y a une semaine, je n'étais pas encore dans ta faveur. Mon nom t'était inconnu. Comment aurais-je eu l'occasion de te dire ces choses ? À quel titre ? Si l'on avait appris mes révélations, on m'aurait traité de fou ou on m'aurait tué.

— Mon frère avait bien raison d'exécrer ces clergés ! s'écria Semenkherê. Et ils sont tous pareils !

— Pas tous, non.

— Donc, des dizaines de scribes et de fonctionnaires sont au fait de délits que le trône ignore ? demanda Semenkherê.

— Ne savais-tu pas ces choses, du temps que tu étais régent ?

— Non, je ne connaissais que la vindicte de mon frère à l'égard des clergés.

— Peu de gens l'auraient instruit de l'état du royaume. Te rappelles-tu qu'à la mort de ton frère, Thoutou, qui n'était encore que chambellan, a fait transférer aux archives des liasses de documents qui se trouvaient au palais royal ?

Semenkherê s'immobilisa et réfléchit. Il se rappela qu'en effet des liasses de documents avaient été déménagées et qu'il n'y avait alors pas prêté attention, puisqu'ils ne traitaient que d'un passé révolu.

— Ils contenaient, entre autres, poursuivit le médecin, les rapports des préfets sur les ravages de bandes armées pendant les deux dernières années du règne et sur les anomalies dans les comptes des impôts. Thoutou était chargé de les intercepter.

— Chargé par qui ?

— Je l'ignore. Mais les suspects ne manquent pas. Bien des gens ont intérêt à la décomposition du royaume. Le mécontentement attise l'hostilité à l'égard du trône et il en est plus d'un qui l'exploitera pour se présenter comme l'homme fort qui restaurera l'ordre.

Semenkherê s'assit sur le lit, accablé.

— Tu veux dire, murmura-t-il d'une voix morne, que ma couronne n'est pas encore coiffée qu'elle est déjà chancelante.

— Mon roi, mon maître, mon bien-aimé, non. Je ne serai jamais le porteur de mauvaises nouvelles. Je ne veux être que le chat qui garde ton grenier.

Semenkherê sourit et caressa la joue d'Aâ-Sedjem.

— À quels rats penses-tu ?

Celui qui approche le Corps du roi mit un temps à répondre.

— Deux personnages puissants aspirent au trône, mon roi, mon maître. Ne les vois-tu pas ?

— Qui ?

— Aÿ et Horemheb.

Semenkherê hocha la tête. Si, il les voyait.

— Cette question ne peut pas être réglée ce soir. Viens prendre du repos, mon roi, mon bien-aimé. Les jours devant toi seront longs.

LES LOTUS
D'ANUBIS

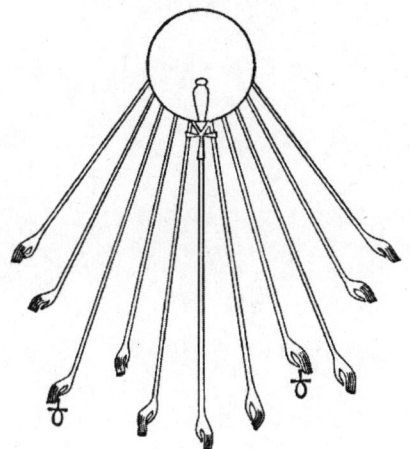

21

Le retour du chacal

L e dixième jour de deuil était révolu depuis deux semaines, mais l'humeur au sein des deux palais n'en était pas moins morose ni moins tendue pour autant.

À la Maison du roi, Semenkherê ne parvenait pas à chasser le soupçon que la construction d'une salle de couronnement et celle d'un temple d'Aton à Memphis étaient des pièges tendus par Thoutou pour exciter la colère des clergés et précipiter son renversement, sinon son assassinat. Et les réassurances d'Aâ-Sedjem ne l'apaisaient que le temps d'une nuit. De plus, il craignait que Panésy échouât dans ses pourparlers avec les grands-prêtres, quand ceux-ci seraient arrivés à Akhet-Aton. Dans ce cas, il serait contraint de se faire couronner au palais et prolongerait alors le dangereux isolement instauré par son frère défunt, alors qu'il aspirait au contraire à y mettre fin, afin d'assurer son trône contre les séditions du clergé et de l'armée.

Au palais des Princesses, Merit-Aton, certaine pour sa part de l'exil à Thèbes et morfondue à l'idée de ne plus voir Néfer Herou, traînait des humeurs exécrables, qui déteignaient sur ses sœurs. Même la primesautière Ankhensep-Aton devenait revêche ; elle créa un mini-scandale en exigeant de manger du poisson, puisque Pasar en mangeait. Merit-Aton n'eut raison de cette révolte qu'en lui assurant que la consommation de poisson faisait de grosses mains et de gros pieds, tare infâme pour les princesses.

Dans les provinces, les grands-prêtres n'étaient guère plus sereins. Que leur voulait-on donc ? Les uns crurent flairer un piège. Les autres étaient dévorés par l'envie de voir Akhet-Aton, la capitale du roi hérétique, qu'ils se représentaient comme une cité de vice et de folie, créée par Apopis lui-même avant que la lance de Seth le transperçât, mais ils craignaient de forfaire aux yeux de leurs ouailles. Courage et curiosité combinés, les uns et les autres envisagèrent enfin de se mettre en route, avec la lenteur requise par la solennité des circonstances. Ils voyagèrent presque tous par bateau, avec leurs scribes. Et un bon mois s'écoula avant qu'ils fussent tous réunis « là-bas ».

Ouadj Menekh, dûment instruit par Semenkherê, mais en secret, sélectionna ceux des grands-prêtres qui seraient logés au pavillon des Visiteurs : douze en tout. Les logements des scribes dans le complexe du temple d'Aton accueillirent les trente autres, avec le consentement de Panésy. Ce dernier rayonnait de contentement, car il faisait figure de grand ordonnateur de la réconciliation nationale.

Semenkherê s'était rendu à l'avis d'Aâ-Sedjem sur le lieu de réunion de tous ces crânes tondus, et avait donc offert de mettre à leur disposition une grande salle du palais. Mais ils se récrièrent : ils voulaient débattre loin des oreilles indiscrètes et préférèrent se réunir dans une des salles des scribes, dépendant du temple.

Toutes ces installations allèrent sans trop de heurts. Le chambellan eut cependant du fil à retordre avec Néfertep, que la mise en chantier d'un temple d'Aton à Memphis, sur la suggestion de Thoutou, avait mis hors de lui.

— C'est de la provocation ? demanda-t-il à Panésy dès qu'il se trouva en tête-à-tête avec lui.

— Frère, nous pouvons accorder les harpes de l'harmonie céleste.

Afin de protéger ses arrières, Semenkherê jugea l'occasion propice à la convocation de Horemheb, de Nakhtmin et d'Anumès, chef des garnisons d'Orient. En présence de Thoutou et de Maya, il annonça solennellement le relèvement des crédits de l'armée et de la charrerie.

— Le seigneur Aÿ en est-il informé ? demanda Nakhtmin, faisant ainsi allusion au fait qu'Aÿ était le chef officiel de la charrerie.

— Non. J'envisage de réorganiser la charrerie, répondit laconiquement Semenkherê.

Dans le même temps, ouvriers et sculpteurs s'échinaient à l'érection de la grande salle destinée à un hypothétique couronnement à Akhet-Aton. Semenkherê l'avait visitée la veille ; nul ne pouvait imaginer que ce n'était là qu'un moyen de faire pression sur les clergés.

Néanmoins, afin de reconnaître les installations qui l'accueilleraient à Thèbes, avec les princesses et leurs suites, dans le cas où Panésy amènerait les clergés à résipiscence, il dépêcha dans l'ancienne capitale Maya et l'intendant général des bâtiments. Fait piquant, Houmose, grand-prêtre du temple d'Amon à Thèbes, venait de débarquer à Akhet-Aton.

Une journée suffit aux émissaires pour vérifier que l'ancien palais royal, résidence d'Aménhotep le Troisième, était encore digne du nouveau roi et n'avait pas excessivement souffert d'une quinzaine d'années d'abandon. Certes, les anciens serviteurs royaux et les voleurs ordinaires avaient fait main basse sur la plus grande partie du mobilier qui n'avait pas été transféré à Akhet-Aton, mais l'on y pourvoirait aisément. Sur les instructions de Semenkherê, Maya décida des bâtiments qui seraient les équivalents du palais royal, de la Maison du roi et du palais des Princesses à Akhet-Aton ; le futur roi entendait maintenir ainsi la séparation entre sa résidence privée et le palais même, comme avait fait son frère et comme il s'en était lui-même accommodé. Il eût été malséant qu'Aâ-Sedjem croisât la reine dans les couloirs, au petit matin. Charge fut donnée à l'intendant général de préparer le déménagement éventuel.

Semenkherê écouta le rapport de Maya comme un général, le rapport des éclaireurs sur les fortifications de la ville dont il se préparait à monter le siège.

Quand il parvenait à maîtriser soupçons et angoisses, il se laissait aller à des bouffées d'espoir et d'assurance. Son couronnement marquerait enfin le renouveau de la puissance royale, appuyée sur les deux piliers des clergés et de l'armée. Oui, il serait le digne successeur de son frère.

Merit-Aton suivait ces péripéties d'un œil anxieux, non seulement parce qu'elle approchait de la date fatidique d'une éventuelle séparation de Néfer Herou, mais aussi parce que le futur roi lui paraissait naviguer sur des eaux semées de crocodiles et d'hippopotames.

Était-il possible, songeait-elle, que les empoisonneurs d'hier eussent tous disparu ? Pentju n'avait été en fin de compte que l'instrument de puissances maléfiques, et celles-ci ne s'étaient certes pas évaporées d'un coup, comme sous l'effet d'un exorcisme.

Quelques ragots de nourrices, alimentés par un domestique de la Maison du roi, la laissaient pensive. Celui qui approche du Corps du roi prenait décidément grand soin de son maître ; il dormait même avec lui.

Ce fut alors qu'Aÿ, son grand-père, reparut.

Semenkherê apprit la présence d'Aÿ à Akhet-Aton par Aâ-Sedjem à l'heure où son premier valet de bouche lui apportait son petit déjeuner, un verre de lait d'amandes, un petit pain au miel et des abricots frais.

C'était le matin du jour où les grands-prêtres se réuniraient, dans la salle du collège des scribes jouxtant le temple.

Croyant duper son monde, Aâ-Sedjem se gardait d'afficher son intimité avec le futur monarque, et sa présence au matin dans la chambre de celui-ci était donc exceptionnelle. Il témoigna, en présence du maître de la garde-robe et des domestiques, toutes les marques de respect exigées par le protocole.

— Maître divin, déclara-t-il, j'ai cru bon de t'informer qu'un hôte de marque est présent au palais royal.

Une seule personne en dehors de la famille régnante disposait d'un appartement au palais. Semenkherê fronça les sourcils et interrogea Aâ-Sedjem du regard. Celui-ci, impassible, ajouta :

— Il s'agit du seigneur Aÿ.

Le vieux chacal n'avait pu supporter de rester à l'écart des affaires du royaume, surtout dans un moment aussi crucial que la désignation officielle du nouveau roi et le choix de son lieu de couronnement. Restait à savoir quelle serait sa prochaine initiative, maintenant qu'il était en minorité au Conseil royal.

— Je veux qu'on m'informe de chacune des visites qu'il fera, déclara Semenkherê, saisi de nouvelles inquiétudes.

— Il est en ce moment au palais des Princesses, s'empressa de rapporter Aâ-Sedjem, qui avait anticipé la décision de son maître.

Semenkherê hocha la tête, se leva et expédia ses ablutions pour gagner son cabinet au plus tôt. Thoutou y accourut en hâte ; lui aussi avait été informé de la présence d'Aÿ.

— Lui ferons-nous retirer le privilège des appartements royaux, maître divin ?

— Certes pas. Il est le père de la reine défunte et le grand-père de la prochaine, répondit Semenkherê. Réunis le Conseil royal, afin de l'en exclure. Que cela soit fait avant la fin de la journée.

Un conflit ouvert ne servirait à rien. Mieux valait arracher ses griffes au vieux chacal.

Pour recevoir son grand-père, Merit-Aton se peignit le visage de cette aménité hautaine et peinée qui était l'un des masques favoris de sa mère. Elle fit disposer, face à face, deux sièges sur la terrasse, hors de portée des oreilles indiscrètes.

Ses rapports avec Aÿ, comme ceux de ses sœurs, avaient été épisodiques et superficiels ; ils s'étaient limités à des marques d'affection courtoises et banales, à l'occasion des fêtes et des deuils. Des cadeaux convenus, tels que des boucles d'oreilles identiques pour les trois reines présomptives, des pots de nard, des miroirs. Mais jamais un entretien personnel ni l'haleine de la tendresse grand-paternelle.

De surcroît, elle et elle seule savait, depuis l'atroce confession de Pentju, qu'Aÿ avait sinon organisé, du moins approuvé l'empoisonnement d'Akhen-Aton. Ce n'était guère des faits qui tisonnaient l'affection.

Il arriva escorté de deux porteurs d'éventail, privilège royal indu que personne n'osait cependant lui contester. Ils demeurèrent à la porte, ainsi que son secrétaire et deux gardes armés.

— Mon chagrin, fille bien-aimée, est double, déclara Aÿ en saisissant la future reine par les épaules, quand il fut sur la terrasse. À celui que j'éprouve déjà, s'ajoute celui que je ressens pour toi dans des jours aussi pénibles.

Dix-sept jours pour exprimer son double chagrin, c'était un peu long, songea Merit-Aton, qui devinait bien l'objet de la visite de son grand-père. Elle l'invita à s'asseoir.

— Père bien-aimé, ta compassion est un baume parfait.

— C'est le souci de notre avenir à tous qui m'a fait quitter ma retraite d'Akhmim, reprit-il, prenant les mains de Merit-Aton dans les siennes. Tu vas, par ton mariage, consentir la royauté à un homme qui en est indigne, comme tu le sais. Le *ka* de ta noble mère doit en souffrir, ô combien !

Elle haussa imperceptiblement les sourcils. Était-il donc venu pour empêcher le mariage ? Et que proposerait-il d'autre ? Un mascaret de sentiments confus tourbillonna en elle, pareil à ces amas d'herbes et de racines que le Grand Fleuve charriait lors de la crue et qui, après avoir tournoyé au hasard, finissaient dans les ajoncs des berges, la force des flots elle-même n'ayant pu démêler ces enchevêtrements dérisoires.

— En quoi en est-il indigne ? demanda-t-elle calmement.

— Merit ! s'écria-t-il d'une voix rauque. Cet homme est un intrigant dangereux ! Un assassin ! Il a fait empoisonner ta mère, je le sais ! Et je voudrais être certain qu'il n'en a pas fait de même avec ton père ! Ajoutant à ces crimes, il se prépare à se soumettre comme un domestique aux exigences des clergés que ton père a combattus. Il va déplacer le siège de la royauté à Thèbes ! Il va déserter Akhet-Aton ! Il va renoncer au culte d'Aton ! Comment ne vois-tu pas ses machinations ?

Elle le considéra sans mot dire, comme si elle réfléchissait à ces prétendues révélations, alors qu'elle s'interrogeait sur le projet de son grand-père. Croyait-il la duper par ses accusations ? Elle se garda de révéler trop vite ce qu'elle avait entendu de la bouche même de Pentju ; cela ne pourrait que mettre sa propre vie en danger. Elle réprima un vertige : dans quelle fosse aux serpents se débattait-elle donc ! Craindre d'être empoisonnée ou assassinée par son propre grand-père !

— Je sais la noblesse de ton âme, fille bien-aimée, digne fille de ta mère. Tu ne pouvais imaginer la noirceur de celle de Semenkherê. Mais je suis venu te dessiller les yeux. Ta responsabilité à l'égard du royaume et de l'héritage de ton père est immense. Car c'est toi qui détiens le pouvoir, de par la force de ton noble sang.

— Tu crois vraiment qu'il a empoisonné ma mère ?

— Je le sais ! riposta-t-il avec force.

Elle résista à un sentiment qui l'assiégeait depuis bien des jours : elle était lasse des humains ; car Néfer Herou était humain et elle n'était pas lasse de lui.

— Et que proposes-tu ? demanda-t-elle, sans se départir de son calme apparent.

— Refuse de l'épouser ! Pour toutes les raisons que je t'ai dites. Je saurai alors convaincre le Conseil royal de l'écarter de la succession.

La prenait-il pour une sotte ? Il était incapable d'obtenir un tel retournement. Elle connaissait la composition du Conseil et s'étonnait que Semenkherê n'en eût pas déjà chassé l'intrigant.

— Mais qui succéderait alors à mon père ?

Il la fixa de son regard étincelant.

— Ne le vois-tu pas, fille bien-aimée ? Il faut un homme d'expérience, un homme de pouvoir.

C'était donc cela ; il aspirait à monter lui-même sur le trône.

— À qui songes-tu donc ? demanda-t-elle, avec un brin de perversité.

— Ne le saisis-tu pas ?

— Toi ?

Il acquiesça.

— Moi.

Il lui saisit les mains de nouveau.

— C'est le seul moyen de préserver l'héritage de ton père !

— Le royaume qu'il nous a laissé est en bien triste état.

— Justement ! Le pouvoir avait été usurpé pendant les dernières années par cet être corrompu et bas qui prétend lui succéder. Semenkherê ne ferait qu'accélérer la décadence du royaume ! Tu ne peux pas laisser faire cela !

Il faudrait donc qu'elle épouse son grand-père pour légitimer la succession. Il attendait une réponse ; elle temporisa.

— Mais il faudra quand même se réconcilier avec les clergés…

— Oui, mais pas selon leurs termes. Seul un homme fort pourra réaliser cette réconciliation sans paraître leur céder lâchement.

Elle peinait à garder son masque. Les aveux de Pentju dans le cabinet royal lui revinrent en mémoire : Semenkherê était innocent des crimes dont l'accusait Aÿ ; laisserait-elle ce jeune homme sans malice succomber aux machinations d'un vieillard fou de pouvoir ? Et pour quoi ? Le clergé et l'armée finiraient par triompher de toute façon. Aÿ serait contraint aussi bien que Semenkherê d'abandonner le culte d'Aton et la ville d'Akhet-Aton.

À cette différence près que Semenkherê, lui, était innocent.

Maket-Aton apparut à la porte de la terrasse, intriguée par l'entretien de sa sœur avec leur grand-père. Merit-Aton lui lança qu'elle la verrait plus tard.

— Il faut agir vite, déclara Aÿ, impérieux. Tu dois prendre ta décision aujourd'hui. Je saisirai le Conseil royal de ta décision.

— Il me faut réfléchir, répondit-elle, dilatoire.

— Non ! s'écria-t-il. Je veux ta décision sur-le-champ !

Elle seule était donc en mesure d'arrêter l'effrayante machine de guerre qu'Aÿ avait montée.

— Je crois, père, que tu fais erreur en ce qui concerne les crimes de Semenkherê, dit-elle en regardant son grand-père dans les yeux.

— Comment ? dit-il courroucé. Tu mets ma parole en doute ?

— J'ai entendu de mes oreilles les aveux de Pentju sur les conspirations qui ont mené aux empoisonnements de mon père et de ma mère ! déclara-t-elle avec force. Tu as fait empoisonner mon père.

— Qu'est-ce que tu dis ?

Il la regarda, bouche bée de surprise et d'alarme, tel un chacal qui s'apprêtait à gober un lapin et découvre tout à coup un cobra derrière sa proie.

— Exactement ce que tu viens d'entendre, répondit-elle, le masque crispé de colère.

— Mensonges ! cria-t-il. Tu as inventé tout cela ! Tu es possédée par Apopis ! Tu ne peux le prouver ! Pentju est mort !

Il n'était donc pas informé de la résurrection de l'ancien médecin.

— Non, cracha-t-elle. Pentju n'est pas mort.

Il la regarda, incrédule. Horrifié. Le témoin le plus écrasant de ses crimes était vivant ? Le silence éleva un mur entre le vieux politicien ambitieux et sa petite-fille.

— Mais Semenkherê l'a empoisonné ! protesta-t-il.

— Non, dit-elle simplement, avec le regard de Nekhbet la déesse-vautour dont la tête trônait sur le pschent de tous les rois. Ils ont bu le même sirop. Veux-tu que je le prie de venir, afin que tu le voies de tes yeux ?

Il se leva d'un coup et quitta la terrasse. Ses porteurs d'éventail, qui l'attendaient à la porte, lui emboîtèrent précipitamment le pas.

Elle demeura seule, assise sur la terrasse, regardant le Grand Fleuve et une barque de pêcheurs qui glissait nonchalamment dessus. Des milans tournoyaient dans le ciel.

Maintenant, Aÿ savait que sa petite-fille était au fait de ses crimes. Il serait un ennemi à jamais.

Quelques instants plus tard, Ouadj Menekh demanda à voir Merit-Aton. Il était bouleversé.

— Princesse, que s'est-il passé ? Ton grand-père est parti dans une colère indescriptible. J'ai voulu lui remettre le rescrit que voici, mais il m'a chassé comme un domestique, dit-il, outragé.

— Où est-il ?

— Il est parti en litière vers son bateau.

Elle hocha la tête et prit le rescrit des mains d'Ouadj Menekh, le sortit de son étui et le lut ; elle avait deviné juste.

— Fais-le porter au bateau, ordonna-t-elle. Par un simple scribe.

Ouadj Menekh écarquilla les yeux à l'idée de cet affront.

— Mon grand-père n'appartient plus au Conseil royal, expliqua-t-elle.

Lippe pendante, le chambellan semblait ne pas comprendre ce qu'elle disait.

Elle se leva lentement, lasse, et suivie de sa première servante se rendit à la Maison du roi pour rendre compte à Semenkherê de son entretien, sans doute le dernier, avec son grand-père.

22

Les documents d'archives

L a conférence des grands-prêtres fut moins longue que prévu : le quatrième jour, vers la fin de l'après-midi, ils désignèrent trois délégués pour présenter leurs conclusions à l'auguste prince Semenkherê : Houmose, Néfertep et Panésy. Elles se résumaient en trois points, qui furent exposés solennellement par la voix de Panésy dans le cabinet royal, en présence de Thoutou, de Maya, de Nakhtmin et d'Aâ-Sedjem, ainsi que d'Ouadj Menekh. On n'avait pu trouver Horemheb.

Le premier point était que les grands-prêtres se réjouissaient profondément de l'avènement prochain du prince au trône de son frère et prodigueraient leurs prières et leurs libations aux dieux pour la prospérité du règne d'Ankh-kheperou-rê Néfer-kheperou-rê, le nom divin et d'heureux augure qu'il avait choisi.

Le deuxième exprimait leur souhait que les cérémonies des noces royales et de l'intronisation eussent lieu dans l'antique tradition du royaume, c'est-à-dire dans sa capitale : Thèbes.

Le troisième était leur désir que la part des clergés sur les tributs militaires fût accrue d'un dixième.

Aucune mention du temple d'Aton à Memphis ni d'un temple d'Amon à Akhet-Aton.

Panésy s'inclina profondément devant Semenkherê et remit le rouleau à Thoutou, qui le remit à son tour à Semenkherê, lequel le parcourut et le tendit au Premier scribe.

Parfaitement silencieux, Tout-Ankh-Aton suivait chaque mot avec une gravité sourcilleuse.

Le Premier serviteur de l'Aton, Panésy avait donc accompli sa mission : en échange de l'intronisation à Thèbes, aucune modification du statut d'Akhet-Aton ne serait évoquée, aucune demande de construction d'un temple d'Amon dans cette capitale ne serait présentée. Aton demeurerait : on pouvait bien effacer un cartouche royal, mais non pas celui d'un dieu, car Aton en était bien un.

L'expression de tous traduisait la satisfaction.

Mais aucune momie au monde n'aurait eu, au-dessus de son sourire, des yeux aussi vitreux que ceux de Semenkherê. Il s'efforçait d'éviter les regards de Houmose et de Néfertep, les deux empoisonneurs d'Akhen-Aton. Et de Néfertiti.

D'une voix sépulcrale, il déclara que son cœur aussi se réjouissait des décisions des grands-prêtres du royaume, qu'il était acquis aux trois propositions, mais que la troisième serait débattue entre les trois délégués et le Trésorier et Conseiller royal Maya.

Les trois grands-prêtres s'inclinèrent derechef. Thoutou annonça que, selon le vœu du prince, les cérémonies auraient lieu à Thèbes à huit jours de là ; ce serait donc Houmose qui y présiderait. La revanche était pour lui considérable ; il rayonnait. Les grands-prêtres se retirèrent et descendirent rejoindre leurs collègues.

Panésy donnait le soir même un banquet en l'honneur des quarante-deux grands-prêtres. Un seul scribe ne le suivit pas ; il avait été désigné par son maître pour rendre compte à Semenkherê de la discussion finale : elle avait été ardue. Néfertep avait demandé la destruction du temple d'Aton dans sa ville et la construction d'un temple de Ptah à Akhet-Aton ; Panésy avait argué que ces deux satisfactions seraient pour eux mineures au regard de la grande victoire qu'ils obtiendraient si le prince se faisait introniser à Thèbes. Houmose avait fini par accepter l'argument et son opinion avait prévalu : l'essentiel était de ramener le trône sous la protection d'Amon.

Semenkherê dicta pour Merit-Aton un résumé des tractations et retint à souper Thoutou, Maya, Aâ-Sedjem et Ouadj-Menekh, qui semblait aussi désemparé que son maître, mais ne parvenait pas à le celer.

Au dessert, Tout-Ankh-Aton, à la droite de son frère, se pencha vers lui et demanda à mi-voix :

— Qui a gagné ? Eux ou nous ?

— Eux à coup sûr. Mais nous aussi en fin de compte.

— Notre frère a donc eu tort ?

— Non, c'est moi qui aurais eu tort de poursuivre son œuvre.

— Pourquoi ?

— L'essentiel est de préserver le trône.

Le jeune prince médita ces mots contradictoires, embrassa son frère et fit signe à son premier domestique qu'il voulait se retirer. La journée avait été éprouvante.

Semenkherê aussi se retira tôt. Aâ-Sedjem vint le rejoindre.

— Je suis las.

— Mais tout va pourtant bien, mon roi ? observa Aâ-Sedjem. Panésy a réussi sa négociation. Et Aÿ a été mis en échec, grâce à Merit-Aton, qui t'est désormais acquise. Ta couronne resplendira sur les Deux Terres. Après ces orages, le soleil illuminera ton règne pendant mille fois mille ans.

— Aâ-Sedjem, quel triomphe est donc celui d'un homme qui sera intronisé par l'assassin de son frère ?

Le médecin demeura silencieux.

— As-tu bien vu ce que je voyais ? reprit Semenkherê. As-tu vu la bande de meurtriers réunie dans mon cabinet ? Outre Houmose et Néfertep, qui ont empoisonné le roi et projetaient de m'empoisonner aussi, leurs complices Maya et Thoutou ont dépêché Néfertiti au trépas et n'attendent, eux aussi, que l'occasion de m'infliger le même sort ! Il ne manquait vraiment que Pentju à cette association meurtrière !

— Pentju ? s'étonna Aâ-Sedjem, que son maître n'avait pas mis au fait des confidences de l'ancien médecin royal.

— Il était leur complice, répondit évasivement Semenkherê. Et il le redeviendra si l'occasion lui en est donnée.

— Mon roi, mon maître, mon bien-aimé, le feu de ta victoire te purifie de ces infamies.

Mais Semenkherê demeurait d'humeur sombre. Il était empli de soupçons à l'égard de Thoutou. Entamer un règne avec un vizir aussi pétri de duplicité lui paraissait pis qu'aventureux, suicidaire. Il ne cessait de se dire que la fidélité extraordinaire de Thoutou pendant sa brève disgrâce avait été dictée par la connaissance d'un vaste plan criminel. Les objections surgissaient aussitôt :

— S'il avait prévenu mon frère des rapports qu'il recevait, s'il m'avait prévenu moi-même quand j'étais régent, nous n'en serions pas là ! Mon frère serait vivant ! Nous ne serions pas obligés de quitter Akhet-Aton. Et je ne serais pas contraint de traiter avec des empoisonneurs et un clergé vérolé.

Aâ-Sedjem observait, consterné, cette crise de méfiance dératée.

— Mon roi, mon maître, l'eau calme est un miroir plus fidèle de la réalité que celle qui est troublée par les vents de la passion.

— Pourquoi Aÿ est-il revenu ? rétorqua Semenkherê, comme s'il n'avait pas entendu la monition. Voilà trois semaines qu'il va tous les jours au palais du Nord, sous couleur de veiller aux funérailles de sa fille. Il y reçoit des gens. Il prépare un coup ! Je te le dis ! Il essaie à coup sûr de s'attirer la complicité de Thoutou, maintenant que celui-ci est vizir. Il faut que je me défasse de Thoutou ! Il faut que je lui présente les preuves de sa forfaiture.

L'évidence s'imposa au médecin : les alcools de la colère et du soupçon intoxiquaient le futur roi. Les humiliés ont ainsi de ces violences qui surprennent leurs ennemis.

— Mon maître ! cria Aâ-Sedjem. Thoutou est indispensable à ton règne ! Ne te fais pas un ennemi de plus, à moins que tu veuilles le tuer !

Semenkherê s'arrêta, saisi.

— Dans ce cas, mon roi, reprit Aâ-Sedjem, il ne faut pas que tu éveilles ses soupçons. Ne lui présente aucune preuve. Fais-le tuer, afin qu'il n'ait pas le temps de se retourner et de te piquer comme le scorpion. Mais le temps n'est pas venu.

Semenkherê le fixa d'un regard brûlant, presque fou.

— Je veux d'abord voir les preuves, insista-t-il. Je veux le confondre. Conduis-moi aux archives. Sais-tu où se trouvent ces rapports qu'il a interceptés ?

— Je le sais. Mais ne pouvons pas y aller de nuit…

— Si fait, répliqua Semenkherê. Je sais comment me rendre au pavillon des Archives sans qu'on nous voie.

— Comment ? demanda Aâ-Sedjem, stupéfait.

— Suis-moi.

Semenkherê ouvrit un coffret d'ébène sur une table basse, y choisit une clé entre plusieurs, s'empara d'une lampe et gagna la porte d'un pas feutré Sur le palier, les gardes ronflaient. Les deux hommes descendirent l'escalier à pas de loup.

Aâ-Sedjem s'efforçait de dissimuler sa surprise. Ils allaient dans les bâtiments obscurs et déserts de la Maison du roi, suivant un trajet connu du seul guide. Des odeurs de sauces et de viandes froides montèrent à leurs narines ; ils se trouvaient dans les cuisines, elles aussi désertes à cette heure-là. Semenkherê franchit deux salles, contourna dans la troisième une carcasse de bœuf qui pendait à un crochet et se dirigea vers un réduit à peu près de la taille d'un homme ; là, à la lueur de la lampe que tenait Aâ-Sedjem, il déplaça la pile de pots qui en encombrait le fond et introduisit la clé dans une porte. Il infligea quelques secousses expertes à la serrure et celle-ci obéit, dans des crissements arthritiques. La porte s'ouvrit. Elle donnait sur un escalier où Semenkherê s'engagea sans hésitation ; à l'évidence, il était familier des lieux. Le médecin le suivit.

Les sandales glissaient sur la poussière des marches. Les deux hommes parvinrent dans un couloir souterrain qui s'étendait à droite et à gauche dans les ténèbres. À la lumière et à l'intrusion des humains, des rats s'enfuirent. Semenkherê leva la lampe pour éclairer un mur de plâtre qui avait échappé à l'attention d'Aâ-Sedjem ; la lumière révéla des inscriptions ; c'était un plan, garni d'indications en écriture cursive. Semenkherê posa le doigt sur un point précis, se pencha pour étudier le détail du dessin et se dirigea vers la droite. Ravalant sa salive, Aâ-Sedjem caressa de la main la dague qu'il portait à la ceinture. Mais s'ils rencontraient soudain le museau noir et pointu d'Anubis, à quoi servirait la dague ?

Ils avancèrent ainsi, pendant un temps qui parut infini au médecin. Çà et là, ils passèrent devant des portes dans les murs du souterrain. Aâ-Sedjem aperçut des inscriptions figurant dessus, toujours en écriture cursive et en déchiffra une, « Château de l'Aton ». Quelques pas plus loin, Semenkherê s'arrêta devant une porte et l'ouvrit.

— Nous y voici.

Ils gravirent un escalier pareil au premier et débouchèrent dans une vaste salle. En dépit de l'obscurité parfaite qui régnait dans les lieux, Aâ-Sedjem reconnut le pavillon des Archives.

— Sais-tu dans quelle chambre sont conservés les rapports ?

— Je crois que c'est la quatrième, celle des rapports sur le royaume pendant le règne, à moins qu'on les ait déplacés.

Ils passèrent trois portes et ouvrirent la quatrième.

Soudain, Semenkherê se retourna vers Aâ-Sedjem et le regarda stupéfait. Il avait entendu des gémissements. Il mit le doigt sur la bouche.

Les sons provenaient d'une pièce voisine. Semenkherê s'avança vers la porte de communication, posa la main sur la poignée et la tira soudain vers lui.

Sur une natte au sol, un homme nu besognait une femme nue. Semenkherê et Aâ-Sedjem ne connaissaient pas l'homme qui leur lança un regard terrifié.

La femme cria et se dégagea de l'étreinte. Puis elle dévisagea les intrus.

C'était Merit-Aton.

Un temps indéterminé s'écoula.

Merit-Aton se releva et enfila sa robe et ses sandales, l'expression recomposée, impassible. Néfer Herou remit son pagne.

Aâ-Sedjem et Néfer Herou se firent face : deux scribes, comme en attestaient leurs crânes rasés.

— Bon, voilà d'autres documents d'archives, dit Semenkherê.

— Suis-moi, dit Merit-Aton à Néfer Herou.

Elle était à la porte quand Semenkherê lui demanda :

— Qui est cet homme, divine princesse ?

Elle le regarda, ne répondit pas et sortit, suivie de son amant, qui tenait leur lampe.

Semenkherê et Aâ-Sedjem demeurèrent seuls.

— Cherchons donc ces documents, dit Semenkherê, comme si rien ne s'était passé.

23

Le scandale funèbre

Pasar s'endormit tard, bien après que les grands-prêtres furent allés se coucher et que les domestiques eurent débarrassé les tables et balayé la salle. Il n'avait pas entendu grand-chose : trop de monde parlait à la fois. Seuls quelques mots lui étaient parvenus, en fin de dîner, prononcés par une voix entendue au dernier souper au pavillon des Visiteurs :

— De toute façon, il ne fera pas de vieux os et il n'est pas de taille à résister à ce crocodile d'Aÿ ni à cet hippopotame d'Horemheb.

Bruits divers.

— Aÿ m'a juré qu'il aurait sa peau…

Un réduit à linge est un lieu solitaire. Pasar y éprouva cruellement son éloignement d'Ankhensep-Aton. Que faisait-il là ? Il espionnait les puissances maléfiques qui menaçaient son misérable petit bonheur. Il se rappela qu'Ankhensep-Aton lui avait annoncé son départ pour

Thèbes, « pour plaire aux grands-prêtres », avait-elle précisé. Il n'y aurait plus de promenades en bateau. La solitude éternelle.

Il s'éveilla à l'aube, sortit dans le parfum des résédas et repartit dormir chez lui, déçu de n'avoir rien entendu qui pût intéresser des princesses. Mais enfin, il avait été chargé de rapporter ce qu'il aurait entendu. À midi, quand le soleil flamboya sur l'aiguille d'or du pylône dans la cour du palais royal et quand les cours d'écriture eurent pris fin, il se dirigea vers les jardins qu'il connaissait si bien.

Ankhensep-Aton l'attendait, une corbeille de raisins et de galettes à la main.

Ayant épluché le fruit d'or, une *manga*, cadeau d'un haut-fonctionnaire de Bouhen qui en avait expédié par bateau un plein panier, Merit-Aton mordit dans la chair parfumée et juteuse.

« Un sein de nourrice », songea Semenkherê en observant le fruit dans les doigts de son épouse future.

Le jus ruisselait sur les doigts et le menton de Merit-Aton, qui adressa un regard souriant à Semenkherê et l'invita à se servir dans la coupe d'albâtre posée sur une table.

Semenkherê se trouva déconcerté. En demandant à voir la princesse, il avait espéré lui trouver une mine contrariée, sinon contrite ; or, non seulement le visage, mais encore l'attitude de Merit-Aton exprimaient la plénitude et le contentement.

— As-tu trouvé les documents que tu cherchais ? lui demanda-t-elle, après s'être lavé les doigts et la bouche au bassin que lui tendit une servante et s'être essuyée avec une serviette fine.

— Qui était cet homme ?

— Pourquoi te dirais-je son nom ?

Il fut conscient de son impuissance : de quel droit exigerait-il un aveu ?

— Chacun mange les fruits qu'il veut, ajouta-t-elle avec un nouveau sourire.

Il supposa rapidement que le réseau de commérages qui enserrait les palais avait repéré la présence d'un favori en la personne d'Aâ-Sedjem.

— Peut-être faudrait-il élever son rang, suggéra-t-il.

Elle ne fut pas dupe ; Semenkherê voulait savoir le nom de son amant.

— Cela se fera quand il aura été officiellement désigné pour nous suivre à Thèbes.

Il médita la proposition.

— C'est un scribe.

— À l'évidence.

— Nous pourrions donc le nommer maître des Parfums de la Reine.

— L'idée mérite examen. Tout le monde ne peut figurer au Conseil royal.

La délicate perfidie suscita chez lui un sourire infinitésimal.

— Voudrais-tu donc qu'il soit nommé au Conseil royal ?

— Je ne crois pas qu'il en ait les compétences, lui.

Cette seconde perfidie était plus profonde et déclencha chez Semenkherê une réflexion inattendue : Aâ-Sedjem était-il bien armé pour appartenir au Conseil royal ? Le besoin d'une présence affectueuse l'avait-il donc aveuglé ? Le bon sens de Merit-Aton lui apparut soudain. La promotion d'Aâ-Sedjem n'avait été due qu'à sa séduction ; cet homme détenait désormais un pouvoir excessif. Heureusement, songea-t-il, il avait jusqu'ici été de bon conseil.

— Dis-moi quand tu voudras lui accorder ce titre de maître des Parfums.

Elle acquiesça et regarda Semenkherê dans les yeux :

— Il est inutile de nous opposer l'un à l'autre. Cela nous affaiblirait et nous ne sommes déjà que trop désarmés, beaucoup plus que ne l'étaient mes parents. Ma mère était soutenue par mon grand-père Aÿ et elle avait mis cet appui au service de mon père. Pendant les premières années tout au moins.

— C'est pourquoi j'ai voulu me réconcilier avec les clergés.

— Mais les clergés ne te soutiendront pas si un conflit éclatait. Pasar n'a pas entendu grand-chose la nuit dernière, parce que trop de monde parlait à la fois. Il a cependant retenu ceci, à ton sujet : « De toute façon, il ne fera pas de vieux os et il n'est pas de taille à résister à ce crocodile d'Aÿ ni à cet hippopotame d'Horemheb. »

Le cœur de Semenkherê s'emballa. Voilà donc comment on parlait de lui.

— En effet, poursuivit-elle, Aÿ est désormais contre toi. Et contre moi.

Semenkherê ravala sa salive.

— Tu es pourtant sa petite-fille.

— Je lui ai révélé que je savais tout de lui. Il n'hésitera désormais pas à m'écarter de son chemin pour réaliser ses ambitions.

— Le trône ?

Elle hocha la tête.

Il lui prit les mains.

— Non, je ne laisserai pas la dissension se glisser entre nous. Garde ton maître des Parfums.

— Nous devons avoir des enfants, dit-elle. Vite.

Il cligna des yeux plus vite que d'habitude.

— La lignée de mon père ne produit que des filles, reprit-elle.

De nouveau le pouls de Semenkherê s'accéléra. Un silence s'écoula. Le rugissement des lions dans la ménagerie parvint jusqu'à la terrasse du palais.

— Tu es enceinte ?

— Il faudra que je le sois. Il le faudra pour nous deux.

Semenkherê exhala un soupir âpre. Il se passa la main sur le menton.

— Ton esprit veille sans relâche, dit-il enfin.

Il s'était cru vigilant, mais comparé à elle, il n'était qu'un dormeur mal éveillé. Elle avait même asservi son plaisir et la maternité aux exigences de la dynastie.

— Le vin des jours est amer, dit-elle.

Et vénéneux, songea-t-il.

— Demain, l'on portera ma mère auprès de son époux dans la montagne, dit Merit-Aton en posant la main sur celle de Semenkherê. Songe plutôt à m'adoucir l'épreuve.

Il opina.

En bas dans le jardin, Pasar avait lâché un cerf-volant évoquant les formes d'un faucon. Il en confia la ficelle à Ankhensep-Aton et les deux enfants regardèrent cet Horus de jonc et de papyrus s'agiter dans la brise du Grand Fleuve. Là-haut, tels des dieux, Semenkherê et Merit-Aton le regardaient aussi.

Le cortège et le convoi quittèrent le palais du Nord à la huitième heure après minuit, afin d'éviter les retards qui avaient affligé les dernières funérailles. À l'avant allaient Panésy et son collège de prêtres, précédant le palanquin du sarcophage. Sept cavaliers suivaient, l'un après l'autre, au pas : Semenkherê, Aÿ, Tout-Ankh-Aton, Horemheb, Thoutou, Maya et Aâ-Sedjem, coordonnateur des funérailles, escortés par un détachement de la garde royale que menaient ensemble Nakhtmin et le commandant de cette garde. Les porteurs d'éventail et les gardes allaient à pied. Un groupe de cent pleureuses s'intercalait entre la tête du cortège et les litières des princesses et de Moûtnejmet. Venaient ensuite les

hauts fonctionnaires des divers palais, par rangs de préséance décroissants ; au premier rang, on reconnaissait
Pentju. Le mobilier funéraire roulait sur une douzaine de
chariots. Un autre détachement de la garde fermait le
cortège, long de plusieurs centaines de coudées. Deux
ou trois cents personnes, surtout des hommes, compo-
saient un cortège secondaire ; Néfer Herou et Pasar y
figuraient, sans se connaître. Le premier s'étonna de la
présence du second, seul de son âge dans cette foule,
si l'on exceptait quelques scribes.

On arriva enfin à destination, peu avant midi : au
pied des montagnes rouges. Une fois passée l'enceinte
fortifiée des tombeaux royaux, que gardait une petite
escouade de soldats, Semenkherê, les autres, les princesses et Moûtnejmet mirent pied à terre. Sur ordre de
leur meneur, les pleureuses suspendirent leurs lamentations, pour qu'on pût entendre les prières de purification de Panésy.

Là-bas, devant le temple d'Aton, des prêtres attendaient ; ils habitaient là ; ils s'étaient levés à l'aube.

Le palanquin funéraire se dirigea vers eux et pénétra dans le temple, entre les deux grandes statues
d'Aton qui flanquaient le portique. Sur un signe d'Aâ-
Sedjem, dix porteurs déchargèrent le sarcophage et
gravirent les marches qui menaient à la grande salle du
temple, devant le naos, puis ils le hissèrent sur un pié-
destal élevé. Vingt-quatre prêtres prirent place de part
et d'autre, douze pour les heures du jour, autant pour
celles de la nuit. Le serviteur du Ka se trouvait entre
eux, au pied du sarcophage.

Les rites de purification allaient commencer.

Panésy fit face à l'auditoire, puis se tourna vers le sarcophage.

— Réjouis-toi, seigneur des Deux Terres, présence d'Aton dans le monde, l'aube de ta vie éternelle commence…

Semenkherê fronça les sourcils. C'étaient là des termes adressés à un roi et Néfertiti n'avait été que régente. Par quel tour de passe-passe Panésy lui conférait-il l'identité royale masculine ? Il balaya l'assemblée du regard et ne put déchiffrer l'expression de Merit-Aton, de Thoutou ni des autres. Tous étaient d'ailleurs absorbés par le dépit contenu que leur valait un voisinage aussi rapproché : Merit-Aton et Semenkherê étaient coude à coude avec leur pire ennemi immédiat, Aÿ. Ce dernier lardait de regards assassins Pentju, qui n'était donc pas mort, et il s'efforçait également de ne pas voir son voisin immédiat, cet autre traître de Horemheb, son propre gendre. Merit-Aton réprimait une envie de cracher au visage de Pentju, l'assassin de sa mère ; et Pentju dévisageait d'un œil malveillant son successeur auprès du prochain roi, Aâ-Sedjem.

Un scribe apporta un vase rempli de natron, dont il versa une partie dans une coupe d'albâtre, afin de l'embraser. La voix de Panésy s'éleva :

— Ton natron est le natron d'Aton et réciproquement, récita-t-il dans les vapeurs âcres qui s'élevèrent dans la brise du désert oriental. Tu es établie auprès de lui, ton frère Aton. Tu es purifiée, tu es purifiée…

C'étaient les prières du rituel funèbre ordinaire aux Deux Terres, à cette différence près que les noms des dieux avaient été remplacés par celui d'Aton, dieu unique. Deux prêtres apportèrent des vases de résine et d'encens, et ils firent comme avec le natron. Les fumées aromatiques voltigèrent dans l'air pur du désert.

— Tes purifications sont les purifications d'Aton et réciproquement. Ta bouche est la bouche d'un veau de lait au jour où sa mère l'enfante. Purifié, purifié est Aton, seigneur d'Akhet-Aton…

Tout-Ankh-Aton observait et écoutait les dernières funérailles selon le rite d'Aton qu'il verrait de sa vie, il le devinait.

— Le parfum, le parfum *smân* ouvre ta bouche, tu goûtes son goût, chef du pavillon divin, ô Aton…

Enfin, Panésy plongea un goupillon dans un bol d'eau parfumée et en aspergea le sarcophage. Les prières étaient terminées.

Sur un autre signe d'Aâ-Sedjem, les porteurs s'avancèrent et prirent position autour du sarcophage pour le soulever, le sortir du temple et le transporter vers le tombeau. Quand ils furent dehors, l'assistance s'ébranla et suivit le sarcophage et les scribes.

Lorsque Semenkherê et les meneurs du deuil arrivèrent au tombeau, le sarcophage avait été posé sur une table basse devant la porte.

Des gravats jonchaient le sol ; on voyait aux traces de mortier accrochées à l'entablement que le mur de scellement extérieur avait été cassé. Le mur intérieur fermant la chambre funéraire elle-même avait certainement été brisé aussi.

Semenkherê en fut surpris : il demanda à Aâ-Sedjem pourquoi Néfertiti n'était pas inhumée dans un autre caveau, puisqu'il y en avait sept autres.

— C'est son père qui a demandé à Panésy qu'elle repose près de son époux.

Un vœu certes pieux, mais qui ne facilitait pas l'installation.

— Il y a assez de place ?

— Aÿ a fait agrandir la tombe, murmura Aâ-Sedjem.

— Aux frais de qui ?

— Les siens.

Semenkherê ne pouvait protester. D'une part, il s'était entièrement désintéressé des préparatifs de la momification et des funérailles de Néfertiti, de l'autre, les lieux de sépulture, comme le temple attenant, dépendaient de la juridiction de Panésy. Mais enfin, il était inadmissible qu'Aÿ eût pris en main la mise au tombeau d'une personne de la famille royale sans en référer à l'autorité royale elle-même.

Là-dessus, les prêtres, qui formaient jusqu'alors un demi-cercle dense, s'écartèrent et le cercueil s'offrit aux regards dans sa totalité.

Merit-Aton sembla pétrifiée. On l'eût cru tout à coup elle-même momifiée. Elle ne parvenait pas à détacher les yeux du somptueux objet couvert de dorure renfermant les restes de sa mère.

Tous les assistants tendirent le cou. Tous furent stupéfaits, à l'exception d'Aÿ. C'était la première fois aussi qu'ils voyaient le sarcophage. Ouadj Menekh porta la main à son cœur.

Au milieu de la coiffure *nemset*, sur le front, le vautour et le cobra, symboles de la royauté sur les Deux Terres, dardaient leurs têtes. Et l'effigie tenait, poignets croisés, le sceptre et le fouet, autres emblèmes de la royauté. Enfin, le menton s'ornait de la barbe tressée, troisième symbole de la royauté.

C'était le sarcophage d'un roi, alors que Néfertiti n'avait été que régente.

Le scandale fut éclatant.

Tout-Ankh-Aton leva les yeux vers son frère. Semenkherê lança un regard indigné à Aâ-Sedjem ; celui-ci était bouche bée. À l'évidence, lui non plus n'avait jamais vu le sarcophage. Il donna l'ordre de surseoir au transport du cercueil. Aÿ tourna brusquement la tête vers lui, indigné. Panésy sursauta. C'était là une infraction totale au rituel. Semenkherê, furieux, regarda Aÿ qui braqua sur lui des yeux de chacal, brûlants de défi.

Moûtnejmet poussa un petit cri, pareil à un hoquet.

— Que se passe-t-il ? demanda Ankhensep-Aton à Merit-Aton, d'une petite voix.

Merit-Aton lui serra le poignet, pour lui intimer de se taire.

Aâ-Sedjem, désemparé, interrogea Semenkherê du regard. Chaque instant qui passait pesait son poids de plomb. Interdire la mise au tombeau eût élevé le scandale à un niveau inouï. C'eût été le sacrilège des sacrilèges. Et cela ne résoudrait rien.

Merit-Aton se rapprocha de Semenkherê.

— Laisse entrer le cercueil dans le caveau, lui souffla-t-elle à l'oreille.

Il le savait depuis leur dernière conversation : elle était son alliée. Peut-être la seule au monde. Il se tourna vers Aâ-Sedjem et, d'un mot, lui signifia de poursuivre la cérémonie. Les porteurs soulevèrent le sarcophage et, retenant leurs ahans, s'avancèrent à petits pas vers la porte du tombeau. Panésy et six prêtres les y suivirent, dans les vapeurs aromatiques que le vent maintenant rabattait sur eux.

Le passage de la porte fut interminable, comme il l'avait été pour le sarcophage d'Akhen-Aton ; celui du long couloir qui menait à la chambre funéraire ne le fut pas moins. Mais enfin, Néfertiti rejoignit son époux dans les profondeurs de la montagne. Les porteurs du mobilier funéraire entreprirent alors l'installation des lits, sièges, coffrets, servantes et serviteurs de bois, vases, offrandes de nourriture factice, pour le cas où la défunte aurait eu envie d'une collation. Et il y en avait encore plus dans la chapelle, qui avait été rouverte. Aâ-Sedjem entra pour veiller à la mise en place et s'avisa qu'en fait de place, celle-ci était de loin insuffisante, en dépit de l'extension commandée par Aÿ : on eût meublé un petit palais avec les effets funéraires d'Akhen-Aton et ceux de son épouse. Un grand sarcophage de granit rose, identique à celui d'Akhen-Aton, mais gravé d'inscriptions différentes, était posé près de celui-ci, ouvert, attendant d'être garni avant qu'on reposât dessus le couvercle de pierre. Porteurs et prêtres se pressaient dans le maigre espace demeuré libre et se marchaient même les uns sur les autres.

Aâ-Sedjem explora la nouvelle tombe du regard et se félicita que Semenkherê n'y fût pas entré : sur le mur auquel s'adossait le sarcophage, une fresque représentait Anubis présentant l'*ankh*, la clé de vie, à la défunte, en robe blanche, mais couronnée du pschent et portant la barbe. Aÿ avait dépensé une fortune pour cette imposture.

Merit-Aton prit des mains de sa suivante un pot contenant de la terre des berges du Grand Fleuve et entra à son tour dans la cohue et la poussière qui montait du sol, battue par les pieds de tous ces gens et les odeurs intenses de sueur et d'aromates mélangées. Elle se faufila jusqu'au sarcophage et posa l'offrande sur une table proche ; des grains de blé y germeraient à la saison prochaine, symbole de la renaissance de la défunte à la vie éternelle. Ses sœurs suivirent son exemple, à l'exception d'Ankhensep-Aton, qui déposa sur le masque de sa mère un collier de roses et de jasmin ; il s'accrocha à la tête du cobra. Mais les princesses en larmes durent bientôt quitter les lieux, pour permettre aux porteurs de hisser le grand sarcophage de bois dans celui de granit.

L'hommage d'Aÿ fut le dernier : une gerbe de lotus sur l'effigie de celle qu'il avait couronnée roi.

À l'extérieur, Merit-Aton trouva Semenkherê en conversation avec Aâ-Sedjem. Elle n'en apprit l'objet que sur le chemin du retour : quand le convoi fut en route, la garde royale s'interposa entre le reste du cercle royal et Aÿ, l'isolant des cavaliers.

Il chevaucha tout seul, derrière les pleureuses, déchu de son rang.

24

La gifle

Dès que Semenkherê fut de retour au palais, la tempête éclata.

Ils furent tous convoqués, Thoutou, Aâ-Sedjem, Maya, Ouadj Menekh, Pentju. Horemheb et son épouse, eux, avaient regagné leur domicile d'Akhet-Aton.

Tout-Ankh-Aton, Merit-Aton et sa sœur Maket-Aton se joignirent à la réunion, les autres princesses, y compris Ankhensep-Aton, bouleversée, étant rentrées au palais, vu l'heure tardive. Ils assistèrent, consternés, à l'explosion de colère.

— Est-il possible, s'écria Semenkherê, qu'aucun de vous n'ait été informé de ce complot insensé ? Est-il possible que des ouvriers aient travaillé pendant des semaines à cette imposture sans qu'aucun de vous n'en ait eu vent ?

— Cela est possible, mon roi, répondit le premier responsable, le vizir Thoutou, et tes paroles sont justes.

Il s'agit bien d'un complot. Quand je suis allé au palais du Nord, avant-hier, en compagnie d'Aâ-Sedjem, pour m'enquérir de l'état des travaux, je n'ai vu que les deux premiers sarcophages. Ni le vautour ni le cobra n'étaient fixés dessus. Ni le fléau ni le sceptre n'étaient dans les mains de l'effigie. À leurs places, il y avait un lotus et une gerbe de blé. Et la barbe n'était pas accrochée. Quant au troisième sarcophage, le servant du Ka m'a répondu que les ouvriers avaient pris du retard et que ce dernier cercueil arriverait dans la soirée. Les insignes de la royauté ont donc dû être fixés après notre départ ou à la dernière minute. Nous n'aurions jamais pu imaginer la machination dont nous avons eu le spectacle. Nous sommes profondément meurtris.

Le ton était sincère et l'expression de stupeur d'Aâ-Sedjem à la vue du sarcophage ne pouvait avoir été feinte.

L'évidence était brutale : Aÿ avait soigneusement préparé sa vengeance et les avait mis devant le fait accompli.

Semenkherê s'assit.

— Aucun de vous ne nourrissait le moindre soupçon ? Thoutou ?

— Non, mon roi. Aucun des domestiques que nous maintenons au palais du Nord ne m'a rien révélé. Il est possible, mais je le vérifierai demain, qu'ils n'aient eux-mêmes rien deviné de ce qui se tramait, car l'accès à la salle d'embaumement ne leur est pas permis.

— Maya ?

— Mon roi, j'ai scrupuleusement contrôlé les détails des dépenses qui m'étaient présentés par le serviteur du Ka et le maître embaumeur. Aucune mention n'y était faite des cinq emblèmes royaux. Ils ont donc été payés par quelqu'un d'autre.

Il n'osait évidemment pas citer le nom d'Aÿ.

— Pentju ?

C'était la première fois qu'il lui adressait la parole depuis leur cruelle conversation.

— Je confesse que j'aurais dû m'étonner d'une omission.

— Laquelle ?

— En tant que maître des Archives, on eût dû me soumettre les textes des fresques de la chambre qu'Aÿ avait fait creuser. Je ne doute pas qu'ils sont en accord avec le caractère royal des sarcophages et qu'ils auraient fourni des indices opportuns. Mais j'ai mis ce retard sur le compte de la hâte.

Semenkherê hocha la tête. La négligence avouée de Pentju était pardonnable ; personne n'aurait pu deviner un coup pareil. Mais décidément, cet homme péchait beaucoup par omission.

— Et tout au long, Panésy participait à cette conspiration.

— Il se sera payé de ses bons offices, dit Tout-Ankh-Aton, d'une voix posée.

Tous les regards se tournèrent vers le petit prince. La maturité de l'observation avait surpris. Semenkherê se retint de sourire. Son frère avait dit vrai : le Premier serviteur de l'Aton avait pris une revanche sur Semenkherê ; s'estimant délaissé par le retour aux cultes anciens, humilié d'avoir dû lui-même négocier avec les anciens clergés, il n'avait été que trop content de l'occasion offerte par Aÿ d'infliger un camouflet à ceux qui lui avaient tout à la fois arraché sa prééminence et transformé en instrument.

— Je veux que tous les autres qui ont participé à ce complot soient sévèrement punis.

— Ils le seront, mon roi, répondit Aâ-Sedjem. Sauf un. Le principal.

— Puisque les artisans qui ont réalisé les sarcophages sont déjà payés, reprit Semenkherê à l'adresse de Maya, je veux qu'ils soient chassés d'Akhet-Aton.

— Est-ce donc un si grand crime que d'avoir représenté ma mère comme un roi ? demanda soudain Maket-Aton.

La question et le ton hautain créèrent un effet comparable à celui d'un gros caillou dans un étang de grenouilles coassantes. Un esprit sensible eût perçu les remous dans le silence qui suivit. Semenkherê se tourna vers la princesse et répondit d'un ton égal :

— Si elle avait été roi, cela aurait été un mensonge criminel que de la représenter comme simple épouse du roi. L'inverse est également vrai.

— Si elle n'était pas morte, s'obstina Maket-Aton, n'aurait-elle pas atteint le rang de roi ? N'est-ce pas la piété paternelle qui a inspiré mon grand-père ?

À la fin, songea Merit-Aton, elle frisait l'impertinence. Mais aussi, elle ignorait tout l'arrière-plan de l'affaire.

Semenkherê se maîtrisa et lui répondit sur le même ton :

— La piété paternelle est un des sentiments les plus nobles. Le respect de la vérité est un sentiment supérieur. Et celui de la vérité divine les régit tous.

Les lèvres de Maket-Aton frémirent ; elle se préparait à riposter. Elle parcourut l'assistance du regard : pas un allié. Elle ravala son dépit, prit congé de Semenkherê et quitta le cabinet royal. À bout de forces, Merit-Aton pria Semenkherê de la congédier aussi. Il se leva et l'embrassa sur la joue.

— Tu es de bon conseil, dit-il, et il l'accompagna à la porte.

Et pourtant, elle proposait froidement de se faire engrosser par un autre.

Il était bien tard. Semenkherê fit un signe à Ouadj Menekh, qui donna l'ordre de servir rapidement un souper pour les hôtes présents.

Les lotus dans la pièce d'eau des jardins s'étaient depuis longtemps refermés sur le passage d'Anubis.

Vers quatre heures de l'après-midi, le lendemain de la mise au tombeau de sa sœur, Moûtnejmet, épouse d'Horemheb, se fit annoncer à sa nièce Merit-Aton, future reine. Les deux femmes s'étreignirent, s'embrassèrent, échangèrent des sanglots de circonstance. Puis Merit-Aton emmena sa tante au jardin ; une tonnelle au bord du Grand Fleuve y offrait une ombre fraîche. Elles s'assirent face à face. Deux servantes apportèrent un plat de figues et de tranches de pastèque et une carafe de jus de pomme.

— Dis-moi la vérité, déclara Moûtnejmet, saisissant la main droite de sa nièce et la serrant avec force. Ma sœur a-t-elle été empoisonnée ?

— Empoisonnée ? Mais quel soupçon atroce ! D'où le tiens-tu ? Et comment le saurais-je ? répondit Merit-Aton, saisissant immédiatement les périls de la situation : si elle révélait quoi que ce fût des confidences de Pentju, elle romprait le fragile armistice qui permettrait au couronnement de se dérouler sans convulsions supplémentaires et fatalement dangereuses. Car Moûtnejmet irait immédiatement rapporter les confidences à son époux et à son père, et ceux-ci accuseraient Semenkherê d'avoir protégé l'empoisonneur de la reine, sinon d'avoir lui-même commandé cet empoisonnement afin de prendre le pouvoir. Une cabale s'ensuivrait. Les conséquences seraient imprévisibles.

Moûtnejmet scrutait Merit-Aton d'un regard inquisiteur. Celle-ci le soutint, puis tendit à la visiteuse un verre de jus de pomme.

— Mon père est venu me voir, reprit Moûtnejmet. Il est bouleversé. Il est persuadé que Semenkherê a fait empoisonner ma sœur. Et que tu le sais.

Sur quoi Maket-Aton arriva. Elle avait aperçu les deux femmes du haut de la terrasse et la curiosité l'avait piquée. Elle avait entendu les derniers mots de sa tante. Elle l'embrassa et demanda :

— Qu'est-ce que sait ma sœur?

L'exaspération de Merit-Aton flamba.

— Je ne sais rien! protesta-t-elle.

— Mais qu'est-ce que tu es censée savoir?

— Ma tante me rapporte des soupçons inconcevables! Ma mère aurait été empoisonnée par Semenkherê et je serais au fait! Pourquoi ne m'accuse-t-on pas d'avoir moi-même fait empoisonner ma mère pendant qu'on y est! s'écria-t-elle, agitant les bras.

L'expression de Maket-Aton se fit venimeuse.

— Ça ne m'étonnerait pas, dit-elle d'un ton fielleux. Si elle n'était pas morte, il ne deviendrait pas roi.

Moûtnejmet leva les sourcils d'un air navré.

— Maket-Aton, je regrette que tu nous aies entendues…

— Je ne le regrette pas, moi! On ne me dit jamais rien, dans ce palais! Je n'aime pas Semenkherê, je ne l'ai jamais aimé. Sous ses dehors doucereux, c'est un être perfide. J'ai bien vu sa haine pour ma mère, hier soir. Il est furieux qu'on lui ait fait un sarcophage et un enterrement de roi! Mon grand-père a bien fait! C'était elle, le roi! Pas cet ichneumon!

La contrariété monta à la gorge de Merit-Aton. Elle ne pouvait rien révéler de ce qu'elle savait.

S'avisant, elle aussi, de la réunion des trois femmes et la jugeant animée, Ankhensep-Aton délaissa ses jeux avec Pasar et vint à la tonnelle.

— Semenkherê n'a pas fait empoisonner ma mère, déclara Merit-Aton, avec une véhémence contenue.

Ankhensep-Aton écarquilla les yeux.

— Évidemment, tu ne pourrais pas dire le contraire, puisque tu vas l'épouser et devenir reine ! s'écria Maket-Aton.

— Je sais bien, moi, qui sont les coupables, dit Merit-Aton, d'une voix rauque.

— Tu es sa complice ! Tu es la complice de cet assassin ! cria Maket-Aton.

À bout de nerfs, Merit-Aton lui décocha une gifle retentissante. Maket-Aton poussa un cri, lança à sa sœur un regard scandalisé, se leva brusquement en sanglotant et quitta la tonnelle. Moûtnejmet voulut s'élancer après elle.

— Moûtnejmet ! ordonna Merit-Aton. Reste ici !

L'autre, interdite par cette manifestation cinglante d'autorité, lui fit face.

— Écoute-moi bien, Moûtnejmet, gronda Merit-Aton d'une voix rauque, si ma mère a été empoisonnée, ce n'est pas par Semenkherê. Demande à ton mari qui sont les coupables. Parce que lui, il le sait. Et ne reviens pas ouvrir à mes pieds un sac d'ordures.

Elle se leva et quitta la tonnelle, dévastée par un orage de rage et d'anxiété. Par un renversement de situation inouï, Semenkherê et elle apparaissaient maintenant comme les fomentateurs de l'empoisonnement de Néfertiti. Tel était le résultat des manigances de ce chacal d'Aÿ, de la bêtise de cette oie de Maket-Aton et de la jobardise d'ânesse en chaleur de Moûtnejmet. Les dangers n'étaient que trop évidents : tous ceux qui aspiraient à voir Semenkherê chassés du trône, Aÿ et

Horemheb pour commencer, clameraient que le roi et la reine étaient des criminels.

Ils étaient aussi vulnérables que des tourterelles sur une branche, sous l'œil des éperviers dans le ciel.

Ankhensep-Aton lui prit la main.

— Merit, Merit ! Je suis avec toi…

Un sanglot s'échappa de la gorge de Merit-Aton. Sa sœur lui enlaça la taille.

Là-bas, sur la berge, Pasar faisait toujours voler le cerf-volant en forme d'Horus.

25

La coupe d'infamie

« Il me tarde d'être à Thèbes, déclara Merit-Aton dans le cabinet de Semenkherê, quelques minutes après avoir été annoncée.

À l'entrée de sa future épouse, et déchiffrant d'instinct une émotion violente sur son visage, il avait congédié Maya, Aâ-Sedjem et les deux scribes présents. Lui et Merit-Aton étaient seuls, face à face.

— Il me tarde que tu sois couronné, déclara-t-elle d'emblée.

Il fut abasourdi.

— Assieds-toi. Que se passe-t-il ?

Elle lui fit le récit de l'algarade. Il écarquilla les yeux. La première Épouse royale avait giflé la Deuxième ! Incident extraordinaire.

— Nous sommes entourés de chacals, conclut-elle. Tu as eu tort de garder Pentju à ton service. Ceux qui ignorent la vérité s'imaginent que c'est à cause de la complicité qui vous lierait. Et ceux qui la connaissent feignent de croire la même chose.

Il secoua la tête.

— Pentju rejeté eût été bien plus dangereux. Et dans le cas d'une nouvelle attaque d'Aÿ, je peux le forcer à parler publiquement.

Elle médita l'argument et dit :

— De toute façon, je serai heureuse d'être à Thèbes avec toi. Mes sœurs resteront ici, à Akhet-Aton, à l'exception d'Ankhensep-Aton. Je ne veux pas la laisser sous l'influence de cette oie enragée de Maket-Aton.

Il hocha la tête.

— Fais nommer Pasar scribe apprenti au collège des scribes de Thèbes.

Il sourit, se pencha et prit la main de Merit-Aton.

— Calme-toi. Nous triompherons.

Elle fondit en larmes.

Les machinations des gens au pouvoir les avaient jetés l'un vers l'autre. Ils étaient alliés par la force des choses. Il lui serra la main. Elle se reprit.

— Et le maître des Parfums ? dit-il d'un ton plaisant. Dis-moi quand tu veux le faire nommer. Je n'attends qu'un mot.

— Pas maintenant. À Thèbes, quand tout sera fini.

Il lui caressa la tête et elle trouva étrange d'être émue par un homme avec lequel elle n'avait pas de liens physiques.

— Quand serons-nous donc à Thèbes ? Ne pouvons-nous pas y aller en avance ?

Il comprit qu'elle ne supportait plus l'atmosphère du palais des Princesses.

— Nous le pouvons, si cela t'est agréable.

— Demain ?

— Soit, dit-il en se levant. Je vais donner à Thoutou l'ordre d'organiser le voyage.

D'enthousiasme, elle l'embrassa.

La journée avait décidément commencé sous le signe de la discorde.

À vingt-deux lieues de là, dans le nome de l'Oxyrhinque, six personnes se pressaient dans la première chambre des Redevances de la préfecture locale : le receveur principal, son scribe du cadastre, un deuxième scribe, un propriétaire terrien, éleveur d'oryx, son intendant et un scribe venu avec lui. Ils étaient tous torse nu, en raison de la chaleur.

Une forte odeur de bouse de buffle emplissait l'air, déjà peuplé de poussière et de mouches. S'y ajoutaient quelques remugles de sueur rance.

Le propriétaire était mécontent. Le receveur l'écoutait d'un air résigné. Le plaignant étant un notable, il convenait de lui témoigner du respect.

— Le calcul de la superficie de mes terres est faux, déclara-t-il avec aplomb, fixant du regard le coupable, le scribe en face de lui.

Celui-ci consulta un papyrus posé sur ses genoux.

— Tes champs mesurent sept mille quatre cent vingt-quatre coudées carrées, j'en ai relevé moi-même la longueur et la largeur avec mon assistant que voici. Quatre-vingt-quinze coudées de longs par soixante-dix-sept de large. Tu devrais connaître les dimensions de tes champs. Plus une terre triangulaire que j'ai estimée à cent neuf coudées.

— Quelle coudée as-tu utilisée ?

— Comment, quelle coudée ? La coudée d'usage dans le nome d'Oxyrhinque ! Qu'est-ce que c'est que cette question ?

— Tu es venu de Memphis le mois dernier, n'est-ce pas ? demanda le notable d'un air fielleux.

Le receveur se tourna vers son scribe, flairant une grave embrouille. Le scribe du cadastre fronça les sourcils :

— Je ne vois pas le rapport avec ta plainte.

— Je vais te le démontrer, riposta le propriétaire. Tu as utilisé la coudée de Memphis, n'est-ce pas ?

— Bien sûr.

— Tu ignores qu'elle est plus petite d'un douzième que la coudée d'Akhet-Aton et que le nome d'Oxyrhinque dépend du district d'Akhet-Aton[1].

Le scribe fut confondu.

— Tu as utilisé la coudée de Memphis ? demanda le receveur, contrarié.

— Oui… Je ne savais pas.

------

1. Les mesures variaient selon les districts.

— Selon tes calculs, qui sont donc déjà faux...
reprit le propriétaire, quand le scribe l'interrompit avec
colère :

— Comment faux ?

— Archi-faux ! cria le propriétaire avec autorité.
Selon tes calculs, dis-je, mes terres mesurent six mille
huit cent six coudées carrées et non pas sept mille
quatre-vingt-quatre, mais ce n'est pas tout...

— Nous allons te faire une réduction d'impôts d'un
douzième, dit le receveur, pour éviter une querelle
dont les échos se propageaient déjà dans les pièces voisines de la préfecture.

Plusieurs scribes pointaient un nez curieux à la porte.

— Ce n'est pas tout, dit le propriétaire se tournant
vers son scribe. Le calcul de la partie triangulaire est
faux.

Le scribe du propriétaire sourit aimablement.

— Le triangle en question a trois côtés égaux de
neuf coudées chacun. Il s'ensuit que sa superficie est
de vingt-quatre coudées et demie carrées et non cent
neuf.

— Pourquoi ces calculs ? s'indigna le scribe du
cadastre.

— Comment calcules-tu la superficie d'un triangle ?
demanda l'autre.

— Je la réduis approximativement à celle d'un carré
plus petit...

— Approximativement ?

— Le scribe que voici est l'élève du maître de géométrie Sethmose de Memphis ! déclara le propriétaire.

— La surface d'un triangle est égale à la moitié de la superficie d'une surface à angles droits dont la largeur est égale à l'hypothénuse du triangle, affirma le scribe. L'hypothénuse de ce triangle étant de sept coudées, il s'ensuit que le triangle s'inscrit dans un carré de quarante-neuf coudées carrées et que la moitié en est le chiffre que j'ai dit, soit vingt-quatre coudées et demie carrées.

Le receveur était confondu.

— Allez travailler ! cria-t-il aux scribes qui s'amassaient aux portes.

— Nous nous informons, répondit l'un d'eux.

Le scribe du cadastre faisait une mine longue d'un pied.

— La différence en ma faveur est donc de quatre-vingt-quatre coudées et demie.

— Quel casse-tête ! grommela le receveur. Bon, je réduis tes impôts d'un onzième.

— Et le dol ? clama le propriétaire. Et les frais ? J'ai dû faire venir ce scribe à mes frais de Memphis.

— Peste soit de la géométrie ! cria le receveur, qui s'avisait que tous les calculs de son scribe seraient à refaire. Un dixième ! C'est mon dernier mot. Tu acceptes ?

— Très bien. Si c'est ton dernier mot, je vais prévenir tous les propriétaires du nome.

Vengeance cruelle, il fallait en convenir.

— Qu'est-ce que tu veux ? demanda le receveur d'une voix rauque.

— Un huitième.

— Pas question. C'est abusif. Je veux bien aller jusqu'à un neuvième. Une neuvième pour un douzième, c'est déjà assez cher payé.

Le propriétaire réfléchit ou en fit mine.

— Bon, je ne veux pas ta mort. Un neuvième.

Le second scribe se mit en demeure de rédiger l'acte de réduction d'impôt.

On entendait les autres scribes se gausser dans les pièces voisines.

— Maître des Parfums... dit-il d'un ton rêveur, teinté d'ironie.

Et puis :

— Crois-tu qu'il y ait des souterrains à Thèbes ?

— J'aurai mes appartements.

Elle ne lui avait pas soufflé mot de ses intentions. Avoir un enfant de lui.

Le regard d'une femme sur son amant change dès que la fleur du plaisir peut donner naissance à un fruit. Celui de Merit-Aton sur Néfer Herou avait pris de la distance.

Elle songea aux propos naïfs de Pasar qu'Ankhen-sep-Aton lui avait rapportés : qu'il l'emmènerait loin, sous sa protection, si elle était en danger. Elle les répéta à Néfer Herou. Il les médita un moment.

— Je n'aurais pas l'impudence d'enlever une reine, dit-il enfin.

— Et si je n'étais pas reine ?

— Je t'aurais déjà enlevée.

Le sentiment était sans doute sot, mais ces mots la réchauffèrent.

— Où ?

— Crois-tu donc qu'on ne puisse vivre qu'à Akhet-Aton ou à Thèbes ?

— Où irions-nous ?

— À Lachich. À Hazor. À Byblos. À Ougarit…

— À l'est ? Chez les Hittites. Et qu'y ferions-nous ?

— Ne suis-je pas scribe ? J'interpréterais les textes des commerçants du royaume. Il y a aussi des îles dans la Grande Verte.

Des îles. Elle avait entendu un voyageur à la Cour de son père raconter ces terres mystérieuses où les gens avaient des cheveux jaunes. Jaunes comme l'or…

Elle soupira. Il l'embrassa. Elle eut peur d'elle-même. Pas ce soir. Elle était fertile. Elle voulait que le compte des mois fût exact aux yeux de tous. Il se fit pressant.

— Pas ce soir, dit-elle en lui caressant la joue.

Quand elle fut remontée, elle trouva Maket-Aton arpentant la salle sur laquelle donnaient les appartements des princesses. Elles s'arrêtèrent toutes deux et se toisèrent. Puis, l'expression vindicative, Maket-Aton regagna sa chambre.

Cette vipère ! Elle devait se douter de quelque chose.

Une aiguière d'or massif, ornée de lapis-lazuli et de pierres blanches chatoyantes. Un cadeau de roi. Mahu, chef de la police d'Akhet-Aton et du royaume, le posa sur la table devant lui, le masque impassible.

— Un modeste témoignage de l'estime de mon maître Aÿ, dit le messager melliflu qui la lui avait apportée.

— Je suis très honoré de l'estime de ton maître. Je n'ai pas pour le moment l'information qu'il demande.

Le messager le dévisagea d'un œil plissé.

— Mais tu peux l'avoir.

— Je ne crois pas que cette information existe, mais afin d'être agréable à ton maître, je vais m'en enquérir.

— Il serait souhaitable que tu l'obtiennes dans les semaines à venir.

— Plusieurs semaines, en effet, seront nécessaires, la Cour ayant déjà commencé son déplacement à Thèbes.

Le messager hocha la tête.

— Il faudra attendre que chacun ait repris ses habitudes, reprit Mahu.

Le messager pesa mentalement le pour et le contre de la réserve de Mahu.

— Il serait surprenant que la passion féminine demeurât trop longtemps à jeun, dit-il avec un sourire venimeux.

Mahu jeta un coup d'œil à l'aiguière et demanda :

— Vos informations originelles sont-elles fiables ?

— On ne peut plus fiables.

Mahu acquiesça et se leva, signifiant à son visiteur que l'entretien était terminé. L'autre l'imita, le sourire finaud. Mahu le toisa du haut de sa petite taille, et la position de ses épaules signifia qu'il le repoussait vers la porte.

— Puisse la journée t'être propice, dit le visiteur à la porte, et l'œil d'Horus guider le tien.

— Prospérité et santé, répondit Mahu en ouvrant la porte.

L'autre gagnait l'escalier quand Mahu appela un policier sur le palier :

— Toi et Moutemnès, suivez cet homme partout où il ira. Tenez-moi informé de toutes ses visites. Vous désignerez deux autres hommes pour le suivre de nuit. Gardez-vous de vous laisser corrompre, recommanda-t-il d'une voix menaçante. Gardez-vous aussi de souffler mot à quiconque, quiconque, entends-tu ? Vous en répondriez sur vos têtes. Vous recevrez une solde spéciale. Allez, filez !

Il fouilla la pièce du regard et s'empara de la serviette avec laquelle il s'essuyait la sueur du visage, en enveloppa l'aiguière et descendit, suivi de son escorte ordinaire.

Il allait à la Maison du roi.

26

Le bourdon

Les grincements du bois sur le sol de pierre, le fracas des palettes sur lesquelles les déménageurs chargeaient les pièces les plus lourdes du mobilier royal, trône, sièges, tables, coffres, le halètement des efforts et les cris des contremaîtres retentissaient sous les hauts plafonds de la Maison du roi. La poussière et les odeurs âpres de sueur et des vastes pièces de jute enveloppant les meubles emplissaient l'air. Les cancrelats, souris, scorpions et scolopendres qui avaient échappé à la vigilance des domestiques couraient partout, achevant à l'occasion leur existence sous les savates des intendants.

L'intendant général des palais, le chef du garde-meuble et ses aides, responsables du transfert, surveillaient ce remue-ménage d'un œil anxieux, assistés d'une équipe de scribes. Deux d'entre eux, postés à la porte, consignaient sur un papyrus chaque pièce, chaque coffre et chaque ballot quittant le palais. Armé d'un pinceau et d'un encrier, un autre inscrivait sur les lots le numéro de code à coucher sur l'inventaire.

À leur sortie du palais, les lots étaient chargés sur des chariots qui les acheminaient vers les bateaux. Le mobilier remonterait ainsi le Grand Fleuve jusqu'à Thèbes, surveillé par les mêmes déménageurs et les mêmes scribes, sans parler des policiers. Nul n'ignorait, en effet, que des pirates écumaient le Grand Fleuve et que le précieux mobilier royal ne manquerait pas d'exciter leur convoitise. Aussi, une garde armée de cinq hommes était postée sur chaque bateau et deux navires portant quarante hommes escorteraient le convoi, tous prêts, dague et lance au poing, à intervenir dans le cas d'une attaque de pillards.

— Les statues? demanda l'intendant général.

— Celle du roi et de la reine défunts demeureront ici, selon la volonté du prince.

L'intendant hocha la tête.

— Les archives du palais?

— Elles rejoindront les archives générales en attendant la décision du roi.

Là-dessus arriva Mahu, le chef de la police. Il se dirigea vers Ouadj Menekh, qui observait les opérations, et lui déclara :

— Il faut que je voie le roi sur-le-champ.

Le Premier chambellan cligna des yeux effarés.

— Ça va être difficile, il est occupé à faire le tri des effets qu'il veut emporter à Thèbes…

Quatre hommes descendaient une grosse caisse du premier étage en poussant des ahans d'effort.

— C'est impératif, dit Mahu.

Ouadj Menekh opina et se dirigea vers l'escalier. Quelques instants plus tard, il redescendit et invita Mahu à monter. Semenkherê, en compagnie de son maître de la garde-robe, examinait des vêtements et effets étalés partout, sur le lit, par terre, sur des coffres. Il s'interrompit, surpris, à l'arrivée de son visiteur. Celui-ci s'inclina et demanda un entretien privé. Semenkherê l'entraîna sur la terrasse.

Mahu sortit sans mot dire l'aiguière de son emballage et la posa sur le rebord de la balustrade. Semenkherê saisit l'objet et l'examina, puis dévisagea Mahu :

— C'est joli. Qu'est-ce que c'est ?

— Le prix proposé d'une mission clandestine que je juge infâme, mon roi.

— Proposé par qui ?

— Un messager, mon roi.

— Envoyé par qui ?

— Je ne suis pas sûr de son identité.

— Pour quelle mission ?

— Espionner ta future reine, mon roi.

Semenkherê fronça les sourcils.

— Dans quel but ?

— J'ose à peine le dire, mon roi.

— J'écoute, dit Semenkherê avec impatience.

— Pardonne-moi, mon roi, la mission est de savoir si elle a un amant et de connaître l'identité de ce dernier.

Le visage de Semenkherê s'empourpra de colère. Sa vie privée était donc mise aux enjeux, comme une pièce de porc.

— Et qu'as-tu fait ? demanda-t-il quand il eut retrouvé son sang-froid.

— J'ai feint d'accepter l'offre, mon roi, afin que le corrupteur ne s'adresse pas à d'autres, qui seraient plus faciles à persuader.

— Tu as bien fait.

— Mon roi, j'ai aussi donné à mes hommes l'ordre de suivre ce messager nuit et jour et de me rapporter ses faits et gestes et les noms de ceux qu'il visiterait à Akhet-Aton.

— Très bien.

— Or, dès qu'il m'a quitté, il s'est rendu au palais des Princesses et il a demandé à voir la princesse Maket-Aton de la part du seigneur Aÿ.

Semenkherê inspira de toute la capacité de ses poumons.

C'était donc cela. Ses manigances avec Merit-Aton ayant échoué, Aÿ tentait de manœuvrer la Deuxième Épouse royale. Et cette fois-ci, il ajoutait une deuxième cible à son projet : il englobait aussi Merit-Aton dans sa vindicte. Nul doute qu'il eût trouvé en Maket-Aton une alliée enthousiaste.

Pour la première fois, Semenkherê envisagea de faire assassiner Aÿ. La guerre était donc engagée avec ce vieux chacal. Mais pourquoi celui-ci tenait-il tant à savoir si Merit-Aton avait un amant ? Comment l'avait-il appris ? Quel usage comptait-il faire de l'information ? Quel intérêt l'adultère, fût-il royal, présentait-il pour ses plans de conquête du trône ? Il ne pouvait y en avoir qu'un de vraisemblable : contester la légitimité d'un enfant mâle éventuel de Merit-Aton. Mais auprès de qui ? Aÿ n'appartenait même plus au Conseil royal.

L'explication ne satisfaisait pas Semenkherê.

— Un point m'a frappé, mon roi, reprit Mahu. J'ai demandé à ce messager si ses informations originelles étaient fiables. Il m'a répondu qu'elles étaient on ne peut plus fiables. Mon raisonnement est qu'il y a donc quelqu'un, proche de la reine, qui la calomnie de façon infâme.

Quelqu'un, oui, Semenkherê savait qui : Maket-Aton.

Était-ce vraiment la fidélité à la mémoire de sa mère qui avait si soudainement et hargneusement opposé la Deuxième Épouse royale à Merit-Aton ? Ou bien plutôt la jalousie qui fermentait dans sa tête ? De toute façon, elle avait informé Aÿ de la liaison amoureuse de sa sœur.

Il faudrait surveiller cette venimeuse petite mégère, car elle devenait dangereuse. Mais il y avait plus pressé à faire.

— Tu as bien fait d'entretenir la confiance de ce rat, dit Semenkherê. D'ici peu, il deviendra insistant.

Mahu écoutait, intrigué.

— Tu lui diras alors, d'un air rusé, que tu as trouvé l'amant de la princesse.

Mahu fit des yeux ronds.

— Mais qui donc, mon roi ?

— Toi.

Mahu ouvrit la bouche, mais fut incapable d'en émettre un son.

— Moi ? dit-il enfin.

— Toi-même. Tu inventeras une histoire selon laquelle tu aurais gagné la confiance et l'affection de la princesse esseulée.

Mahu battit des cils.

— De la sorte, dit Semenkherê, nous saurons quel est le but de ces indiscrétions.

Mahu réfléchit un moment.

— Mon roi est plus astucieux que Thoth ! s'écria-t-il.

Il éclata de rire.

— Ne tarde pas à faire cette révélation. Et je veux donc que tu suives la Cour à Thèbes, dit Semenkherê.

— Oui, mon roi.

Semenkherê regarda l'aiguière qui étincelait au soleil du matin.

— Prends-la, elle est à toi, dit-il, la tendant à Mahu.

— Mon roi…

— Prends-la. Elle est désormais la récompense de ta loyauté.

Mahu baisa les mains de Semenkherê et s'en fut, sous les yeux intrigués du maître de la garde-robe.

C'était la dernière nuit que Merit-Aton passerait au palais des Princesses d'Akhet-Aton. Elle brûlait de voir Néfer Herou. Mais elle savait que Maket-Aton la surveillait. Semenkherê l'avait lui-même informée des révélations de Mahu.

Maket-Aton était donc de mèche avec Aÿ.

Merit-Aton se rongea, partagée entre la colère et le désir de retrouver son amant. N'y tenant plus, elle décida de descendre.

Une ombre, postée à l'est du jardin, la guettait. Merit-Aton la vit-elle ? Dès que la princesse apparut, l'ombre se dirigea à sa rencontre vers un point qui semblait être le massif de thuyas. Merit-Aton et l'ombre s'y confondirent. Les rapaces nocturnes perçurent peut-être quelques bruits de voix, des accents d'émotion.

Une troisième ombre se détacha du palais et se dirigea à son tour vers les thuyas. Elle portait une lampe couverte et s'efforçait d'en masquer la lumière de sa main. La faible clarté permettait cependant de discerner ses traits. C'était Maket-Aton.

Elle parvint aux thuyas, et là, elle écarta sa main de la lampe.

Merit-Aton, nue, poussa un cri.

On distingua les formes d'un homme également nu, qui semblait étranger au sentiment de pudeur, mais recula dans l'ombre.

Une expression mauvaise et triomphante se peignit sur le visage de Maket-Aton.

— Ha ! s'écria la Deuxième Épouse royale. Je voulais savoir avec qui tu copules, putain de cabaret ! Je vais le faire arrêter, ce bourdon !

Elle éleva la lampe pour distinguer le visage de l'amant.

Deux gardes apparurent dans le fond du jardin.

Au même moment, une voix familière dit :

— Le bourdon, c'est moi, Maket-Aton.

Elle poussa un cri strident.

C'était Semenkherê. Il lui arracha avec violence la lampe des mains.

— Tu voulais me faire arrêter, scorpionne ? dit-il en riant.

Et il décocha une formidable gifle à l'intruse. La deuxième qu'elle recevait de la journée.

Elle cria et bava, terrifiée, frémissant des quatre membres. Les yeux écarquillés d'épouvante, elle tenta de ravaler sa salive.

— Tu vas raconter à Aÿ des infamies sur ta sœur, n'est-ce pas ? poursuivit-il, tendant le cou vers l'espionne. Dans quel but, outre de venin ?

Elle cria de nouveau s'attendant à une autre gifle, hoquetant, défigurée par la terreur et l'humiliation.

— Tu es jalouse de ce qu'elle accède au trône, peut-être ?

Elle haletait de rage et de terreur. Une hyène prise en flagrant délit.

— Rentre dans ta tanière, hyène de cimetière ! lui lança-t-il.

Elle s'enfuit, les bras épars, comme si elle était poursuivie par les démons de la nuit.

Semenkherê se rhabilla en riant.

— Voilà, nous aurons la paix maintenant. Pour quelque temps en tout cas. Je vais lui interdire de quitter le palais.

Les gardes, stupéfaits, regardèrent Maket-Aton courir vers le palais.

— Je vous laisse tous deux, maintenant.

Il leva la lampe et éclaira le visage d'un autre homme qui se tenait jusqu'alors dans l'ombre ; c'était celui de Néfer Herou, médusé.

— Mon roi..., dit Néfer Herou.

— Comment t'appelles-tu ?

— Néfer Herou, mon roi...

— Néfer Herou, tu nous suivras demain à Thèbes. Je vais m'occuper des gardes, dit Semenkherê en les quittant, la lampe en main.

Voyant arriver l'homme qu'ils devaient arrêter, les gardes avancèrent.

Semenkherê leva la lampe.

Ils reconnurent le futur roi et hurlèrent de terreur. Puis ils voulurent s'enfuir.

— Venez ici ! cria-t-il.

Ils s'immobilisèrent, tremblants de peur.

— Je vous ordonne d'interdire à la princesse Maket-Aton de quitter son palais.

Merit-Aton et Néfer Herou avaient entendu l'ordre.

— Je ne comprends pas... balbutia-t-il.

— Le trône, expliqua laconiquement Merit-Aton. Le pouvoir. Comprends-tu ?

Elle éprouva une admiration soudaine pour la ruse de Semenkherê. Il avait deviné qu'elle ne pouvait rencontrer son amant qu'au jardin avant de gagner les souterrains par les cuisines. Il l'avait guettée et lui avait soufflé la comédie à jouer.

Maintenant, comme il l'avait dit, Maket-Aton était neutralisée.

Le plan d'Aÿ avait fait chou blanc.
Mais quel était donc l'objet véritable de ce plan ?

— Quelle vie ! s'écria Semenkherê à l'adresse d'Aâ-
Sedjem, quand il eût regagné sa chambre.

Il lui raconta l'épisode. Le médecin lui baisa les
mains.

— Maintenant, il faudra trouver moyen d'informer
Aÿ de son échec.

— Tu as raison. Nous le ferons dès notre arrivée à
Thèbes.

Décidément, songea-t-il plus tard, avant de s'endormir, Akhen-Aton avait tenu les enfers en échec. Depuis
sa mort, le monde grouillait de vermine.

27

Le vin du pouvoir

Une agitation sans précédent s'était emparée de la ville entière d'Akhet-Aton. La nouvelle du transfert du trône à Thèbes était officielle depuis moins d'une semaine : Thoutou l'avait fait afficher à la porte de la préfecture, sur le mât portant les avis du gouvernement. Elle emplit de stupeur les quelques mille courtisans et fonctionnaires, ainsi que leurs deux mille satellites, comme eût pu le faire l'apparition d'une comète.

Aucun d'eux n'avait mémoire d'un tel déménagement. Et pour cause. Ils exténuèrent leurs capacités d'analyse et surtout d'imagination à en établir les causes et les conséquences.

Venus de la province, comme tout le monde, quelque quinze ans auparavant, ces gens s'étaient cru installés pour l'éternité à l'ombre du pouvoir atonien. Ils y étendaient leurs royaumes secondaires comme des dieux mineurs pour lesquels le reste des Deux Terres était peuplé de créatures de glèbe et de sueur, quelle que fût leur fortune, alors qu'ils croyaient représenter, eux, le fin du fin : ils étaient proches du pouvoir et quel pouvoir ! Celui de l'incarnation d'Aton ! Autant dire qu'ils participaient, du moins dans leur esprit, de la divinité qui les irradiait.

Et comment en eût-il été autrement ? Ils s'étaient donnés la peine de naître dans la vallée. Ils n'avaient qu'une main à tendre et leurs intendants, leurs domestiques, leurs esclaves tiraient des fortunes de cette terre, sans jamais se donner le souci d'y investir plus que quelques sacs de semailles. Leurs fermiers appariaient pour leur compte des quadrupèdes mâles et femelles, et leur fournissaient de la viande et des troupeaux. Et leurs militaires de génie allaient conquérir des terres étrangères dont ils rapportaient des butins fabuleux.

La sérénité supérieure était leur fait. Certes, ils avaient eu connaissance, au cours des dix-sept années de règne d'Akhen-Aton, de graves défaites militaires à l'Est et au Sud. Les Hittites et les Koushites avaient arraché au royaume des pays entiers. Mais ce n'étaient là que péripéties, car chacun sait que la guerre est comme le jeu de dames : un soir on y gagne et un autre on y perd. Ils étaient aussi informés de graves anomalies dans les deux terres. Des bandes armées, disait-on, y sévissaient, terrorisant des provinces entières. Des garnisons se rebellaient. Des percepteurs levaient le pied avec la recette. Vétilles ordinaires de la vie vulgaire. Hélas, chacun savait que la nature humaine n'est point parfaite, surtout celle qui est issue du vulgaire.

D'ailleurs, le roi omniscient et sa divine épouse y pour-voiraient.

Un cynisme placide leur tenait ainsi lieu de réalisme.

Depuis les origines humaines, d'ailleurs, le monde n'a jamais été qu'une représentation forgée par la peur et le désir ; à cet égard, les Akhet-Atoniens n'étaient pas dif-férents de leurs ancêtres, ni d'ailleurs de leurs héritiers.

Ils préféraient se délecter des rumeurs, d'ailleurs fort vagues et plus encore, murmurées avec circonspection, en raison de leur impertinence, sur l'harmonie conju-gale du couple divin. Akhen-Aton voyait peu son épouse, ces derniers temps, et vivait dans une intimité poussée avec son demi-frère Semenkherê ; il l'avait même élevé au rang de régent. La reine s'était installée seule dans le palais du Nord. Elle témoignait une grande faveur à Maya, principal visiteur du palais. Le roi et le régent faisaient souvent des croisières nocturnes sur *La Gloire d'Aton*, dont les créatures féminines étaient absentes. Et Panésy lui-même... Propos qui ne prenaient leur signification que grâce aux regards et aux intonations qui les accompagnaient, comme les consonnes ne revêtent la forme de mots que dans l'as-saisonnement des voyelles.

Changer de capitale ? Mais qui donc y eût songé ? Et pour quoi faire ? Les Akhet-Atoniens ne prospéraient-ils pas dans l'empire du bon ton ? Ils avaient, dans les parages de l'orbe divin, fait fructifier des terres nou-velles et fleurir des vergers inconnus : ainsi dégustaient-ils couramment des pommes, nouveauté jadis introduite par les Hyksos, mais guère prisée du commun, des goyaves roses venues du pays de Koush, des abricots du pays des Hittites, à la forme exquisément indécente, et croquaient-ils des pistaches de même origine. Ils avaient construit des maisons selon les nouveaux canons de l'élégance, grandes bâtisses à deux, voire trois étages, serties dans de vastes jardins fleuris et odorants en toute saison ; les gens de Thèbes et de Memphis leur avaient d'ailleurs emprunté le luxe d'entretenir des maîtres-jardiniers. Les Akhet-Atoniens mesuraient leurs terres, eux, en coudées divines, ils lançaient les modes que les provinces se dépêchaient d'imiter, les ongles peints à la poudre d'or, les perruques courtes, les fines robes de lin plissées au fer. Et qui donc, sinon eux, avait appris aux Thébains à s'asseoir sur des chaises percées au lieu de s'accroupir au-dessus d'un trou ou d'un pot ?

Et surtout, ils jouissaient du privilège inouï de voir régulièrement le roi, la reine et les princesses aux festivités du Temple d'Aton, alors que ce spectacle divin était refusé au reste du pays, fidèles bornés de divinités à têtes d'animaux.

Du moins en avait-il été ainsi jusqu'à la mort d'Akhen-Aton, puis de son épouse. Mais ignorants des conflits de pouvoirs réels qui enflammaient le siège de l'autorité, ils avaient espéré sinon vraiment cru que, dès qu'un nouveau roi serait installé sur le trône des Thoutmosides, la vie reprendrait comme avant.

Soudain, consternation ! La lumière royale les désertait.

Thèbes ? Avait-on idée d'aller à Thèbes, ville de marchands, de manants et de propriétaires qui n'en restaient pas moins rustauds pour s'être enrichis, qui allaient la bedaine à l'air et puant l'ail, et dont les épouses portaient la perruque longue ?

— Mais qu'allons-nous devenir ? se lamenta le premier perruquier d'Akhet-Aton.

— Qu'allons-nous devenir, en vérité ? renchérirent les magiciens et exorcistes, dont la classe riche d'Akhet-Aton avait fait la fortune.

Car il était de notoriété publique que les gens riches étaient à la fois grands amateurs de perruques et vulnérables aux mauvais esprits, vu qu'ils suscitaient l'envie.

Ces professions n'étaient pas les seules à se désoler. Les astrologues, les fleuristes, les marchands d'épices, les couturières, les installateurs de canalisations, les manucures et pédicures, les brasseurs, les embaumeurs, les ébénistes, les marchands de cochenille pour les fards et de pâtes contraceptives, les musiciens de location, les médecins, les joailliers, les garçons de bains, les poètes à la commande, les faiseurs d'huiles parfumées, les cabaretiers s'inquiétèrent : leur clientèle suivrait-elle la Cour à Thèbes ? Dans ce cas, il faudrait lui emboîter le pas. Les prostituées accueillirent le changement avec moins d'anxiété : elles n'auraient que leur nécessaire à fards et parfums et quelques robes légères à emporter.

Les plus marris furent les fonctionnaires : l'avis officiel affiché par Thoutou précisait que l'administration du district d'Akhet-Aton demeurerait telle quelle. Pas question pour eux d'émigrer à Thèbes.

Car telle était la question qui tourmentait la classe riche d'Akhet-Aton et faisait l'objet de discussions sans fin dans les dîners élégants : émigrer ou non ?

Les plus éminentes des personnalités de la Cour n'hésitèrent pas : il était impensable de demeurer dans une capitale désertée. Ils organisèrent déjà leur transfert. Ils iraient à Thèbes, ne fût-ce que pour assister au couronnement. Ils organiseraient plus tard leur installation.

D'ailleurs, il n'y avait plus un seul bateau à louer sur le Grand Fleuve : toutes les embarcations dignes de ce nom avaient été réquisitionnées par le palais. Informés de la date du couronnement, ils avaient déjà dépêché des secrétaires et des scribes pour louer les meilleures maisons disponibles à Thèbes et fait remettre en état de modestes barques de pêcheurs. Ils se promettaient déjà d'éblouir ces provinciaux de Thébains par leur raffinement.

En fin de compte, ce serait une fête que ce déménagement. L'astrologue royal n'avait-il pas fait savoir par la rumeur que la position des Cinq Planètes Sans Repos et le lever de Sirius en Jupiter auguraient d'un règne fastueux et sans fin ?…

À l'instar de la ville, les trois palais étaient en proie à l'agitation ; seuls les plus vieux des serviteurs, en effet, se rappelaient pareil déménagement, quand le roi avait quitté la capitale de son père, Thèbes, pour créer Akhet-Aton.

Ankhensep-Aton en était enchantée, car elle pouvait jouer avec Pasar dans des chambres où elle n'avait jusqu'alors pas eu l'occasion d'entrer. Devant l'ampleur du déménagement, Ouadj Menekh et l'intendant général des palais avaient décidé que les princesses emporteraient leurs effets personnels et que le gros mobilier resterait sur place ; on le déménagerait plus tard. Il y avait assez de lits et de placards dans les palais de Thèbes pour assurer à leurs nouveaux occupants un confort raisonnable.

En attendant l'heure proche du départ, le premier étage du palais des Princesses était presque désert. Les nourrices des trois princesses cadettes, dans tous leurs états, avaient quitté les lieux avec elles pour établir leurs quartiers provisoires sur l'embarcadère ombragé, devant *La Gloire d'Aton*. Tous ces porteurs qui allaient et venaient comme chez eux, violant leur espace magique, leur avaient porté sur les nerfs. Bien évidemment, les nourrices royales avaient oublié leurs propres origines plébéiennes et développé des sensibilités aristocratiques. Quant au personnel féminin d'Ankhensep-Aton, il attendait au jardin en humant le parfum de la roseraie et en mangeant des quartiers de pastèque.

Incapable de supporter un instant de plus la vue de sa sœur, surtout en plein jour, Merit-Aton s'était repliée avec ses servantes dans la Maison du roi.

Une seule pièce à l'étage demeurait résolument fermée : celle de Maket-Aton. La princesse ne serait pas du voyage, avait expliqué sa nourrice à Ankhensep-Aton ; elle était souffrante.

Ignorant le quiproquo de la veille, mais ayant assisté à la première des deux gifles, Ankhensep-Aton devina que l'indisposition n'était qu'un prétexte. Avec l'insouciance de son âge, elle ne s'en préoccupa guère outre-mesure ; elle avait pris de longue date le parti de sa sœur aînée et la gratitude fortifiait son allégeance, puisque Merit-Aton avait trouvé moyen de faire venir officiellement Pasar à Thèbes. Désormais, le garçon ferait pour ainsi dire partie de la maison royale. Sa promotion future était donc garantie.

— Tu habiteras avec moi, avait dit Merit-Aton à sa jeune sœur.

Ankhensep-Aton et Pasar explorèrent l'étage, inventoriant des possessions inconnues, trésors ou brimborions, y compris dans les appartements que feue la reine avait brièvement occupés. Flacons de parfums et pots d'onguents oubliés, statuettes cachées au fond de placards, lettres d'antan sur des papyrus froissés, sans compter quelques souris mortes et momifiées naturellement.

Pasar découvrit un coffret dans la chambre de la reine et l'ouvrit. Ankhensep-Aton le trouva stupéfait, tenant en main un objet d'ivoire.

— Qu'est-ce que c'est ?

Il fut troublé et rougit.

C'était un phallus.

— Le membre, marmonna-t-il.

— Ce n'est jamais aussi grand, observa sentencieusement Ankhensep-Aton.

Il la regarda, l'œil malicieux.

— Parfois si, observa-t-il.

— J'ai vu le tien, riposta-t-elle.

Cette conversation précoce fut interrompue par un bruit soudain.

Les deux enfants se trouvaient derrière une haute caisse quand la porte de Maket-Aton s'ouvrit. Sans savoir pourquoi, ils se tapirent derrière la caisse.

Maket-Aton regarda à droite et à gauche : personne. La nourrice était sans doute à la salle de bains. La princesse s'aventura dans le couloir. Ankhensep-Aton et Pasar la virent aller, d'un pas incertain, dans la chambre de Merit-Aton. Ils guettèrent les bruits éventuels ; presque rien. Au bout d'un moment, elle ressortit, tenant en main un petit coffret et le déposa dans sa chambre. Une nouvelle fois, elle sortit et se dirigea vers les appartements de sa mère ; mais elle s'arrêta à la porte, s'appuya au chambranle et contempla la première des vastes pièces. Après avoir remué assez de souvenirs pour nourrir sa solitude, elle retourna dans sa chambre et en claqua la porte.

Ankhensep-Aton et Pasar respirèrent et quittèrent leur cachette.

À midi, enfin, un cortège précédé par Ouadj Menekh s'avança dans les jardins en direction du débarcadère. Semenkherê, Merit-Aton et Tout-Ankh-Aton, suivis des porteurs d'éventails, s'apprêtaient à embarquer. Les nourrices crachèrent précipitamment leurs pépins de pastèque, prirent les princesses par la main et emboîtèrent le pas au cortège. La nourrice d'Ankhensep-Aton monta la chercher. Pasar les escorta jusqu'au débarcadère ; il partirait en même temps, par un autre bateau, sous la garde d'Aâ-Sedjem.

Le vent d'est permettrait aux rameurs de remonter le Grand Fleuve avec moins d'efforts. Mais de ce détail, personne n'avait cure.

Des fanfares retentirent dès que *La Gloire d'Aton* accosta au quai de Thèbes : trompettes de cuivre, soutenues par le mugissement des cornes, le roulement des tambours et le fracas scintillant des cymbales de la garnison de l'ancienne capitale. Le préfet de la ville, le chef de la garnison, le grand-prêtre Houmose, des notables, des hauts-fonctionnaires accueillirent Semenkherê et Merit-Aton, ainsi que leur suite, avec des trésors d'éloquence et de rhétorique. Ouadj Menekh avait décidé que, selon le protocole ancien, Semenkherê et Merit-Aton iraient dans la même litière jusqu'au palais royal. Le commandant de la garnison et le préfet ouvraient la voie, montés sur des chevaux blancs caparaçonnés d'or et le front garni de trois plumes d'autruche. Toutes les cinq minutes, la fanfare reprenait le même motif : *padadam-dam-dam*, s'achevant sur les notes fracassantes des trompettes. Les rideaux de la litière étaient relevés et les deux passagers pouvaient admirer le produit des efforts de Thoutou et d'Ouadj Menekh. Criant des bénédictions, une foule dense s'était amassée de part et d'autre de la rue d'Amon, principale artère de la ville, la première de mémoire d'homme qui fût bordée d'arbres, des flamboyants de Koush, et pour l'occasion jonchée de fleurs. Des oriflammes jaunes portant le cartouche du nouveau roi dardaient dans le vent leurs langues triangulaires au sommet de mâts enrubannés.

L'entrée était vraiment triomphale.

Au bout de l'avenue, le cortège, gros d'au moins trois cents personnes, y compris les notables, vira à gauche. Quelques minutes après avoir passé le sanctuaire du Dieu Primordial, il arriva en vue du palais.

La vue des bâtiments qui, dans son enfance lui avaient été si familiers, surprit Semenkherê. Il les reconnaissait à peine. Le souvenir les avait réduits à quelques bâtiments, une cour, quelques escaliers, et il retrouvait là une vaste forteresse ceinte de hauts murs. En allait-il ainsi de toutes les images que l'on gardait du passé ? Puis les lieux évoquèrent un jeune homme mince et pensif dont l'enfant Semenkherê avait admiré l'autorité naturelle et dont les longs silences l'avaient déjà intrigué : celui qui ne s'appelait pas encore Akhen-Aton, mais Aménophis, comme son père et dont le sourire sinueux donnait à penser que les dieux murmuraient à son oreille.

Ces réminiscences furent interrompues par le choc des pieds de la litière sur le granit des dalles.

Semenkherê passa la tête par les rideaux. Les porteurs s'étaient arrêtés devant un vaste portique flanqué de deux colosses de pierre : deux effigies d'Aménophis le Troisième, épanoui dans l'éternité de sa jeunesse splendide, le pied gauche en avant, prêt à quitter le seuil pour s'élancer vers l'ouest. L'entrée du palais.

À quelques dizaines de lieues et deux jours de voyage, le monde d'Akhet-Aton avait donc disparu. Semenkherê éprouva un vertige ; il était dans un pays étranger. Lui-même était un autre, un futur roi. Dix-sept années de règne contesté, d'amours et d'intrigues s'étaient évaporées ; il n'en restait presque rien, des bribes de souvenirs, de mots et d'étreintes qui se désagrégeaient déjà et que le vent disperserait bientôt dans la poussière millénaire des rues et du désert. Oubliées aussi les confessions crapuleuses, les trahisons, les intrigues et la puanteur méphitique des histoires de poison.

Une seule évidence s'imposait : la faveur divine l'avait distingué. Il serait dans cinq jours maître des Deux Terres, dieu vivant, émanation suprême du pouvoir céleste sur les habitants de la vallée.

Le vin du pouvoir apaisa son cerveau.

Les notables et la Cour vinrent accueillir les futurs époux à la descente de litière. Merit-Aton, Tout-Ankh-Aton et les princesses à ses côtés, Semenkherê traversa la grande cour et parvint à la grande salle hypostyle ; un concert de bienvenue l'y attendait. Des accords de harpes et de lyres s'élevèrent entre les colonnes pareilles à des papyrus géants et leurs volutes caressèrent les plafonds peints, à trente coudées du sol.

Il écouta. Merit-Aton écouta. Ankhensep-Aton aussi. Et Tout-Ankh-Aton. Et les trois princesses cadettes.

Mais il était las de ces deux journées de voyage. À trois heures de l'après-midi, il aspirait à retrouver ses aises. Ouadj Menekh le devina à son expression. Le concert prit fin. L'intendant en chef du palais vint lui exprimer sa soumission la plus absolue et se proposa de le conduire à ses appartements. Semenkherê se tourna vers les officiels, Thoutou, Maya, Houmose, Horemheb, Nakhtmin, Pentju, le préfet, le chef de la garnison, les hauts-fonctionnaires et, d'une voix lente et posée, récita le texte établi avec Thoutou et discrètement vérifiée par Aâ-Sedjem. Il se félicita de voir les chefs du royaume réunis sous les bienveillants auspices d'Amon-Rê pour le Règne d'un million d'années, puis il se réjouit de les revoir le soir même pour le souper organisé à l'occasion de son retour. Ils s'inclinèrent, les éventails de plumes d'autruche frémirent dans la brise, les bras se levèrent en signe d'adoration, le futur roi leur tourna le dos et s'engagea dans les profondeurs du palais.

28

La sueur du dieu vivant

L e diadème d'or portant la tête de la déesse tutélaire Nekhbet enserrait sa perruque. Les deux plumes sacrées frissonnaient à l'arrière.

Houmose se tenait à sa droite, devant la table d'offrandes. Le collège des prêtres était rangé devant elle, à ses pieds. L'assistance, au premier rang desquels figuraient Tout-Ankh-Aton et les princesses, était assise plus loin, face à elle, dans la grande salle du temple d'Amon-rê, à Karnak. La solennité leur prêtait l'apparence de statues peintes.

De son siège, elle voyait à travers les vapeurs d'encens la foule amassée sur le parvis du temple d'Amon. N'eût été la présence du Grand Fleuve, qui séparait Karnak de Thèbes, toute la ville eût été présente.

L'invocation à Osiris que récitait le Premier célébrant s'acheva.

Elle descendit de son trône et se dirigea vers la table d'offrandes. Elle saisit l'aiguière d'or et versa le lait dans un verre d'or et puis, de la main gauche, prit le petit pain rond posé dans un plat d'or. Elle alla vers son futur époux, assis sur le trône voisin du sien, et lui tendit d'abord le pain, puis le lait.

Il mangea le pain, il but le lait.

Elle se rassit près de celui qui était désormais son époux et qu'elle avait sacré roi avant qu'il revêtît les couronnes.

— Réjouis-toi dans ta céleste demeure, Amon, entonna la voix de Houmose, car voici que tu as enfanté un héritier terrestre pour ton royaume des Deux Terres.

Escorté de deux célébrants, Houmose se dirigea d'un pas massif et lent vers la chapelle close qui se dressait dans la grande salle et dans l'axe du temple : c'était le *naos*, le saint des saints, le Centre de l'univers ; il abritait la statue du dieu.

Il gravit les trois marches et brisa le sceau condamnant les deux battants de la porte.

— Le doigt de Sit glisse, reprit la voix sonore de Houmose, qui poussa le premier verrou. Le doigt de Sit glisse, répéta-t-il en poussant le second verrou. Le lien est rompu, le sceau est délié. Les deux portes du ciel s'ouvrent. Les deux portes de la terre sont décloses. Le cycle des dieux rayonne. Amon, le seigneur de Karnak est élevé sur sa grande place.

Éclairée par la lumière du jour, la statue dorée du dieu étincela et rutila des pierreries dont elle était incrustée. Les reflets mouvants du feu sacré à ses pieds lui prêtèrent l'apparence de la vie.

Mais le grand-prêtre devait rassurer le dieu, effrayé par cette intrusion.

— Je suis celui qui monte vers les dieux. Je ne suis pas venu détruire le dieu, je suis venu accomplir sa volonté, récita-t-il devant les portes ouvertes.

Les assesseurs tenant ouverts les battants de la porte, Houmose pénétra dans le *naos* :

— La terre sigillaire est rompue, l'eau céleste est forcée, sois établi sur ta grande place, Amon-Rê, seigneur de Karnak ! Ta couronne resplendit dans la gloire de ta puissance. Tes beautés sont à toi, seigneur de Karnak et de l'univers.

Puis il revêtit le masque d'Amon.

Le troisième célébrant revêtit le masque d'Horus, au bec recourbé.

Et le quatrième, le masque de Seth, au museau effilé.

Horus s'empara de la couronne de la Haute Terre et Seth de celle de la Basse Terre, posées aux pieds du dieu. Les tenant à bras tendus, ils descendirent solennellement les marches du naos, suivis par Amon-Rê, et gravirent celles de l'estrade. Semenkherê se leva.

— Reçois la succession de ton père Osiris, Ankh-kheperou-rê Néfer-kheperou-rê, tonna la voix d'Horus.

— J'accueille l'âme de mon père Amon-Rê, déclara-t-il. Je reçois la succession de mon père Osiris, fils d'Amon. L'aile de Nekhbet me protège, les anneaux d'Ouadjyt me protègent. L'âme de mon père Amon-Rê descend en moi.

Horus posa la couronne de la Haute Terre sur le crâne de Semenkherê et Seth y emboîta celle de la Basse Terre. Horus lui tendit le sceptre et Seth le fléau. Amon lui déclara :

— J'établis que toi, Ankh-kheperou-rê Néfer-kheperou-rê, tu te lèves en qualité de roi du Sud et du Nord, sur le trône d'Amon, *Sot-poun-ri-meri Amon*, comme le soleil éternellement. Le maître des Couronnes te donne la vie, la stabilité, la force, comme le soleil, éternellement.

— L'esprit d'Amon est en moi, récita Semenkherê, le cœur d'Amon est en moi, son bras arme mon bras, son pied guide le mien.

Il se dirigea à son tour vers le naos et chacun put voir la queue de panthère rituelle attachée à sa ceinture, dans le dos. Il s'agenouilla, les bras levés.

Les luths et les lyres égrenèrent leurs notes.

— Le pharaon Ankh-kheperou-rê Néfer-kheperou-rê est venu vers toi, entonna un officiant, ô dieu mâle des dieux du double cycle des Deux Terres, dieu qui gouvernes du bras, Amon-Rê, maître des Deux Plumes, grand par la couronne *medeh* et la couronne *afnit* qui sont sur sa tête, roi des dieux qui sont à l'intérieur des Apitou, statue d'Amon établie en tous biens en ton nom, Amon qui domines plus que les dieux…

Semenkherê se releva. Merit-Aton vint vers lui, tenant un encensoir. Les prêtres déposèrent des offrandes sur la table et l'un d'eux alluma le feu et répandit dessus de la résine. Semenkherê y déposa les offrandes.

On lui offrit du vin ; il le but.

— Réjouis-toi, pays entier ! clama Amon. Les temps heureux sont arrivés. Un maître est apparu dans toutes les terres. L'inondation montera haut, les jours seront longs, la nuit aura ses heures exactes, la lune reviendra avec régularité…

Car le roi était garant de l'harmonie du monde.

Houmose descendit de l'estrade et traversa la grande salle, l'assistance s'écartant pour lui ouvrir le passage.

Horus le suivit. Puis Seth. Puis Thoth.

Le pharaon leur emboîta le pas.

Il fit le tour symbolique de son domaine, c'est-à-dire de l'enceinte d'Amon.

Les prêtres suivaient le cortège en récitant des hymnes, accompagnés par les musiciens.

Il revint, escorté par les mêmes dieux, s'assit sur le trône et fit face à l'assistance.

Il n'était plus Semenkherê ; il était Ankh-kheperou-rê Néfer-kheperou-rê. Il était d'essence solaire. Il était divin.

Mais son torse nu ruisselait de sueur.

La cinquième heure après midi étincela sur la pointe d'or de l'obélisque dressé par son père. Les cérémonies avaient duré cinq heures.

Thoutou, prosterné jusqu'à terre, vint lui demander s'il souhaitait prendre du repos.

Il acquiesça. Le roi et la reine se levèrent, précédés par le vizir et le Premier chambellan. Un écuyer accompagna le roi jusqu'à un cheval blanc, caparaçonné d'or, et l'aida à l'enfourcher.

La reine monta dans sa litière. Les autres membres de la Cour en firent de même.

Ankhensep-Aton était muette d'admiration et de stupeur. Elle chercha Pasar des yeux. Il était dans la foule, sous le coup de l'émotion, et n'osa pas se manifester.

Néfer Herou non plus, saisi d'un sentiment proche de la terreur.

Le banquet organisé par Ouadj Menekh, sur ordre du roi retransmis par Thoutou, n'offrit ni à Semenkherê ni à Merit-Aton le moindre répit qui leur eût permis de retrouver leurs esprits. Ils furent pareils à deux masques figés dans les exigences du protocole, soumis aux regards admiratifs ou indiscrets qui les épiaient. La nuit stuporeuse qui suivit ne restaura pas davantage leur sérénité.

Le reste de la Cour ne fut guère mieux loti. L'arrivée à Thèbes ne datait que de cinq jours, l'installation dans le palais, d'ailleurs inachevée, était cahoteuse, sinon chaotique, et l'on eût parfois dit qu'en délaissant Akhet-Aton, les habitants de ses palais y avaient abandonné leur âme. Les gestes familiers devenaient sans objet, car la terrasse n'était pas ici, mais là, par exemple, et la salle de bains n'était plus là, mais ici. Bien des visages avaient changé, et jusqu'à l'odeur des bâtiments rénovés en grande hâte.

Par ailleurs, les lieux ont leur esprit, qui commande impérieusement celui des êtres qui s'en croient possesseurs.

Pour commencer, chacun regretta les grands jardins d'Akhet-Aton sur le fleuve et les brises embaumées qu'ils soufflaient le soir. Le palais de Thèbes, en effet, s'élevait à l'intérieur des terres et, dans la journée, il subissait sans répit les ardeurs du soleil ; les pierres emmagasinaient tout au long du jour une chaleur qu'elles diffusaient la nuit : bref, c'était une fournaise. Les murs n'étaient percés, tout en haut, que d'étroites fenêtres, qui suffisaient à éclairer les pièces et évitaient de les embraser davantage par les rayons du soleil. Sage mesure, certes, mais ces ouvertures ne laissaient pas non plus passer les brises du soir. Aussi fallait-il, avant de se coucher, organiser des courants d'air pour aérer les chambres ; autant dire qu'on était contraint de dormir toutes portes ouvertes.

Le lendemain du couronnement, ce furent ainsi des monarques suants qui se présentèrent aux salles de bains pour se faire rafraîchir. Semenkherê s'inquiéta même de la mine de Tout-Ankh-Aton, qui pour ainsi dire avait cuit dans sa chambre pendant les premières heures de la nuit, avant que son Premier domestique lui eût suggéré de transporter son lit dans la salle d'audiences du rez-de-chaussée, bien plus fraîche. Il décida de lui assigner, jusqu'à nouvel ordre, deux des chambres des scribes attenantes à cette salle.

Il se demanda comment feu son père Aménophis le Troisième et son épouse Ty avaient supporté cette vaste étuve qu'était le palais. Mais Aménophis avait été en mauvaise santé pendant les dernières années de son règne. Quant à Ty, elle avait puisé dans la chaleur environnante celle de la vie qui faiblissait en elle.

Semenkherê mesura aussi la sagesse d'Akhen-Aton dans le choix des plans d'Akhet-Aton : tous les palais y étaient construits sur le fleuve, dotés de vastes terrasses et entourés de grands jardins.

Quelque divine fût son essence, Ankh-kheperou-rê Néfer-kheperou-rê souffrait de la canicule comme le premier cul-terreux venu.

La promiscuité ajoutait à l'inconfort des températures torrides de la Haute Terre. La plus grande partie de ce palais avait été conçue par feue la reine Ty, l'épouse d'Aménophis le Troisième, comme une maison de famille dont chaque partie devait être à n'importe quel moment offerte à sa surveillance. Ainsi, contigus à ceux des princesses, les appartements de Merit-Aton résonnaient sans cesse de l'agitation des nourrices ; de ce fait, celles-ci se trouvèrent privées des ragotages et caquetages auxquels elles se livraient là-bas avec intempérance : ici, la reine entendait tout. Quant à ceux de Semenkherê, les plus à l'est, ils s'emplissaient depuis l'aube du brouhaha des bâtiments administratifs, du roulement des carrioles d'approvisionnement, du braiment des ânes, des cris de la garde et des algarades occasionnelles au pied de l'enceinte.

L'on était loin du calme et du quant-à-soi qu'assuraient les trois palais d'Akhet-Aton, le palais royal, le palais des Princesses et la Maison du roi, chacun distinct de l'autre.

Enfin, une frustration à peine secrète tarauda les nouveaux occupants : la difficulté de maintenir une vie privée.

Outre qu'à Thèbes, il n'existait pas de jardins propices aux rendez-vous nocturnes, il n'y avait pas non plus de souterrains permettant de gagner des chambres d'ébats, puisque les bâtiments administratifs étaient adjacents.

Ainsi, Merit-Aton n'avait vu Néfer Herou que quelques minutes hâtives, en présence du nouvel intendant, quand il était venu s'enquérir de l'emplacement de la chambre des parfums ; or, il n'y en avait pas encore, et l'on n'avait même pas fini de déballer et mettre en place les meubles expédiés d'Akhet-Aton. Et il en arrivait encore. Elle savait tout juste que le nouveau maître des Parfums logeait dans les communs, au-dessus de la brasserie, de la boulangerie et des cuisines, comme l'intendant et d'autres fonctionnaires du palais, d'ailleurs. Elle n'allait certes pas s'y aventurer nuitamment. Elle le convoqua pour le lendemain, quand l'installation de la garde-robe, affaire ardue, aurait été réglée.

Deux jours d'enquête, sur les prières pressantes d'Ankhensep-Aton, furent nécessaires pour retrouver Pasar. Il avait assisté aux cérémonies d'intronisation et tremblait qu'on le fouettât à mort pour avoir osé, jadis, jouer avec la Troisième Épouse royale, sœur de la reine. Ni elle ni lui ne connaissaient plus de jardins où courir, ni sur les berges desquels il pêcherait des silures.

Quant à gambader dans la pierraille qui entourait l'enceinte, où quelques sycomores et banyans avaient survécu au feu céleste, il n'en était pas question : chacun savait qu'elle grouillait de scorpions noirs et de vipères cornues.

La première fois qu'ils se revirent, ils demeurèrent l'un en face de l'autre, ne sachant que dire ni faire. Elle lui prit dans une coupe une grappe de raisin et la lui tendit ; elle eût ainsi bien pu lui tendre un pschent ; il la tint comme un objet sacré.

— Viens, nous allons visiter le palais, lui dit-elle pour rompre sa transe. Pourquoi tiens-tu la grappe ainsi ? C'est pour la manger que je te l'ai donnée.

Les intimités primesautières ou sensuelles d'Akhet-Aton étaient donc disparues.

Pour Semenkherê enfin, la présence d'Aâ-Sedjem n'avait pu être assurée qu'en lui assignant deux chambres contiguës aux appartements royaux ; médecin du roi, cette proximité se justifiait officiellement. Mais en dépit de sa constitution robuste, le malheureux Aâ-Sedjem se réveilla le premier matin aussi dolent que les autres.

— Sire, nous allons fondre, murmura-t-il.

Semenkherê hocha la tête ; l'affaire était entendue. Dès le premier Conseil royal, il ordonna que les architectes royaux fussent convoqués. Il voulait des plans pour un nouveau palais. Il suggéra d'abord comme emplacement l'une des deux îles en face de Thèbes ; on lui opposa qu'elles étaient inondées quatre mois chaque année. Bon, les berges alors.

Bref, le projet était lancé.

Restait à s'occuper des affaires du royaume.

Dix-huit audiences étaient prévues ce matin, onze l'après-midi. Et encore, Thoutou en avait-il fait reporter plusieurs autres.

29

Le démon des Choses vagues

Aux étages inférieurs de leurs croyances, bien en dessous des divinités splendides à têtes d'animaux féroces ou philosophiques, les habitants des Deux Terres avaient réservé une place à des génies méprisables et redoutables : des monstres hybrides, gluants et pervers, des incréés qui n'avaient pu prendre forme lors de la naissance du monde.

Non seulement ces horreurs surnaturelles prétendaient-elles interdire l'accès de l'éternité aux âmes envolées, mais encore se mêlaient-elles de contrarier les vivants et de rendre louches ou douteuses les situations qui semblaient jusqu'alors nettes et claires. Elles instillaient l'insatisfaction dans les cœurs, torturaient les ambitions et les désirs, faisaient avorter les vaches et tourner le lait fraîchement trait, pourrissaient les œufs pondus à l'aube, gâchaient soudain le teint des jouvencelles attendant l'aimé et ramollissaient le membre de l'amant brûlant d'étreindre sa bien-aimée. Seul le savoir d'un magicien confirmé permettait de les mettre en échec.

Quelques-uns de ces démons des choses vagues sévirent dans les journées suivant le couronnement. Sans doute le triomphe de la beauté, de la jeunesse et des forces divines, accompli dans le temple d'Amon à Karnak, les avait-il vexés.

L'un d'eux, en tout cas, alla hanter le quasi-palais du seigneur Aÿ à Akhmim.

— C'était splendide. C'était vraiment divin. Ils étaient tous les deux baignés de beauté céleste.

Ainsi le grand-prêtre du temple de Mîn à Akhmim conclut-il, pour le bénéfice d'Aÿ, la description des fastes de l'intronisation. Comme tous les autres grands-prêtres du royaume, il s'était fait un devoir d'assister à ces cérémonies, puisqu'elles marquaient la restauration des cultes anciens auprès de la couronne.

Aÿ l'écouta, l'œil morne, affalé sur une banquette couverte de coussins, sous la tonnelle du jardin, en se caressant les orteils. Le guépard dormait, repu et assommé par la chaleur. Même le perroquet semblait muet.

Assis sur une chaise basse, Shabaka, l'intendant nubien d'Aÿ et son âme damnée, écoutait aussi le récit, distillant les hypothèses et surtout les réactions de son maître. De temps à autre, son masque plissait, tressaillait. Chacun à Akhmim savait que les rapports du seigneur Aÿ avec le nouveau monarque n'étaient plus idylliques ; rares étaient ceux qui les devinaient toxiques. Tout ce qu'on en connaissait de certain était qu'après avoir exercé un pouvoir considérable à la Cour d'Aménophis le Troisième, puis de son fils Akhen-Aton, Aÿ s'était désintéressé de celle de Semenkherê, désormais Ankh-kheperou-rê Néfer-kheperou-rê, bien que la reine fût sa petite-fille. Les mieux informés chuchotaient qu'un litige aurait éclaté à propos des funérailles de Néfertiti, mais rien de plus. Querelles de famille, sans doute. Il n'avait donc pas assisté à l'intronisation.

— Toutes les princesses étaient-elles présentes ? demanda Aÿ.

— Non, la Deuxième Épouse royale était absente, répondit le grand-prêtre, surpris par la question.

— Sait-on pourquoi ?

— Elle était souffrante.

Aÿ fit la moue. Il avait reçu la veille une lettre de Maket-Aton.

> *... Quand j'ai révélé à ma sœur qu'elle connaissait le nom de l'empoisonneur de notre mère et que c'était Semenkherê, elle m'a, ce que tu auras peine à croire, administré une gifle devant notre tante Moûtnejmet. Après cette inadmissible offense, je me suis retirée. La nuit même, j'ai voulu prendre ma revanche et, selon tes instructions, j'ai tenté de la surprendre au jardin avec son amant illicite. Mais je l'ai trouvée nue en compagnie d'un homme et c'était Semenkherê. Il m'a administré une gifle, accusée de te rapporter des mensonges et traitée d'outre de venin. Je comprends donc l'abominable conduite de ma sœur. Elle est sans doute*

enchantée par un maléfice et enchaînée par les
sens à cet être criminel et abject…

Il réprima un sursaut d'énervement au souvenir de cette lettre. Une outre de venin? Plutôt de sottise! Cette petite crétine avait tout fait foirer. L'objectif n'avait pas été de surprendre Merit-Aton en flagrant délit, mais de connaître l'identité de son amant. Évidemment, elle avait été bannie des cérémonies de Thèbes.

Il s'interrogea sur la dernière partie de la lettre de Maket-Aton. Il trouvait étrange que le futur couple royal se livrât aux délices du sexe dans un jardin en pleine nuit, comme des paysans. N'avaient-ils pas l'un et l'autre des chambres dans lesquelles ils eussent pu s'abandonner plus confortablement? Cette affaire était bizarre, et même, suspecte.

Jugeant son hôte décidément morose, le grand-prêtre déclara qu'il le laissait se reposer, prit congé et s'en fut, suivi de son secrétaire.

Aÿ demeura seul avec Shabaka.

— Ce vermisseau est capable de durer des années. Il s'est concilié les clergés, puis l'armée.

— Seigneur, les adversaires qui semblent les plus assurés de vaincre sont souvent trahis par eux-mêmes.

— Ce qui signifie?

— Qu'il convient, seigneur, de guetter les erreurs que fera le vermisseau, maintenant qu'il est grisé de pouvoir.

Aÿ médita le conseil et demanda:

— Avons-nous des nouvelles de notre messager?

— Non, après son entrevue avec le chef de la police, qui a accepté volontiers ton magnifique présent, mais sans savoir qu'il venait de toi, il a suivi la Cour à Thèbes.

Aÿ mordit dans une pomme et la mâcha d'un air sombre. Le guépard s'étira, puis se coucha sur le flanc et reprit sa sieste.

Comme à point nommé, un domestique annonça un visiteur. Shabaka se leva pour l'accueillir et l'introduire auprès de son maître : c'était le messager.

Celui-ci s'inclina profondément devant son maître.

— Quelles nouvelles m'apportes-tu ? demanda Aÿ.

— Inattendues, mon seigneur. La première fois que je l'ai vu, à Akhet-Aton, Mahu m'a répondu que l'information demandée n'existait pas et qu'elle ne serait peut-être pas disponible avant plusieurs semaines, le temps que la Cour se soit installée à Thèbes et que chacun ait repris ses habitudes. La seconde fois, à Thèbes, il m'a répondu en souriant qu'il était lui-même l'amant de la reine.

Aÿ fronça les sourcils.

— Mahu, l'amant de Merit-Aton ? s'écria-t-il, stupéfait.

— C'est ce qu'il prétend.

L'allégation semblait douteuse, à moins que Mahu aspirât au trône, ce qui ferait de lui un ennemi de plus. S'il avait vraiment été l'amant de Merit-Aton, il ne l'aurait pas révélé pour une aiguière en or. Aÿ se tritura avec insistance le gros orteil.

— Lui as-tu dit ce que nous attendions de lui ?

— Non, seigneur.

Aÿ se radossa.

— Je ne l'ai pas fait parce que j'ai trouvé sa réponse peu croyable. Et j'ai pensé que nous aurions toujours le temps de lui soumettre notre proposition.

— Tu as bien fait.

— Il m'a demandé pourquoi nous attachions tant de prix à cette information.

— Qu'as-tu répondu ?

— Que je l'ignorais, mais que je pensais à des raisons dynastiques.

Aÿ acquiesça, mais l'habileté de son messager ne lui valait pas d'avantage, bien au contraire. Mahu avait certainement rapporté à Semenkherê la démarche dont il avait fait l'objet.

Et lui, Aÿ, ignorait toujours l'identité de l'amant de Merit-Aton.

Or, elle lui était indispensable. Il lui fallait donc un espion dans le palais.

Il n'allait pas attendre la couronne pendant des années. Chaque jour qui passait, cette effrontée de Merit-Aton pouvait se faire engrosser par cet inconnu, donner un descendant mâle à cette lignée exsangue et compromettre ses propres chances d'atteindre ce trône qu'il méritait plus que tout autre. Oui, plus que tout autre !

Ce fut alors que le perroquet revint à la vie et cria :

— *Bin tchao !*

Sans doute avait-il senti le Démon des choses vagues à proximité.

— Mais qu'as-tu donc ? demanda-t-elle, impatientée par la déférence craintive de Néfer Herou.

Elle l'avait fait convoquer en plein jour. Il se tenait à distance, figé.

Des bruits de voix et des claquements de sandales résonnaient derrière la porte ; gardes, scribes, domestiques.

— Majesté divine, finit-il par répondre, je suis à tes ordres.

— C'est moi, Merit-Aton, tu ne me reconnais pas ? Tu ne ressens plus rien pour moi parce que je suis la reine ?

— Majesté divine…

— Assez de majesté divine ! Voici deux semaines, tu brûlais à ma vue et maintenant tu ressembles à un scribe pris en faute. Que sont devenus tes discours ?

Les larmes perlèrent dans les yeux de Néfer Herou.

— Un soir, nous avons été surpris par ton mari… Un autre, c'est lui qui… nous a jetés dans les bras l'un de l'autre… Comprends, c'est un choc. Et depuis deux semaines que nous sommes ici, nous n'avons pas eu un instant d'intimité… Et maintenant, tu es la reine, comprends…

Elle se radoucit. Évidemment, ce n'était pas un privilège de tout repos que d'être un amant royal. Les deux épisodes nocturnes qu'il avait évoqué, puis la soudaine privation de tout l'avaient éprouvé.

— C'était mieux à Akhet-Aton, dit-il. Sans parler de mon logement… j'y étouffe.

— Pense donc à moi, dit-elle. Je suis aussi privée de toi. Et ces appartements aussi sont une fournaise.

Il leva les yeux vers elle et lui sourit.

— Il nous faut trouver un moyen de nous voir plus commodément, reprit-elle. Je pourrais te faire loger au rez-de-chaussée, c'est plus frais.

— Mais les gardes veillent sur l'escalier de nuit comme de jour.

— Je vais faire bâtir un autre escalier. Prends ton mal en patience. Notre mal.

Les yeux de Néfer Herou se mouillèrent de nouveau. Il s'élança et la prit dans ses bras. Elle lui caressa la tête.

Le Démon des choses vagues l'attaqua. Elle songea que toute reine qu'elle fût, elle s'anémiait de chaleur dans cette forteresse archaïque et qu'elle n'avait même pas licence de voir discrètement le seul homme qui lui procurât un vrai plaisir sexuel. Elle caressa l'idée absurde de s'enfuir avec lui.

On frappa à la porte. Ils se détachèrent l'un de l'autre. Elle alla ouvrir ; c'était la nourrice de la cadette des princesses, Setepenrê, alarmée ; celle-ci souffrait d'une diarrhée aiguë.

— Fais appeler tout de suite le médecin du roi, Aâ-Sedjem, dit-elle en se pressant derrière la nourrice pour aller voir sa jeune sœur. Attends-moi ici, dit-elle à Néfer Herou.

Setepenrê était allongée, pâle et frissonnante en dépit de la chaleur. Merit-Aton s'assit à son chevet. Aâ-Sedjem fit diligence. Il accourut, suivi d'un domestique portant son coffret de médecin. Il demanda à voir les selles de la princesse et ouvrit son coffret. Il en tira un sac d'argile blanche purifiée, envoya le domestique chercher dans sa chambre un des flacons d'eau distillée qu'il y gardait et, quand celui-ci fut revenu, versa de l'argile dans un verre, y ajouta de l'eau distillée, la mélangea à l'argile et fit boire le tout à la jeune princesse.

— Je reviendrai dans deux heures, annonça-t-il. Ne lui donnez rien d'autre à consommer ni boire jusqu'à demain que de l'eau distillée à la liqueur d'absinthe, que voici. Quelques gouttes tout juste. Demain, avec la vigilance de Thoth, elle sera remise.

— Quelle est la cause de son mal ? demanda Merit-Aton.

— Majesté divine, je crains que la chaleur de ces lieux ait aggravé une indisposition qui serait autrement demeurée inaperçue.

Merit-Aton considéra Aâ-Sedjem d'un œil pensif. C'était, en effet, une chance que d'avoir un amant médecin.

Sur quoi elle se rappela qu'elle avait oublié à Akhet-Aton son coffret de pharmacie et les précieuses boulettes somnifères qu'elle avait prises à sa mère Néfertiti.

Les trois architectes qui se tenaient respectueusement devant le monarque écoutèrent son souhait :

— Je voudrais construire un palais au bord du
Grand Fleuve, qui serait entouré de jardins.

— Majesté divine, répondit leur chef, toutes les
terres au bord du fleuve sont basses. Elles sont chaque
année recouvertes par la crue jusqu'au pied de la colline de Thèbes. Il s'ensuit qu'il faudra surélever toute la
superficie du palais et des jardins environnants de deux
coudées thébaines au moins au-dessus du niveau de
la plus haute crue connue. Par ailleurs, étant donné que
la crue infiltre le sous-sol et que celui-ci devient dangereusement meuble, il s'ensuit également qu'il faudra
remblayer les berges et bâtir un soubassement de
pierre sous les fondations.

Il s'avisa que c'était là un travail colossal.

— Est-ce faisable ?

— Majesté divine, il n'est pas de souhait que tu
puisses énoncer qui soit irréalisable. C'est simplement
affaire de temps. En tout cas, nous ne pourrons pas
commencer avant trois mois, c'est-à-dire le temps que
la terre se soit raisonnablement asséchée, puisque la
crue s'achève dans cinq semaines !

— Combien de temps faudrait-il donc ?

Le chef des architectes se tourna vers ses collègues
et, au terme d'un bref échange, répondit :

— Majesté divine, cela ne saurait être achevé avant
deux ans.

Deux ans ! Deux ans à cuire dans ce palais torride !

— Bien. Je vais y réfléchir.

Vint ensuite l'audience d'un notable qui demandait pour son fils un poste dans l'administration du palais. Il avait lui-même exercé la charge de comptable de l'intendance et semblait croire que c'était une charge héréditaire.

Puis celle d'un avocat qui requérait la grâce royale pour son client, emprisonné pour fraude fiscale.

Puis celle du chef des embaumeurs de Thèbes, qui se plaignait que les stipendes de sa profession ne fussent plus en accord avec le coût du natron et des aromates ; il avait été éconduit par Maya.

Puis celle du chef de la corporation des pêcheurs, qui demandait l'exemption des taux d'impôts sur les pêcheries, car ceux-ci ne tenaient pas compte des journées où l'on n'avait attrapé que du menu fretin.

Était-ce bien le lot d'un dieu vivant ?

30

La supplique à la Tête renversée

Un chien hurla au loin, protestation solitaire contre l'arrivée de la nuit, apte à réveiller l'anxiété des solitaires humains.

Le premier vent du soir proche agita les arbres et les rosiers des jardins royaux d'Akhet-Aton et gonfla la voile d'une barque de pêcheurs. Le couchant dora le Grand Fleuve, que la crue avait élargi aux dimensions d'une mer. La nature parla d'expansion du cœur et des sens.

Pas pour Maket-Aton. Elle considéra le paysage dont elle était prisonnière. La garde veillait aux portes et elle songea qu'elle pourrait s'enfuir par bateau. Mais pour aller où ?

Elle avait le droit de recevoir des visites, mais que valaient ces ouvertures sur le monde si l'on n'avait pas la liberté ? Et quel intérêt présentaient ces visiteurs ? Elle n'avait pas un goût excessif pour les conversations des deux ou trois filles de notables qui venaient la voir pour se targuer de connaître la Deuxième Épouse royale et ne parlaient que de vêtements et de galanterie, ni pour les épouses de notables qui étaient demeurées à Akhet-Aton ou qui y étaient revenues, et qui brûlaient évidemment de savoir pourquoi la Deuxième Épouse royale n'avait pas suivi la Cour à Thèbes. Mais elle tenait sa langue, fidèle au précepte de sa mère : une princesse ne met pas les étrangers au fait des affaires de famille. Elle répondait invariablement aux indiscrètes qu'elle avait souffert d'une grande fatigue qui l'avait empêchée de participer aux festivités de l'intronisation.

Personne n'était dupe et l'on caquetait donc à qui mieux mieux sur la princesse recluse d'Akhet-Aton.

Elle avait écrit à son grand-père pour se plaindre de cet exil intérieur ; avait-il reçu la missive ? Ou bien avait-elle été interceptée par l'intendant ? Toujours était-il qu'aucune réponse n'était revenue. Sans doute Aÿ n'était-il pas disposé à affronter le courroux du trône en allant libérer de force sa petite-fille.

Et combien de temps resterait-elle ainsi captive de la double décision du couple royal ? Sa sœur odieuse et son détestable époux attendaient sans doute qu'elle demandât pardon. Ils pouvaient attendre. Elle ne leur vouait que la plus entière exécration. Et elle ne voulait plus participer à la vie de la Cour : tous des empoisonneurs, des traîtres, des intrigants !

Des notables revenus de Thèbes, en attendant de s'y installer, avaient raconté à leur domesticité le faste du couronnement, et les domestiques du palais des Princesses en ayant recueilli des échos les avaient à leur tour rapportés à Maket-Aton.

L'intendant lui-même avait remis à la Deuxième Épouse royale un communiqué laconique sur le couronnement. Échos et document n'avaient fait qu'attiser la haine muette de Maket-Aton.

Les domestiques vinrent allumer les lampes du palais quasi désert. D'autres lui servirent le souper ; seules dans les vastes services de l'intendance, les cuisines et la blanchisserie restaient partiellement en activité : les brasseurs et les boulangers avaient suivi le couple royal à Thèbes ; la bière et le vin qu'on servait à la dernière occupante du palais étaient achetés en ville.

Elle soupa distraitement d'une salade de concombres à l'huile et au sel et d'une ou deux côtelettes de porc grillées. Il lui tardait de voir les domestiques s'en aller.

Quand ils eurent débarrassé la table, la nourrice vint lui annoncer d'une voix feutrée :

— Elle est arrivée.

Maket-Aton se leva prestement et donna l'ordre de faire monter la visiteuse. Quelques instants plus tard, une femme apparut d'un pas craintif, drapée dans une cape sombre qui dissimulait son corps et la presque totalité de son visage. Son regard accrocha au passage la lueur des lampes et lui composa un masque infernal. Elle se prosterna, front contre terre, devant Maket-Aton.

— Relève-toi.

La femme obéit.

— Tire un peu ton manteau que je voie ton visage.

Une main décharnée tira la capuche : la cinquantaine, un visage creusé et mangé par les yeux cernés d'un épais trait d'antimoine qui s'était égaré dans les

ridules. Pas de perruque, une chevelure sombre, largement griffée de blanc.

— Comment t'appelles-tu ?

— Soudja Hekt, princesse divine.

Celle qui réjouit Hekt, la déesse à tête de grenouille.

— Mets-toi en face de moi, ordonna Maket-Aton,
s'asseyant sur un tabouret bas. Donne-lui un verre de
vin, dit-elle à la nourrice. Notre entrevue doit rester
secrète, Soudja Hekt, entends-tu ?

— Princesse divine, si ma langue me trahissait, elle
me tuerait. J'ai la demi-centaine d'années. Songe si je
suis digne de ta confiance.

Maket-Aton hocha la tête.

— Je veux un sort pour punir ceux qui ont trahi
mon père et ma mère, dit-elle.

— Princesse divine, le sang d'Osiris ne coule-t-il
pas dans tes veines ? Les dieux sont avec toi.

— Non, laisse les dieux. Je veux un sort contre les
traîtres.

— Alors, c'est différent.

— Ils sont puissants.

— Qui est plus puissant que les Éternels, princesse
divine ? Il nous faudrait donc utiliser le mal contre le
mal.

Maket-Aton battit des cils ; elle ne comprenait pas.

— Il nous faudra faire appel à Apep, reprit la magicienne, le roi des démons.

Apep, le grand python ! Le maître du Mal !

Maket-Aton inspira profondément. Le sort en était
jeté.

— Qu'il renverse les traîtres, grommela Maket-Aton, qu'il leur fasse mordre la poussière !

La magicienne sortit de son manteau une motte de cire.

— Combien sont-ils ? demanda-t-elle.

— Deux.

— Leur sexe, princesse divine ?

— Un homme et une femme.

La magicienne tira un couteau de son manteau et coupa en deux la motte de cire, puis entreprit de pétrir la première. Maket-Aton observait les doigts osseux étirer, rouler et creuser la cire noirâtre et lui donner lentement une silhouette évocatrice d'une forme humaine ; un oushebti grossier. Elle y fixa un phallus démesuré.

Maket-Aton frémit en repensant à la nuit où elle avait surpris Merit-Aton et Semenkherê. Sa joue lui brûla. Elle songea également à une autre nuit horrible, celle où son père l'avait sacrée Deuxième Épouse royale et l'avait rejointe dans sa chambre.

Cet objet qui l'avait déflorée ! Son père ! Et ces baisers dénaturés ! Comment Merit-Aton avait-elle jamais pu supporter le contact d'un membre masculin après cela ? Et cette déjection gluante et fétide qui sortait après un supplice de frottements ! Mais il était vrai que sa sœur était une ribaude.

Elle se demanda si Ankhensep-Aton avait vraiment été déflorée, elle aussi, par son père. Elle avait posé la question à sa mère, qui ne lui avait jamais répondu. Quant à Ankhensep-Aton, elle s'était énergiquement refusée à l'examen que son aînée prétendait lui faire subir.

— As-tu un brasero? demanda la magicienne à la nourrice. Ramène-le avec du petit bois et des braises.

Celle-ci partit vers les cuisines, à la recherche de l'objet demandé, qui ne servait que l'hiver. Un long moment passa. La nuit chuintait de ses voix infimes, crapauds, grenouilles, grillons, chouettes, renards, chacals. Les crapauds et les grenouilles, surtout, qui célébraient sans doute la fin de la crue. La magicienne et sa cliente se regardèrent par-dessus les déserts froids de la haine. Combien d'existences avait-elle ainsi saccagées, elle qui pourtant n'éprouvait ni haine ni amour pour les objets de ses invocations? Elle n'était que l'instrument des passions humaines. Elle intercédait auprès des puissances bénéfiques ou maléfiques et celles-ci agissaient selon leur bon vouloir, trop heureuses d'être reconnues et de se mêler des affaires humaines.

Comme les dieux, en effet, les esprits du Mal dépérissaient faute d'hommages humains.

La nourrice revint enfin. Soudja Hekt avait achevé de modeler la seconde figurine. Elle posa le brasero entre Maket-Aton et elle.

— Possèdes-tu un objet qui appartienne à chacun des traîtres? demanda-t-elle quand la première statuette eût été achevée, entreprenant de modeler la seconde.

Maket-Aton réfléchit. Il ne restait presque aucun objet personnel dans les chambres désertées par sa sœur; quant à Semenkherê, elle n'avait jamais eu accès à ses appartements. Elle se leva néanmoins pour aller fouiller dans la chambre de sa sœur, sous le regard effrayé de sa nourrice. Elle décrocha une lampe au passage, mais que trouverait-elle dans des chambres qui avaient été balayées ? Sur le lit, évidemment rien. Les coffres étaient partis. Elle ouvrit un placard et y promena la clarté du lumignon ; une étincelle capta son regard ; c'était une épingle en or, coincée à l'arrière d'une étagère. Elle la dégagea et l'examina ; une épingle à fixer la perruque. Elle appartenait très probablement à sa sœur.

Mais pour Semenkherê, rien.

Elle revint, semi-bredouille et tendit l'épingle à Soudja Hekt.

— Je n'ai trouvé que ceci, qui appartient à l'un des traîtres. Pour l'autre, je n'ai rien.

— Écris alors son nom sur un petit bout de papyrus, princesse divine. Un tout petit bout.

Du papyrus ? À quoi donc rêvait cette sorcière ? Il était réservé aux actes royaux et gouvernementaux. Elle avait dû faire une requête pressante aux scribes pour obtenir la feuille sur laquelle elle avait écrit à son grand-père. Or, les scribes étaient partis et il n'y avait pas trace de papyrus à l'étage.

— Si tu n'as pas de papyrus, écris-le sur ce bout de bois, dit Soudja Hekt, tendant à Maket-Aton une brindille qu'elle avait retirée du brasero.

Mais la princesse n'avait pas non plus de pinceau ni d'encre ; il eût fallu descendre les chercher dans la salle des scribes, au rez-de-chaussée.

— Grave le nom avec l'épingle, c'est encore mieux, dit Soudja Hekt.

Maket-Aton s'appliqua. Quand le nom fut inscrit, la magicienne vida son gobelet de vin, embrasa un rameau à la flamme d'une lampe et mit le feu au fagot. Puis elle sortit un sachet d'un sac attaché à sa ceinture et saupoudra les flammes. La fumée devint bleuâtre et plus épaisse. Maket-Aton reconnut le parfum de la résine.

— Haura, s'écria la magicienne d'une voix rauque, je connais ton nom, je t'appelle.

Haura, cela signifiait Tête renversée.

— Hemhemti, je connais ton nom, je t'appelle.

Le Grogneur.

— Quetou, je connais ton nom, je t'appelle.

Le Faiseur de Mal.

Les traits tirés par la peur, la nourrice tendait le cou.

— Amam, je connais ton nom, je t'appelle.

Le Dévoreur.

— Saatet-ta, je connais ton nom, je t'appelle.

L'Assombrisseur de la Terre.

La nourrice eut un hoquet. Des ailes avaient battu sur la terrasse.

— Ioubani, Khermouti, Ounti, Karauememti, Khesef-hra, Sekhem-hra, Nai, Ouai, Beteshou, Khareboutou, je connais vos noms, je vous appelle.

Des flammèches voltigèrent au-dessus du brasero.

— Apep, tu vois, je connais tous tes noms, viens à l'aide de ta servante Maket-Aton, qui t'en implore. Deux humains doivent être punis.

Un gros papillon de nuit voltigea autour du feu. Peut-être la fumée l'intoxiqua-t-elle. Il tomba dans le feu comme un oiseau sacrificiel. Maket-Aton observait la scène d'un regard fixe. La magicienne lui prit des mains la brindille portant le nom gravé et l'enfonça dans la tête de la figurine au phallus. Dans l'autre, elle piqua l'épingle d'or.

— Apep, artisan du Grand Équilibre, abats les puissants qui font du tort à ta servante Maket-Aton, qui te reconnaît et demande ta force pour les abattre.

Comment savait-elle que c'étaient des « puissants » ? Maket-Aton sursauta. Elle aurait juré avoir vu une ombre glisser au fond de la salle. Une petite ombre bossue et hideuse.

— Je le sens, dit la magicienne. Apep est venu.

La nourrice, aphone de terreur, écarquilla les yeux.

La magicienne jeta la première figurine dans le feu. La cire fondit rapidement, imprégna le bois, et une flamme haute et grasse jaillit du brasier. Elle se tordit dans la brise du soir et un plumet de fumée noire s'éleva bien au-dessus.

La seconde figurine, celle à l'épingle d'or, rejoignit la première. Elle fondit aussi, mais le feu crachota. Des flammes courtes semblèrent gambader dans le brasero. La magicienne fronça les sourcils.

— Une de ces personnes est protégée, princesse divine. Apep a du mal à l'atteindre…

Le cœur de Maket-Aton battait à se rompre. Elle ravala sa salive.

— Nul ne donne d'ordres à Apep, on ne peut lui adresser que des suppliques…

Un temps infini passa. Les flammes s'apaisèrent.

— Voilà, divine princesse. J'ai fait ce que j'ai pu.

Maket-Aton hocha la tête. Elle déroula l'un des poings qu'elle avait jusqu'alors tenu fermé ; il contenait une grande agrafe d'or ornée d'une pierre rouge. Elle la tendit à la magicienne.

— Va, lui dit-elle.

Celle-ci considéra le paiement et écarquilla les yeux. Un salaire royal. Elle se leva, se prosterna devant la princesse et lui baisa les mains. Puis elle se drapa dans son manteau et partit, contournant la grande vasque dans laquelle les lotus s'étaient depuis longtemps fermés.

Car Anubis était passé.

Dans le fond du brasero, la tête de l'épingle d'or rougeoyait encore, telle un œil d'insecte malveillant.

31

Absurde cauchemar éveillé

Merit-Aton, son époux, Tout-Ankh-Aton et Ankhen-sep-Aton partageaient presque tous les soirs le dernier repas de la journée. C'était pour eux une façon de se conforter dans le monde inconnu de Thèbes et plus encore dans ce palais décidément revêche.

— Les remèdes d'Aâ-Sedjem ont fait merveille sur Setepenrê, annonça-t-elle. Elle s'est remise le lendemain même et elle a retrouvé son appétit.

— Aâ-Sedjem est un excellent médecin, déclara Semenkherê.

Merit-Aton se garda d'énumérer les autres raisons auxquelles elle attribuait sa faveur à la Cour.

— Maintenant, c'est Néferneferourê qui est malade, annonça Ankhensep-Aton.

— Tout le monde est malade, observa philosophiquement Tout-Ankh-Aton.

— Aâ-Sedjem m'a fait remarquer que nous ne nous nourrissons plus que de melons, de concombres et de pain, ajouta Merit-Aton. Selon lui, ça donne la diarrhée.

Semenkherê songea que, depuis son arrivée à Thèbes, il n'avait pas connu une seule nuit de sommeil paisible ; non seulement il était réveillé par des suées profuses, mais encore les vacarmes du changement de la garde et les carrioles de l'approvisionnement le tiraient-ils de son lit à l'aube. Tout l'art d'Aâ-Sedjem n'y pouvait rien, et ses charmes ne parvenaient guère à ranimer les ardeurs de son royal amant.

Merit-Aton, elle, songea qu'elle n'avait pu trouver deux heures d'intimité avec Néfer Herou : elle était accablée de demandes d'audience des dames de l'ancienne cour, qui espéraient reprendre le fil des rapports cérémonieux si longtemps interrompus, ainsi que des épouses des prêtres et des notables de la ville. La femme de Houmose lui avait pour ainsi dire imposé une intendante à la garde-robe, alors que le poste était déjà pourvu ; une espionne, à coup sûr. Quant à la chambre des fards, qui avait finalement été logée dans un réduit près de la garde-robe, elle se révélait inutile : les fards ne tenaient pas une heure sur le visage.

Tout-Ankh-Aton, toujours discret, ne se plaignait pas ; mais il semblait plus pâle et moins vaillant qu'à Akhet-Aton.

Ankhensep-Aton était morose ; elle ne voyait Pasar, l'unique objet de ses pensées, que lorsque les cours de celui-ci avaient pris fin, vers cinq heures. La seule aire de jeux qu'ils eussent trouvée était alors sur les toits du palais, brûlants et d'une blancheur aveuglante, où patrouillaient en permanence, d'un pas dolent, une douzaine de gardes somnolents.

Avec l'intuition de la jeunesse, elle flairait également un rapport entre la scène pénible qu'elle avait surprise dans les jardins d'Akhet-Aton et l'arrivée à Thèbes. Les explications de Merit-Aton sur la gifle qu'elle avait administrée à sa sœur ne l'avaient qu'à demi-satisfaite : « Maket-Aton a perdu la raison. Elle croit que Semen-kherê et moi avons fait empoisonner ma mère. »

Tout ça n'était pas clair.

D'ailleurs, le monde ne finissait pas de s'assombrir depuis la mort de son père, puis celle de sa mère. Près de trois semaines d'exil à Thèbes avaient changé l'existence en une tâche longue et sans charme.

Elle résuma la situation :

— Nous étions mieux à Akhet-Aton.

Un silence prolongé accueillit cette réflexion.

— Nous étions mieux, en effet, à Akhet-Aton, admit Semenkherê.

Les convives échangèrent des regards interroga-teurs. Tout le monde le pensait depuis quelques jours, mais personne n'osait le dire.

— Nous pourrions y retourner de temps à autre, sug-géra Merit-Aton. Cela vaudrait mieux pour mes sœurs.

— Pas pour Maket-Aton, lâcha Ankhensep-Aton.

Tout-Ankh-Aton étouffa un rire.

— Bon, conclut Semenkherê, j'ai compris, nous repartons demain.

Les regards se tournèrent vers lui, éberlués.

— Pour toujours ? demanda Merit-Aton, stupéfaite.

— Non, pour deux ou trois semaines, on verra, répondit Semenkherê d'un ton vague.

La décision sema un désarroi perceptible dans le cabinet royal.

— Tu es arrivé il y a trois semaines, mon roi, observa Thoutou, et nous n'avons pas fini de transférer l'administration. Faudra-t-il ordonner un nouveau transfert vers Akhet-Aton ?

— Non, répondit Semenkherê sans conviction. Je ne ferai qu'un séjour limité à Akhet-Aton.

Thoutou demeurait perplexe.

— Et le cabinet royal, mon roi ? Te suivra-t-il à Akhet-Aton ?

— Non. S'il y a des décisions importantes à prendre, vous m'enverrez un messager.

Si la décision devait être prise dans l'après-midi, songea Thoutou, le messager ne parviendrait pas à Akhet-Aton avant le lendemain soir. Et la réponse mettrait autant de temps à revenir. Autant dire qu'il faudrait quatre jours pour obtenir l'assentiment royal. Maya intervint à son tour :

— Et le personnel du palais, mon roi ? L'intendant, le Premier chambellan, le personnel ?… Il ne reste plus à Akhet-Aton qu'un seul cuisinier pour le service de la Deuxième Épouse royale…

Semenkherê réfléchit un moment et répondit :

— Une partie de ce personnel me suivra là-bas.

En fin de compte, songea Maya, cela reviendrait en somme à doubler le personnel du palais.

— Que dirai-je à Houmose, mon roi ? demanda Thoutou.

— La simple vérité. Qu'il fait déjà chaud à Thèbes à la saison de la Crue, qu'il fera encore plus chaud à la saison des Semailles et que, sur les conseils de mon médecin, je vais prendre le frais à Akhet-Aton pendant quelque temps.

— Il n'échappe pas à ta très grande sagesse, mon roi, que l'apaisement obtenu dans les clergés était dû, non seulement à ton intronisation au temple d'Amon, mais également à ton installation et à celle du gouvernement à Thèbes. Ton retour à Akhet-Aton pourrait être interprété comme le signe d'un revirement.

— Il serait absurde, rétorqua Semenkherê, que l'harmonie du royaume dépende de chacun de mes déplacements. Ce sera ton rôle que faire comprendre au cabinet royal et aux notables de Thèbes que mon retour à Akhet-Aton n'est que temporaire et qu'il n'est dû qu'à des raisons de confort. Le palais de Thèbes est trop exigu et la construction d'un nouveau palais ne saurait être achevée avant deux ans. En attendant, je tire parti de bâtiments plus confortables qui existent déjà à Akhet-Aton et où j'irai me reposer de temps à autre avec les miens.

— Nous pourrions gagner de l'espace sur les bâtiments administratifs, mon roi, proposa Thoutou. Cela vaudrait mieux que de laisser entendre aux notables que tu ne saurais t'accommoder d'un palais qui convenait à ton père divin.

Semenkherê s'impatienta.

— Il faudrait, pour me donner assez d'aises, récupérer tous les bâtiments administratifs et les reconstruire. Ce serait une entreprise colossale et je doute qu'elle soit mieux accueillie. Thèbes manque d'espace. Sa population a doublé en vingt ans, tu le sais aussi bien que moi. Il faudrait la rebâtir toute entière. Elle manque aussi de jardins. J'ai déjà donné l'ordre, d'ailleurs, d'en créer au sud du palais, au-delà de l'enceinte. Mais ce n'est qu'un palliatif. De toute façon, je te prie de croire que je ne m'exile pas à Akhet-Aton. Cette capitale fait partie du royaume, autant que je sache, et je ne vois pas qu'il faille s'inquiéter à ce point que j'aille y séjourner deux ou trois semaines de temps à autre.

Le ton n'appelait pas de réplique. Thoutou se garda donc d'insister. Apparemment, son monarque ne percevait pas la nature symbolique d'Akhet-Aton pour les courtisans, les clergés et les notables, surtout à Thèbes, qui s'était sentie délaissée, sinon méprisée pendant tout le règne d'Akhen-Aton.

Il s'inclina.

— Quand mon roi désire-t-il partir ?

La question surprit Semenkherê ; il avait donné le matin même l'ordre à Ouadj Menekh de faire préparer *La Gloire d'Aton* pour l'après-midi.

— Cet après-midi, répondit-il.

— À ce propos, mon roi, puis-je te soumettre une suggestion ?

— Je t'écoute.

— Ne serait-il pas opportun, mon roi, de donner un nouveau nom à ton bateau ?

Semenkherê se rendit à l'avis de son vizir. En effet, il faudrait l'appeler désormais *Gloire d'Amon*.

— Une journée sera nécessaire pour cela, mon roi. Cela me permettra de préparer les esprits à ton départ pour Akhet-Aton.

Le vizir posa sur Semenkherê un regard sombre ; quels mots lui pesaient donc sur la langue ?

— Parle donc, lui ordonna Semenkherê.

— Pardonne-moi, mon roi : la Deuxième Épouse royale séjournera-t-elle longtemps à Akhet-Aton ?

— Je l'ignore, répondit Semenkherê. Pourquoi cette question ?

— Les notables de la Cour et de la ville s'interrogent sur son absence prolongée, mon roi. Personne au palais n'est en mesure de l'expliquer. Et ces mystères ne sont pas favorables à ta gloire.

Semenkherê scruta le visage de Thoutou : était-il informé de la lettre que Maket-Aton avait adressée à Aÿ et que les sbires de Mahu avaient interceptée ? Car cette péronnelle avait cru qu'elle pourrait confier à un bate-lier une missive sur papyrus pour l'expédier à Akhmim sans que personne ne s'en avisât.

— Je verrai à régler ce problème, répondit-il.

Mais il n'avait aucune idée sur la façon d'y parvenir. De plus, des questions anciennes lui revenaient en mémoire et ranimaient sa perplexité. Il conservait les documents prélevés au pavillon des Archives d'Akhet-Aton, la nuit où il avait surpris Merit-Aton avec Néfer Herou. Aâ-Sedjem avait dit vrai : Thoutou avait dissimulé à Akhen-Aton des rapports sur les troubles dans le royaume. Pourquoi ? Qu'en était-il de Thoutou ? Avait-il essayé d'affaiblir le pouvoir royal ? Mais si sa stratégie consistait à isoler le trône, pourquoi avait-elle changé ? Pourquoi lui faisait-il maintenant part de soucis qui nuisaient au prestige royal ? Quel jeu jouait-il ?

Il avait longtemps différé l'interrogatoire, afin de ne pas s'aliéner ce ministre qui lui était resté fidèle pendant sa disgrâce. Mais il faudrait s'y résoudre bientôt.

Il soupira.

Restait à préparer à la déception du retard Merit-Aton et les autres participants au voyage. Puis à établir la liste de ceux qui feraient partie de sa suite. Ouadj Menekh ? Non, car il ne s'agissait pas d'un transfert de la Cour et la présence du Premier chambellan ne serait pas nécessaire. Le Premier intendant ? Oui, car il faudrait réaménager les palais. Le maître de la garde-robe ? Non, puisque le roi n'emportait que les effets nécessaires à son séjour et aucun des habits cérémoniels, et par-devers lui, Semenkherê se félicita de suspendre les attentions indiscrètes d'Aoutib ; le second intendant de la garde-robe suffirait. Des cuisiniers ? Bien sûr : trois.

Et ainsi de suite.

Merit-Aton dut se livrer au même exercice. Le maître des Parfums fut évidemment inclus dans son équipage.

En regardant les flots bruns glisser le long des flancs de *La Gloire d'Amon*, Merit-Aton songea au problème qui l'attendait à Akhet-Aton : sa sœur. Elle ne douta pas qu'elle retrouverait une lionne enragée. Or, on ne pouvait consacrer tout le palais des Princesses à l'incarcération de cette mégère.

À l'avant du bateau, Ankhensep-Aton et Pasar, détaché de son école sur requête spéciale du Premier scribe royal, regardaient le Grand Fleuve, bien plus sagement qu'à leur arrivée.

Comme on change ! songea Merit-Aton. Et combien vite. Au fur et à mesure qu'il avançait, le temps s'affranchissait des rythmes du soleil et de la lune. Elle eut le sentiment d'avoir en quelques mois vieilli de plusieurs années.

Aâ-Sedjem, assis à l'arrière, avec les nourrices, semblait impassible.

La même situation se reproduisait, se dit-elle encore. À cette différence près qu'elle n'éprouvait aucune animosité à l'égard de Celui qui approche le Corps du roi. En réalité, elle lui savait même gré de la dispenser des ardeurs royales. Elle n'éprouvait aucune attirance pour ce corps gracile et mou, encore moins quand elle songeait au physique vigoureux de Néfer Herou. Elle avait craint, à Thèbes, que Semenkherê la rejoignît dans son lit ; vaines appréhensions.

Elle regarda derrière elle : la barque qui transportait Néfer Herou en compagnie de quelques scribes, fonctionnaires et employés du palais, y compris les cuisiniers, suivait à brève distance. Elle se félicita d'avoir abandonné à Thèbes l'intendante à la garde-robe imposée par l'épouse de Houmose ; elle savait que la plus grande partie du personnel royal ragotait à qui mieux mieux.

— Et Maket-Aton ? murmura-t-elle à l'oreille de son époux.

— J'y songeais. Nous l'exilerons au palais du Nord.

— Elle a dû écrire à Aÿ.

Il fut surpris : l'avait-elle deviné ou bien l'en avait-on informée ?

— Il ne peut rien pour elle, répondit-il. À moins de monter une expédition militaire. Et ce serait sa perte, il le sait bien. La garnison est demeurée à Akhet-Aton et la police aurait vite raison d'une pareille tentative. Le palais des Princesses reviendra donc à tes sœurs.

— Et elle ?

Semenkherê l'interrogea du regard.

— Que deviendra-t-elle ? précisa Merit-Aton.

Il haussa les épaules.

— Je l'ignore. Le mieux qu'elle puisse faire est d'implorer notre pardon.

Hypothèse aventureuse.

— J'ai la preuve qu'elle et Aÿ sont de mèche, dit-il.

— Mais que peuvent-ils faire contre nous ? s'écria-t-elle.

Il haussa de nouveau les épaules.

405

— En plus d'être une ennemie à l'intérieur de nos murs, Maket-Aton est devenue un problème pour l'image de la famille royale.

— Elle est encouragée par Aÿ. Nous devrions, nous aussi, le faire espionner, suggéra-t-elle.

— Bonne idée, jugea-t-il. J'en parlerai à Mahu.

Mais Mahu était resté à Thèbes. Qu'à cela ne tînt. Il le convoquerait à Akhet-Aton.

Il songea qu'à la fin, il était heureux d'avoir quitté la capitale, ne fût-ce que pour quelques jours.

Quelques jours.

Tout à coup, il eut l'impression, extrêmement déplaisante, qu'il voguait seul sur des flots hostiles et que *La Gloire d'Amon* était une barque funèbre qui les conduisait vers l'au-delà.

Le royaume lui apparut comme un animal monstrueux, agité de soubresauts dangereux. Peut-être le royaume lui-même était-il Apopis…

Absurde cauchemar éveillé.

32

La prisonnière,
l'arbre, le serpent fou

Oublieuse du protocole, Ankhensep-Aton bondit la première de *La Gloire d'Amon* pour mettre pied sur l'estacade de bois du débarcadère. Pasar s'élança après elle. L'expérience de Thèbes avait été aussi pénible que le deuil de sa mère. Là, elle aurait presque dansé de joie. Elle courut dans les jardins, un peu abandonnés, parmi les rosiers, les lys de Koush, les thuyas, les murs couverts de réséda et de jasmin.

Semenkherê et Merit-Aton considérèrent le paysage familier et les murs dorés du palais royal et du palais des Princesses. L'apaisement les caressa. Non, Thèbes n'avait pas détruit Akhet-Aton. Puis un mouvement sur la terrasse du palais des Princesses accrocha leur regard. Maket-Aton. Elle les avait vus arriver.

Quelques moments plus tard, les passagers du second bateau, l'intendant, trois cuisiniers, le second valet de la garde-robe et, bien sûr, Néfer Herou mirent pied à terre. Le Premier intendant courut vers son maître, pour le recevoir. La décision du retour avait été si rapide que ni Ouadj Menekh ni l'intendant n'avaient eu le temps de dépêcher des messagers en avance et d'organiser l'arrivée de la famille royale. Ce dernier pria le monarque de l'en excuser.

— C'est mieux ainsi, répondit Semenkherê.

La matinée entière ne fut pas de trop pour mettre de l'ordre dans les anciens appartements. Heureusement, tout le mobilier n'était pas parti pour Thèbes et plusieurs pièces en étaient même revenues, car il n'y avait pas de place pour elles là-bas.

Après une collation rapide dans les jardins, Merit-Aton dit à son époux :

— Il faut régler le sort de Maket-Aton.

Il acquiesça et fit convoquer par l'intendant la princesse rebelle au jardin.

Le messager se fit toiser comme un quémandeur.

— Va, dit-elle enfin, précède-moi.

Elle descendit d'un pas dédaigneux et, arrivée au jardin, devant Semenkherê et Merit-Aton, elle prit un siège, s'assit et déclara au couple royal :

— Vous avez demandé à me voir. Que puis-je pour vous ?

Guère décontenancé, Semenkherê lui répondit :

— Ton comportement à notre égard à tous deux a été odieux. J'aimerais entendre que tu le regrettes.

— Je ne le regrette pas le moins du monde. Je ne reviens sur aucun mot que j'ai dit.

Elle balaya d'un regard méprisant son royal interlocuteur et son épouse.

— Tu répands tes infamies à l'extérieur et tu complotes contre la couronne avec le seigneur Aÿ, reprit Semenkherê. La lettre que tu lui as envoyée a été interceptée et copiée pour mon information.

Elle tressaillit sous le coup de la révélation.

— Il s'ensuit que j'ai été trop bon de t'autoriser à communiquer avec le monde. À partir de maintenant, tu seras enfermée au palais du Nord sans contact avec l'extérieur. Regagne tes appartements en attendant qu'on t'y conduise en litière sous surveillance.

Elle se leva, blême, et lança un regard de haine à sa sœur et à Semenkherê.

Il fit appeler l'intendant et donna l'ordre de prévenir la garnison d'Akhet pour déléguer un détachement au palais.

— Elle n'y survivra pas, dit Merit-Aton, que l'entretien avait secouée. Ou bien elle tentera de s'enfuir.

— Je n'ai aucune intention de la laisser rejoindre Aÿ.

Sur quoi tout le monde monta prendre ses quartiers.

Ankhensep-Aton et ses sœurs cadettes gagnèrent le palais des Princesses avec leurs nourrices. Il faudrait se mettre en quête d'esclaves pour les servir.

Pasar reprit ses anciennes habitudes et dormit chez ses parents, fiers de compter un fils dans la suite royale.

Semenkherê reprit ses appartements dans la Maison du roi.

Et Merit-Aton, les anciens appartements de sa mère au palais royal. Elle n'avait plus besoin, désormais, d'emprunter les souterrains pour rejoindre son amant.

Elle se rendit au palais des Princesses, pour veiller à l'installation de ses sœurs, en attendant que Maket-Aton partît pour le palais du Nord. Elle remarqua dans le grand corridor du premier étage un brasero près de la terrasse, dont le vent éparpillait les cendres par terre.

— Que fait là ce brasero ? demanda-t-elle.

Une servante s'empressa de venir l'emporter. Merit-Aton s'étonna qu'on eût fait du feu par une température aussi clémente. Mais elle voyait bien que les cendres étaient récentes. Elle se pencha sur le brasero et sa curiosité fut piquée par une miette qui ressemblait à de l'or. Elle la dégagea des cendres et reconnut, en effet, une épingle d'or déformée par le feu.

Elle fronça les sourcils. À quoi avait donc servi ce feu ? Assaillie par des hypothèses sinistres, elle regarda la porte close de Maket-Aton. Un symbole : sa sœur s'était changée en chambre close, scellée sur la haine. Elle avait donc fait de la sorcellerie.

Merit-Aton se promit d'interroger la nourrice.

Un fruit mûr, songea-t-elle. Plein de jus. Cela faisait des mois qu'il ne l'avait pas touchée. Il haletait. Il n'avait pas besoin de caresses. Elle posa sa main sur son épaule. Elle glissa vite.

Il la dévora.

Elle haleta aussi.

— Maintenant, dit-elle.

Deux saisons se combinèrent dans les deux corps, la crue et les semailles.

Et quand elles furent passées, il la tint enserrée dans ses bras. Ils s'étaient transformés en serres d'oiseau géant. Ils étaient soudés par les bouches et les sexes.

Une nouvelle fois, ils se détachèrent du monde, fondus l'un dans l'autre. Le soleil se fondit dans la lune et les deux formèrent un astre nouveau, Lune-Soleil.

Tout recommença.

Il reprit lentement son souffle.

La brise nocturne rafraîchit leurs corps, puis leurs esprits.

Elle le repoussa doucement.

— J'allais mourir, murmura-t-il, s'allongeant près d'elle et la serrant dans ses bras. Et cette fois-ci, tu m'as tout donné.

Elle lui caressa longuement l'oreille, l'arcade sourci-lière, le nez, la bouche.

Elle avait calculé exactement son jour.

Un moustique chanta, sans doute pour saluer cette nuit féconde.

411

Quelques jours plus tard, dans l'après-midi, Semen-kherê rejoignit son épouse dans sa chambre. Elle se reposait, comme elle en avait l'habitude, après le déjeuner. Il s'assit près d'elle et lui caressa les jambes. Ils échangèrent des regards interrogateurs. Une demande et une surprise.

Soit. Elle avait appréhendé cette visite. Mais ce jeune homme était roi et mari. Et beau. Et de surcroît, ils étaient alliés dans un combat contre des puissances maléfiques.

Il remonta la robe et caressa les cuisses. Puis au-delà. Il n'était pas maladroit. Il se défit de son pagne et s'allongea près d'elle.

Elle s'interdit de faire des comparaisons.

Il parvint même à lui arracher des gémissements.

Puis elle s'assoupit un moment, tandis qu'il se reposait près d'elle, couché sur le côté. Elle songea confusément que Néfer Herou était un arbre, et Semenkherê, un roseau. Elle éprouva pour le roseau une tendresse inquiète.

Il était venu auprès d'elle en quête de ce qu'Aâ-Sedjem ne pouvait pas lui donner : une descendance, c'est-à-dire l'assurance de la survie. Un enfant était bien plus précieux que l'art du meilleur embaumeur du royaume.

Elle rouvrit les yeux ; il s'était à son tour endormi ; elle considéra les épaules frêles, les mêmes que celles de son frère, cette peau fine et molle, ces pieds délicats, presque ceux d'une femme. Elle lui caressa la joue.

Elle se demanda si Aâ-Sedjem lui caressait aussi la joue.

Plus tard, quand il se leva pour retourner à la Maison du roi et aller au bain, avant le souper, elle faillit lui dire que le nid était déjà occupé. Mais elle se ravisa. Pourquoi le blesser ?

Elle n'avait jamais été aussi consciente de la fragilité de son roi que cet après-midi-là.

Les jours se changèrent en semaines, caressées par les brises, douces en journée et fraîches en soirée. Entre les étreintes viriles d'Amon-Râ et l'embrassement maternel de Noût, qui soutenait le ciel nocturne et ses étoiles.

L'on était au mois de Khoïak, le quatrième et dernier de la saison de la Crue.

Deux messagers vinrent de Thèbes, porteurs d'un message de Thoutou : une révolte de paysans avait éclaté dans une grande propriété d'Abdou[1], jugeant leurs conditions de travail insupportables, et la police de cette ville refusait d'intervenir, jugeant que les rebelles avaient raison. Or, l'on était à peu de jours du pèlerinage d'Osiris, la plus grande fête du royaume. Le

---

1. Nom ancien d'Abydos, « Colline du reliquaire », où était supposée reposer la tête d'Osiris.

roi était-il d'avis qu'on dépêchât sur place la garnison ou bien la police de Thèbes ?

Semenkherê dicta à l'un des scribes messagers la réponse suivante :

> *Envoyez la police. L'armée ne doit pas se battre contre des sujets du roi. Imposez au pro-priétaire, par la voix du préfet de la région, un adoucissement des conditions de travail des paysans. Ce genre de révoltes ne doit pas se pro-duire.*

Le premier messager soumit ensuite au roi une question du vizir : le roi divin daignerait-il informer son serviteur de la date à laquelle il comptait regagner Thèbes ?

— Très bientôt, répondit-il.

Trois jours plus tard, les messagers revinrent. Le sou-lèvement d'Abdou avait mal tourné. Les paysans avaient battu le propriétaire et sa famille. Comme c'était là un comportement criminel, le chef du détachement de la police de Thèbes, dépêché sur place pour rétablir l'ordre, avait donc dû emprisonner les meneurs. Pis : le propriétaire, sur les domaines duquel la révolte avait éclaté, avait envoyé promener le préfet et ses conseils et lui avait tenu des propos séditieux ; le préfet l'avait donc fait arrêter aussi. Le grand-prêtre du temple d'Osi-ris s'inquiétait de la situation. Le vizir suggérait donc d'envoyer à Abdou une partie de la garnison de Thèbes pour garantir la paix pendant le festival d'Osiris.

Semenkherê comprit : il fallait agir vite. Ce royaume était aussi convulsif qu'un serpent géant. Il décida de partir dès le lendemain et donna l'ordre d'appareiller *La Gloire d'Amon*.

33

Les ennemis d'Osiris

L'air résonnait de lamentations.

« Ils crient ! Ils ont répandu le désordre ! Ils ont commis le meurtre ! Ils ont créé l'emprisonnement ! »

C'étaient les célébrants qui récitaient le texte rituel, tout en suivant la procession.

Devant eux, huit prêtres portaient sur leurs épaules une plate-forme tendue de rouge sur laquelle se dressait une statue dorée et momiforme d'Osiris, parée de bijoux.

En tête du cortège allaient d'un pas solennel le délégué du roi, toujours le même au fil des ans, et le grand-prêtre du temple d'Osiris.

Des milliers de personnes, fonctionnaires, propriétaires terriens, marchands, artisans, paysans, pêcheurs, hommes et femmes, enfants, vieux et jeunes, riches et pauvres répétaient le texte qu'ils connaissaient par cœur, depuis le temps qu'ils participaient au festival :

« Malheur, malheur ! Ils sont nombreux, les ennemis de l'harmonie ! Ils sont nombreux, les ennemis du dieu des dieux ! »

Les cistres et les tambourins scandaient les incantations.

Non seulement la quasi-totalité de la population du nome d'Abdou était-elle présente, mais encore des masses accouraient-elles d'un très grand nombre de nomes voisins, et même des oasis et des centres de la mer des Roseaux. Personne n'eût songé manquer le festival d'Osiris. En représentant la passion du dieu primordial, cette liturgie, la plus courue des Deux Terres, accomplissait et symbolisait la tragédie humaine pour les esprits les plus cultivés autant que les plus simples.

Osiris, homme bon et beau, fils des dieux Noût et Geb, avait suscité la jalousie de son frère Seth parce qu'il attirait l'amour de tous. Après avoir secrètement pris ses mensurations, Seth avait donc fait confectionner un très beau coffre et annoncé au cours d'un banquet qu'il l'offrirait à celui qui le remplirait exactement. Quand Osiris s'y était, après les autres, naïvement allongé, les complices de Seth avaient sauté sur le couvercle et, l'ayant refermé et scellé avec du plomb fondu et des clous, l'avaient jeté dans la mer.

C'était l'allégorie de la trahison dont tout humain s'estime victime sur la terre.

Alors avait commencé pour Isis, la sœur et maîtresse de la victime, la quête du corps d'Osiris. Elle avait retrouvé enfin le coffre à Byblos et l'avait rapporté dans les Deux Terres pour l'enterrer.

C'était l'allégorie de l'amour parfait, qui survit à la mort.

Seth ayant retrouvé la sépulture d'Osiris, l'avait déterrée et découpée en treize morceaux qu'il avait éparpillés dans le royaume. La quête de la pauvre Isis recommençait. Elle retrouvait tous les morceaux du corps, sauf le treizième, sans lequel la résurrection d'Osiris ne pouvait s'accomplir : le phallus. Mais enfin, avec l'aide de Rê compatissant, qui lui avait délégué Thoth et Anubis, elle retrouvait aussi ce fragment.

Nephtys et elle le rendaient enfin au cadavre, qui montait au ciel.

Et c'était l'allégorie plus réconfortante, celle de la résurrection à la vie éternelle, gagnée grâce à l'amour et à la puissance des dieux.

L'histoire d'Osiris consolait les mortels de leur sort ici-bas, en démontrant que même les dieux avaient subi leur sort ; son achèvement exauçait le désir d'éternité de tous les mortels.

De part et d'autre de la rue, une foule dense avançait pour observer la scène qui se déroulait à l'avant du cortège ; elle suivait donc celui-ci et elle le suivrait jusqu'à la Colline du Reliquaire.

L'on était au troisième jour de la liturgie : le premier, des milliers de gens avaient assisté à l'arrivée du dieu sur sa barque d'or, accompagné de son chien Ouapouaût, qui entamait la chasse aux méchants. Tout le monde avait admiré la course de l'individu au masque canin, aboyant et poursuivant des figurants au visage peint en noir. On en était à l'enterrement de la dépouille terrestre d'Osiris.

Sous la conduite d'Ouapaoût, une vingtaine d'hommes armés de bâtons administraient des coups rythmés à autant de figurants au visage noir, qui allaient à reculons, les uns et les autres poussant des cris scandés.

— Hah! Hoh! Hah! Hoh!

Ce combat mimé durait depuis près d'une heure quand les dévots, toujours selon le rituel, vinrent au secours des soldats du ciel. Puis apparurent des personnages dont le visage était plâtré de blanc, pour signifier qu'ils étaient les âmes des morts.

Les dévots frappèrent aussi de leurs bâtons les méchants au visage noir. Le rythme binaire original se changea donc en rythme ternaire : un coup donné par les soldats, un autre par les dévots, un troisième, double et syncopé, par les méchants contre leurs adversaires, *tak-tak, tak-tak, tak-tatak…*

Les âmes mortes, elles, rythmaient les échanges en battant des mains.

« Ils répandent le désordre ! Ils répandent le crime ! Ils répandent l'injustice ! Jour funeste où le soleil s'est éteint ! Jour funeste où la lune est tombée ! »

Tout à coup, un texte inconnu jaillit de la bouche d'une horde aux visages peints d'ocre rouge.

« Ils sont parmi nous ! Ils persécutent les justes ! Ils persécutent les faibles ! Malheur aux ennemis du soleil ! Malheur aux ennemis de la lune ! Les justes se lèvent et les bastonnent ! »

Les visages rouges étaient armés de bâtons.

Quelques prêtres et célébrants tournèrent la tête. Les visages rouges coururent à l'avant et commencèrent à bastonner les soldats en criant. D'autres, parvenus en tête du cortège, s'en prirent au délégué du roi et tentèrent de lui arracher son pectoral en or. Sa perruque vola. Il cria. Des horions furent échangés. Les porteurs d'éventail défendirent leur maître à coups de crosse.

Aussitôt, la trique au flanc, de vrais soldats de la police se dégagèrent de la masse des badauds et tentèrent d'expulser les visages rouges du cortège. Ils étaient nombreux, près de deux cents. La bousculade tourna à l'empoignade. La statue d'Osiris tangua dangereusement sur la plate-forme. Des cris de panique ou de douleur jaillirent. Une bonne vingtaine de minutes s'écoula avant que les visages rouges, dûment molestés, eussent été maîtrisés par les soldats et entraînés vers le poste de police.

Le délégué du roi, tout rouge, ramassa sa perruque dans la poussière, l'épousseta de son mieux et la rajusta. Le grand-prêtre, non moins rouge, éructa de fureur après les brigands. Mais enfin, heureusement que la police avait été présente. La cérémonie reprit. L'on n'était plus qu'à quelques minutes de la Colline du Reliquaire. Là, pendant que la foule chanterait des hymnes, le grand-prêtre, le délégué du roi et les célébrants procéderaient à l'inhumation du dieu selon un rite réservé aux initiés.

« Les Quatre Gardiens sont apparus ! Les Quatre Gardiens ont restauré l'ordre ! » chantèrent les célébrants. Et la foule reprit le motet.

Quatre masques à têtes d'épervier, de lion, de serpent et de taureau, se détachèrent en effet de la foule et vinrent enchaîner symboliquement les méchants au visage noir. L'épervier fit mine de les piquer avec un bâton pointu.

« Horus les a harponnés ! Horus a remis le soleil en place ! Horus a remis la lune en place ! »

Une part importante de la fortune d'Aÿ provenait de son commerce d'encens, de myrrhe, d'épices, de perles, de corail et d'autres articles exotiques ; son comptoir était le port de Quoceir, sur la mer des Roseaux. Leurs fournisseurs arrivaient de pays si lointains que personne n'en savait vraiment le nom, mais dont on était certain que les habitants ne connaissaient pas le bronze : dix pointes de flèches des fonderies de Memphis se troquaient, par exemple, contre cent perles ou dix sacs de girofle.

Une fois par mois, les représentants commerciaux du seigneur Aÿ partaient vendre leurs denrées à Thèbes, dont la bourgeoisie était friande de luxe, huiles de civette et musc pour parfumer les dames aux charmes déclinants, poivre et safran pour relever le canard grillé et les appétits virils, perles roses pour orner des oreilles distraites et autres brimborions ruineux.

Ces commis s'arrêtaient le plus souvent à Akhmim à l'aller et au retour, pour détailler aux comptables ce qu'ils avaient acheté et ce qu'ils avaient vendu. Aÿ leur faisait à l'occasion l'honneur d'une invitation à souper et, si les affaires avaient été particulièrement fructueuses, d'un spectacle de danseuses acrobatiques, évidemment nues, par-dessus le marché.

De retour de Thèbes, l'un de ces commis-voyageurs rapporta un soir à son maître que, contrairement à ce qu'il avait cru savoir, le roi ne séjournait pas dans l'ancienne capitale.

Aÿ leva les sourcils :

— Sait-on alors où il est ?

— J'ai entendu dire qu'il est retourné à Akhet-Aton.

Le détail était intrigant. Le lendemain, Aÿ partit pour Thèbes sur son propre bateau, qui s'appelait encore *La Félicité d'Aton*. Décision audacieuse : tout seigneur d'Akhmim qu'il fût, père de la défunte reine Néfertiti et de l'épouse du général Horemheb, il n'était en grâce auprès de personne du Conseil royal, ni du cabinet, ni du clergé Il avait les meilleures raisons du monde de soupçonner Houmose et les autres grands-prêtres d'avoir trempé dans le meurtre de sa fille, et celui-ci devait se méfier de lui.

Il dormit sur son bateau. Le lendemain matin, il se rendit dans une taverne où on ne le connaissait pas et demanda à l'aubergiste si le gouvernement s'était donc déplacé à Akhet-Aton. Les aubergistes et les barbiers étaient les mieux informés des affaires du royaume.

— Non, le gouvernement est toujours en ville, répondit l'aubergiste.

Il réfléchit. Il avait besoin d'informations plus détaillées. À qui les demander ? Un seul homme de sa connaissance dans l'administration demeurait vulnérable :

Pentju. L'homme qui lui était le plus odieux au monde. Mais l'ancien médecin ignorait que Merit-Aton avait révélé sa responsabilité dans l'empoisonnement de Néfertiti ; la seule complicité qui le liât à Aÿ était celle de l'empoisonnement d'Akhen-Aton. Or, Aÿ était le dernier à pouvoir dénoncer ce crime. Bref, Pentju n'avait pas de raison particulière de refuser un entretien.

Aÿ se rendit donc au pavillon des Archives et pria un huissier de prévenir Pentju qu'« un ami d'Akhmim » l'attendait à la porte.

Un moment plus tard, Pentju arriva et, reconnaissant Aÿ, se composa un masque. Ils ne s'étaient pas revus depuis la mise au tombeau de Néfertiti.

— Seigneur Aÿ, s'écria-t-il, quel grand honneur !

Aÿ ne répondit pas et le toisa d'un œil ironique.

— Allons prendre une bière à la taverne, dit-il.

Pentju ne pouvait pas refuser. Il indiqua l'établissement le plus proche, où l'on payait le grand verre de bière, de vin ou d'hydromel un petit anneau de cuivre. Une douzaine de marchands étanchaient leur soif çà et là, à des tables où les mouches tentaient, elles aussi, de se désaltérer aux gouttes perdues. Le soir, des jouvencelles aux tétons fardés y abreuvaient les regards. Les deux hommes choisirent un coin isolé. Quand ils furent assis, Aÿ déclara, toujours ironique :

— Je t'avais cru mort, au sortir de ton entrevue avec Semenkherê.

— Comme tu le vois, non, répartit Pentju, s'efforçant de garder un ton enjoué. C'était un malaise causé par la chaleur…

— La chaleur de tes aveux ?

— Quels aveux ?

— Merit-Aton était caché derrière une tenture dans le cabinet de Semenkherê. Elle m'a tout rapporté.

Pentju blêmit. La peur perla son front et sa lèvre supérieure. Muet, hagard, il se pencha par-dessus la table et tendit le cou vers Aÿ.

— Tu as tout confessé à Semenkherê et il t'a épargné pour éviter le scandale. C'est toi qui as donné le poison à ma fille, reprit Aÿ d'une voix trempée de haine froide.

Pentju vacilla. Aÿ but une longue gorgée de bière.

— Bois, ça te remettra.

Aÿ se demanda si, cette fois-ci, Pentju n'allait pas vraiment rendre l'âme. En tout cas, l'ancien médecin avait renoncé à toute comédie d'enjouement. Il but une longue goulée de bière.

— Comme tant de crapules, Pentju, tu as la peau dure, déclara Aÿ d'un ton égal. Tu as mouillé tant de monde dans tes crimes que les criminels eux-mêmes ne peuvent pas te dénoncer sous risque de se dénoncer eux-mêmes.

— Le roi m'a pardonné, dit enfin Pentju, la voix rauque.

— Le roi ! répéta Aÿ d'un ton méprisant. Ce vermisseau ! Il a pardonné à l'assassin de son frère. Belle magnanimité. Il t'a épargné parce que tu l'as aidé à se débarrasser de ma fille !

Pentju serra les mâchoires. Il ne pouvait pas déclarer ouvertement la guerre au seigneur Aÿ, l'un des hommes les plus puissants du pays. Un homme déterminé et dont les sbires ne se donneraient même pas la peine de recourir au poison, mais se contenteraient d'un coup de dague.

— Que me veux-tu ?

— Je ne te veux rien. Je suis venu m'informer. Où est Semenkherê ?

— Il est retourné se reposer à Akhet-Aton.

— Je sais. Mais qu'est-ce que ça signifie ?

— Le palais de Thèbes est trop exigu pour lui et sa famille.

— Sa famille ! Qui est parti avec lui ?

— Merit-Aton, ses sœurs, Tout-Ankh-Aton et un certain nombre de gens de son personnel, des fonctionnaires et des serviteurs.

— Lesquels ?

— Je n'en ai pas la liste.

— Mais tu peux l'obtenir.

— Que cherches-tu ?

— Qui est l'amant de Merit-Aton ?

Pentju parut surpris. Pourquoi Aÿ s'intéressait-il à un détail aussi dérisoire ?

— Je l'ignore.

— Tu as une idée ?

— Il y a un scribe qui a été récemment promu maître des Parfums et qui est de ses familiers, mais je ne suis pas sûr qu'il soit son amant.

— Comment s'appelle-t-il ?

— Néfer Herou.

Aÿ hocha la tête.

— Et Semenkherê?

— Je n'ai aucune certitude sur ses faveurs non plus. Mais mon successeur me paraît bien intime avec lui.

— Comment s'appelle-t-il?

— Aâ-Sedjem.

— Ça fait donc six mois qu'il est en poste?

Pentju était de plus en plus surpris.

— Oui, depuis que j'ai été nommé aux Archives.

— Et avant ça? Qui était son amant?

— Mais enfin, Aÿ, crois-tu que je dorme sous le lit du roi? Je ne sais pas!

— Tu as une idée, Pentju. Je te connais. Tu as l'habitude de tout surveiller. Tu as certainement une idée.

Pentju, excédé, vida son verre.

— J'ai une idée, oui, mais ce n'est que cela, une idée. Le maître de la garde-robe.

— Son nom?

— Aoutib.

Aÿ cligna des yeux. Le nom que Néfertiti lui avait indiqué.

— Il est toujours à ce poste?

— Il figure en tout cas sur la liste du personnel particulier du roi.

Pentju dévisagea son interlocuteur : le seigneur Aÿ comptait-il conquérir le trône avec de telles informations? Car il n'avait aucun doute là-dessus : le chacal d'Akhmim convoitait le trône.

— Je retourne à mon travail, dit-il en se levant.

Il fouilla dans sa bourse, à la recherche d'anneaux de cuivre.

— Laisse, dit Aÿ, c'est moi qui t'invite.

Pentju gagna la porte en espérant qu'il ne reverrait plus Aÿ de sa vie.

Aÿ se frotta le menton. Le maître des Parfums. Celui qui approche le Corps du roi. Aoutib. Trois cibles.

34

Mille anneaux d'or

Le propre de la nature humaine est de croire qu'à l'instar des dieux, il lui suffit de vouloir pour que ses désirs s'accomplissent. Chaque humain vit ainsi dans le mirage de ses désirs. Quelque dix siècles plus tard, d'ailleurs, de l'autre côté de la Méditerranée, un philosophe grec nommé Aristote observerait mélancoliquement, à propos de la propension de ses semblables à se leurrer, que les gens ne veulent pas savoir, mais croire.

S'il avait maîtrisé sa volonté de ne plus revoir Aÿ, Pentju se serait interrogé plus longuement sur l'usage qu'un personnage aussi retors que son interlocuteur de la taverne ferait de ses informations sur les liaisons extra-conjugales du roi et de la reine des Deux Terres. Avec un peu plus de sagesse, d'ailleurs, il ne les lui aurait pas fournies du tout. Mais Pentju n'était dans l'histoire du royaume qu'un de ces comparses dont la volonté de puissance se limitait à survivre aux convulsions par lesquelles le fabuleux serpent Apopis espérait renverser la barque royale. Un autre rêveur. Bref.

Après avoir quitté l'ancien médecin royal, Aÿ se rendit donc à la porte nord des bâtiments de l'administration, contigus au palais. Il y laissa un message à l'un des gardes : untel était attendu sur le bateau d'Akhmim. Puis il retourna à *La Félicité d'Aton*. Près d'une heure plus tard, un visiteur se présenta sur le quai ; il reconnut le bateau et monta. Il s'inclina cérémonieusement devant Aÿ, qui l'invita à s'asseoir sur l'un des bancs, sur le pont, et lui fit servir de la bière.

— Comment cela a-t-il été ? demanda Aÿ.

— À merveille. Le scandale est immense. C'est la première fois que le festival d'Osiris a été interrompu. Le préfet est fou de rage. Il est venu à Thèbes exiger de Thoutou le doublement des effectifs de la police d'Abdou. La crise a contraint le roi de revenir d'Akhet-Aton. Mais il n'est resté à Thèbes que cinq jours, le temps de se faire communiquer les résultats de l'enquête et de donner l'ordre de renforcer la police d'Abdou.

Aÿ sourit de satisfaction.

— Il y a donc eu une enquête ?

— La police a arrêté soixante-treize des hommes qui ont semé le désordre dans le cortège d'Osiris. Elle les a interrogés. Ils ont répondu qu'ils étaient, eux, les vraies victimes de Seth et les vrais soldats de Horus. La police a demandé qui était le meneur et ne l'a pas trouvé.

— Et le propriétaire ?

— C'est un notable. On l'a évidemment relâché après lui avoir fait signer une déposition contredisant les insultes qu'il a proférées contre le préfet, le gouvernement et le roi.

Aÿ hocha la tête.

— Bien. Maintenant, je veux que tu fasses surveiller trois hommes. Retiens bien les noms. L'un s'appelle Néfer Herou, il est maître des Parfums et sans doute amant de la reine. Le deuxième s'appelle Aoutib et il est maître de la garde-robe et peut-être un ancien amant du roi. Le troisième s'appelle Aâ-Sedjem…

— C'est le médecin du roi, soupa le visiteur. Il ne le quitte pas d'une semelle.

— Oui. Tu vois ce que je veux dire.

— Je vois. Il faut gagner leur confiance.

— Et faire en sorte qu'ils soient prêts à exécuter immédiatement des ordres. Ne promets pas seulement de l'or, mais aussi des terres.

— J'ai l'homme qu'il nous faut.

L'autre but sa bière, remercia son hôte, s'inclina, lui baisa la main et s'en fut.

Sur un signe de son maître, le capitaine de *La Félicité d'Aton* fit délier les cordes qui retenaient le bateau au ponton. Quelques ordres furent criés et le bateau dériva sur les eaux étincelantes et grasses, tandis que sa voile se gonflait dans le fracas de la toile dépliée et des pieds de mariniers courant sur le pont.

Quarante jours étaient passés. Le premier mois de la saison des Semailles était avancé. Merit-Aton se regarda dans le miroir de bronze poli et crut déceler sur son visage une imperceptible plénitude.

Elle n'avait pas eu de saignements aux jours prévus.

Elle l'annonça le soir à Néfer Herou. Il fondit. Il lui baisa les mains et les pieds. Si mortel avait jamais fait l'amour à une déesse, il n'eût pas été plus dévot que le maître des Parfums.

— Tu es ma Noût à moi seul, lui dit-il. Ton ventre est à la fois le ciel, la terre et la mer. Tes seins sont un soleil dédoublé pendant le jour et une lune dédoublée la nuit. Tes yeux sont des étoiles. Ta bouche est la lyre d'Hathor.

— Mîn, répondit-elle en souriant. Tu me redonnes la vie chaque nuit. Quand tu me touches, j'ai l'impression d'avoir été morte et de renaître.

Semenkherê ne comprit d'abord pas les raisons du rayonnement de son épouse. Il lui dit que l'air d'Akhet-Aton était indéniablement plus vivifiant que celui de Thèbes. Elle se retint de lui répondre que c'était surtout l'haleine de Néfer Herou.

Pour la première fois de ses dix-huit ans d'existence, elle se sentait vivre.

— Qu'est-ce que ça signifie ? grommela Houmose, arpentant la salle de sa maison de Karnak en présence du deuxième prêtre, de l'intendant général des terres d'Amon, du secrétaire du ministre de la police intérieure, Mahu, et de son propre fils aîné. Voilà bientôt trois mois qu'il est à Akhet-Aton ! Cette ville hérétique ! Des désordres insensés ont semé le trouble pendant la fête d'Osiris et il n'est venu que cinq jours ! Il aurait dû être présent à cette fête, au moins pour sa première année de règne.

Les présents faisaient partie d'une réunion informelle organisée par le grand-prêtre, en préparation d'une requête à présenter au roi. Houmose avait convié Mahu en personne, mais toujours prudent, celui-ci avait délégué son secrétaire, afin de connaître d'abord l'objet des revendications du grand-prêtre.

— Il se tient informé de la situation, vénérable maître, observa le secrétaire. Aucune décision majeure n'a été prise sans avoir été sanctionnée par le sceau royal. Quand les troubles ont éclaté à Abdou, il est venu le lendemain.

— Le temple d'Amon est le siège du pouvoir du plus grand des dieux et le pouvoir royal procède du pouvoir divin, déclara solennellement Houmose. Le temple de Karnak étend son ombre sur Thèbes, et c'est pourquoi cette ville est depuis des siècles la capitale du royaume.

Le deuxième prêtre hocha la tête avec conviction. Les autres auditeurs demeurèrent surpris par cette pétition de principes. À l'évidence, la situation apparaissait grave aux yeux du grand-prêtre.

— N'est-ce pas à Thèbes que le roi s'est fait introniser ? reprit Houmose. N'a-t-il pas demandé l'assentiment de tous les grands-prêtres du royaume ? N'avons-nous pas conclu un accord avec les délégués du roi ? N'avons-nous pas renoncé à faire construire un temple d'Amon à Akhet-Aton, en échange d'un couronnement à Thèbes ? Que signifie ce retour dans la ville d'Aton ? Thèbes n'est-elle plus digne de la présence royale ? Notre roi divin ne peut-il plus s'accommoder de la ville dont son père se contentait ?

Un silence consterné suivit cette diatribe. Et une sourde inquiétude pointa : allait-on en revenir à l'hostilité entre le trône et les clergés, qui avait empoisonné les dernières années du règne d'Akhen-Aton ?

— Le palais de Thèbes, vénérable maître, finit par objecter le secrétaire de Mahu, est exigu pour un régent qui a eu l'expérience des vastes palais d'Akhet-Aton. Aussi a-t-il demandé aux architectes d'étudier la construction d'un nouveau palais sur le Grand Fleuve.

— Nous n'avons pas besoin de palais, répliqua Houmose. Nous avons besoin d'ordre dans ce pays. Il faut que le peuple sente que le roi est au milieu de lui comme le dieu est présent dans le temple.

La réflexion de Houmose piqua le secrétaire de Mahu.

— La population a augmenté depuis une vingtaine d'années, vénérable maître, répondit-il. Mon maître Mahu pourvoit à l'augmentation des effectifs de police avec l'assentiment du roi et du vizir Thoutou. Mais cela ne peut se faire d'une semaine à l'autre.

Houmose ne poursuivit pas sa diatribe ; il n'avait pas l'intention d'indisposer Mahu par personne interposée. Le point était établi : il était mécontent.

Et l'on pouvait parier que plus d'un autre grand-prêtre, à commencer par son collègue et ami Néfertep, l'était aussi.

Les serviteurs commencèrent à disposer les plats sur la grande table au milieu de la salle. Les convives s'installèrent donc et l'on parla d'autre chose.

— Du nard de Pount, ô maître respectable ! Sens-le : tu ne l'oublieras jamais ! Il ne peut être réservé qu'à l'odorat des personnes divines.

Néfer Herou, amusé par la jactance du petit homme devant lui, déboucha un pot de nard. Un parfum puissant jaillit et s'envola, tel un oiseau captif. Le marchand avait dit vrai : les accents à la fois poivrés et suaves en étaient incomparables. À la différence de celui qu'il connaissait, ce nard n'était pas une huile, mais un onguent, presque blanc. Il devina la façon dont il avait été fabriqué : les fleurs de la plante exotique avaient été pressées entre deux plaques enduites de graisse de bœuf, jusqu'à ce que celle-ci se fût imprégnée de l'odeur. L'opération avait sans doute été répétée, vu la densité du parfum.

— Combien ?

— Demande-t-on le prix des plaisirs divins, seigneur ? rétorqua le marchand. Il faut les cueillir sur la terre, pendant qu'on y est. Et certains n'y sont pas pour longtemps.

Cette allusion fâcheuse contraria le maître des Parfums. Néfer Herou leva les yeux sur le marchand. Des yeux de rat le vrillèrent. Le visage, cependant, était celui d'un singe. Goguenard. Il portait un Nœud d'Isis en or sur sa poitrine de cuir basané, pendu à un lacet de crin tressé.

— Combien ? répéta-t-il.

— Le huitième de son poids d'or. Un *deben*, seigneur.

— Qu'est-ce que je paie ? Le poids du pot avec ?

— De quoi te soucies-tu donc, seigneur ? Ce n'est pas toi qui paie.

— Je suis comptable des biens de ma maîtresse la reine.

— Fortune terrestre, fumée dans le vent. Couronne d'aujourd'hui, couvercle du lendemain.

De nouveau, ce regard de rat.

— Qu'est-ce que c'est que ces discours ?

— L'oiseau sent l'orage, le serpent pressent le tremblement de terre. Préfères-tu être oiseau ou serpent, seigneur ?

Néfer Herou dévisagea le marchand.

— Qu'est-ce que tu essaies de me dire ?

— Et toi, seigneur, qu'est-ce que tu essaies de ne pas entendre ? Celui qui te succédera sera celui dont l'ouïe était la plus fine.

Était-ce un fou ? Néfer Herou alla prélever dans un coffre, dans la remise de la chambre des fards, un anneau d'or, l'équivalent d'un *deben*. Il était troublé. Bien qu'il fût au service de la reine, il n'était qu'un fonctionnaire de troisième classe ; c'est-à-dire qu'il n'avait pas le pouvoir d'arrêter ce grimaud et de lui faire avouer de force ce qu'il tentait de dire. Il pouvait certes alerter un fonctionnaire du palais, mais il jugea que cette réaction serait maladroite. Mieux valait savoir le message que ce marchand de parfums, vrai ou faux, essayait de lui transmettre.

Le marchand prit l'anneau d'un air ironique, fit mine de l'examiner et le glissa dans une sacoche à sa ceinture.

— Mille anneaux d'or pour toi, seigneur, si tu as l'ouïe fine.

La proposition était évidente.

— Pour quoi faire ?

— Ah, le tintement de l'or réjouit le cœur et affine les sens ! Mille anneaux d'or, seigneur, pour prendre la barque de Seth quand il va transpercer de sa lance le serpent Apopis, au lieu de monter sur la barque des morts escorté par les pleureuses.

Propos à la fois obscurs et inquiétants.

— Pour quoi faire, te dis-je ?

— Être en permanence au service de la Grande Vigilante, seigneur, Nekhbet, à l'œil de laquelle n'échappe pas un moucheron.

Néfer Herou tressaillit. Nekhbet était aussi la déesse protectrice des naissances. Était-ce une allusion au fait que Merit-Aton était enceinte ? Mais comment ce nabot l'aurait-il su ? Seuls elle et lui en détenaient le secret.

— Parle ! ordonna-t-il. Ou bien je te ferai parler.

— Seigneur, secoue-t-on un chien pour le faire chanter ? Je fais appel à ta sagesse pour te faire comprendre que le cycle des saisons humaines n'est pas celui des saisons divines. Tu as le nez creux, puisque tu as flairé le parfum de l'or. Apaise ton âme, que je sens troublée, purifie ton esprit et tu percevras la chance dont les dieux te comblent par l'entremise de ma méprisable personne : survivre aux combats terrestres avant de survivre dans l'au-delà.

Néfer Herou ravala une rage qu'il savait ne pas pouvoir maîtriser quand elle se serait déchaînée. Il se répéta que mieux valait écouter le propos de cet agent. Car c'était un agent, sans doute aucun.

— Que devrais-je faire ?

— Tu le sauras à l'heure dite, seigneur.

— Mais encore ?

— Si je le savais, seigneur, c'est que l'heure serait donc venue.

Néfer Herou ne put résister à l'impulsion de poser une question qu'il savait pourtant sans réponse :

— Qui t'envoie ?

Un rire vraiment simiesque fendit la face du marchand.

— Est-ce Hapy, seigneur ? Est-ce Hathor ? Anubis ? Chou ? comment saurais-je le nom de chaque puissance divine ? Serais-je magicien ?

— Et comment saurais-je, moi, que l'heure que tu dis est venue ?

— L'oiseau descendra du ciel, le chat sortira du grenier, l'oxyrhinque pointera le museau hors de l'eau. Tu le sauras, seigneur, sois sûr, quand mille anneaux d'or enfilés dans un cerceau te seront présentés.

— Laisse-moi réfléchir.

— Qui serais-je seigneur, pour t'en empêcher ? Je reviendrai te présenter un musc comme seule Isis peut s'en oindre.

Le marchand referma son coffret, s'inclina cérémonieusement et gagna la porte.

35

L'embrasement de Pasar,
l'embrassement d'Anubis

Comme le sang qui, au réveil, irrigue le corps d'un flux neuf, la crue infiltrée dans les terres bien au-delà des cultures et des canaux avait réveillé des germes endormis, des graines folles et des pépins recrachés par les oiseaux. Elle avait ainsi fait jaillir des terrains sauvages au nord d'Akhet-Aton des étendues verdoyantes. Le tamarinier et le laurier-rose y domi-naient des ivraies et d'extravagantes avoines, le safran des prés et le thym. Des broussailles sans nom y abri-taient des nids éphémères de perdrix des rochers et cachaient des terriers de lapins, de lièvres, de taupes, d'hyrax, de mangoustes et autres animaux clandestins.

Un après-midi, Ankhensep-Aton et Pasar, mordus par l'esprit d'aventure et sans doute las des jardins trop bien curés des palais, étaient partis à la découverte de ces espaces inconnus. À vrai dire, ils s'étaient enfuis, profitant de ce que le personnel du palais fut réduit comme il ne l'avait jamais été auparavant. Le parcours avait été plus accidenté qu'ils l'avaient prévu. Ankhensep-Aton s'assit pour reprendre son souffle. Ils avaient emporté deux melons et des galettes, qui, la soif et l'appétit aidant, furent vite dévorés. Elle s'allongea dans l'herbe haute, à l'ombre d'un figuier sauvage dont les branches retombaient si bas qu'elles touchaient presque le sol, et bientôt s'endormit.

Elle se réveilla avec un sentiment de bien-être. Elle était dans les bras de Pasar. Ils n'avaient jamais été aussi proches physiquement depuis qu'ils se connaissaient. Mais de plus, il s'était enhardi à lui passer la main sous la robe et il la caressait.

C'était la première fois qu'on la flattait de la sorte. La main du garçon passait du pubis au ventre, puis aux seins et inversement, glissant parfois entre les cuisses à peine écartées et se faufilant au plus intime d'elle-même. Les tétons de ses seins se gonflaient. Sensation à la fois insupportable et délicieuse. Elle se tourna vers lui, ils mêlèrent leurs jambes. Elle ouvrit les yeux, les referma et enlaça Pasar.

La distance entre leurs visages était celle d'un souffle ; elle n'eut qu'un infime mouvement à faire pour atteindre les lèvres de Pasar. Une fois leurs bouches jointes, elle ne voulut plus les séparer. Ils respirèrent du même souffle. Il gémit. Elle le flattait, surprise, prise de vertige, enfin maîtresse du corps de Pasar. Il la fit basculer sur le dos, accentuant la caresse la plus indiscrète. Un cri s'échappa de la bouche d'Ankhensep-Aton, son corps s'arqua et des tressaillements la firent vibrer dans les bras du garçon comme un oiseau captif qui veut s'envoler. Il tenta le geste qui lui paraissait évident, imminent, inévitable. Mais il était sur le seuil de son désir quand il se répandit, incapable de brider l'emballement du corps. Un soleil illumina sa tête et transforma sa peau en or brûlant. Un son rauque jaillit de sa bouche. Il retomba sur Ankhensep-Aton, haletant. Elle l'embrassa. Il la serra avec une force dont il ne se savait pas capable.

Ils délièrent leurs bras, il retomba sur le dos et ils demeurèrent un temps indéfini l'un contre l'autre. Elle ouvrit les yeux. Le ciel d'argent flambait toujours. Elle posa sa main sur le sexe de Pasar. Il gémit. Elle rit. Puis elle caressa sa tête.

— Tu es à moi, murmura-t-il.

— Non, c'est toi qui es à moi.

— Oui.

Il l'embrassa.

Il tendit le bras, arracha des feuilles au figuier, essuya le ventre d'Ankhensep-Aton avec des gestes prudents et délicats, puis s'essuya.

Il s'assit, replia les jambes et les enlaça de ses bras.

— Nous devons nous marier, dit-il.

Elle ne dit rien. Merit-Aton ne l'accepterait jamais. Elle le savait, elle devait épouser Tout-Ankh-Aton. Elle douta de jamais pouvoir courir les champs en compagnie du jeune prince.

— Tu as des fourmis sur l'épaule.

Elle les chassa de quelques chiquenaudes, puis sortit de sous l'arbre et se leva. Elle titubait.

— Il faut rentrer, dit-elle.

— Un marchand de drogues a demandé à te voir, excellence, déclara un domestique à Aâ-Sedjem. Il dit qu'il possède des élixirs et des onguents dont personne dans le Royaume ne connaît l'équivalent.

— Où est-il ?

— Il est reparti. Il dit que tu le trouveras au marché, à la douzième heure, près du mât des affiches du roi. Il porte un Nœud d'Isis sur la poitrine.

Aâ-Sedjem fit une moue d'étonnement.

— Pourquoi n'est-il pas resté ?

— Je le lui ai proposé, excellence. Il a prétexté qu'un marché aussi exceptionnel que celui qu'il propose ne peut se conclure que dans le secret.

— À quoi ressemble-t-il ?

— Un singe, excellence, dit le domestique avec un léger sourire.

— Un fou ?

— Ton jugement est bien plus sûr que le mien, excellence. En tout cas, il portait sa marchandise avec lui. Un coffret noir.

Aâ-Sedjem haussa les épaules et n'y songea plus. Un rendez-vous clandestin, et au marché, vraiment ! Un médecin du roi ne s'abaissait pas à de telles rencontres.

Vers la onzième heure, toutefois, la curiosité le piqua. Quel pouvait bien être le mystérieux marché qu'on lui proposait ? Il savait que certains commerçants ramenaient surtout du sud et de l'est des produits rares et même inconnus. Ainsi avait-il acheté un onguent à base de boules blanches qui réduisait quasi-magiquement les tumeurs de la peau, ainsi qu'une liqueur qui rétablissait les périodes des femmes.

Mais pourquoi ce marchand-là était-il donc si fuyant ?

Ce fut peut-être pour cette raison, autant que pour l'espoir de trouver une drogue nouvelle, qu'Aâ-Sedjem décida d'aller au marché, suivi d'un seul serviteur.

Il parvint au quartier où les domestiques des maisons riches et les femmes de moindre condition venaient acheter le matin les denrées nécessaires aux repas de la journée et du lendemain. Le marché s'étalait sur quelques ruelles de part et d'autre d'une grande rue où des ânes et des mulets clignaient patiemment de l'œil sur le pas des boutiques. Ici des bouquets d'aulx, des chapelets d'oignons et des saucissons se balançaient à des crochets, là s'alignaient des jarres d'huile, d'olive, de sésame ou de carthame. Plus loin, des mouches bleues s'énervaient sur des quartiers de bœuf, de mouton ou d'oryx pendus à des crocs au plafond de la grande boucherie d'Akhet-Aton. Au-dessus des paniers de dattes rouges du sud et brunes des oasis, c'étaient des abeilles qui faisaient elles aussi leur marché ; plus loin, on vendait leur miel dans des bols de terre cuite. Un enfant accroupi lui proposa un oiseau chanteur et un gros lézard rouge, tous deux encagés.

Il trouva d'un coup d'œil le marchand de drogues. Une sorte de singe humain, assis sur une natte, à l'écart des autres, le Nœud d'Isis en or bien en évidence sur la poitrine. Le coffret était posé à côté de lui.

— Le messager de Thoth est donc venu enrichir son savoir, dit le marchand avec un large sourire.

Aâ-Sedjem s'accroupit devant lui.

— Pourquoi n'es-tu pas resté au palais, puisque tu voulais me voir ?

— Seigneur, ta bonté est immense, mais je craignais que mon indigne personne fût chassée des lieux augustes où tu habites.

— Qu'as-tu à vendre ?

— Regarde, seigneur, répondit le marchand en ouvrant son coffret.

Il en tira une longue fiole cachetée à la cire et emplie d'un liquide trouble. La couleur du verre ne permettait pas de décider si le contenu était jaune ou gris.

— Connais-tu, seigneur, un produit qui permette d'arrêter en peu de jours un mal sournois et lent, évoluant à l'intérieur du corps de façon invisible et menant au fil des semaines vers le déclin et la mort ? Le voici, seigneur ?

— De quoi est-il tiré ?

— D'un génie secret de la terre, seigneur. De certaines terres, du moins, qui possèdent une vertu curative.

Aâ-Sedjem hocha la tête ; il avait entendu parler, en effet, d'une poudre grisâtre tirée de la terre qui guérissait la consomption et les maladies des poumons[1]. Mais c'était la première fois qu'on la lui proposait sous une forme liquide.

— Combien coûte ce remède?

— Pour un homme riche de ton savoir, seigneur, rien. Mais les plus merveilleux remèdes du monde n'arrêtent pas, tu le sais, la volonté des dieux.

Aâ-Sedjem interrogea l'homme d'un regard. Que signifiaient ces paroles? L'homme sourit finement.

— Dans leur infinie bonté, seigneur, les dieux parfois arrêtent soudain le pas de l'homme qui contrarie leurs desseins, alors qu'il semblait en pleine santé, promis à une longue vie et une nombreuse descendance.

Aâ-Sedjem ne releva pas ces propos, aussi étranges que les précédents, mais il ne détacha pas son regard du marchand.

— Et les dieux, seigneur, récompensent alors celui qui a deviné leurs vœux. Celui-là est comblé d'honneurs et de richesses, il vit longtemps et loue Amon, Thoth, Horus et Anubis.

Les deux regards engagèrent le fer, chacun soutenant celui de l'autre. Ils demeurèrent ainsi, l'un en face de l'autre, pareils à deux statues.

— Que veux-tu dire? demanda à la fin Aâ-Sedjem.

— Quand l'arbre s'écroule sous les coups du bûcheron, seigneur, mieux vaut ne pas se trouver du côté de sa chute.

---

1. Les études de momies ont révélé que deux mille ans avant notre ère, les Égyptiens consommaient de la streptomycine naturelle.

— Quel arbre ?

Il voulait entendre la confirmation de ses appréhensions.

— Le grand arbre dont le tronc est déjà vermoulu et que les tempêtes menacent de jeter à terre. Jette-le à terre.

Aâ-Sedjem ravala sa salive et ses entrailles se crispèrent. Lui demandait-on d'abattre Semenkherê ?

— Qui t'envoie ?

— Qui donc envoie jamais personne à quiconque, si ce n'est le dieu ? Tu ne me reverras plus jamais, seigneur. Un dieu ne se répète pas. Entends son message par ma bouche.

— Mais que veux-tu que je fasse ?

— L'heure venue, seigneur, envoie son dernier songe à l'homme désigné.

— Son dernier songe ?

Le marchand tira une fiole de son coffret et la glissa dans la main d'Aâ-Sedjem. Une toute petite fiole qui tenait dans la paume.

— Le suc de plantes que voici, seigneur, provoque des rêves voluptueux, ceux de l'embrassement d'Anubis.

L'embrassement d'Anubis : l'image du dieu funèbre embrassant un mortel ne pouvait être fortuite. Les maîtres de ce marchand venu des enfers en savaient bien plus long qu'il n'y paraissait.

— Mais comment saurais-je l'heure ?

— Le monde est plein de signes et de présages, seigneur. Tu ne pourras le manquer. Mais sois vigilant, dit l'homme d'une voix intense : si tu n'entendais pas l'avertissement divin, tu tomberais sous l'arbre !

Le cœur d'Aâ-Sedjem battit à se rompre. Il demeura figé, accroupi devant le marchand inconnu.

— Attends-moi un instant, dit ce dernier. Je vais t'apporter un autre remède.

Il se leva et s'en fut dans la venelle voisine. Quelques minutes plus tard, Aâ-Sedjem se ressaisit, se leva et ordonna à son domestique d'appeler la police. Dix minutes plus tard, deux policiers arrivèrent sur les lieux. Le marchand n'était pas revenu.

— Un voleur s'est enfui dans cette venelle, leur dit Aâ-Sedjem. Allez l'y chercher. Vous le reconnaîtrez, il ressemble à un singe.

Ils s'élancèrent, il les suivit. Une seule porte donnait sur la venelle. Les policiers la poussèrent et ne trouvèrent qu'une femme surprise qui allaitait son enfant. Elle n'avait vu personne. Ils ressortirent, poussant plus loin dans la venelle ; elle donnait sur un terrain vague finissant au fleuve. Une demi-douzaine de barques voguaient paresseusement sur le Grand Fleuve.

Aâ-Sedjem, consterné, revint sur ses pas. Il tenait toujours les deux fioles en main. Le coffret était toujours sur la natte, au même endroit. Il l'ouvrit : rien. Rien qu'une minuscule amulette de bronze ; elle était grossièrement fondue, mais Aâ-Sedjem n'eut pas de peine à y reconnaître la tête de Sekhmet.

La déesse de la vengeance. Mais qui donc préparait sa vengeance ? Contre qui ? Semenkherê ?

Il rentra au palais, assailli de visions lugubres.

« Si tu n'entendais pas l'avertissement divin, tu tomberais sous le poids de l'arbre, seigneur ! »

Un regard de Semenkherê sur la silhouette de son épouse suffit à les instruire l'un et l'autre qu'il était informé de la grossesse en cours.

Il sourit et la prit affectueusement par la taille. Puis il l'embrassa sur la joue. Elle lui caressa aussi la joue, passa la main derrière la nuque et lui rendit son baiser.

— Je suis content, dit-il.

Elle l'embrassa une deuxième fois. Il avait eu la délicatesse de ne pas poser de questions. Il ne l'avait rejointe dans sa chambre que trois fois le premier mois après le retour à Akhet-Aton. Se croyait-il le père ? Elle en douta ; il était trop fin pour cela et, de surcroît, averti.

Mais il se disait donc content et elle n'en douta pas. La descendance était assurée, peu importait comment. Pour lui tout au moins. Car la plénitude qu'elle éprouvait n'était pas seulement celle d'une reine certaine de l'avenir de sa lignée, mais aussi celle d'une femme. Et c'était à Néfer Herou qu'elle le devait.

36

« Le beau garçon
qui pénètre les cœurs »

Néfer Herou avait plus d'une fois entendu, dans son enfance, les femmes de famille assurer qu'il ne fallait jamais annoncer de mauvaises nouvelles à une femme enceinte, parce qu'elle risquerait de mettre au monde un enfant difforme. Or, plus d'un mois après que Merit-Aton lui eut révélé qu'elle portait un enfant de lui, un œil aiguisé aurait pu déceler que le troisième mois de sa grossesse s'engageait bien.

Il résolut donc de ne rien révéler de l'entrevue avec le simiesque marchand de parfums.

Mais il ne fut jamais davantage aux aguets. Il avait compris le propos du sinistre messager : un événement effroyable se préparait et on lui demandait d'y participer de façon évidemment criminelle. Laquelle ? Tuer Merit-Aton ? Semenkherê ? Et comment ?

Une phrase surtout le hanta : « *Mille anneaux d'or, seigneur, pour prendre la barque de Seth quand il va transpercer de sa lance le serpent Apopis, au lieu de monter sur la barque des morts escorté par les pleureuses.* »

Ce n'étaient pas les mille anneaux d'or promis pour son forfait inconnu qui travaillaient sa mémoire, mais les mots « *barque de Seth* » Une barque, en effet, mais pour fuir. Il circonvint Merit-Aton ; les promenades sur le Grand Fleuve étaient une diversion apaisante, argua-t-il, mais elles étaient bien trop solennelles ; *La Gloire d'Amon* était un bateau voyant avec sa voile rouge ; il risquait d'attirer le mauvais œil. Pourquoi n'achèterait-elle pas un bateau plus petit et modeste, dont l'équipage serait réduit et sur lequel ils pourraient, elle et lui, faire des promenades plus discrètes ?

La proposition sourit à Merit-Aton. Néfer Herou négocia presque clandestinement l'achat et la remise en état d'une barque qui demeurerait amarrée au sud du palais royal. Elle décida de l'appeler *Sourire de Hathor*.

Ils y firent des promenades, emmenant souvent avec eux Ankhensep-Aton et Pasar. Merit-Aton s'amusa d'abord de ces échappées de deux couples secrets, car elle ne doutait pas que l'attachement des jouvenceaux l'un pour l'autre virait à la liaison. Puis elle s'inquiéta : leurs sentiments réciproques confinaient à la passion. Il suffisait de voir Pasar couver sa compagne des yeux. Or, la Troisième Épouse royale ne pourrait jamais épouser ce jeune scribe ; elle était promise d'office à Tout-Ankh-Aton. Et l'évidence indiquait que l'amitié un peu dédaigneuse que sa sœur portait au petit prince ne présageait guère de grands débordements.

Lors de l'une de ces promenades – le quatrième mois de sa grossesse était alors entamé – Merit-Aton s'avisa que Néfer Herou semblait aspirer au métier de marinier. Il s'était fait initier non seulement au maniement de la rame-gouvernail, mais encore à celui de la voile, et il se faisait longuement expliquer les courants du fleuve et l'art de les négocier. Un soupçon la piqua soudain :

— Quelle est véritablement l'utilité de ce bateau ? lui demanda-t-elle, quand il se fut rassis, quelque peu haletant.

— Mais tu le vois bien, les promenades.

— Non. Tu sembles te préparer à le manier tout seul.

Il la regarda avec un sourire gêné.

— Tu te fais des idées.

Un silence suivit.

— Tu t'apprêtes à fuir ? reprit-elle.

— Si tel était le cas, je m'apprêterais à ce que *nous* fuyions, lâcha-t-il.

Elle fut saisie. Il avait jadis évoqué une fuite, mais qu'étaient-ce alors, sinon des délires d'amoureux.

— Que se passe-t-il ?

— Si je le savais, je te l'aurais déjà dit, mais je l'ignore. Tout ce que je peux dire est qu'il se prépare quelque chose.

— Mais quoi ? Tu me caches quelque chose parce que je suis enceinte ?

Un vol de canards passa au-dessus d'eux.

Néfer Herou soupira. Peut-être valait-il mieux se libérer du secret qu'il ne savait donc pas porter seul. Il raconta la visite du marchand de parfums et l'incitation à se tenir prêt pour l'exécution d'ordres mystérieux qui lui seraient donnés à une date indéterminée.

Le visage de Merit-Aton changea si vite d'expression que Néfer Herou regretta sa confidence.

— As-tu accepté les mille anneaux d'or ?

— Évidemment non, puisqu'ils ne m'ont pas été présentés. Mais je me suis gardé de toute protestation. Elle n'aurait fait que mettre cet individu en méfiance. Je crois beaucoup plus utile de feindre la docilité pour apprendre ce que nos ennemis préparent.

— Il faut prévenir le roi ! s'écria-t-elle.

— Que lui dirais-je ?

Elle médita l'objection. La visite du marchand de parfums avait été assez alarmante pour inciter Néfer Herou à préparer ce bateau, mais la menace restait sans objet. Que dirait-il à Semenkherê ? Que des inconnus avaient essayé de le corrompre ?

— Rentrons, dit-elle. Il faut quand même le prévenir.

La voix monta dans la nuit, claire et modulée.

Où es-tu mon amant ?
Mes nuits sont plus claires que le jour

Et la lune pleure sur moi,
Parce que mon soleil est absent.

Où es-tu, mon amant ?
Quels yeux t'ont détourné des miens,
Quelle bouche maintenant te grise ?
Quels bras sont désormais ton collier ?

Chant singulier, car c'était une voix d'homme, légère certes, et jeune, mais masculine ; or, elle s'adressait à un amant. Une ombre apparut sur la terrasse de l'Intendance du palais royal et se pencha par-dessus la balustrade. L'obscurité était presque totale et seules les vagues lueurs des deux torches qui brûlaient plus loin permettaient de distinguer une forme humaine.

— À qui chantes-tu ainsi à cette heure ?
— À toi, mon bien-aimé,

Reviens pour consoler la lune,
Reviens, mon beau soleil.
Sinon demain tu pleureras
Sur la lune évanouie.

L'affaire était décidément étrange, et sans doute fut-ce le sentiment de l'ombre sur la terrasse.

— Qui es-tu ? demanda-t-elle au chanteur.
— La voix de ton cœur.
— Tais-toi. Attends-moi. Je descends.

Quelques instants plus tard, un homme sortit par l'une des petites portes de l'Intendance, tenant une lampe à deux becs. Il se dirigea vers le chanteur et leva la lampe pour éclairer le visage de ce dernier ; du coup, il révéla le sien. Mais ainsi en va-t-il souvent des questions, qui en disent plus long sur celui qui les pose que sur celui qui y répond : c'était Aoutib. La flamme qui palpitait dans la brise nocturne éclaira le visage d'un jeune homme avenant et souriant.

— Que disais-tu ? Que c'était pour moi que tu chantais ?

— N'était-ce pas évident, seigneur ?

Aoutib demeura interdit.

— Qui es-tu ?

— Je suis chanteur, seigneur. On m'appelle Ânaquib. Le Beau Garçon qui pénètre les Cœurs. Sans doute un surnom, car il était trop bien trouvé.

La surprise fit sourire Aoutib.

— Mais que chantais-tu donc ?

— J'étais ta voix. Je chantais l'absence de ton soleil.

— Comment saurais-tu que mon soleil est absent ?

— Ne l'est-il pas ?

Aoutib ne savait quelle contenance prendre. Il s'inquiéta : quelle réputation avait-il donc pour qu'un chanteur eût l'impertinence de lui faire cette sérénade en pleine nuit ?

— J'espérais, reprit Anaquib, que pour salaire de ma chanson, tu m'offrirais un verre de vin.

— Les tavernes sont fermées.

— Et tu n'as pas de vin chez toi ?

Aoutib se trouva décontenancé. Mais il fallait tirer ce mystère au clair, bien que l'heure fût obscure.

— Suis-moi, dit-il.

Quand Aoutib s'éveilla, il était seul.

Avait-il rêvé ?

Une fiole bleue posée sur un coffre lui confirma que non.

Il s'assit et réfléchit à la vengeance qu'on lui proposait.

Il réfléchit aussi aux mille anneaux d'or.

Accompagnée de Néfer Herou et suivie de son porteur d'éventail, Merit-Aton se fit annoncer par le Second chambellan dans le cabinet royal. Semenkherê se leva pour l'accueillir, un scribe s'empressa d'avancer un siège à la reine, puis un autre, en retrait, pour le maître des Parfums.

Merit-Aton trouva à son époux et Aâ-Sedjem une expression sombre. Semenkherê trouva à Merit-Aton et à Néfer Herou une expression également sombre.

— Un grand honneur que ta visite, ma reine.

— Je crains, mon roi, que l'objet n'en soit pas très heureux, répondit-elle.

Elle se tourna vers Néfer Herou.

— Le maître des Parfums m'a fait part d'une visite peu réjouissante qu'il a reçue voici quelques semaines et qu'il m'a celée jusqu'aujourd'hui pour ne pas me contrarier.

Néfer Herou raconta la visite et résuma les propos du marchand de parfums.

— Un personnage simiesque ? demanda Semenkherê.

— Oui, roi divin, répondit Néfer Herou, ouvrant de grands yeux troublés. Simiesque, c'est bien cela.

Semenkherê se tourna vers Aâ-Sedjem.

— Il portait un Nœud d'Isis en or sur la poitrine ? demanda ce dernier.

— Oui, seigneur, cria presque Néfer Herou de plus en plus décontenancé.

— Et un coffret noir sous le bras ?

— Seigneur, mais tu le connais donc ?

— Il est venu me voir aussi. Et j'ai également différé d'en informer le roi divin, afin de ne pas semer prématurément l'inquiétude dans son âme.

Merit-Aton tendit le cou.

— Cet homme est venu vous voir tous les deux ? Mais que voulait-il donc ?

— Il a été plus explicite avec Aâ-Sedjem, dit Semenkherê. Il l'a chargé de se tenir prêt à m'empoisonner sur un signal qui n'est pas encore arrivé.

Il ouvrit le poing et montra la petite fiole. Néfer Herou inspira profondément. Merit-Aton poussa un cri.

— Que les dieux nous protègent ! s'écria-t-elle d'une voix étranglée. Si je comprends bien, Néfer Herou était donc chargé de m'empoisonner moi aussi !

— Les dieux nous ont protégés, c'est vrai, déclara Semenkherê, puisque Néfer Herou et Aâ-Sedjem ont témoigné de leur loyauté. Je souhaite maintenant recevoir d'autres visites pareilles.

Merit-Aton fronça les sourcils.

— Je ne comprends pas…, balbutia-t-elle.

— Je doute qu'Aÿ ait limité ses tentatives criminelles aux deux hommes qui nous sont les plus proches.

— Aÿ ? s'écria-t-elle.

— Et qui d'autre ? Quel autre homme voudrait te voir disparaître de ce monde ? Il sait que tu sais la part qu'il a prise dans l'empoisonnement de ton père, mon frère.

— Il faut l'arrêter et le juger ! clama-t-elle.

Semenkherê secoua la tête.

— Il n'aurait pas agi sans l'assentiment au moins tacite des clergés et probablement de l'armée. L'arrestation et le jugement d'Aÿ exigent bien plus que des forces de police. Il y faut un détachement de l'armée, et je doute que son gendre Horemheb ou son cousin Nakhtmin y consentent.

Le constat était effrayant. Personne ne dit mot pendant un moment.

— Alors, il faut le faire assassiner, dit lentement Aâ-Sedjem.

— Cela ne désarmera ni l'armée ni les clergés. J'ai eu tort de quitter Thèbes. Je vais y retourner. Ni Thoutou ni Maya ne dominent apparemment la situation.

Ils proposèrent tous de l'accompagner.

— Non, pas tous ensemble. Cela serait pour nos ennemis un signal d'alerte. Il suffit qu'Aâ-Sedjem soit avec moi, puisqu'il est mon médecin.

Néfer Herou prit la parole, d'une voix posée :

— Qui donc, divin roi, aura pu indiquer au seigneur Aÿ les personnes qui ont la confiance de ta divine personne et de ta divine reine ?

Nul n'y avait songé. Quelqu'un, en effet, connaissait assez bien l'intimité du cercle royal pour avoir indiqué Aâ-Sedjem et Néfer Herou.

— Je l'ignore, répondit le roi.

— Il pourrait s'agir, divin roi, d'une personne de ressentiment, car elle ne pouvait ignorer qu'elle informait un ennemi.

Semenkherê hocha la tête.

— Il dit juste, observa-t-il.

— Pentju ! s'écria Merit-Aton.

Semenkherê réfléchit.

— C'est possible.

— Je tremble pour toi à Thèbes, mon roi, dit Merit-Aton.

— Rejoins-moi quelques jours plus tard. Je te renverrai *La Gloire d'Amon*. En attendant, déjeunons ensemble.

Dans l'escalier qui menait les quatre convives à la grande salle où le repas serait servi, Aâ-Sedjem prit Semenkherê à part et lui dit d'une voix basse :

— Il y a un autre homme de ressentiment, mon roi.

— Qui ?

— Aoutib.

Semenkherê demeura songeur.

En regagnant le palais royal, Merit-Aton contempla les bâtiments et les jardins dans leur gloire d'été. La brise du soir lui apporta les parfums des rosiers et du jasmin.

Mais la magie d'Akhet-Aton s'était évaporée. L'ombre de l'ennemi rôdait dans ce décor idyllique.

Ankhensep-Aton courut à sa rencontre et ralentit soudain son pas en voyant la mine soucieuse de sa sœur.

— Que se passe-t-il ? demanda-t-elle en lui prenant la main.

Les larmes perlèrent dans les yeux de Merit-Aton.

— Je vais t'expliquer, dit-elle.

Il fallait quand même instruire la Troisième Épouse royale des réalités de la vie des rois.

37

« Il écrivait des hymnes... »

Rarement, à coup sûr, visage d'homme fut scruté aussi attentivement que celui de Thoutou quand Semenkherê eut son premier entretien avec lui, pour l'informer des menées d'Aÿ.

La contrariété qui se peignit sur ses traits finit par convaincre son interlocuteur qu'elle était sincère.

— Je ne peux croire, déclara Semenkherê, que les projets criminels d'Aÿ s'expliquent par mon absence de Thèbes. Et je ne pense pas non plus qu'Aÿ se serait lancé dans une entreprise aussi criminelle s'il ne se sentait soutenu par le clergé et même l'armée.

— Non, roi divin, ces projets sont évidemment inspirés par les ambitions du seigneur Aÿ. Mais peut-être tes absences de Thèbes ont-elles inquiété Houmose et favorisé un rapprochement entre les deux hommes. Akhet-Aton est considéré par les clergés comme le siège d'une hérésie qui les a tourmentés pendant le règne du divin roi ton frère. Ton retour là-bas les a alarmés.

Les mouches entendent-elles les paroles humaines ? On l'eût pensé : les quelques deux douzaines d'entre elles qui jusqu'alors avaient paisiblement batifolé dans l'air furent soudain saisies d'un accès d'énervement ; elles bourdonnèrent avec véhémence. Le porteur d'éventail attendait à l'extérieur ; il ne pouvait donc rien contre elles. Restait à ajouter du pyrèthre au petit brasero qui flambait dans un coin proche de la fenêtre, ce que fit le vizir. Peu avant le trépas, les insectes volants, créatures oubliées de la mythologie des Deux Terres, apprendraient ainsi que les passions peuvent être fatales.

L'entretien avait lieu dans le cabinet royal du palais de Thèbes, étouffant comme à l'ordinaire. Il s'agissait d'un tête-à-tête réservé : même les scribes en étaient absents.

— Ne pouvons-nous donc rien contre Aÿ ?

— Roi divin, tu connais la situation encore mieux que le plus éclairé de tes serviteurs. Le seigneur Aÿ est pratiquement inexpugnable de sa forteresse d'Akhmim. De surcroît, il jouit de la protection tacite de son gendre Horemheb et de son cousin Nakhtmin, les deux plus puissants généraux du royaume. C'est-à-dire de l'armée. Ajoutons qu'il a pris pendant de longues années le goût du pouvoir. Sa sœur Ty était l'épouse du roi divin ton père Aménophis le Troisième et sa fille Néfertiti, celle du feu roi divin ton frère. Il a exercé de longues années une influence immense sur les affaires des Deux Terres. Puis il a été brutalement privé de cette emprise à la mort de sa fille, et c'est la cause de son ressentiment. J'ignore les circonstances à la suite desquelles il a ensuite perdu son influence auprès de la reine ton épouse et de toi-même, roi divin. Mais son amertume est profonde : il n'est plus, pour le moment, qu'un vieil homme riche et je suppose que cela lui est insupportable.

— Le résultat de tout cela est donc qu'Aÿ est plus puissant que le roi et qu'il essaie de l'empoisonner pour s'emparer sans doute du trône.

Le constat était brutal.

— Roi divin, si le trône est fort, le pouvoir du seigneur Aÿ est limité. L'un des alliés les plus puissants du pouvoir royal est le clergé. Houmose et ses collègues sont plus puissants qu'Aÿ. Si celui-ci venait à leur déplaire, son pouvoir serait condamné.

Semenkherê songea qu'il en avait fait beaucoup pour complaire aux uns et aux autres. Il avait presque trahi la mémoire de son frère, il s'était fait couronner à Thèbes et il avait restauré personnellement le culte d'Amon. Fallait-il par-dessus le marché qu'il fût l'otage de ses ennemis, enfermé en permanence au palais de Thèbes ?

L'occasion était bonne pour régler une vieille affaire : celle de détournements de rapports du temps d'Akhen-Aton. Semenkherê se pencha et ramassa une liasse roulée de papyrus, ceux qu'il avait pris au pavillon des Archives bien des mois auparavant, au cours d'une nuit capitale. Sous les yeux étonnés de Thoutou, il défit le brin qui les liait et les étala sur la table proche de lui.

— Ceux-ci sont les rapports sur les désordres dans le royaume qui étaient adressés au roi divin mon frère et qui n'ont été soumis ni à lui, ni à moi-même, son régent, dans les trois dernières de son règne. Puis-je te demander pourquoi ?

Quand il vit les documents, un sourire désabusé étira la bouche de Thoutou. Il leva sur le monarque un regard las et répondit :

— Parce que, roi divin, il m'avait ordonné de ne pas les lui soumettre.

La stupéfaction musela Semenkherê un long moment.

— Il t'avait *ordonné* de ne pas les lui soumettre ?

— J'ai conservé, roi divin, l'ordre signé du sceau royal de ne pas lui présenter les affaires fâcheuses du royaume, parce qu'elles étaient de mon ressort de Premier chambellan et de celui du cabinet royal, et non pas du sien. J'étais également chargé d'éconduire les visiteurs qui venaient présenter des requêtes ou des suppliques sur des sujets contrariants, tels que le droit d'entretenir une milice privée.

L'incrédulité fit désordonnément ciller Semenkherê. Aâ-Sedjem s'était donc mépris sur les motifs de Thoutou.

— Mais pourquoi ne me les as-tu alors pas présentées à moi ?

— L'ordre spécifiait que ces affaires ne devaient être soumises ni au roi, ni à son épouse, ni au régent.

Semenkherê était abasourdi. Il tendit la main vers une gargoulette et but une longue rasade d'eau parfumée.

— J'ai vécu des moments pénibles, mon roi, murmura Thoutou.

Il se tourna brusquement vers Semenkherê :

— Nous avions partout, à l'est et au sud, des alliés qui se trouvaient en difficulté. Nos ennemis avaient deviné le manque de combativité de ton frère. Leurs espions leur rapportaient qu'il se désintéressait du royaume. Ils ont alors redoublé leurs attaques contre nos alliés. Nous aurions pu envoyer des secours militaires. Nous ne l'avons pas fait. Leurs places fortes sont tombées. Quand ils l'ont appris, les officiers, et particulièrement Horemheb, Nakhtmin, Anumès, le commandant des garnisons d'Orient et bien d'autres officiers supérieurs ont piqué des colères effroyables. Ils parlaient devant moi d'assassiner le roi ! Et plus nos ennemis voyaient que nous ne réagissions pas, plus ils s'enhardissaient.

— Et je ne savais rien…, murmura Semenkherê.

— Évidemment : les requêtes étaient envoyées au roi et à lui seul. L'un des souvenirs les plus pénibles est celui de Rib-Addi, le roi de Byblos, qui restait fidèle à tout prix et qui l'a payé de sa vie. J'ai été moi-même supplier ton frère de lui dépêcher un bataillon sous le commandement d'Anumès. Il m'a répondu : « Non. Tous ces gens n'ont pas d'intérêt pour nous. Ils n'ont qu'à prier leurs horribles dieux de les tirer de leurs peines. »

L'accablement de Semenkherê frisa le désespoir et lui scella la bouche. L'évidence était aveuglante : Akhen-Aton avait détruit la puissance politique du royaume aussi bien qu'il avait failli détruire ses dieux.

— Tu te rappelles, poursuivit Thoutou, la rébellion de Thèbes ?

— Akhen-Aton m'avait raconté que c'étaient des émeutes fomentées par des pillards…

— Des tribus de Bédouins pillards avaient attaqué la ville. Il aurait fallu envoyer l'armée. Mais ton frère se moquait de Thèbes. La population s'est révoltée contre le roi qui la laissait sans défense. Certains excités parlaient même de monter une expédition et d'aller vous tuer, le roi, toi et toute votre famille à Akhet-Aton ! Des prêtres faisaient des sacrifices au temple d'Amon pour implorer la mort du roi. Heureusement que Mahu a pris de son propre chef l'initiative de défendre la ville et qu'il a pu repousser les Bédouins.

Thoutou saisit la gargoulette à son tour et but une lampée d'eau à la régalade.

— Ton frère a laissé le royaume dans un état épouvantable.

— C'est pour ça qu'on l'a empoisonné.

Thoutou ne releva pas l'observation, ce qui valait confirmation.

— Tu as peut-être supposé, roi divin, que j'avais été négligent ou même coupable de duplicité ?

Toujours confondu, Semenkherê ne répondit pas. Thoutou arpenta le cabinet royal, l'air pensif.

— Pendant les dix années que j'ai été Premier chambellan, roi divin, j'ai donc été chargé de régler les affaires fâcheuses du royaume, les révoltes des scribes d'un temple ou d'un autre, et celles de telle ou telle garnison, les grèves des embaumeurs et celles des brasseurs et des mariniers, les impôts prélevés sur les bordels, les collusions suspectes entre la police et certains propriétaires de province, les trahisons des commissaires du royaume en pays étrangers, les soulèvements de la population des oasis contre les percepteurs du fisc, la guerre civile entre les Hébreux et les cultivateurs de la Basse Terre à propos de l'utilisation des puits et de la fabrication des briques, et bien d'autres encore. Le roi, comme tu le sais, roi divin, ne daignait s'intéresser qu'à la recette des impôts.

C'était vrai. Les seules fois où lui, Semenkherê, avait vu son frère s'occuper du gouvernement, cela avait été à propos des finances. Akhet-Aton avait été une ville construite sur la lune.

Il était accablé.

Deux ou trois mouches, intoxiquées par la fumée de pyrèthre, agonisaient sur le dos.

— L'armée, poursuivit Thoutou, voyait bien que le feu roi divin ton frère se désintéressait des affaires militaires, sauf lorsqu'elles touchaient au butin, sur lequel il prélevait sa part, et aux prisonniers de guerre, quand il y en avait, qui servaient d'esclaves. Il n'avait jamais assez d'argent et demandait tout le temps qu'on lève de nouveaux impôts. Pendant ce temps, les préfets et les gros cultivateurs de province se rendaient également compte que le roi se détournait tout aussi bien des affaires intérieures du royaume. Les propriétaires se constituaient en toute impunité des milices privées pour tenir en échec les bandits qui ravageaient les campagnes. Ils avaient souvent des forces supérieures à celles de la police et, un comble, les agents de police quittaient parfois les casernes pour rejoindre les milices privées, qui les payaient mieux. La corruption aidant, ces propriétaires étaient donc les rois de leurs provinces. C'est ainsi qu'Aÿ s'est forgé une puissance capable de rivaliser avec celles des préfets les plus puissants.

Semenkherê éprouva un malaise proche de la suffocation.

— En somme, c'était toi le vrai roi, dit-il.

— Roi divin, rétorqua Thoutou avec un sourire sarcastique, j'étais plutôt l'esclave royal.

— Et je n'ai rien vu de tout cela ! répéta Semenkherê.

— Mon roi, nous t'avons tous vu arriver dans la faveur royale. Tu avais à peine plus de quinze ans. Que peut comprendre un garçon de quinze ans aux affaires d'un royaume ? Tu n'as vu et su du royaume que ce que le roi voulait bien te montrer.

Oui, il avait vu le luxe, les privilèges et les caresses.

Et un roi qui consacrait des heures à des conversations avec le grand-prêtre Panésy, après lesquelles il écrivait des hymnes à Aton.

— Roi divin, je ne veux pas offenser ta piété fraternelle, mais pendant ce temps aussi, le royaume se désagrégeait. Les ministres et moi tentions d'éviter un soulèvement massif. Nous nous échinions à prévenir un désastre total. Tu comprends alors que lorsque le roi divin ton frère est mort, nous avons espéré que son successeur reprendrait le sceptre et le fléau.

— Mais Néfertiti lui a succédé.

— Et elle avait aussi peu d'intérêt pour les affaires du royaume que son époux, observa Thoutou. Nous avons alors fondé nos espoirs sur toi.

Un silence suivit. Le roi et le vizir abordaient un épisode délicat de l'histoire du trône.

— Tu étais sûr que le règne de Néfertiti serait court, dit enfin Semenkherê.

Thoutou lança à son maître un regard teinté de reproche.

— C'est pour cela que tu as réagi avec autant de légèreté quand elle t'a chassé de tes fonctions et que tu m'as accueilli chez toi, conclut Semenkherê.

Thoutou réfléchit à sa réponse, puis déclara :

— Mon roi, les anciens cultes sont garants de l'unité du royaume et donc de sa force. Même avec son père Aÿ comme conseiller, c'est-à-dire régent de fait, Néfertiti ne pouvait que poursuivre les dégâts qui avaient commencé sous le règne de son époux. Elle était, en effet, farouchement attachée au culte exclusif d'Aton. Aÿ n'aurait pas osé s'opposer à elle. C'était une femme volontaire : elle l'aurait même écarté de son cercle, tout comme elle t'a expulsé de tes propres appartements à la Maison du roi.

Semenkherê opina.

— Tu étais informé du complot pour l'empoisonner, dit-il. Mais entends-moi bien, je ne t'adresse pas de reproches.

— Le complot était inévitable. Il était même souhaitable pour le royaume.

— C'est bien ainsi que je l'ai compris.

Mais il savait bien que ses mots étaient insincères ; non, il ne l'avait pas compris. Il n'avait rien compris. Les mêmes raisons supérieures à la monarchie elle-même avaient dicté, avant la mise à mort de Néfertiti, celle de son frère bien-aimé.

Un roi n'était rien ou presque rien, une image vide, un pantin. Le royaume était plus important que le roi. Et ses serviteurs n'hésitaient pas à achever prématurément la vie d'un monarque si cette mort pouvait sauver l'unité et la puissance des Deux Terres.

Le meurtre était légitime.

La brutalité et l'horreur du constat paralysèrent Semenkherê.

Il se rappela les confessions de Pentju et de Maya, les fonctionnaires parfaits : ils avaient tout sacrifié, tout, y compris leurs attachements les plus intimes, à la survie du royaume.

Comment avait-il pu être si naïf ? Les paroles de Thoutou résonnèrent à ses oreilles : « *Que peut comprendre un garçon de quinze ans aux affaires d'un royaume ?* » Là où il n'avait vu que malice ou faiblesse, chez les prêtres, chez Horemheb, chez Maya, chez Pentju et d'autres, c'était le calcul qui avait prévalu.

Mais Akhen-Aton aussi avait été naïf : il s'était vraiment cru roi et il avait élu un dieu personnel, au défi de tout un peuple et de ses prêtres.

Thoutou observa ce jeune roi affalé dans son fauteuil d'apparat, le cou tendu en avant, les yeux vitreux. Le regard de Semenkherê se figea sur son horizon intérieur. À dix-neuf ans, il se sentit soudain vieux et seul.

Il songea à Merit-Aton : même elle avait obscurément obéi aux raisons supérieures quand elle avait décidé de se faire engrosser par Néfer Herou au lieu de son époux.

Et Aâ-Sedjem, que valait son amour ?

Les larmes lui vinrent aux yeux.

Thoutou l'observait ; il se ressaisit.

38

Un père par procuration

L'arrivée de Merit-Aton, d'Ankhensep-Aton et de Tout-Ankh-Aton, deux semaines plus tard, arracha à peine Semenkherê à la torpeur mélancolique où l'avait plongé sa conversation avec Thoutou. Aâ-Sedjem s'en inquiéta et établit d'abord un barrage rigoureux entre les services de bouche et la personne royale, recommandant secrètement qu'Aoutib ne se trouvât jamais sur le parcours des aliments destinés à la famille royale. Néanmoins, Semenkherê ne s'en porta pas mieux ; en désespoir de cause, Aâ-Sedjem prépara pour son maître une décoction de sa façon, à base de genièvre fermenté, de digitale, de varech et de rauwolfia, qu'il mélangea à du vin.

Le goût n'en était pas déplaisant et Semenkherê absorba volontiers la médication. Mais l'effet n'en durait que deux ou trois heures. Ainsi, à la cérémonie de l'offrande du feu, au temple d'Amon, le roi avait paru parfaitement serein pendant le début de la longue cérémonie, mais quand il avait regagné son trône, à la fin, sa démarche avait été dangereusement incertaine.

Merit-Aton releva l'atonie de son époux et s'en inquiéta.

— Qu'a-t-il ? demanda-t-elle à Aâ-Sedjem. Est-il malade ?

— S'il est malade, il me semble que c'est plus une maladie de l'âme que du corps. Elle est apparue soudain après une longue entrevue avec son vizir, dont il ne m'a confié que des bribes confuses. Une seule phrase m'a frappé parce qu'elle semblait cohérente : « J'ai moins d'importance que ma propre statue et aussi peu de pouvoir qu'elle. » J'ignore ce que Thoutou lui aura dit pour lui arracher un jugement aussi sombre.

— Ne serait-ce pas la chaleur ?

La saison des Semailles était torride cette année-là, surtout à Thèbes.

— Je pense que l'air d'Akhet-Aton lui serait, en effet, bénéfique, mais quand je lui ai proposé d'y retourner, il s'y est refusé.

Au grand dam de Néfer Herou, l'anxiété rongea Merit-Aton ; elle décida d'interroger son époux d'autorité.

— Tout le monde se soucie de ton état, dit-elle sans ambages. Tu nous désespères, Aâ-Sedjem et moi-même. Qu'as-tu ?

— Voilà qu'un roi n'a même plus le droit d'être pensif, répondit-il avec un faible sourire.

— Tu n'es pas pensif, tu sembles malade.

— Peut-être le suis-je.

— De quelle maladie souffres-tu ? Aâ-Sedjem n'a pu la nommer.

Il s'éventa nonchalamment.

— D'être roi, sans doute.

Elle demeura sans voix. La charge de roi était-elle donc une maladie ?

— Je ne te comprends pas.

Il posa l'éventail sur ses genoux.

— Mon frère et ta mère ont été mis à mort pour sauver le royaume. Nous ne sommes que des animaux sacrificiels.

Pour la première fois, elle entrevit avec terreur les réflexions de son époux. Une porte s'entrebâilla sur le tombeau mystérieux qu'est le cœur de tout humain et, en l'occurrence, de son époux le roi.

— Nous ne sommes pas les maîtres du royaume, reprit-il. C'est le royaume qui est maître de nous.

Il tourna la tête vers elle. Son regard était froid, sa bouche amère.

— Même toi, tu as sacrifié sur l'autel du royaume. Te rappelles-tu ce que tu m'as dit : « La race de mon père ne donne que des femmes. » Tu t'es donc fait engrosser par un homme dont tu espères que la semence donnera un garçon.

Elle ravala sa salive, le cœur battant. Non, Semen-kherê n'était pas malade ; il avait été frappé de lucidité.

— Si je l'ai fait, c'est aussi dans l'intérêt de ton règne, répondit-elle. De *notre* règne.

Il hocha la tête.

— Et la stabilité du royaume.

— À supposer que cela soit comme tu le dis, reprit-elle, ton père a régné longtemps et paisiblement. Il est mort de sa belle mort, animal sacrificiel ou pas. Vas-tu donner aux tiens, aux ministres, à la cour, aux prêtres l'image d'un homme dont la santé décline ?

Il tourna vers elle un regard énigmatique.

Elle avait été son alliée ; peut-être le demeurait-elle. Elle le soutenait contre Aÿ. Elle était venue l'encourager. Elle voulait qu'il assume son rôle de roi. Et que pouvait-il être d'autre qu'un roi ?

— Ta tristesse met tout en danger. Elle donne l'avantage à tes ennemis. Est-ce cela que tu veux ?

— Non, répondit-il d'une voix basse.

— Reprends-toi. Tu dois me défendre, moi aussi.

Et tout en disant cela, elle songea que les enfants mâles d'Aménophis le Troisième étaient décidément des êtres fragiles. Elle se rappela cet air rêveur de son père Akhen-Aton et cette façon qu'il avait de glisser sur le sol comme une ombre.

Même le jeune Tout-Ankh-Aton était loin de présenter la vigueur des garçons de son âge.

— Tu as raison, convint-il.

Il se leva et la prit dans ses bras. Il l'embrassa.

Elle se demanda s'il fallait donc qu'elle demeurât auprès de son époux à Thèbes pendant toute la saison des Semailles.

Mais à quoi servait donc Aâ-Sedjem ?

Le couple royal et les personnes de condition supérieure n'étaient pas les seuls à souffrir de la chaleur durant la saison des Semailles à Thèbes. À certaines heures, la ville tournait au brasier. Ainsi, le peuple même s'abstenait de sortir entre midi et la quatrième heure et s'il le faisait, ce n'était que pour aller se rafraîchir dans le Grand Fleuve. Certains, et souvent des scribes, à cause de leurs têtes rasées, étaient frappés d'apoplexie rien que pour s'être exposés tête nue quelques quarts d'heure au soleil, à moins qu'ils ne fussent mordus par des vipères ou piqués par des scorpions, qui s'enhardissaient sur les chemins. Aâ-Sedjem eut la surprise de trouver qu'un flacon de verre, oublié sur la terrasse des appartements royaux, avait été déformé au bout de quelques heures d'exposition au soleil, sur la balustrade de pierre.

Quelque répugnance qu'elle en eût, Merit-Aton décida de repartir pour Akhet-Aton, avec Ankhensep-Aton, Néfer Herou et Tout-Ankh-Aton. Elle avait alors atteint le sixième mois de sa grossesse, désormais évidente pour tous. Houmose était venu l'en féliciter et lui annoncer les prières et sacrifices qu'il consacrerait à la prospérité de sa lignée. Les dames de la Cour avaient évidemment joint leurs vœux pour une grossesse heureuse. Des cadeaux de fruits symboliques expédiés par les propriétaires terriens étaient remis chaque jour à

Ouadj Menekh, qui les remettait à son tour au chef de la Maison de la reine.

Mais ce n'était guère un climat pour une première grossesse et, s'étant inquiétée de ses urines sombres, Merit-Aton s'entendit répondre par Aâ-Sedjem que la raison en était évidente : elle perdait par la peau une grande partie de l'eau qu'elle eût dû excréter autrement. Il lui conseilla de boire abondamment ou bien d'aller attendre la saison des Moissons à Akhet-Aton, car il craignait pour la santé de l'enfant en gestation. Ce fut le parti qu'elle prit.

L'accompagnant à l'embarquement, Semenkherê lui assura qu'il ne saurait vivre trop longtemps sans elle et qu'il la rejoindrait avant peu, fût-ce pour un court séjour. L'ayant embrassée, il lui déclara :

— Tu es ma force.

Elle monta sur *La Gloire d'Amon* presque à contrecœur et regarda la silhouette de son roi sur le quai jusqu'à ce qu'elle fût devenue trop petite pour la vue.

Singulière situation que d'être attachée à cet homme, alors qu'elle était la maîtresse d'un autre.

— *Bin tchaou !*

Shabaka, assis sur un siège bas dans le jardin clos, leva les yeux et se demanda qui donc avait appris au perroquet ces mots malsonnants.

— *Ir herou nefer !* cria-t-il, espérant améliorer le discours du psittacidé.

Ce qui signifiait : « Fasse que ton jour soit heureux. »

Le perroquet ne répondit pas. Shabaka renouvela sa tentative. À sa surprise, ce fut la compagne du volatile qui clama :

— *Ir herou nefer !*

Le Nubien applaudit, et l'autre perroquet répéta ses vœux et vola vers lui. Shabaka prit une datte dans un bol et la lui tendit pour le récompenser.

Aÿ entra alors dans le jardin, suivi de son guépard. Il s'installa à sa place ordinaire, sur la banquette, l'air contrarié. Le guépard se coucha avec son expression éternellement chagrine. Les deux hommes trempèrent ainsi dans un silence véreux jusqu'à ce que Shabaka fît ce que tout courtisan est censé faire : s'enquérir des humeurs de son maître.

— Mon seigneur semble pensif.

Aÿ agita son éventail, peut-être pour exprimer les humeurs en question.

— C'est bien ce que je pensais. La femme du vermisseau est enceinte. De six mois, ajouta-t-il un moment plus tard.

Shabaka le savait bien : Aÿ ne pensait qu'à une seule chose. « Penser » était d'ailleurs un terme trop faible : il était possédé par l'ambition du pouvoir. L'information sur la grossesse de la reine ne pesait pas lourd ; ce n'était certes pas elle qui motivait la morosité de son maître. Il résolut d'attendre l'interprétation qu'en faisait Aÿ ; il pourrait alors émettre un avis qui le ferait valoir.

— Aucun des trois entretiens de notre agent n'a été formellement concluant. L'amant de la reine et celui du roi n'ont dit ni oui ni non. Le maître de la garde-robe, sans doute le plus vulnérable, ne peut agir que lorsque le vermisseau est à Thèbes. Houmose, qui avait semblé un moment se rallier à mes projets, après les désordres du festival d'Osiris, est revenu sur ses critiques, puisque le pouvoir est présent à Thèbes. La situation peut durer ainsi indéfiniment.

— La patience, seigneur, est la vertu des forts. Les fruits mûrissent sur l'arbre. Tu les cueilleras en temps dû.

Aÿ parut se satisfaire malaisément de ce conseil de sagesse.

Merit-Aton devait accoucher au début de la saison des Semailles. Restait à savoir quel serait le jour : serait-ce exactement à la fin de cette saison ou bien au début de la saison des Moissons ? Personne ne pouvait évidemment le prévoir, mais Houmose décida de célébrer la naissance de l'enfant au dernier jour des Moissons, en présence du roi et de la reine, ainsi que, bien évidemment, de l'enfant, alors viable.

Semenkherê se rendit deux fois à Akhet-Aton pour suivre cet accomplissement d'un enfant qui n'était pas le sien, mais qu'il avait adopté de toute la force de son cœur. Il trouva chaque fois Néfer Herou posté à proximité de la chambre de la reine, tel Anubis veillant sur le trésor royal. Aâ-Sedjem le lui avait rapporté : le maître des Parfums s'était informé auprès de lui de tous les soins qu'il convenait de donner à une femme enceinte, puis accouchée. Les lui ayant indiqués, le médecin lui avait également recommandé d'user de l'eau distillée pour la toilette intime de l'accouchée et de l'enfant.

Le vrai père et le putatif avaient jusqu'alors tacitement joué la comédie de l'ignorance. À la deuxième visite, et comme Semenkherê se désolait de devoir retourner à Thèbes, Néfer Herou lui dit :

— Roi divin, ne crains rien, je veille sur deux âmes comme Nekhbet et Ouadjit ensemble.

Le Vautour et le Cobra royaux.

Ils échangèrent un long regard et tout fut dit.

Le deuxième jour de la saison des Semailles, Merit-Aton éprouva les premiers spasmes de l'enfantement. Les deux sages-femmes qui veillaient depuis quelques jours au quartier des nourrices accoururent. La reine fut installée dans un fauteuil d'accouchée et une heure plus tard, la tête de l'enfantelet apparut.

Néfer Herou se tenait derrière la porte.

Merit-Aton cria comme jamais de sa vie. Ankhensep-Aton et ses sœurs en furent terrifiées.

— Le premier est le plus difficile, observa l'une des sages-femmes.

Quand l'enfant fut enfin mis au monde et le cordon ombilical coupé et noué, les sages-femmes annoncèrent :

— C'est un garçon, reine divine.

Elle hocha la tête, épuisée. Après avoir été menacée d'exploser, elle était retombée sur terre.

Néfer Herou intervint alors, portant deux grands pots d'eau distillée et spécifiant que l'ordre du médecin du roi était de n'user que de cette eau pour la toilette de l'accouchée. Elles parurent surprises de la vigilance du maître des Parfums et plus encore de son expression d'intense vénération pour le garçonnet qu'elles langeaient.

Puis il s'empressa au chevet de la reine, portant un flacon de parfum balsamique, qu'il lui fit respirer.

Elle entrouvrit les yeux, et ceux de Néfer Herou y plongèrent.

Du miel, se dit-elle des yeux de son amant.

Du vin, se dit-il de ceux de sa maîtresse.

Ankhensep-Aton entra dans la chambre, souriant d'émotion, et courut caresser le front de sa sœur.

Puis les princesses cadettes.

— Maket-Aton ne viendra donc pas, constata Ankhensep-Aton.

Merit-Aton secoua la tête.

— Veux-tu que j'aille le lui annoncer ?

Merit-Aton secoua derechef la tête. Elle ne pouvait oublier les indices de sorcellerie qu'elle avait trouvés à son retour de Thèbes.

La nouvelle fut proclamée dans le palais, puis en ville. Un messager fut dépêché au roi sur-le-champ afin de l'informer de la nouvelle.

Quand il revint, deux jours plus tard, il rapporta que le roi avait décrété un jour de liesse à Thèbes et donné l'ordre de distribuer du blé et de la bière à la population de la ville.

Les anxiétés causées à Néfer Herou et Aâ-Sedjem par le sinistre marchand de parfums et de drogues s'étaient estompées. Peut-être Aÿ s'était-il lassé de lutter contre les évidences. Ou plus probablement, ses alliés traditionnels lui avaient-ils fait défaut au moment où il les avait sollicités.

Avant même l'arrivée de la reine et les cérémonies qui devaient avoir lieu au temple d'Amon, une fête avait été organisée par Thoutou et Ouadj Menekh, à l'occasion de la distribution de blé : ce serait un défilé-pantomime qui passerait devant le palais, mené par l'enfant Horus.

Des trompettes annoncèrent l'approche du cortège.

— Roi divin, ne veux-tu pas regarder la fête depuis la terrasse ? lui demanda Thoutou.

Semenkherê sortit sur la terrasse. La totalité du cabinet le suivit et se pencha sur les balustrades. Les fonctionnaires étaient sur les toits ou dans la rue.

La grande rue du palais était noire de monde. Des danseuses acrobatiques exécutaient des prouesses sur un accompagnement de cistres et de tambourins. Vint ensuite un chariot d'apparat, tiré par un cheval, sur lequel se tenait l'enfant Horus, nu, entre Isis et Osiris, tous trois bien vivants et acclamés par la foule. À hauteur du palais, ils tournèrent la tête vers le roi et lui sourirent. Il leur tendit le bras.

D'autres musiciens, tambours et trompettes, suivaient le chariot et en précédaient un autre, sur la plate-forme duquel deux hommes, l'un portant la couronne de la Haute Terre et l'autre celle de la Basse Terre, se battaient rituellement, au rythme des tambours : la couronne de la Basse Terre coiffait Horus adulte, et l'autre Seth, l'assassin de son père Osiris. Les musiciens ne s'interrompaient que pour laisser à un récitant le loisir de réciter un commentaire. Parvenus devant le palais, ils s'interrompirent et s'étreignirent, la tête tournée vers le roi, puisqu'il représentait la fin du conflit. Les vivats emplirent l'air. Des femmes jetèrent des fleurs aux combattants. Mais plus loin, ceux-ci reprenaient leur duel pour le bénéfice de la foule.

Nouvel orchestrion, de lyres cette fois-ci. Une troisième plate-forme portait un aréopage de dieux, chacun coiffé de son masque, et tous écoutant Horus plaider sa cause devant eux pour reconquérir les terres volées par son oncle Seth, ainsi que l'expliquait également un récitant.

Le quatrième et dernier chariot, annoncé par des cors, portait Horus dans sa splendeur, assis sur un trône doré, au milieu de récitants qui chantaient les louanges de celui qui avait conquis l'univers pour le roi des dieux, Rê.

Arrivé devant la terrasse royale, il tourna aussi la tête et salua le monarque. Celui-ci tendit le bras. De nouveau des fleurs volèrent vers le chariot et des vivats éclatèrent.

Semenkherê restait rêveur. On saluait le père d'un prince dont il n'était pas le fils.

En fin de compte, il était père comme il était roi : par procuration.

39

La saison des embaumeurs

Un mois après la cérémonie au temple d'Amon, à Thèbes, deux ombres se rejoignirent dans une ruelle voisine du palais royal.

— C'est fait, murmura l'une. Où est ma récompense ?

— Es-tu sûr ?

— Je me suis rendu aux cuisines avant que l'échanson verse le vin dans les aiguières et j'ai fait ce que tu m'as dit. Où est ma récompense ?

— Mais es-tu sûr qu'ils ont bu le vin ?

— Je viens de leur chambre. Ils dorment leur dernier sommeil dans les bras l'un de l'autre. Je les ai touchés. Ils sont froids. Où est ma récompense ?

— La voici, dit l'autre ombre.

Et elle enfonça dans le ventre de la première une dague. La victime poussa un han de douleur et s'écroula, se tenant les entrailles des deux mains.

L'autre ombre disparut dans la nuit de Thèbes.

La découverte, le lendemain matin, du cadavre du maître de la garde-robe royale, Aoutib, passa pour ainsi dire inaperçue dans l'émotion causée par celle du corps inanimé du roi Semenkherê. Il n'était qu'un personnage secondaire, sur lequel couraient des commentaires ironiques.

Dès midi, en revanche, Thèbes bruissa de rumeurs extraordinaires : on aurait retrouvé dans le même lit le roi et son médecin, morts.

Sur les injonctions de Thoutou et d'Ouadj Menekh, les fonctionnaires du palais réfutèrent ces rumeurs : seul le roi était mort. On avait, en effet, désigné d'office un autre médecin censé avoir été le véritable titulaire de cette charge depuis l'avènement du roi.

Houmose fut le seul qui ne crut ni ceci ni cela. Il demeura un jour entier stupéfait. Qui donc avait ainsi renversé le damier du royaume ? Il ne savait qui privilégier dans ses soupçons, d'Aÿ ou de Horemheb, et s'estima offensé de n'avoir pas été informé, si du moins existaient des informations privilégiées.

Il n'avait cependant pas atteint le terme de ses étonnements. En effet, il en était encore à se demander qui la reine Merit-Aton, veuve et mère d'un héritier, épouserait.

Semenkherê avait été pour lui un frère attentif et doux : déjà défait par le chagrin, Tout-Ankh-Aton, lui, observa avec un sentiment proche de l'épouvante les cavalcades de dignitaires qui couraient dans le palais et dont certains venaient lui proclamer une obédience proche de l'abjection, tandis que d'autres parvenaient mal à masquer leur dédain pour ce prince décidément sans lendemain.

Sa jeunesse s'achevait avec la mort du roi. Il jouait trop bien aux dames pour ne pas comprendre qu'il n'était désormais qu'un pion.

L'émotion fut également grande chez les embaumeurs de Thèbes : ils prendraient enfin leur revanche sur leurs confrères d'Akhet-Aton, qui avaient eu le privilège de traiter à quelques semaines de distance deux cadavres royaux.

Cette fois-ci, ils en tenaient un. Cela faisait dix-huit ans qu'ils attendaient, se faisant la main sur de hauts-fonctionnaires et des courtisans.

Ce serait vraiment une belle saison pour eux.

Le lendemain soir, dans son palais du Nord à Akhet-Aton, Maket-Aton, Deuxième Épouse royale, se morfondait comme à l'accoutumée depuis sa mise au tombeau vivante, quand une de ses esclaves lui souffla pendant le souper :

— Princesse divine, ta délivrance est proche.

Elle la considéra, stupéfaite.

— Qu'est-ce que tu dis ?

— Le roi est mort ! chuchota l'esclave.

— Quoi ?

— On m'a chargée de te dire qu'il est mort hier à Thèbes. Le nouveau maître du royaume, ton grand-père Aÿ, viendra lui-même te délivrer.

La princesse demeura sans voix.

Tout à coup, le chaudron de rancœurs et de frustrations qui fermentait en elle depuis de longs mois bouillonna. Sa revanche ! Sa vengeance ! Tous ceux qui l'avaient humiliée, ces comploteurs, ces traîtres, ces empoisonneurs, sa ribaude de sœur et son pervers doucereux de mari, ils allaient éprouver le feu de sa fureur !

Puis elle se rappela que le pervers doucereux, justement, était mort.

Et que sa sœur demeurait héritière du trône, puisqu'elle avait mis au monde un enfant.

Qu'importait ! Elle représenterait à Aÿ l'infamie dont elle avait été victime. On chasserait sa sœur ! Puis une idée diabolique scintilla dans sa cervelle confuse : Merit-Aton avait été complice de l'empoisonnement de Néfertiti ? Eh bien, on lui ferait goûter du même sort ! Oui, on l'empoisonnerait.

L'agitation dans laquelle ces ruminations la plongèrent chassa le sommeil. Elle en avait pourtant besoin.

Elle se souvint des boulettes somnifères dans le coffret de sa mère, récupéré dans la chambre de Merit-Aton, lors du déménagement à Thèbes.

Quand le sommeil la fuyait, sa mère prenait deux de ces boulettes noirâtres ; sa fille en fit de même et avala une goulée d'eau avec.

Elle ignorait que c'étaient justement les boulettes glissées subrepticement par Pentju dans la petite pharmacie de Néfertiti.

Quand Aÿ arriva au palais du Nord, deux jours plus tard, escorté de Shabaka et d'une escouade de policiers de la garnison d'Akhet-Aton, il fut accueilli par des servantes éplorées :

— Hélas, notre soleil s'est éteint ! se lamentèrent-elles. Notre princesse est morte.

Ankhensep-Aton apparut quelques instants plus tard. Elle reçut son grand-père avec un détachement presque haineux :

— On meurt décidément beaucoup, ces temps-ci, dans ma famille.

— Où est Merit-Aton ? cria Aÿ, congestionné de rage.

— Je l'ignore. Elle a préféré sans doute ne pas te recevoir.

Et elle tourna les talons.

40

La fuite d'Égypte

La même nuit où Semenkherê et Aâ-Sedjem avaient bu leur dernier vin, Néfer Herou fut réveillé en pleine nuit, dans sa chambre à l'étage du palais royal, à Akhet-Aton.

Était-ce un cistre qu'il avait entendu ? Avait-il rêvé ? Mais il ne se rappelait aucun rêve musical.

Il ouvrit les yeux. Une lampe éclairait faiblement sa chambre. Le ciel par la fenêtre était noir. Il tendit l'oreille. Il perçut de nouveau le son du cistre. Un cistre solitaire et en pleine nuit ?

Il sortit sur la terrasse et inspecta les jardins, car ce bruit singulier ne pouvait provenir que de là.

Une troisième fois, le cistre. Et l'imitation d'un hululement de hibou.

Il retourna dans sa chambre, emprunta le corridor qui menait à l'escalier, passa devant la chambre de Merit-Aton, puis celle de la nourrice et de l'enfant.

Il tendit encore l'oreille, ne perçut aucun son et descendit.

Au seuil de la porte du jardin, il s'arrêta, fouillant l'ombre du regard. Une silhouette se dessina bientôt sur le ciel sombre et lui montra un objet.

Le cœur de Néfer Herou se glaça : ce n'était pas un cistre, mais, il le devina, un grand anneau auquel était enfilée une infinité de petits anneaux. L'homme n'était cependant pas le marchand simiesque qui lui avait fait l'horrible proposition, mais un gaillard.

— C'est l'heure, dit l'homme à mi-voix. Es-tu prêt ?

— De quoi faire ?

— De verser ceci demain dans le verre de l'infidèle.

Néfer Herou cligna des yeux ; l'homme lui mit dans la main une petite fiole et souleva de nouveau le faux cistre diabolique.

— Arrête avec cet objet ! ordonna Néfer Herou. Tu vas réveiller tout le monde.

Il roula la fiole dans sa paume, éprouvant du pouce le lin ciré qui la bouchait.

— Demain, c'est convenu ? Tu auras alors ta récompense.

L'accent rugueux du sud.

— Pourquoi est-ce soudain l'heure ? Il y a des mois que ton compère est venu me prévenir.

— Le roi est mort à l'heure qu'il est.

Une fois de plus, le cœur de Néfer Herou manqua s'arrêter. Il s'appuya au chambranle de pierre.

— Mort ? répéta-t-il.

— Mort. Lui et son concubin, le médecin.

Néfer Herou eut peine à conserver son calme. Il cherche de nouveau appui contre le chambranle. Dans l'obscurité, sa main glissa sur un manche de bois. Il le tâta à la dérobée. Sans doute une pelle oubliée par un jardinier. En tout cas, un gros manche de bois solide.

— Bon, demain. N'oublie pas ma récompense.

— Mon maître n'oublie jamais ses serviteurs.

Et il tourna les talons. Néfer Herou saisit la pelle, la souleva et l'abattit sur le crâne de l'homme. Celui-ci trébucha et tomba en avant. Il n'était sans doute qu'étourdi. Néfer Herou lui asséna un autre coup. L'homme s'immobilisa sur le ventre. Néfer Herou attendit un moment, haletant. Puis il retourna l'homme, ouvrit sa bouche, arracha avec ses dents le lin ciré qui cachetait la fiole et vida le contenu entre les dents de sa victime.

Il s'empara des anneaux d'or, revint sur ses pas, remit la pelle à la place et remonta à l'étage, presque incapable de retrouver son souffle. Il gagna la chambre de Merit-Aton. Il regarda le corps aimé, allongé sur le lit, éclairé par la veilleuse. Sans doute fit-il du bruit, car elle remua. Et soudain elle s'assit et s'écria :

— Qu'est-ce que c'est ?

Elle regarda Néfer Herou, hagarde, et aperçut le cerceau d'anneaux d'or qu'il tenait en main. Sans doute pressentit-elle la raison de cette irruption.

— Qu'est-ce qu'il y a ? demanda-t-elle d'une voix étranglée.

— Prépare-toi. Nous fuyons.

Elle ne parut pas comprendre.

— Maintenant ? En pleine nuit ? Pourquoi ?

— L'homme est venu me voir. Il m'a donné un poison à verser dans ton vin. Il m'a dit qu'ils ont tué Semenkherê et Aâ-Sedjem. Je l'ai tué.

Elle poussa un cri.

— Ce n'est pas vrai !

— Réveille la nourrice, si elle doit nous accompagner. Emporte ton coffre à bijoux. J'ai pris ces anneaux d'or à l'homme. Il nous faut partir au plus vite. Aÿ sera certainement ici demain dans la soirée ou après-demain matin. Je veux espérer qu'il n'a pas déjà envoyé d'autres émissaires.

— Mes sœurs…

— Il ne leur arrivera rien. C'est à toi et à toi seule qu'il en a. Ankhensep-Aton est une épouse royale. Il ne la touchera pas.

Elle se leva, comme égarée, parvenant mal à coordonner ses mouvements. Le coffret à bijoux avait été préparé de longue date. Le maître de sa garde-robe dormait, évidemment. Elle alluma une lampe à la veilleuse, avec des gestes maladroits, et alla rassembler des vêtements au hasard.

— Emporte une cape sombre, recommanda-t-il. Je vais, moi aussi, réunir les effets dont j'ai besoin. Puis réveille la nourrice.

— Elle vient avec nous ?

— À moins que tu veuilles allaiter l'enfant.

Elle réfléchit.

— Je l'allaiterai. Ou bien nous trouverons une autre nourrice là où nous irons. Celle-ci nous encombrerait. Elle est bavarde.

Moins d'une heure plus tard, Néfer Herou transportait le dernier coffre dans *Le Sourire de Hathor*. Il remonta chercher Merit-Aton et leur fils. Ils traversèrent à pas feutrés la grande salle où les lotus flottaient, clos, dans leur vasque.

Merit-Aton se rappela ce qu'elle disait alors à ses sœurs pour expliquer que les fleurs se fermaient chaque soir : Anubis était passé.

Une fois au rez-de-chaussée, Néfer Herou se dirigea vers les cuisines pour y prendre des vivres : du pain, du fromage, des saucissons, des fruits et de l'eau. Une vague clarté annonçait l'aube. Elle suffit à révéler le cadavre qui gisait dans l'allée du jardin et que Merit-Aton contourna, horrifiée, comme s'il s'agissait d'une vipère.

Le maître des Parfums aida la reine à monter dans le bateau avec l'enfant dans ses bras, chargea les deux paniers de vivres, défit l'amarre et sauta à bord. L'embarcation dériva lentement dans le courant. Un peu plus tard, Néfer Herou monta la voile et l'allure s'accéléra. L'enfant cria ; Merit-Aton se souvint des gestes des nourrices et, pour la première fois, allaita son fils.

À midi, ils furent à Memphis. Mais Néfer Herou n'avait aucune intention de s'y arrêter ; il était en charge de deux êtres qui fuyaient la mort. Le soleil déclinait quand il goupilla l'aviron en direction de la berge, bien plus haut que Memphis, et amarra enfin la barque à un ponton de fortune. Un héron s'envola. Ils étaient dans une bourgade trop petite pour mériter le nom de port et où mouillaient trois ou quatre barques de pêcheurs.

Des enfants baignaient des buffles à deux ou trois cents pas et ne leur jetèrent qu'un regard curieux. Néfer Herou aida Merit-Aton à mettre pied à terre, pour vaquer à ses besoins et y aider l'enfant. Ils entamèrent leurs provisions, puis elle s'allongea dans le bateau et s'endormit, l'enfant serré contre elle.

Vers minuit, elle se réveilla et dit à Néfer Herou :

— Dors un peu. Je ferai le guet et te réveillerai s'il y en a besoin.

Ils repartirent peu après l'aube. Elle s'affaira avec ses moyens de fortune à la toilette de l'enfant et la sienne propre. Elle s'efforçait de maîtriser son inquiétude : elle devinait trop bien que leur fuite mettrait Aÿ en rage et qu'il lancerait tous ses hommes à leurs trousses. Mais elle savait aussi qu'il ignorait l'existence du *Sourire de Hathor* et qu'il serait donc incapable de décider s'ils avaient fui par bateau ou par voie de terre. De plus, ils avaient près de deux jours d'avance sur ses sbires.

— C'est surtout à Memphis qu'il éprouvera les plus grandes difficultés à nous faire poursuivre, dit Néfer Herou, devinant ses pensées, parce qu'il ne pourra savoir lequel des cinq bras du Grand Fleuve nous aurions suivi.

Elle se félicita du savoir et de l'esprit de prévision de Néfer Herou. Comme il avait eu raison de lui faire acheter ce bateau et de le tenir secret !

— Sais-tu où nous allons ?

— Chez les Hittites. Tu ne seras plus que ma reine et tu ne t'appelleras plus Merit-Aton, dit-il avec un sourire. Quel autre nom veux-tu ?

— Khertep, dit-elle après réflexion.

Celle qui possède sa Tête. Il éclata de rire. C'était la première fois qu'elle sourit aussi depuis ce qui lui semblait une éternité d'horreurs. Elle s'interdisait encore de penser à Semenkherê, craignant d'y perdre le peu de forces qui lui restait.

— Et toi?

— Je ne crois pas que mon nom ait beaucoup d'importance. Je suis toujours ton Néfer Herou. Rappelle-toi ce que nous dirons : nous avons perdu tous nos biens dans les Deux Terres et nous sommes partis recommencer notre vie ailleurs.

À l'aube, il observait l'ombre d'un bâton fiché droit dans un banc du bateau.

— Qu'est-ce que c'est?

— Mon aiguille solaire. Je profite de ce que le bateau est stable pour établir sa direction.

Mais il consulta ensuite cette ombre plusieurs fois par jour, même quand le bateau bougeait. Elle se rappela qu'il était savant. Ce fut ainsi qu'il s'engagea dans le bras le plus oriental du Grand Fleuve et, vers le soir, ils atteignirent un des lacs de la Grande Noire[1].

Elle se demanda si elle dormirait jamais plus dans un lit et éprouva une nostalgie violente de la salle de bains du palais d'Akhet-Aton et celle d'un repas chaud ! Ses cheveux repoussaient et sa perruque, striée de blanc par le sel, ne tenait plus. Plusieurs de ses ongles s'étaient cassés et elle ne pensait plus à les limer.

---

1. À l'époque, les lacs Amers et Menzaleh étaient reliés par une série d'autres lacs ; l'ensemble était appelé la Grande Noire.

Qu'importait, elle pouvait allaiter son fils.

Elle regardait ce petit être, parfois incapable de croire qu'elle l'avait mis au monde.

Lors d'une escale sur la Grande Noire, elle aperçut un chat errant. Il tourna la tête vers elle et elle fut saisie : son œil gauche était voilé par une taie blanche.

L'œil maléfique de Néfertiti.

Elle frémit et songea au pouvoir qu'on prêtait à cet œil. Elle s'était toujours refusée à cette superstition. Mais le fait était indéniable : sa mère avait d'outre-tombe détruit Semenkherê. Et elle avait failli la détruire elle-même, parce qu'elle avait associé son sort au rival détesté de sa mère.

Elle chassa le chat, qui s'enfuit en poussant un miaulement sauvage et sinistre.

Elle osa enfin songer à Semenkherê.

L'image de la colombe blessée qui s'était réfugiée dans sa chambre lui revint avec une force inattendue. Il avait été cette colombe. Il n'avait jamais possédé la force sanguine des chasseurs de pouvoir. Un contemplatif, comme son frère.

Elle songea aussi à Aÿ : l'impatience s'était sans doute emparée de lui après la naissance de l'enfant. Il avait vu le pouvoir lui échapper et décidé de mettre les clergés et l'armée devant le fait accompli, comme il l'avait fait pour son gendre Akhen-Aton.

Huit jours plus tard, après quelques escales pour acheter du pain, du fromage, de l'eau, de la bière, des fruits, ils étaient sortis des lacs et elle vit la mer pour la première fois. Elle en découvrit l'immensité et en respira les embruns avec stupeur. Des mouettes crièrent. C'était la Grande Verte que Tout-Ankh-Aton avait jadis, car c'était déjà jadis, demandé à voir, lors d'une promenade sur *La Gloire d'Amon*.

C'était toujours de l'eau, mais elle lui parut entièrement différente de celle du Grand Fleuve. Celui-ci était mâle, alors qu'elle devina dans cet élément inconnu une femelle d'une puissance incomparable et indomptable, telle que Hathor n'en aurait jamais. Mais elle eut vite peur de sa violence, de ses grondements, des vagues et des grands vents qui gonflaient la voile du bateau avec passion, sinon avec fureur.

Le Sourire de Hathor n'était pas conçu pour la mer et il tangua et roula si effroyablement que Merit-Aton, trempée jusqu'aux os et se raccrochant aux bas-bords, crut plus d'une fois sa fin venue. L'eau s'accumulait dans le fond et, sur la prière de Néfer Herou, Merit-Aton dut écoper avec un grand bol. Le voyage devenait franchement périlleux. Aussi Néfer Herou navigua-t-il aussi près des côtes que possible, alors que d'autres navires à voile carrée, au large, semblaient affronter cet élément plus hardiment.

Enfin, deux semaines après avoir quitté Akhet-Aton, ils aperçurent un port. Néfer Herou y entra.

— Ce doit être Akko, murmura-t-il.

Les marins sur le quai regardèrent avec curiosité ce bateau d'un type inconnu. Une femme hâve, portant un enfant dans les bras, mit pied à terre et tituba. Elle portait une perruque exotique, défraîchie et de travers ; ses mains étaient râpeuses, ses ongles cassés, et ses pieds blanchis par le sel. Nul ne pouvait soupçonner qu'elle avait été reine.

L'homme attacha la barque à un ponton.

Il s'adressa aux gens sur le quai et parvint à se faire comprendre : y avait-il une auberge près de là ? Quand il eut obtenu sa réponse, il commença à décharger le bateau.

Anubis les attendrait quelques années encore. Ils avaient échappé à son royaume.

NOTICES BIOGRAPHIQUES
SUR LES PERSONNAGES HISTORIQUES DE CE ROMAN

La chronologie des règnes successifs de la fin de la XVIIIe dynastie sollicite depuis des décennies la sagacité des égyptologues, mais il n'a pas été jusqu'ici possible de parvenir à un consensus. Les dates que nous indiquons sont établies d'après le repère de la mort de Tout-Ankh-Amon retenu par l'éminente égyptologue Christiane Desroches-Noblecourt, soit 1342 av. J.-C. La durée des règnes antérieurs et postérieurs étant à peu près connue, on peut donc reconstituer une chronologie « raisonnable ».

Akhen-Aton

Fils d'Aménophis ou Amen-Hotep III et de la reine Ty, il est l'un des pharaons les plus célèbres de l'Égypte antique. Il régna dix-sept ans, théoriquement de 1373 à 1356, et mourut à un âge estimé entre trente-quatre et trente-sept ans ; on n'a pas retrouvé sa momie, qui permettrait de préciser ce point, ainsi que la maladie dont il semble avoir été

atteint et qui serait la maladie de Marfan, cause de ses anomalies physiologiques. Il est abusivement considéré comme l'« inventeur du monothéisme », alors que le polythéisme égyptien était fondé sur la croyance en un dieu unique aux manifestations multiples, dont Rê était la première émanation. Le culte exclusif du Disque solaire, Aton, avait déjà été largement institué par son père et doit plutôt être qualifié de monolâtrie. Aménophis IV prit en l'an 6 de son règne le nom d'Akhen-Aton. Constructeur de la nouvelle capitale d'Akhet-Aton, « Horizon d'Aton », aujourd'hui connue sous le nom de Tell el-Amarna, où il s'était installé vers l'an 1349, Akhen-Aton s'aliéna à la fois le clergé, à cause des déprédations commises sur son ordre sur les monuments et objets des cultes traditionnels, et l'armée, par sa coupable atonie dans le domaine militaire. Son règne désastreux se solda par la perte des provinces de Palestine, de Syrie et du Soudan, ainsi que par un état de rébellion chronique des provinces.

Néfertiti

Fille d'Aÿ, épouse d'Akhen-Aton, Néfertiti est aussi célèbre que son mari et que la Joconde tout à la fois, en raison de sa grande beauté – son nom signifie « La Belle est venue » –, popularisée par le célèbre buste de l'Aegyptisches Museum de Berlin et de nombreuses autres représentations amarniennes. Elle succéda à Satamon, fille d'Aménophis III, que son père avait sacrée Épouse royale en s'unissant à elle et qu'Akhen-Aton, frère de celle-ci, épousa de nouveau et fit reine. Maintes images de son règne célèbrent sa félicité conjugale et familiale, mais s'agissant de commandes royales, il est permis de douter de leur vraisemblance. En effet, vers la douzième année du règne de son mari, Néfertiti disparut de la cour, à peu près à l'époque où Semen-kherê apparaît aux côtés d'Akhen-Aton et devient régent. De nombreux indices donnent à penser qu'elle tenta de régner ou régna effectivement après la mort de son mari et défendit le culte d'Aton. Certaines hypothèses, insoutenables, voudraient l'identifier à Semenkherê. Maints indices ont convaincu plusieurs égyptologues que c'est bien sa momie, volontairement endommagée, qui a été  découverte en 2003 dans la tombe KV 35 de la Vallée des Rois, en Haute-Égypte.

Le thème de son « mauvais œil » nous a été inspiré par l'énucléation de l'œil gauche du buste de Berlin (en couverture de ce livre). Une entaille au bas de la cavité indique qu'il fut volontairement arraché, dans ce qui ne peut avoir été qu'un acte symbolique de malveillance. Ainsi retirait-on à la statue son pouvoir de nuire…

Semenkherê

Fils d'Aménophis III et d'une épouse mitanienne – les rois pouvant contracter plusieurs mariages –, demi-frère d'Akhen-Aton, Semenkherê est indéniablement le personnage le plus énigmatique et le plus « dérangeant » de la XVIIIᵉ dynastie. Favori d'Akhen-Aton, avec lequel il est représenté dans une attitude amoureuse, il semble avoir entretenu avec son demi-frère une relation à la fois incestueuse et homosexuelle, ce qui explique sans doute que sa momie fut retrouvée dans un sarcophage de femme, non royal. L'analyse de la momie indique un âge de vingt à vingt-cinq ans, ce qui implique qu'il devint régent vers seize ou vingt et un ans. Certaines listes de rois omettent purement et simplement son nom ; il est pourtant certain qu'il régna, fût-ce brièvement – moins de deux ans, entre 1354 et 1352 –, et qu'à son avènement il épousa Merit-Aton, aînée des filles d'Akhen-Aton et Néfertiti, et Première épouse royale.

Merit-Aton

Fille aînée du couple Akhen-Aton-Néfertiti, Merit-Aton serait née en l'an 2 ou 3 du règne d'Akhen-Aton (1370 ou 1369 av. J.-C.). Sacrée Première épouse royale par un mariage avec son père – la notion d'inceste n'existait pas dans l'Égypte antique –, elle épousa à seize ou dix-sept ans Semenkherê à son avènement, puis disparut mystérieusement après la mort de ce dernier. On ne leur connaît pas d'enfants.

Maket-Aton

Sœur puînée de Merit-Aton et Deuxième Épouse royale, Maket-Aton n'est connue que par de rares mentions et serait née avant la fin de l'an 4 du règne de son père. On ignore la date de sa mort, de toute façon postérieure à l'an 12 du règne de son père.

Ankhensep-Aton

Née en l'an 6 et Troisième Épouse royale, Ankhensep-Aton est la plus connue des filles d'Akhen-Aton et celle dont le

destin fut le plus mouvementé. Elle épousa vers treize ans
Tout-Ankh-Amon (voir *Les Masques de Tout-Ankh-Amon*).
Certains historiens la désignent comme mère de la sixième
princesse, Setepenrê, conçue des œuvres de son père
Akhen-Aton. Nous n'avons pas retenu cette hypothèse, évidemment choquante pour les sensibilités contemporaines,
pour des raisons physiologiques : quand Akhen-Aton
mourut, elle avait selon toute probabilité plus ou moins de
onze ans, et ce ne fut certes pas sur son lit de mort qu'il la
rendit enceinte ; il est impossible qu'une fillette de neuf ou
dix ans ait pu mener à terme une grossesse, et ce d'autant
moins que Setepenrê semble née en l'an 9.

Néfernefernerou-Aton-Taschéry, Néferneferourê, Setepenrê

Cadettes des six filles du couple Akhen-Aton-Néfertiti, elles
ne semblent pas avoir occupé une place de quelque relief
dans l'histoire de l'époque.

Aÿ

« Prince sans couronne » de la région
d'Akhmim, d'origine nubienne, Aÿ
exerça une influence considérable sous
les règnes d'Aménophis III et d'Akhen-
Aton. Toutes ses alliances l'y desti-
naient : frère de la reine Ty, père de
Néfertiti, elle-même reine, et de Moûtnejmet, épouse d'Horemheb, le plus puissant général du royaume, en outre
cousin (ou frère) d'un autre militaire
puissant, Nakhtmin, Aÿ était à l'évidence

un homme qui avait le goût du pouvoir. Les ambitions que lui prête ce roman ne sont certes pas excessives : être beau-frère d'un roi, beau-père de son successeur et allié aux deux plus puissants généraux du régime ne pouvait que fouetter son aspiration au trône.

Tout Ankh-Amon

Les dates de naissance et de mort de ce roi, ainsi que l'identité de ses parents, ont fait l'objet de nombreuses spéculations. Il nous a paru prudent de nous ranger à l'opinion de Christiane Desroches-Noblecourt : il serait né vers 1361 et mort vers 1342 av. J.-C.

Enfin, Horemheb, Nakhtmin, le grand-prêtre Panésy, Thoutou, Pentju, Maya et Mahu sont des personnages historiques.

Pour ne pas dépayser excessivement le lecteur, nous avons conservé les noms grecs traditionnels de nombreux sites : Thèbes, Memphis, Hermopolis, Héliopolis, Abydos, etc.

Table

SECONDE PARTIE
LES LOTUS D'ANUBIS

CHEZ LE MÊME ÉDITEUR

Gerald Messadié

LA ROSE ET LE LYS

JEANNE DE L'ESTOILLE

*

Jeanne n'aurait jamais dû s'attarder en forêt ce jour de mai 1450. Le temps de remplir son panier de cèpes et de girolles, la fortune lui a tourné le dos. À quelques lieues de là, dans la maison saccagée, père et mère gisent près de l'âtre. Assassinés. Et Denis, son petit frère, a disparu. Seul a survécu l'âne de la maisonnée.

Des brigands ? Plus sûrement des déserteurs anglais, assoiffés de vengeance, écumant la campagne normande comme loups en maraude. Ils ont pillé l'église de La Coudraye, profané le tabernacle, souillé l'autel. À défaut de curé, Jeanne dira les prières pour ses parents défunts.

Est-ce à Paris, ce ventre peuplé de mendiants et de malandrins, avec ses places festonnées de pendus et ses rues pavées de boue, que Jeanne trouvera la force d'oublier ? Elle n'a encore que quinze ans et, pour toute richesse, son baudet, un sac de méteil, du beurre, un peu de sel. Comment survivre parmi ce peuple de camelots et de détrousseurs, elle qui ne sait faire que des petits pains ?

Dans une France décimée par la peste et livrée aux aventuriers, nul ne donnerait cher du destin de Jeanne. Mais la rose est gracieuse, et le lys magnanime. Comment un roi, Charles VII, comment un poète, François Villon, ignoreraient longtemps sa beauté ?

ISBN 2-84187-810-4 / H 50-4096-9 / 8,50 €

Gerald Messadié

LE JUGEMENT DES LOUPS

JEANNE DE L'ESTOILLE

**

Dix années ont passé depuis que Jeanne Parrish a fui sa Normandie
natale, livrée aux pillards anglais. Elle qui n'était qu'une miséreuse
lorsqu'elle posa son bagage sur le pavé parisien, un matin de l'an
1450, est devenue baronne de Beauvois. Et la cour continue de
savourer les pâtisseries qui ont fait sa renommée.
Mais la roue tourne. Son mari est emporté par l'explosion d'une
bombarde, sa protectrice Agnès Sorel terrassée par le poison, et le
poète François Villon, père de son enfant, impliqué dans une affaire
de meurtre... Autant d'amis que vent emporte...
Lorsque resurgit dans la vie de Jeanne le premier homme qu'elle eût
aimé, qui peut dire si ce messager annonce un retour de fortune ?
Car Isaac Stern est juif : si la rumeur le répétait, même la faveur
royale ne pourrait empêcher le discrédit...
Mais Jeanne est femme de cœur autant que de tête. Pas question
pour elle de sacrifier son amour à son honneur. Isaac lui a dit : « Tu
est mon étoile. » Il est bien temps que cet astre brille. Dût-elle, pour
forcer le destin, supporter l'accusation de sorcellerie, braver les doc-
teurs en Sorbonne, ou soumettre son propre frère au jugement des
loups...

ISBN 2-84187-811-2 / H 50-4097-7 / 8,50 €

Gerald Messadié

LA FLEUR D'AMÉRIQUE

Jeanne de l'Estoille

* * *

Jeanne, la petite paysanne devenue pâtissière du roi, est désormais riche. Le fils que lui donna le poète François Villon règne avec elle sur un empire industriel et financier. Ateliers d'imprimerie, banques, draperies : quoiqu'il touche, le « clan de l'Estoille » s'illustre par son audace.

Dans le fief palatin de Gollheim, pourtant, Jeanne désespère du destin. Un seul homme occupe son esprit : Franz-Eckart. Ce garçon étrange n'a pas vingt ans, mais ses dons singuliers d'astrologue le distinguent entre tous. Tant de légendes courent sur son compte. On murmure même qu'il ne serait pas le petit-fils de Jeanne...

En cette fin de XVe siècle, bien des certitudes vacillent. Un jour, un navigateur génois nommé Colomb prétend ouvrir une voie occidentale vers les Indes... Le lendemain, un cartographe allemand prédit qu'il trouvera sur sa route une terra incognita infranchissable...

Ces querelles ennuient le roi de France. Jeanne et les siens, au contraire, entrevoient de nouvelles conquêtes, aux confins du monde connu. Aventure périlleuse, dont seul un mage pourrait deviner l'issue...

ISBN 2-84187-812-0 / H 50-4098-5 / 480 pages / 8,50 €

Cet ouvrage a été composé
par Atlant'Communication
aux Sables-d'Olonne (Vendée)

Impression réalisée par
Liberduplex

pour le compte des Éditions Archipoche
en janvier 2007

Imprimé en Espagne
N° d'édition : 27
Dépôt légal : mars 2007